TEZOZÓMOC

EL TIRANO OLVIDADO

SOFÍA GUADARRAMA COLLADO

GRANDES TLATOANIS DEL IMPERIO

TEZOZÓMOC

EL TIRANO OLVIDADO

OCEANO

TEZOZÓMOC
El tirano olvidado

© 2018, Sofía Guadarrama Collado

Diseño de portada: Music for Chameleons / Jorge Garnica
Fotografía de la autora: Katherine Alba

D. R. © 2019, Editorial Océano de México, S.A. de C.V.
Homero 1500 - 402, Col. Polanco
Miguel Hidalgo, 11560, Ciudad de México
info@oceano.com.mx

Primera edición: 2019

ISBN: 978-607-527-870-4

Impreso en México / Printed in Mexico

Para Billy Rovzar,
que hizo suyo el sueño del imperio.

Populista es aquella persona que predica ideas que sabe falsas entre personas que sabe idiotas...

HENRY LOUIS MENCKEN

Nota de la autora

En el náhuatl prehispánico no existían los sonidos corres-pondientes a las letras *b, d, f, j, ñ, r, v, ll* y *x.*

Los sonidos que más han generado confusión son los de la *ll* y el de la *x.* La *ll* en palabras como *calpulli, Tollan, calli* no se pronunciaba como suena en la palabra *llanto*, sino como en *lento*; la *x* en todo momento se pronunciaba *sh*, como *sham-poo*, en inglés.

ESCRITURA	PRONUNCIACIÓN ACTUAL	PRONUNCIACIÓN ORIGINAL
México	Méjico	Meshíco
Texcoco	Tekscoco	Teshcuco
Xocoyotzin	Jocoyotzin	Shocoyotzin

Los españoles le dieron escritura al náhuatl en castellano anti-guo, pero al carecer del sonido *sh* utilizaron en su escritura una *x* a forma de comodín.

A pesar de que en 1492 Antonio de Nebrija ya había publicado *La gramática castellana*, el primer canon gramatical en lengua española, ésta no tuvo mucha difusión en su época y la gente escribía como consideraba acertado.

La ortografía difería en el empleo de algunas letras: *f* en lugar de *h*, tal es el caso de *fecho* en lugar de *hecho*; *v* en lugar de *u* (avnque); *n* en lugar de *m* (tanbién); *g* en lugar de *j* (mugeres); *b* en lugar de *u* (çibdad); *ll* en lugar de *l* (mill); *y* en lugar de *i* (yglesia); *q* en lugar de *c* (qual); *x* en lugar de *j* (traxo, abaxo, caxa); y *x* en lugar de *s* (máxcara).

Es por lo anterior —y para darle a la lectura de esta obra una sonoridad semejante a la original— que el lector encontrará palabras en náhuatl escritas con *sh* y una sola *l*, como en *Meshíco* y *Tolan*, que hoy día se representan con *x* y *ll*.

Asimismo se han eliminado —y en algunos casos, cambiado— las tildes en algunas palabras ya castellanizadas; así aparece *Meshíco Tenochtítlan* por *México Tenochtitlán*. En otras palabras, como *Tonatiuh*, cuya sílaba tónica recae en la *u* en español, se agregaron tildes para recalcar la pronunciación en náhuatl: *Tonátiuh*.

Una regla básica en el náhuatl es que todas las palabras son graves, esto es, la sílaba tónica siempre es la penúltima. Por lo tanto, en este texto, se mantiene la tilde en *Ishtlilshóchitl, Cuauhtémoc, Coatépetl, Popocatépetl*, entre otras palabras.

Cabe aclarar que el sonido que corresponde a *tl* al final de las palabras en el náhuatl es *kh* (sin sonidos vocales *ka* o *ke*). Por lo tanto, *náhuatl* se pronuncia *ná-huakh*. Otros ejemplos son *Ish-tlil-shó-chikh, Coa-té-pekh, Po-po-ca-té-pekh*.

Aunque estoy consciente de que los especialistas siguen otras convenciones, y de que en el náhuatl actual la pronunciación varía de acuerdo con la zona geográfica, el criterio usado en esta novela tiene sólo a sus lectores en cuenta. Se trata de que, al leer estas páginas, puedan pronunciar todos los vocablos en forma correcta.

Escucha bien lo que voy a decir, Coyote hambriento, Coyote en ayunas, Coyote sediento, príncipe chichimeca, heredero del señorío de Teshcuco. Lo que diré a continuación dolerá mucho, pero tendrá que hacerte fuerte como el roble, feroz como el jaguar e insaciable como el coyote.

Ésta es la profecía de tu vida.

Un día —después de que hayas cumplido dieciséis años— tu padre, el supremo tecutli chichimeca, te anunciará su muerte. Dará su vida en combate para salvar muchas otras. Y tú serás testigo. A su lado aguardarás la llegada de las tropas tepanecas. Las verás marchar hacia ustedes. Retumbarán los tambores de guerra. Silbarán los caracoles. Derribarán árboles. Destruirán todo a su paso. Las flechas comenzarán a caer aún lejos. Escucharán juntos los gritos de guerra. Cientos de soldados enemigos vendrán del norte, sur, oriente y poniente. Tu padre estará preparado para la ofensiva, portando su atuendo de guerra, con el arco en una mano, el escudo en la otra y el macuahuitl sujeto a la cintura, para cuando la batalla sea cuerpo a cuerpo.

Deberás obedecer lo que te ordene:

¡Corre, corre, Coyote, corre! ¡Ahí, en ese árbol! ¡Sube antes de que lleguen! ¡Escóndete! ¡Ahí quédate! ¡Que nadie te vea! ¡Salva tu vida!

Lo verás todo desde aquel árbol: guerreros entronizados en la cima de la barbarie, charcos de sangre, cuerpos mutilados, guerreros moribundos. Y a él... a tu padre Ishtlilshóchitl...

Lo verás morir...

Y en ti recaerá la responsabilidad de salvar al pueblo chichime-
ca del yugo del tirano Tezozómoc.

Primera parte

1

Esto que he de contar hiere tanto como en aquellos días. En el año Doce Conejo —que en esta era cristiana corresponde a 1582— aconteció el más doloroso suceso en nuestra familia, que por entonces se escondía en los rumbos de Cuauhtitlan y Tlalnepantla, donde se hallaba oculta nuestra aldea que construyeron mi abuelo y la gente que con él huyó de la devastación ocasionada por los soldados de Fernando Cortés, a quien mis ancestros llamaban *Malinche*, que significa "el dueño de Malintzin".

Mi abuelo Huanitzin, de ochenta y seis años de vida, aún fuerte y saludable, andaba de allá para acá, siempre acompañado de sus nietos e hijos. Debido a que no tenía brazos, utilizaba las piernas para romper las ramas de los árboles para hacer leña. Con los dedos arrancaba las hojas de las ramas y reunía la corteza para los braseros. Con un mecate amarrado a su frente o a sus hombros cargaba los bultos de maíz, frijol, chile o calabazas que le poníamos en la espalda. También llevaba jícaras sobre la cabeza. Con los dedos de los pies elaboraba los libros pintados, los vasos para beber shokolatl y tejía los pañetes, huipiles, naguas, petates y asentaderas. Con sus rodillas les golpeaba la nuca a los conejos para matarlos y luego comerlos en barbacoa. Ayudaba a hacer comida: venado, barbacoa de conejo, pescados, camarones, sardinas y langosta de la gorda, de los ríos caudalosos, venidos de lejanas tierras y todos los demás géneros de comidas de los campos y gusanos nacidos de los magueyes.

Corría el mes de agosto del calendario cristiano cuando se aparecieron a lo lejos unos meshícas que vestían ya esas ropas de manta blanca que los españoles les enseñaron a usar. Nosotros seguíamos usando los taparrabos, que en nuestra lengua decimos mashtlatl, y el tilmatli, un manto que cubre nuestro cuerpo, al que amarramos por encima del hombro izquierdo y pasamos por debajo del hombro derecho, dejando los brazos descubiertos y que cae hasta las rodillas.

—¡Es él! —gritó uno de ellos señalando a lo lejos a mi abuelo.

No nos sorprendimos, pues bien sabíamos que cualquier día podía ocurrir eso que tanto habíamos evitado. Uno de ellos dio la orden de apresar a mi abuelo. Mi padre con valentía sacó su cuchillo y se paró frente a mi abuelo para protegerlo. Mis hermanos, tíos, primos —cuyos nombres no mencionaré— y yo dejamos caer los bultos de leña que cargábamos y también sacamos nuestros cuchillos y flechas. El sol brillaba en el horizonte y los árboles se agitaban por el viento. Los meshícas, más numerosos que nosotros, sonrieron, se miraron entre sí y se acercaron sin temor a las amenazas de mi padre:

—¡No se acerquen! ¡O los mataremos! —gritó mi padre, empuñando su cuchillo y haciendo un gesto agresivo que jamás le había visto. Las plumas en su penacho ondeaban con el aire, su piel brillaba por el sudor y la luz del sol.

Mi abuelo Huanitzin trató de evitar en vano que se iniciara el enfrentamiento diciendo que ya no valía la pena, que dejáramos que lo llevaran preso:

—*Ca ye nihuehue* (pues ya soy viejo).

Uno de mis tíos, al comprender que no se detendrían, lanzó una flecha que dio certera en uno de los meshícas —que no traían arcos ni flechas, únicamente macuahuitles, lanzas y cuchillos de pedernal— y cayó entre las hierbas pataleando y dando gritos de dolor, tratando de sacarla de su cuello. Sus compañeros lo miraron por un instante. Uno de ellos se detuvo a auxiliarlo mientras los demás corrían hacia nosotros brincando como venados sobre la hierba y los arbustos. Mis tíos lanzaron todas sus flechas antes de que llegaran, pero sólo tres hirieron a los enemigos.

—¡Ustedes, defiendan a su abuelo! —gritó mi padre.

Y así obedecimos mi primo y yo mientras observábamos el enfrentamiento. Mi padre luchó cuerpo a cuerpo con uno de ellos. El meshíca se le fue encima y lo derribó. Su penacho quedó destrozado en el piso y sus cuchillos se perdieron en la hierba. Ambos forcejearon entre los arbustos, mientras mis dos tíos, tres primos y dos hermanos se batían contra otros meshícas. Mi padre logró con destreza poner al meshíca con la espalda contra la tierra y furioso lo golpeó una y otra vez con sus puños, dejándole el rostro empapado de sangre; cuando vio que el hombre estaba casi inconsciente se levantó respirando agitadamente y buscó a tientas su cuchillo entre la hierba. Justo cuando lo había recuperado, el meshíca se puso de pie, lo atacó por la espalda y lo tumbó otra vez. Mi padre le enterró el cuchillo en el pecho. El meshíca, quien ya se encontraba débil, se detuvo por un instante y se miró la herida, se arrodilló en la hierba, su cabeza se movía lentamente en círculos, se sacó el cuchillo e intentó ponerse de pie. Mi padre estaba frente a él, con los puños listos para golpearlo, pero el hombre sin más encontró la muerte. Mientras tanto los demás defendían nuestras vidas con valor: a uno de los meshícas le enterraron una lanza en el pecho, que él mismo se sacó con fuerza y corriendo se fue con su chorro de sangre hasta que cayó entre los arbustos. Mi hermano mayor combatió ferozmente contra otros dos. Mi primo y yo no pudimos defenderlo, pues debíamos permanecer a un lado de mi abuelo para que no lo hirieran, pues él no tenía manera de escudarse. Mi hermano dio grande batalla a los dos meshícas, hasta que uno de ellos logró darle un fuerte golpe en la espalda que lo derribó; el otro con agilidad le enterró una y otra vez su cuchillo hasta quitarle la vida. Mi padre corrió en su auxilio, pero fue demasiado tarde.

Mi abuelo, al ver morir a mi hermano, entristeció y sabiendo que no venían por nosotros, sino por él, pues su cabeza grande valor tenía por lo que guardaba en su memoria, gritó para que detuvieran el combate, para que ya no murieran más de sus hijos y nietos. Mi primo huyó, pues así le ordenó mi abuelo: "¡Corre, corre!". Y corrió como era menester, para dar aviso a nuestra gente, para que abandonaran nuestra aldea y se fueran a la cueva que mi abuelo había descubierto hartos años atrás y que había preparado para que nos ocultáramos si algo así ocurría. A los meshícas no les importó alcanzar al joven tepaneca, pues tenían lo que buscaban: a mi abuelo.

Mis parientes, cansados y heridos, al ver a mi hermano muerto y habiendo escuchado los gritos de mi abuelo comprendieron que era inútil seguir luchando. Dejaron caer sus armas y bajaron la cabeza en forma de rendición. Nos ataron de pies y manos. Uno de los meshícas, al percatarse de que yo no tenía heridas, me señaló.

—Miren a este cobarde que no se atrevió a pelear —gritó con burla.

Todos caminaron hacia mí para vengar la muerte de sus compañeros y me golpearon hasta el cansancio. Ninguno de mis parientes pudo auxiliarme, pues ya estaban atados. Sólo rogaban que no me golpearan, que ya tenían lo que buscaban: a mi abuelo, al único que no tocaron.

Y así, heridos, cubiertos de sangre, nos llevaron presos a una casa en Meshíco Tenochtítlan. Llegamos por el camino de Tlacopan,* que fue uno de los primeros en ser empedrados tras la llegada de los barbados y ahora estaba ocupado por casas de los hidalgos, de rojo tezontle, portones ensalzados y escudos labrados en piedra. Al entrar a la ciudad mi abuelo cambió el semblante. Su asombro era tanto que no podía creer que estaba en la grande Tenochtítlan, la ciudad que él conoció de joven y a la que no había vuelto desde la devastación que habían

* Tlacopan: Tacuba.

hecho los españoles, pues desde entonces ya se le perseguía. A diferencia de todos los demás de su tiempo y edad, mi abuelo no vivió el cambio ni presenció la destrucción de las ciudades. No fue uno de los miles de esclavos tenoshcas, tepanecas, acolhuas y tantos más que fueron obligados a demoler el Coatépetl* y los demás teocalis** del recinto sagrado, ni percibió en la ciudad el aroma a cal y madera recién cortada de los espesos bosques, ni arrastró bloques de cantera o enormes troncos para construir iglesias y casas para los barbados.

Mi abuelo Huanitzin escuchó mucho sobre estos cambios: de la iglesia que se construyó sobre el teocali de Quetzalcóatl frente al Coatépetl, del ayuntamiento que se edificó allí, de la horca y la picota, donde amarraban y quemaban gente viva y no por sacrificio al dios portentoso Huitzilopochtli, sino para castigar a los que seguían mostrando reverencia al culto de nuestros dioses y de la usurpación que hizo Malinche de los antiguos palacios que antes pertenecieron a los tlatoque*** Ashayácatl y Motecuzoma Shocoyotzin y cuya construcción mandó cambiar agregando almenas en las azoteas, torres en las esquinas y ventanas en los muros. Harto se le contó a mi abuelo de esta destrucción, pero no imaginó que sería tan atroz.

Cuando yo conocí estas ciudades ya no había en ellas lo que mi abuelo tanto me contaba. Mis años de infancia fueron harto difíciles, pues años atrás mi abuelo nos había dicho a sus hijos y nietos que era menester nuestro aprender la lengua y recibir el bautismo para andar por las ciudades usurpadas y saber qué ocurría. Y así hube de hacerme pasar como un hijo de una tía para poder recibir escuela religiosa y aprender esta lengua a fin de salvar la vida de los míos y correr los sábados como venado para ver a mi familia que se escondía entre los bosques: mi madre, mi padre y mi abuelo, el sabio tlacuilo, que hartas

---

* Coatépetl: Templo Mayor.
** Teocali: templo
*** Tlatoque: plural de tlatoani.

veces me dijo que no me dejara embaucar por los sermones de los barbados y eso hice. Fui bautizado con un nombre cristiano al que no quiero hacer referencia por el desprecio que tengo hacia éste, por ser una imposición y por seguridad de mi familia y de mi abuelo. Y así fue que aprendí esta lengua. Se me enseñó en una de sus escuelas religiosas, donde hartos niños sin tener conciencia aceptaban al dios ese que decían los religiosos ser el único. Yo vi hartos críos —descendientes de nuestro dios Quetzalcóatl— aceptar la comunión y decir que amaban a Cristo. Pero la verdad es que todos ellos le tenían harto miedo a ese dios colgado de la cruz. Los religiosos repetían los castigos recibidos en el infierno si no decíamos la verdad en el confesionario. "¿Vuestros padres practican la idolatría?" "No, padre." "No mientas, niño. ¿Dónde esconden los ídolos? ¿Conocéis a alguien que practique los ritos del demonio Huichilobos?" Yo los escuché delatar a sus padres, quienes pronto fueron llevados a la hoguera. Muchos padres y madres, por temor, dejaron de hablarles a sus hijos sobre nuestros dioses y permitieron que esta nueva religión dominara. Por eso mi generación comienza a ignorar de dónde viene.

En menos de cincuenta años la toltecáyotl comenzó a desvanecerse y el deseo de mi abuelo también, quien al entrar a la ciudad en ese momento en que nos llevaban arrestados miraba deslumbrado en todas direcciones. Pasamos frente a las Casas Viejas* y que ahora eran la residencia del virrey. Luego caminamos por la calle donde se hallaban los panaderos, carpinteros, herreros, cerrajeros, barberos, sastres, como dicen en esta lengua a todos esos que hacen algunas cosas que antes no se hacían por estos rumbos.

—¿Qué hay allí? —preguntó mi abuelo, mientras caminábamos frente a un edificio con grandes ventanas en sus dos pisos situado en la esquina de la Plaza Mayor.

—Es el telpochcali de los españoles —dije en voz baja a mi

* Casas Viejas: palacio de Ashayácatl.

abuelo que no cerraba los ojos—. En esta lengua le llaman *universidad*. Es allí donde se educa la juventud.

—¿Cuántas tienen?

—Es la única universidad que han construido hasta el momento.

—¿Es allí donde se les enseña el culto al dios colgado de la cruz?

—No —dije, pero luego corregí—: quienes ahí enseñan son sus sacerdotes y los creyentes de su religión. He escuchado que sí se habla de su dios, pero que allí aprenden otras cosas y que sólo asisten los hijos de los blancos. El culto a su dios se aprende desde que son niños, en sus casas, en sus templos —señalé la iglesia que habían construido donde antes estaba el templo de Quetzalcóatl— y en sus escuelas. Los que quieren ser sacerdotes o monjas van a los seminarios, monasterios o conventos.

—¿Qué son monjas? —preguntó mi abuelo.

—Mujeres que se dedican a adorar a su dios y que son como sacerdotes.

—¿Mujeres? Pensé que ellos no permitían a las mujeres ser sacerdotisas.

Mi abuelo Huanitzin nos había contado que en Meshíco Tenochtítlan había mujeres dedicadas al servicio de los templos. Sus ocupaciones consistían en incensar a los ídolos, atizar el fuego sagrado, barrer el atrio y preparar comestibles que presentaban a los ídolos. No podían hacer los sacrificios como los sacerdotes. Había dos formas para que llegasen a ser sacerdotisas: una de ellas era que los padres las consagraran en forma de pago por algún beneficio; y otra que ellas mismas al llegar a la adolescencia decidieran entrar al sacerdocio. Luego de un tiempo, sus padres les buscaban maridos y las casaban.

—Ellas tienen siete conventos —continué—. Y se llaman entre ellas con diferentes nombres: reginas, clarisas, concepcionistas, marianas, jerónimas, arrepentidas y emparedadas, estas últimas son mujeres divorciadas o casadas puestas en depósito.

—¿Adoran al mismo dios?

23

—Sí.

—¿Por qué usan distintos nombres?

—Para que se conozca dónde viven.

—¿Y los frailes?

—También usan distintos nombres, que son: dominicos, franciscanos, agustinos y jesuitas. Pero entre ellos hay mayores diferencias, unos son peores que otros. Y no son lo mismo que los sacerdotes.

Mi abuelo había visto a los frailes cuando llegaron con los usurpadores, pero no sabía esto que le estaba contando. Y no los volvió a ver hasta ese día que fuimos llevados a Tenochtítlan. Al llegar, los meshícas tocaron una enorme y pesada puerta de madera. Poco después salió un fraile regordete, vestido con un hábito café y un cordón blanco alrededor de la cintura; y sin hacer preguntas dio la orden de que nos trasladaran a un lugar donde guardaban sus caballos, en el cual al cruzar la puerta nos empujaron violentamente haciéndonos caer sobre un montón de paja.

—Podéis retiraos —dijo con seriedad y su papada se sacudió como la de un guajolote—, mañana recibiréis vuestro pago —dijo a los meshícas sin preguntar quiénes éramos, dónde nos habían encontrado, cómo nos habían arrestado, por qué veníamos sangrando y heridos, ni cuántos muertos hubo en el encuentro.

El fraile salió del lugar levantando su hábito con una mano para no pisarlo y nos dejó allí, donde estuvimos encerrados, platicando a ratos y a veces en silencio. En esos largos momentos observé a mi abuelo como jamás lo había hecho y pensé mucho en su vida, en eso que tanto me había contado de su juventud en el calmécac, donde aprendió a elaborar los libros pintados, esos que tras la llegada de los españoles tuvo que aprender a pintar con los dedos de los pies por falta de brazos. Bien lo recuerdo. Yo lo vi pintarlos con una brocha entre los dedos de los pies. Nunca pidió ayuda más que para asearse. Nunca perdió el deseo de vivir. La miseria en que estábamos, escondidos entre los bosques, no le arrebató su toltecáyotl ni su anhelo de preservar nuestra historia. Dedicó el resto de sus días a crear nuevos libros pintados, según dictaba su indeleble memoria y a contarnos todo lo que había aprendido en el calmécac.

Había dos tipos de escuelas en Meshíco Tenochtítlan: el telpochcali, para los macehuali, y el calmécac, para los pipiltin. Cuando el crío nacía era llevado por sus padres ante los teopishqui* del templo de Quetzalcóatl para pedir que fuese aceptado en el calmécac. Pues aunque este recién nacido fuese de la nobleza sus padres habían de mostrar humildad para que fuese bien recibido y tuviera el privilegio de ser un teotlamacazque.** El crío era aceptado en el calmécac, pero entraba cuando tenía edad adolescente.

El día que los nuevos alumnos ingresaban al calmécac eran recibidos en un ritual. Las madres llevaban papeles, incienso, mashtlatl, series de piedras y plumas ricas a Quetzalcóatl. Los alumnos que ya llevaban tiempo allí tenían la tarea de recibir a los nuevos con agrado, que serían a partir de entonces sus hermanos. Les pintaban los rostros y cuerpos de negro y les colgaban en el cuello unas cuentas de palo, llamadas tlacopili y finalmente les perforaban las orejas a honra de Quetzalcóatl.

Harto me habría gustado estudiar en el calmécac y no en el catecismo. Lo que sé sobre nuestra raza y nuestro pasado lo aprendí de mi abuelo desde que yo era un crío. Me sentaba a su lado y escuchaba con atención lo que él tenía por decir en nuestra lengua náhuatl. Fue así que aprendí sobre nuestros ancestros tepanecas:

Asholohua, nieto querido, te pido que hagas todo lo que esté en tus manos para preservar la toltecáyotl. Pues de no ser que los hijos de tus hijos y sus demás descendien-

* Teopishqui: sacerdotes.
** Teotlamacazque: mozo divino o doncel de dios.

tes aprendan y compartan con sus hijos la toltecáyotl, pronto olvidarán nuestra historia y vivirán en el engaño, en ausencia, sin identidad y creerán que son lo que no son, adorarán dioses que los barbados han traído de sus tierras, se matarán los unos a los otros, se mentirán entre sí, las futuras naciones y gente de estos territorios no serán más que una farsa, una pueril imitación de otras sociedades, pues su ignorancia y falta de identidad los empujarán a la búsqueda de eso que les dé pertenencia.

Por eso es menester mío y suyo que aprendan la nueva lengua, pues ya hay muchos de estas tierras que hablan castellano y asisten a los templos cristianos, por temor, obediencia o creencia, y a sus hijos no les hablan de nuestros ancestros y callan por miedo a morir en la horca o entre llamas, atados a un poste.

La toltecáyotl es nuestra historia, raíces, religión y costumbres. Y es de ustedes obligación llevar el conocimiento a sus hijos para que ellos lo divulguen a sus nietos. Vayan y enseñen lo que saben a los críos shochimilcas, shalcas, tlahuicas, tepanecas, tlashcaltecas, meshícas, tlatelolcas, acolhuas. Que todos sepan de dónde venimos, que quede en sus memorias lo acontecido en estos rumbos.

Observa este amoshtli.* Este que ves aquí es Acolhuatzin, el padre de Tezozómoc. Con ellos dos comienza la grandeza del pueblo tepaneca, cuando los meshícas no eran más que una tribu pobre y vagabunda. Entonces toda la Tierra le pertenecía al huey tlatocayotl** chichimeca, fundado por Shólotl, quien al morir heredó todo a su hijo Nopaltzin y éste a su hijo Tlotzin y éste a su hijo Quinatzin. La herencia iba directamente al primogénito, sin importar su capacidad para gobernar.

---

* Amoshtli: códice o libro pintado.
** Huey tlatocayotl: imperio.

Entre los descendientes de Shólotl hubo dos que cambiaron la historia chichimeca para siempre: Tenancacaltzin, tío de Quinatzin y su primo Acolhuatzin, señor de Azcapotzalco. Quinatzin apreciaba tanto a su tío y a su primo que cada vez que tenía que salir a combatir algún pueblo rebelde, dejaba a uno de ellos al frente del gobierno, entonces establecido en Tenayuca. Pero un día…

Una comitiva de cincuenta personas avanza lentamente por los campos despoblados de Teshcuco. Seis esclavos cargan en andas al gran chichimecatecutli Quinatzin. Un palio rojo lo cubre del sol. De pronto algo llama la atención de Quinatzin, quien se endereza asombrado y entusiasmado en su asiento y enfoca la mirada hacia el horizonte.

—¡Ahí está! Caminen más rápido —los esclavos que cargan las andas aceleran el paso. El horizonte parece una alfombra blanca con café—. ¡Deténganse! ¡Bájenme! ¡Apúrense! —ordena Quinatzin. Los esclavos bajan las andas, y el gran chichimecatecutli camina apresurado hasta llegar al inicio de un campo de decenas de hectáreas tapizado de arbustos con flores blancas. Se acerca a una de las miles de plantas frente a él y arranca una flor, la contempla varios segundos, luego separa la bola de algodón que crece alrededor de la semilla. A su espalda se encuentran cuatro de sus consejeros, los cargadores y los soldados. Quinatzin voltea a verlos asombrado—: Y creció solo —uno de ellos afirma con la cabeza.

—Hemos realizado varios recorridos exhaustivos y no encontramos a nadie que habite la zona. Estos cultivos de algodón no pertenecen a nadie —informa Tezcacóatl, uno de sus consejeros.

—Estás equivocado —alza las cejas—: pertenecen al huey tlatocayotl. Todas estas tierras son de los acolhuas, mi abuelo Shólotl así las designó cuando repartió la tierra. Está en los libros pintados.

—Disculpe, mi señor —responde Tezcacóatl.

Quinatzin da por terminada aquella conversación y dirige la mirada al campo, sonríe entusiasmado y vuelve la mirada a sus consejeros:

—Podremos fabricar miles de mantas.

El gran chichimecatecutli y su comitiva vuelven a Tenayuca, a bordo de doce canoas. Al llegar al puerto cruzan entre cientos de comerciantes que venden a la orilla del embarcadero sus mercancías: pescados, conejos vivos y muertos, ciervos muertos, muchas clases de aves vivas de plumas finas, plátanos, melones, papayas, uvas, manzanas, mangos, frijol, jitomate, cebolla, chile de muchos tipos, maíz de muchas clases, aguacate, shokolatl, flechas, arcos, cuchillos, lanzas, escudos, mantas de algodón, huipiles, calzoncillos, utensilios de cocina: ollas, jarros, platos hondos, y oro.

—¡Ya no hay lugar en el embarcadero! —exclama Quinatzin.

—Tendremos que buscar un lugar para construir otro ahora que comencemos a traer el algodón. Y otro embarcadero en Teshcuco.

Quinatzin se detiene pensativo y se dirige con la mirada ausente al consejero:

—Tienes razón... —se cruza de brazos y luego se lleva una mano a la barbilla—. Necesitaremos dos embarcaderos... —desvía la mirada hacia el lago. Se queda pensativo—: Pero... —se lleva las manos a la cintura y observa el embarcadero con atención—: un embarcadero necesita gente y la gente requiere de casas, alimento, comercio, templos... —hace una pausa. Se muerde el labio inferior—. Y todo eso necesita un gobierno... —hace otra pausa y sonríe—. Nos mudaremos a Teshcuco.

Más tarde el gran chichimecatecutli se reúne con su familia. La sala es de diez metros de ancho por doce de largo, de paredes altas y oscuras, hechas de ladrillo de barro. No hay muebles. Cortinas de luz (que entran por el tragaluz en la parte superior de las paredes) marcan la diferencia entre la oscuridad del interior y la luz del exterior. En una esquina, un tlacuilo de rodillas en el piso pinta lo que está ocurriendo en un amoshtli de tres metros de largo para dejar constancia de los hechos. Quinatzin, su esposa Atzin, sus hijos —Chicomacatzin de veintidós años de edad, Memosholtzin de veinte, Manahuatzin de dieciséis, Tochintzin de catorce y Techotlala de diez—; sus consejeros y ministros comen en el palacio, sentados en colchonetas de algodón. Ocho sirvientes permanecen formados de pie, con las espaldas hacia la pared, sosteniendo unas ollas de barro llenas de comida. Dos sirvientas caminan entre ellos, toman una olla, caminan al centro de la sala, donde están los invitados, se arrodillan frente a cada uno para servirles comida y bebidas.

—Los he reunido para informarles que he decidido construir un palacio en Teshcuco y mudarnos ahí —informa de pronto el gran chichimecatecutli. Todos se muestran confundidos y sorprendidos. Algunos comienzan a murmurar.

—Mi señor, el gobierno debe estar en Tenayuca —le recuerda Tonahuac, uno de los ministros.

—El gobierno está donde esté el gran chichimecatecutli.

—¿Podemos saber la razón? —cuestiona muy intrigado Iuitl, otro de los ministros.

—Teshcuco tiene tierras más fértiles y es mucho mejor para la siembra de algodón. Además son territorios abandonados y debo protegerlos antes de que alguien más intente apoderarse de ellos.

—Pero existen muchas formas de controlar aquellos territorios sin necesidad de mudar el gobierno, mi señor. Sinceramente creo que sería un grave error —insiste Iuitl.

Entonces interviene un hombre de aproximadamente setenta años, llamado Tenancacaltzin, tío de Quinatzin:

—Si abandonas el imperio... habrá muchos problemas... la gente no sabe vivir sin un líder.

—No lo voy a abandonar —Quinatzin sonríe—. Lo voy a mudar. Pero si te refieres a Tenayuca, dejaré a alguien encargado, alguien de toda mi confianza.

—Padre, ¿quién será esa persona? —pregunta Chicoma-catzin.

—Aún no lo sé.

—¿Cuándo pretende comenzar la construcción del nuevo palacio? —pregunta Chicomacatzin.

—En cuanto encuentre el lugar ideal.

—Querido sobrino —interviene Tenancacaltzin con candi-dez—, si ya lo has decidido, entonces yo te apoyo.

Semanas más tarde tres hombres se encuentran arrodillados en el centro de la sala principal. Quinatzin entra escoltado por cuatro soldados, se dirige a su asiento real.

—Levántense —ordena el gran chichimecatecutli. Los hombres arrodillados alzan sus rostros y se ven con ojos hinchados, labios rotos y llenos de sangre. Quinatzin, alarmado, se pone de pie. Empuña las manos—. ¿Quién les hizo eso? —los alba-ñiles se ponen de pie y se ven sus cuerpos con heridas en rostros, brazos y torsos.

—Fuimos atacados por una tribu que dice ser dueña del te-rreno donde usted nos envió a construir su palacio —explica el albañil.

Se ve el rostro furioso de Quinatzin. Ceño fruncido, nariz y labios arrugados, sudor en sus sienes. Le tiembla la quijada. Se escucha su respiración acelerada de rabia.

—Vayan a sus casas a curar sus heridas y a descansar, que yo me encargaré de hacerles justicia.

Quinatzin manda llamar a sus ministros y consejeros con ur-gencia. Todos llegan preocupados. Hacía mucho que no ocu-rría algo así en el palacio.

—Señores ministros y consejeros, los he citado para compar-tir con ustedes algo que me ha indignado sobremanera. Hoy recibí a tres de los albañiles que había enviado a Teshcuco para construir el nuevo palacio del gobierno acolhua. Se encon-traban muy heridos —los ministros y consejeros se muestran asombrados—. Los agresores dicen ser dueños de aquellas tie-rras. Y me enviaron una amenaza.

—Eso es indignante, mi señor —dice Iuitl.

—¿Quién se atreve a amenazar al gran chichimecatecutli? —agrega Tonahuac.

—Yo me aseguré de que la tierra no estuviese habitada, mi señor —interviene Tezcacóatl.

—Lo sé, Tezcacóatl. Yo tampoco vi ningún poblado cuando fuimos a recorrer la zona.

—Sugiero que enviemos a nuestras tropas y acabemos de una vez por todas con esos usurpadores asesinos —dice Tenancacaltzin.

—No creo que sea buena idea. Debemos ser cautelosos —responde Quinatzin.

—Alguien debe estar detrás de todo esto —interviene Iuitl.

—Por supuesto. Pero ¿quién? —le responde Quinatzin.

—Si usted me lo permite, yo me ofrezco para ir personalmente a confrontar a aquellos cretinos —se ofrece Tenancacaltzin con valentía.

—Te lo agradezco, pero será mejor que vaya yo personalmente. No quiero poner tu vida en peligro, tío.

—Mi señor, usted sabe que yo daría mi vida por usted y por el imperio —insiste Tenancacaltzin.

—Yo me ofrezco, mi señor —dice Tonahuac, uno de sus consejeros.

—Tu compañía me será de mucha utilidad.

—¿Ya está decidido? —pregunta Tenancacaltzin.

—Sí... —responde Quinatzin con seriedad.

—¿Y quién se quedará a cargo del gobierno de Tenayuca?

—Tú, querido tío.

Tenancacaltzin se pone de rodillas:

—Mi señor, me siento sumamente honrado.

—Tengo la certeza de que cuidarás del imperio con tu vida.

—Así lo haré —promete Tenancacaltzin.

—Iuitl será tu mano derecha. Tonahuac y Tezcacóatl irán conmigo —explica Quinatzin y luego se dirige a los otros diez ministros—: Obedezcan a mi tío en todo y respétenlo como a un gran chichimecatecutli, pues en mi ausencia él es quien tomará todas las decisiones. Y si algo llegara a ocurrirme, él quedará en el gobierno hasta que mi heredero sea jurado como gran chichimecatecutli.

Al día siguiente el ejército prepara las canoas en las que cruzarán el lago para llegar a Teshcuco. Cientos de cargadores llenan las canoas con costales y canastas llenas de alimentos, mantas y armas. La población observa alrededor y murmura. Muchos se ven preocupados y otros simplemente curiosos. Techotlala, de escasos diez años de edad, se acerca a su padre, quien se encuentra hablando con sus ministros y su tío.

—Padre... —Techotlala baja la cabeza con humildad al estar frente a él.

—Sí.

Techotlala traga saliva:

—¿Puedo ir con usted?

—No —responde Quinatzin.

—Pero... Yo puedo ayudar.

—No estás en edad. Ya habrá muchas oportunidades en el futuro.

Techotlala se marcha enojado porque su padre sólo lleva a los hijos mayores. Horas más tarde Quinatzin, cuatrocientos soldados, doscientos cargadores y trescientas mujeres salen rumbo a Teshcuco.

Al día siguiente Acolhuatzin, el tecutli de Azcapotzalco y primo de Quinatzin entra al palacio de Tenayuca, guiado por dos guardias. La sala principal se encuentra vacía.

—En un momento llegará el gran chichimecatecutli —informa un soldado.

Acolhuatzin espera de pie, en el centro de la sala. Varios minutos más tarde entra Tenancacaltzin con soberbia absoluta. Saluda triunfante con una enorme sonrisa:

—¡Acolhuatzin! —el tecutli de Azcapotzalco se arrodilla y baja la cabeza—. No hagas eso... Entre tú y yo esas formalidades están de sobra —dice Tenancacaltzin y en ese momento dirige la mirada a los soldados y les hace una seña con la mano para que se retiren. Los soldados obedecen y salen.

—Gran chichimecatecutli... —dice Acolhuatzin con una mirada de asombro.

—Sólo es temporal —finge humildad y sonríe.

—Quinatzin no tiene idea de a quién va a atacar...

—Seguramente algunos invasores ingenuos que no tienen idea de lo que les espera.

—Es extraño que haya invasores en esas tierras, pues Quinatzin siempre ha tenido bien vigilados sus territorios.

—Queda comprobado que tales vigilantes no hicieron bien su trabajo.

Acolhuatzin juega con las palabras y los gestos:

—Perdona mi desconfianza, pero... a veces llega a mi mente una idea... algo... ¿Cómo llamarle?... descabellada...

Tenancacaltzin alza las cejas:

—Ah, ¿sí?

—Pienso: *¿Y si Tenancacaltzin planeó todo esto?*

—¿Me estás acusando de la muerte de aquellos albañiles indefensos?

—¡No! ¡De ninguna manera! No me mal interpretes.

—Sería incapaz.

—A mí no me puedes engañar. Te conozco más que Quinatzin.

Tenancacaltzin ríe con soberbia:

—Yo sólo quería evitar que Quinatzin mudara el mercado a Teshcuco. ¡Ahí no hay nada! No hay pueblo. No hay gente. Todo sería mucho más caro. Jamás imaginé que Quinatzin decidiría ir a confrontar a los usurpadores.

—¿Qué harás si te descubre?

—No lo hará.

—¿Estás seguro?

—Yo no los organicé personalmente. Siempre hay alguien que está dispuesto a hacer el trabajo sucio.

Mientras tanto Chicomacatzin llega a Teshcuco con una

tropa de cincuenta soldados. Alrededor se ven los campos de algodón. No hay nadie. Avanzan con cautela. Un grupo de treinta hombres camina hacia ellos. Los soldados de Chicomacatzin preparan sus armas. Se miran entre ellos con confianza y arrogancia. Saben que vencerán a ese pequeño contingente. De pronto uno de ellos pregunta:

—¿Qué buscan aquí?

—Me llamo Chicomacatzin, soy hijo primogénito del gran chichimecatecutli Quinatzin, heredero del imperio de Shólotl y comandante de esta tropa.

El hombre responde orgulloso, con la frente en alto:

—Y yo soy Cipactli, el que organizó la siembra de todo el algodón que alcanzan a ver sus ojos.

—Indudablemente han hecho una tarea espléndida. Entiendo que han trabajado muchísimo y mi padre está dispuesto a pagarles por ello.

Cipactli responde sarcástico:

—¿Piensa comprarnos el algodón?

—No precisamente... Debo informarle que estas tierras pertenecen al imperio y por lo tanto todo lo que se cultiva en ellas. Pero honrando su esfuerzo estamos dispuestos a retribuirles de manera justa.

—Hasta donde tengo entendido los dioses no han dividido las tierras. Así que nosotros somos libres de sembrar donde sea más conveniente.

—Hemos venido de manera pacífica a pedirles que abandonen estas tierras, de lo contrario...

—¿De lo contrario qué? —Cipactli responde agresivo. Los hombres de Cipactli levantan sus arcos.

—Tendremos que sacarlos por la fuerza.

—Inténtalo... —en ese momento salen de entre los arbustos de algodón poco más de cuatrocientos hombres. La tropa de Chicomacatzin alza sus arcos y dispara sus flechas. Las flechas dan en los pechos de algunos de los invasores. Uno de los soldados de Chicomacatzin sopla el caracol. Quinatzin, quien se encuentra escondido detrás de la loma, escucha el silbido del caracol y anuncia a sus tropas que se preparen. El ejército de Quinatzin avanza corriendo con sus macuahuitles en todo lo alto. Chicomacatzin lucha contra los invasores. No pueden contra ellos. Son cincuenta contra cuatrocientos. La escena es aterradora. Los soldados de Chicomacatzin van muriendo. El ejército de Quinatzin llega al campo de batalla. Ambos ejércitos combaten. El ejército de Quinatzin degüella cabezas, mutila brazos y perfora los pechos de sus enemigos. Al final decenas de hombres quedan muertos o heridos.

Cipactli, sucio, cubierto de lodo y sangre, queda tirado en el piso, boca abajo, con las manos atadas a la espalda. Dos soldados lo jalan y lo obligan a arrodillarse. Quinatzin camina hacia él.

—Ahora sí me vas a decir quién putas te mandó a matar a mi gente.

Cipactli lo mira con burla y desprecio:

—Tu madre...

Un soldado se acerca y le da un golpe tan fuerte en la cara que Cipactli cae al suelo. Los dos soldados que lo sostenían lo levantan. Cipactli escupe sangre y sonríe.

Quinatzin insiste:

—¿Quién te envió?

—Ya te lo dije: la puta de tu madre.

El mismo soldado que lo golpeó se acerca, le desata las manos, le toma la mano derecha, la extiende y con su cuchillo de obsidiana le corta cuatro dedos. Cipactli se queja con un fuerte grito y se lleva la mano al abdomen.

—Tú no sabes quién soy, ¿verdad? —pregunta Quinatzin.

—¡Sí! ¡El puto gran chichimecatecutli! ¡El cabrón que nos ha dejado sin tierras! —el mismo soldado se acerca, le toma la mano izquierda y le corta los cuatro dedos. Cipactli grita una vez más. Cae al suelo lleno de dolor.

—Podemos seguir así hasta dejarte sin brazos, piernas, lengua, orejas y ojos —amenaza el gran chichimecatecutli.

35

Cipactli responde con rabia:
—¡Háganlo! ¡Mutílenme!

Observa este amoshtli, querido nieto. Quinatzin pensó mucho en la manera de apropiarse de aquella cosecha, sin importarle a quién perteneciera. Pero tenía un problema: Teshcuco se ubicaba en el lado oriente del lago mientras Tenayuca estaba en el poniente. Iba a ser muy costoso enviar a los peones todos los días en canoas. Entonces decidió mudar el huey tlatocayotl a Teshcuco, algo que enojó a la gran mayoría de los ministros y comerciantes de Tenayuca. Sin duda tenían razón, Quinatzin se había dejado llevar por la ambición y se había olvidado de su pueblo, dejando como gobernador interino a Tenancacaltzin, quien inmediatamente aprovechó las leyes para quitar del gobierno a Quinatzin de manera definitiva.

Aquí está pintado claramente cómo los consejeros y ministros hablaban con Acolhuatzin.

—Tenancacaltzin dice que al abandonar Quinatzin el palacio de Tenayuca debe entenderse que también renuncia al gobierno de toda la Tierra —dijo uno de los ministros vestido con una túnica blanca—. Y que siendo él quien gobierna ahora en Tenayuca le pertenece el derecho de ser jurado tecutli chichimeca —continuó el ministro.

—¿Cómo ha respondido Quinatzin a esto? —preguntó Acolhuatzin molesto, pues por linaje él tenía más derecho al trono que Tenancacaltzin.

—Ha mandado mensajeros a los pueblos vasallos pidiéndoles que le envíen sus tropas —dijo el ministro, que bien conocía los deseos de su tecutli tepaneca.

Algunos ministros aconsejaron atacar inmediatamente a Tenancacaltzin en apoyo a Quinatzin. Otros proponían evitar problemas y ofrecer vasallaje al nuevo gran chichimecatecutli.

En este otro amoshtli, querido nieto, se ve que el príncipe Tezozómoc también estaba presente.

—Amado padre, solicito su permiso para hacer un comentario —dijo el príncipe Tezozómoc que apenas tenía dieciséis años de vida.

—Dime, querido hijo —respondió Acolhuatzin desde su asiento real.

—Sugiero que le permita a Tenancacaltzin apoderarse del gobierno y luego se lo arrebatemos.

Los tlacuilos que allí estuvieron, así lo representaron en sus libros pintados, esos que yo estudié en el calmécac. Hartas veces nuestros maestros nos repetían la misma conversación para que no se cambiara la historia, para que así se recordara.

Quinatzin decidió no hacerle frente a Tenancacaltzin y permaneció en Teshcuco con su familia, pues bien sabía que había más riqueza en los campos de algodón que en Tenayuca.

El gobierno bajo el mando de Tenancacaltzin generó incomodidad en toda la Tierra. Hubo todo tipo de abusos por parte de las autoridades. No había alimento. La gente moría de hambre. El tecutli de Azcapotzalco intentó dialogar con Tenancacaltzin para poner orden, pero éste, lleno de soberbia, lo corrió del palacio. Entonces Acolhuatzin envió sus tropas a combatir a Tenancacaltzin, quien cobardemente salió huyendo. Fue asesinado por una flecha que le dio en la garganta. Acolhuatzin se proclamó grande tecutli chichimeca y nombró a su hijo Tezozómoc tecutli de Azcapotzalco. En los años siguientes, Acolhuatzin se dedicó a restablecer la tranquilidad en el huey tlatocayotl.

La envidia siempre es mayor que la riqueza y Quinatzin, no contento con todo el algodón que estaba produciendo en Teshcuco, decidió declararle la guerra a Acolhuatzin.

Tezozómoc tenía la mirada fija en unos huevecillos de pato que le habían llevado esa mañana. Tenía veinte años de edad y desde niño había deseado ver cómo rompían el cascarón los polluelos. Capricho que no se había cumplido hasta el momento. El silencio en el palacio de Azcapotzalco era inquebrantable: se encontraban en la sala principal del palacio sus consejeros, ministros, sacerdotes y un par de vasallos que habían llevado los huevecillos y, como siempre, el tlacuilo, que pintaba todo lo que ocurría. El príncipe tamborileaba con los dedos sobre sus rodillas. De pronto el más cercano y leal de sus sirvientes entró a la sala principal y le habló al oído:

—Mi amo y señor —dijo Totolzintli—, afuera se encuentra una embajada de parte de su padre.

Tezozómoc cerró los ojos, inhaló profundo e hizo un gesto de enfado.

—Hazlos pasar —respondió.

Los embajadores entraron con solemnidad y observaron con extrañeza los huevecillos en el nido que yacía en el piso; luego se dirigieron al príncipe Tezozómoc, se pusieron de rodillas, bajaron la cabeza, las plumas de sus penachos ondearon y con sus dedos tocando el piso sin levantar las miradas dieron el mensaje:

—Tecutli de Azcapotzalco —dijo uno de ellos con la cabeza gacha, pero viendo de reojo los huevecillos en el nido—, su señor padre solicita su presencia con urgencia en el palacio de Tenayuca.

—Digan a mi padre que iré hoy mismo —respondió. Se puso de pie y ordenó a sus consejeros y ministros que se prepararan para partir. Su esclavo Totolzintli, tres años menor que él, caminó a su lado.

Justo cuando había salido escuchó un ruido en el interior de la sala principal. Volvió avivadamente sin decir palabra alguna y se encontró con un par de polluelos sacudiéndose las plumas: el tecutli tepaneca hizo una mueca de disgusto jalando sus labios a la derecha y arrugando la nariz, que le tiritaba levemente cada vez que hacía tal gesto. Nuevamente su deseo de verlos romper el cascaron se había frustrado.

El camino al palacio de Tenayuca fue caluroso y largo, pues tenían que marchar más de medio día. En realidad el príncipe Tezozómoc no caminó pues lo llevaban cargando cuatro esclavos en su asiento real llamado tlatocaicpali, el cual era puesto sobre una base de madera con dos troncos finamente trabajados y decorados. Una comitiva de soldados marchaba al frente, luego el tecutli y al final sus ministros y consejeros.

Mientras los vasallos que cargaban a Tezozómoc sudaban y se desgastaban los hombros, a él se le proporcionaban constantes porciones de agua y frutas para refrescarse. Cuando llegaron al palacio de Tenayuca, los esclavos bajaron el asiento real al piso y se llevaron una mano al hombro amoratado y con pequeñas raspaduras. Caminó apresuradamente con su corte a la sala principal del palacio donde ya lo esperaba su padre Acolhuatzin con todos sus ministros y consejeros presentes. Hicieron las reverencias acostumbradas de ponerse de rodillas, saludar con la mirada al piso y esperar a lo que el tecutli chichimeca dijera. Lo encontró con el entusiasmo caído, la mirada apagada, la voz opacada. No era eso lo que esperaba encontrar Tezozómoc.

"¿Estaría enfermo? —se preguntó Tezozómoc—. ¿Cansado? ¿Triste? Quizá sea eso. Ya se siente viejo, fatigado y afligido. Pero ¿de qué se preocupa? Logró lo que quería: hacerse jurar como grande tecutli chichimeca."

—He decidido devolver el gobierno a Quinatzin —dijo con la mirada ausente.

Hubo un gran desconcierto en la sala. Los ministros y los consejeros murmuraron y se miraron entre sí. A Tezozómoc le comenzaron a tiritar las manos. Su padre, Acolhuatzin, renunciaba en ese momento al señorío. Así, sin lucha, sin enviar embajadas, sin siquiera esperar a que Quinatzin llegara con su ejército.

—¿Por qué? —preguntó Tezozómoc sin poder controlar el estremecimiento en sus manos.

—Quinatzin ha recuperado poder y aliados —respondió Acolhuatzin tocándose el rostro, como queriendo ocultar su temor—. Viene hacia Tenayuca con un ejército de cien mil hombres. Si no le entregamos la ciudad nos matará a todos y destruirá el señorío de Azcapotzalco.

No estaba permitido hablar sin el consentimiento del tecutli chichimeca, ni siquiera a su hijo Tezozómoc, quien en ese instante pensó que su padre era un cobarde.

"Cobarde, cobarde —pensó al mirarlo, sin poder decir lo que le quemaba la lengua—: lucha por lo que te pertenece. ¡Cobarde! ¡Cobarde! —le habría querido gritar en la cara—. ¡Cobarde! Que vengan, que luchen, si es que en verdad quieren el huey tlatocayotl de vuelta. ¡No así! ¡No! Es nuestro legítimo derecho ser señores de toda esta tierra. Quinatzin abandonó el gobierno. No lo merece. No supo luchar por él."

—Mi señor —dijo uno de los consejeros de Acolhuatzin al dar un paso al frente—, creo que no es conveniente anticiparnos.

—Ya lo he decidido —interrumpió Acolhuatzin indiferente a lo que podían sugerir sus ministros y consejeros. Y en un santiamén notó el enojo en la cara de su hijo y puso más atención de lo común en los delgados labios de su hijo, la nariz estrecha y recta, sus ojos saltones, sus cejas derechas como rayas e inmensamente pobladas y los enormes lóbulos de sus orejas.

Tezozómoc bien conocía a su padre. Sabía la razón: Acolhuatzin buscaba salvar al señorío de Azcapotzalco, sus tierras, sus vidas, su gente. Y si ya había tomado una decisión no habría forma de hacerle cambiar de opinión.

La entrada triunfal de Quinatzin y sus tropas a Tenayuca se divulga en toda la Tierra. Lo confirman todos los tetecuhtin: no había defensa en la ciudad. El ejército se encontraba en los cuarteles. Las armas guardadas en los almacenes. La gente rebosaba de alegría. Acolhuatzin se arrodilló ante Quinatzin. Lloró implorando su perdón. Quinatzin le perdonó la vida. La nobleza tepaneca sale humillada del palacio de Tenayuca. Los hijos de Quinatzin se burlan de ellos. El príncipe Techotlala de veintidós años intercepta a Tezozómoc.

—Mi padre es demasiado ingenuo. Yo no —lo ve a los ojos con desprecio—. Cuando yo sea gran chichimecatecutli no perdonaré a tu pueblo. Voy a destruir Azcapotzalco hasta que no quede nada.

Tezozómoc desvía la mirada. Se mantiene en silencio. Sabe que si escucha una palabra más, le enterrará un puñetazo en la cara a ese bravucón.

—Vamos, hijo —dice Acolhuatzin tomando del brazo a Tezozómoc.

Al salir a las calles, la gente grita todo tipo de insultos a la familia tepaneca. Les impiden el paso. El ejército chichimeca tiene que intervenir. Quinatzin alza la voz. Nadie lo escucha. Comienza el caos. Los pobladores pretenden linchar a Acolhuatzin, Yolohuitl y Tezozómoc. Los soldados forman una valla. Quinatzin no entiende lo ocurrido. Acolhuatzin tampoco. La inconformidad de los pobladores de Tenayuca no era tan grande. ¿Cómo se explica este odio repentino? Los hijos de Quinatzin infiltraron a los alborotadores. El ejército chichimeca tiene que escoltar a la familia tepaneca hasta Azcapotzalco. El recorrido es largo y doloroso. Yolohuitl odia a su esposo más que nunca. Tezozómoc se avergüenza de su padre. No hay nada más que decirse. Ya todos los argumentos fueron expuestos. Acolhuatzin prefirió la humillación a dejar morir a su familia y a su pueblo. El intento de linchamiento a la salida de Tenayuca no fue nada comparado con lo que le habría sucedido a Azcapotzalco. Si Acolhuatzin no se hubiera rendido, el ejército de Quinatzin habría invadido Azcapotzalco antes de entrar a Tenayuca. Habrían matado a toda la nobleza tepaneca, a los niños, a los hombres y a los ancianos. A las mujeres las habrían violado y las habrían convertido en esclavas. Habrían incendiado el palacio de Azcapotzalco, los templos, las escuelas, las casas. Y al final, habrían matado a Acolhuatzin, Yolohuitl y Tezozómoc. Pero Yolohuitl es demasiado arrogante para entender eso. Tezozómoc demasiado joven. La llegada a Azcapotzalco es lo más cercano a una marcha fúnebre. La población tepaneca ha perdido la fe en su tecutli. Siempre es más fácil creer en los rumores que en los hechos. Ahora sólo queda reconstruir su prestigio.

2

Los caballos relinchaban, la luz entraba por las rendijas de las puertas de madera, el calor y los dolores de nuestras heridas hacían más tormentoso aquel momento. Luego de un largo rato ingresaron a las caballerizas dos personas que no eran frailes y nos hicieron hartas preguntas:

—¿Cuál es vuestro nombre? —me preguntó un hombre que tenía una barba que le cubría desde el cuello hasta debajo de los ojos.

Le dije un nombre cristiano, el cual no recuerdo, pero que no era ese que tanto detesto y que me fue impuesto en el bautismo, donde uno no podía decidir si quería llamarse Totoquihuaztli, Tezcacoacatl o Ezhuahuacatl. Se nos obligaba a recibir nombres que en esta tierra no eran comunes y que ahora muchos usan con hartas combinaciones pero siempre lo mismo, como Juan y María: María de esto y de lo otro; Fernando de tal y por cual; Jesús de por allá y anca acullá. A los que recibían el bautismo se le preguntaban quién era su abuelo o bisabuelo para que su nombre quedara como lo que ellos llaman en esta lengua: apellido. Yo harto quise llevar el nombre de mi abuelo como ellos dicen, de apellido, pero de hacerlo así hubiera puesto en peligro a él y a todos los míos que nos escondíamos en una aldea.

—¿Dónde habéis estudiado el catecismo? —me preguntó el hombre de pie, mirándonos hacia abajo, como queriendo comprobar que su raza era mejor que la nuestra.

—En Tlatilulco —mentí allí tirado, sangrado, amarrado entre la paja.

—¿Y vos? —preguntó a mi hermano que jamás quiso aprender la lengua ni ser bautizado—. ¿Cuál es vuestro nombre?

Mi hermano, al no entender la lengua castellana, no respondió. Su cara estaba llena de sangre y uno de sus ojos parecía una enorme bola negra. El hombre se mantuvo un momento en silencio esperando a que mi hermano respondiera. En eso uno de los caballos que ahí tenían relinchó.

—Os hice una pregunta —el hombre se inclinó hacia mi hermano, que lo miró con harto enojo sin hacer un solo gruñido. El hombre cerró su puño.

—¿Cuál es vuestro nombre?

—Juan Martín —respondí.

—Le he preguntado a este indio. Cuando quiera hablar con vos, os lo diré —dijo con harto enfado y volvió la mirada a mi hermano—. ¿Cuál es vuestro nombre?

—*Uan Metín* —respondió mi hermano.

—No habláis castellano —sonrió—, no habéis sido bautizado aún —se enderezó y se dirigió a mi abuelo.

—¿Sois vos el tlacuilo de Azcapotzalco?

Mi abuelo no respondió.

—Os he hecho una pregunta —se agachó y con su mano le levantó la cara a mi abuelo para que lo mirara—. ¿Sois vos el tlacuilo de Azcapotzalco?

El hombre se dirigió a mí y se agachó para verme a los ojos.

—¿Vuestro abuelo habla castellano? —preguntó salpicando mi rostro con su saliva.

—No —respondí tratando de alejar mi cara.

—¿Es el tlacuilo de Azcapotzalco? —y nuevamente su saliva se roció en mí.

—Sí.

El hombre habló con otro de sus soldados:

—Ellos son los que hemos estado buscando —y salió de ese lugar que decían caballerizas.

Luego volvieron dos hombres que no eran frailes, levantaron a mi abuelo, le quitaron los mecates de los pies y se lo llevaron. Mi tío les gritó que eran unos cobardes por abusar de un anciano sin brazos. Uno de esos hombres se dio la vuelta y le dio dos patadas en el estómago y le ordenó que se callara. Hubimos de permanecer ahí entre la paja y los caballos por más tiempo sin comida y sin bebida hasta que volvió uno de ellos y me levantó del piso jalando mis cabellos. Me llevó a un cuarto donde mi abuelo se encontraba. El lugar era grande y con hartas imágenes de sus santos en las paredes y sobre los muebles. Había una cruz tan grande como un hombre de verdad. Allí estaba su dios, su Cristo, flaco, encuerado, sangrado como nosotros, torturado como muchos otros a los que ya habían castigado por no creer en su religión. Había también libreros, dos ventanas con cortinas largas, abiertas, muy grandes, por donde entraba harta luz y desde donde se podía ver la ciudad. Mi abuelo estaba sentado en una silla frente a un escritorio; y del otro lado un fraile, delgado, con la mollera calva y una tira de cabello rodeando desde su nuca hasta la frente. No era alto como otros frailes.

—Soy fray Juan de Torquemada. Os he mandado traer —dijo con mucha tranquilidad en su mirada— para que traduzcáis lo que diga vuestro abuelo. Quiero platicar con él. Espero que entendáis que no es menester mío haceros daño alguno sino conocer un poco más de vuestras costumbres y ancestros. Decidle lo que he dicho a vuestro abuelo.

Le dije a mi abuelo en nahua qué era lo que el hombre decía en su lengua castellana. Mi abuelo me hizo decirle al señor Torquemada que no hablaría si no eran liberados sus hijos y sus nietos.

—Os prometo que así será en cuanto vosotros respondáis a algunas de mis preguntas.

—Ya dije lo que el señor quiere, pero él insiste que den libertad a nuestros parientes.

—Liberad a los otros —dijo a uno de los hombres que permanecía en la entrada.

—No —respondió mi abuelo en nahua—, que te lleven a ti también.

Así traduje a la lengua castellana, pero el señor Torquemada dijo que eso no sería posible pues necesitaba una lengua nahua. Lenguas había muchas por el rumbo, pero Torquemada sabía que mi abuelo se dejaría morir si no había otro de los suyos para el tormento. Hartas veces me lo dijo: "Si un día soy apresado dejen que me lleven y no arriesguen la vida, yo ya estoy viejo y lo que ellos quieren es lo que yo pueda contar sobre nuestra historia. Pero si muero nada podrán saber".

—Dile, pues, que te lleven —dijo mi abuelo—, para que te asegures de que sean liberados en los campos y que sus vidas estén a salvo. Ya sabes tú para qué.

Le dije a Torquemada sólo lo que debía saber. Permaneció en silencio por un momento, miró hacia la ventana, caminó a su escritorio, buscó entre sus cosas, sacó unos libros pintados y se dirigió a mi abuelo.

—¿Conocéis esto, tlacuilo? —dijo poniendo los libros pintados frente a sus ojos.

Mi abuelo abrió los ojos e hizo un gesto harto triste al ver esos papeles que se hacían con pencas de maguey, echadas a fermentar en agua, luego lavándolas, extendiéndolas y alisándolas. Sé que en esos momentos volvían a su mente los dolorosos recuerdos de la guerra contra los barbados, las muertes de hartos tepanecas, su defensa de los libros, el camino por donde corrió y tanto llanto que hubo de derramar en sus años jóvenes. Lo sé porque me contó mi abuelo. Yo sé más que nadie lo mucho que hubo de callar, sé que se hizo fuerte ante nosotros pero que en soledad sufrió. Y en esos momentos ver que los libros pintados no habían sido quemados le daba una nueva razón de vivir. Podría verlos y traducir a la lengua lo que había olvidado.

—Quiero que vosotros me ayudéis a entender lo que quieren decir estos dibujos —dijo Torquemada.

—Mi abuelo dice que le dirá lo que usted quiere saber pero exige que primero libere a sus hijos y nietos que están en las caballerizas.

—Así será entonces —respondió Torquemada y salió del cuarto.

Ese mismo día fui llevado con los míos por donde habíamos sido apresados, rumbos que no eran por donde estaban nuestras casas que habían construido mi abuelo y los que con él se fueron a esconder. En el camino no hablamos pues los que nos llevaban eran meshícas traicioneros —de esos que ya no creían en la toltecáyotl sino en la cruel cristiandad y sus santos y vírgenes— y que por hablar las lenguas nahua y castellana irían a contar a Torquemada a cambio de algunas monedas. Pero hablar no fue necesario. Bien sabíamos lo que ellos habían de hacer: sacar de nuestra pequeña aldea a nuestras familias, mientras mi abuelo y yo intentábamos salvar nuestras vidas. Al ser liberados mis parientes se fueron corriendo, pero no por el rumbo de nuestra aldea. Corrieron dispersos, unos para el norte, otros para el poniente y otros para el sur, para desvanecerse entre los árboles y no ser perseguidos. Yo permanecí viendo hasta que se perdieron.

Luego fui llevado nuevamente a la casa donde aún permanecía mi abuelo. El señor Torquemada sonrió y sin espera sacó los libros pintados, los puso sobre su mesa y ordenó que mi abuelo comenzara a explicar lo que veía. El fraile sacó entonces unas hojas y una pluma para escribir lo que hube de traducir a su lengua. Un meshíca estuvo ahí todo el tiempo, escuchando y diciéndole a su patrón —como él le decía a Torquemada—, que lo que yo traducía era cierto. Pero yo no necesitaba mentir ni mi abuelo decir historias falsas.

—Dispense —interrumpí cuando Torquemada escribía—, ¿qué piensa hacer con esto que escribe?

Torquemada se detuvo por un momento, miró a mi abuelo, sus papeles, los libros pintados, al meshíca y a mí:

—Divulgaremos esto, que ustedes han guardado tan celosamente, a todos los indios de estas tierras —dijo y leyó la lista de dioses que minutos antes ya le había dicho yo—. Les hablaremos de Ehécatl, dios del viento y gemelo de Quetzalcóatl, creador de los hombres y mujeres; de Tonantzin, la madre; de Tláloc, dios de las aguas; de Cinteotl, dios del maíz; Coatlicue, señora de serpientes; Tonátiuh, el dios del sol; Tonacatecuhtli, padre de los cuatro Tezcatlipocas; Meztli, la luna; Huitzilopochtli, dios principal de los mejicas, hijo de Coatlicue.

—¿Es cierto lo que dice? —pregunté con entusiasmo.

—Tened fe, que así será —respondió Torquemada.

Así le traduje a mi abuelo, quien no confió en lo que había dicho y respondió:

—Dile pues que si es así, que yo mismo puedo dar lecciones a los que ya hay en el pueblo y que no es necesario que escriba.

—No. Por el momento es menester que vos me digáis lo que sabéis —dijo Torquemada—. Vuestra fatiga es demasiada y llevarlo con los tumultos dañaría vuestra salud. Será mejor que yo escriba para luego enseñarlo en el catecismo.

Mi abuelo murmuró algo que alcanzó a oír el meshíca. Torquemada me exigió que tradujera a su lengua.

—Lo siento, señor, no escuché lo que dijo mi abuelo.

—Indio, ¿qué ha dicho el anciano? —preguntó al meshíca.

—El tlacuilo ha dicho que vos estáis mintiendo, que no vais a enseñar esto a los *destas* tierras. Que lo que vos quiere es dar informe a vuestro tecutli.

Torquemada sonrió y agregó:

—Decidle a tu abuelo que debe confiar en mí, que es verdad lo que os he prometido. ¿A quién más ha de interesarle su historia sino a vosotros?

Comprendí que mi abuelo tenía razón. Recordé lo que él me había contado años atrás: que a muchos se les había encarcelado para obligarlos a traducir los libros pintados y que luego fueron torturados y muertos por no creer en su dios colgado de una cruz. Pues lo que se les obligaba a traducir era usado en su contra en los juicios por adorar a los demonios, como ellos dicen.

—¿Qué significa este dibujo, tlacuilo? —preguntó Torquemada señalando con su dedo.

Mi abuelo, que sabía que lo más acertado en ese momento era obedecer, acercó la mirada a los libros pintados, se mantuvo en silencio por un momento con sus ojos recorriendo lentamente cada una de las imágenes que ahí estaban plasmadas y comenzó a contar:

—Son las siete tribus nahuatlacas que llegaron de Áztlan: shochimilcas, shalcas, tepanecas, colhuas, tlahuicas, tlashcaltecas y meshícas.

—¿Cómo es que se escribe lo que acabáis de mencionar? —Torquemada tenía harta dificultad para comprender los nombres que le dábamos y molesto interrumpía para que los repitiéramos. Luego en su desesperación rompió con sus dedos la pluma con la que escribía—. ¿Vosotros sabéis escribir? —me preguntó.

—Sí —respondí.

—Pues entonces tendréis que escribir estos nombres en esta otra hoja. De no ser así jamás terminaremos con esto —dijo Torquemada y sacó una pluma de pájaro rojo.

Y obedeciendo las órdenes de Torquemada hube de escribir los nombres para que él los copiara en sus hojas. Fue en ese mismo momento que comprendí cuál era mi labor como descendiente de mi abuelo: escribir en la lengua castellana nuestra historia. Antes de eso creía que con saber podría enseñar a otros, pero hasta ese día no había comprendido que un día mi abuelo moriría y mis hermanos y yo también. Y siendo nosotros pocos de los que sabíamos lo que los libros pintados decían, al morir nadie más preservaría la toltecáyotl. Y por desgracia de nuestro pueblo se perdería. Sólo se sabría lo que estos cristianos escribían a su entender. Como lo hicieron muchos tlatoque: cambiando la historia para su beneficio; para borrar sus fracasos y para que sólo se supiera su grandeza. Así los cristianos lo estaban haciendo: escribiendo sus victorias, diciendo que éramos indios adoradores del demonio.

—Seguid con vuestro relato —dijo Torquemada luego de copiar los nombres a su hoja.

—Las siete tribus nahuatlacas que salieron de Áztlan se separaron en el camino. Los primeros en llegar al Anáhuac fueron los shochimilcas, shalcas, tepanecas, colhuas y tlahuicas. Pero ya estaba habitada la Tierra por los chichimecas, descendientes de los toltecas.

Un hombre —que no era fraile— entró al lugar y le dijo que un meshíca se rehusaba a laborar argumentando que eran demasiadas las horas que trabajaban por día. Torquemada ordenó que se le azotara. No pude decir a mi abuelo lo que había escuchado porque el meshíca seguía ahí junto a nosotros.

—Y bien —dijo Torquemada cuando el hombre salió del lugar—, decidme, ¿qué ocurrió con las dos tribus faltantes?

—Los meshícas y tlatelolcas tardaron casi doscientos años en llegar y cuando llegaron ya los habían olvidado las otras tribus.

—Y, ¿ya adoraban dioses? —Torquemada preguntó, se persignó, pidió perdón a su dios por averiguar sobre nuestros dioses y le dijo que lo hacía por saber más de los indios, como él nos decía y no por falta de fe.

—No. Y tampoco hacían sacrificios humanos; sólo de animales, como aves.

—¿Es que acaso vosotros creéis que soy un imbécil? —dijo Torquemada con gesto de enojo y se puso de pie. Sacó más papeles que tenía en libreros y leyó en voz alta—: fray Toribio Motolinía, Bernardino de Sahagún, Gerónimo de Mendieta y Andrés de Olmos aseguran que aquí se hacían sacrificios humanos. Y ahora vosotros venís a decirme que sólo sacrificaban pájaros.

Mi abuelo siguió con su plática con los viejos: "Se hacían sacrificios humanos en los templos meshícas, mucho tiempo después".

—¿Qué ha dicho el anciano? —preguntó Torquemada sin soltar sus hojas.

En cuanto le dije a la lengua castellana lo que había dicho se sentó en su silla y puso sus ojos sobre mi abuelo:

—¿Qué pasó entonces?

—Por aquellos años se fundaron Tenayuca, Shalco, Shochimilco, Culhuacan, Coyohuácan, Azcapotzalco y Teshcuco.

—¿Y Tenochtítlan? —preguntó Torquemada un poco más tranquilo.

—Eso fue años más tarde, pues los meshícas y tlatilulcas se quedaron por muchos sitios, pero ninguno fue tan valioso para hacer hacienda. O en otras ocasiones les hacían guerra y tuvieron que buscar en otros lugares, donde de igual manera levantaban altares a Huitzilopochtli y luego debían abandonar dejando a los enfermos y a los ancianos. De esa manera tuvieron que vagar más años, llegando a Tepeyacac, a los montes de Chapoltépec y Acocolco, donde estuvieron en miseria, comiendo pescados, insectos y raíces. La ropa que traían era de las hojas de una planta de la cual hay en abundancia en la laguna. Sus casas eran unas miserables chozas de carrizo y espadaña. Y aunque la pobreza era mucha, la felicidad de ser libres era mayor.

Mi abuelo hizo una pausa, un gesto de incomodidad y dijo algo en nahua. Torquemada ansioso preguntó qué había dicho. El meshíca le dijo que mi abuelo quería que le rascara la espalda. Y pronto yo me paré de mi silla para hacer eso que mi abuelo no podía hacer. Ya frente a él y dándole la espalda a Torquemada el meshíca me dijo algo en nahua, en voz muy baja:

—Yo los voy a ayudar.

Torquemada levantó la mirada y el meshíca me hizo un gesto para que volviera a mi lugar y siguiera traduciendo lo que mi abuelo decía:

—Luego de deambular por muchas tierras —continuó contando mi abuelo—, los meshícas decidieron habitar un islote, pero los colhuas les hicieron la guerra y los apresaron a

51

todos obligándolos a trabajar como esclavos. Entonces Coshcosh, tecutli de Culhuacan, tenía enemistad con los shochimilcas que día a día se expandían en territorio e invadían sus tierras y aguas. Coshcosh ofreció a los meshícas un lugar donde habitar con la condición de que fueran a la guerra con ellos. Los guerreros colhuas llevaban hartas armas pero no dieron a los meshícas nada para su defensa, así que ellos mismos hicieron adargas de caña mojada y llevaron pequeñas navajas hechas con pedernal.

Los meshícas mostraron desde entonces su gran destreza para las batallas, pues los colhuas aprovechándose de ellos los enviaron al frente. Aún no había amanecido cuando los meshícas llegaron nadando por las aguas quietas del lago de Teshcuco. Así se mantuvieron sumergidos, sacando sólo la boca y nariz para respirar y cuando se escuchó el silbido del caracol, que era la señal de guerra, salieron todos a un mismo tiempo y marcharon entre los árboles hasta llegar a la ciudad de Shochimilco. Los shochimilcas que no los esperaban, sorprendidos hicieron todo lo posible por defenderse con sus flechas y lanzas, pero los meshícas con habilidad se escondían tras los árboles y cuando ya no caían flechas del cielo, corrieron hacia ellos e iniciaron el combate cuerpo a cuerpo. Pero no les iban dando muerte; los desarmaban y les cortaban una oreja, la cual guardaban en unas bolsas hechas con hilo de maguey. Sólo hubieron de matar a los que hicieron resistencia, los que no querían salvar la vida. Los otros corrían bañados en sangre, sin comprender aquella manera de luchar de los meshícas, ya con una sola oreja, temerosos de que pronto fuesen mutilados. Pues pensaban que los meshícas les cortarían la otra oreja, la lengua, los brazos y piernas, y que luego les sacarían los ojos.

—¿Por qué hicieron eso? —preguntó Torquemada sorprendido. Su asombro era tanto que había dejado de escribir minutos atrás, por ver a mi abuelo mientras contaba aquella guerra de las orejas.

Mi abuelo agachó la cabeza para ver los libros pintados...

Asholohua, nieto querido, observa este amoshtli. Estos hombres que ves de lado derecho son los meshícas. Los de la izquierda son los colhuas que iban detrás de los meshícas apresando con gran facilidad a los shochimilcas heridos que encontraban a su paso. Y como era costumbre después de la guerra ir con el tecutli a mostrar los prisioneros, los guerreros colhuas fueron orgullosos con su señor Coshcosh, quien celebró su hazaña. Los meshícas por su parte no llevaban prisioneros sino hartos tanatlis.* Los guerreros colhuas rieron al ver que los meshícas no llevaban un solo prisionero. Coshcosh hubo de callarles pues era tanto el escándalo que hacían en el palacio que parecía grande fiesta la que allí se llevaba. Los meshícas se mantuvieron en silencio esperando a que Coshcosh controlara la bulla.

—¿Dónde están sus prisioneros? —preguntó Coshcosh mirando en varias direcciones, esperando que en cualquier momento entraran más meshícas con esclavos.

—Mi señor —dijo uno de los meshícas sin mostrarse intimidado por las burlas de los soldados colhuas—, como usted así lo ordenó, mis hombres y yo marchamos por delante, vencimos a los enemigos, los desarmamos y les cortamos una oreja, para que sus soldados colhuas pudieran capturarlos con facilidad. Si revisa a todos los prisioneros, notará que les falta una oreja…

Hubo en ese momento un gran alboroto, pues los soldados colhuas querían defender el logro de su victoria. Coshcosh tuvo que intervenir nuevamente para que guardaran silencio.

Tenoch ordenó a sus hombres que caminaran al frente. Y obedeciendo las instrucciones, uno a uno fue vaciando las orejas de sus tanatlis, que contadas superaron al número de prisioneros que traían los colhuas.

* Tanatlis: canastas.

Coshcosh ordenó a uno de sus ministros a que corroborara que a los prisioneros les faltaba una oreja. El ministro caminó con pausa a un lado de los prisioneros, observó detenidamente y dijo:

—Así es, mi señor, a estos prisioneros les faltan las orejas.

—Me han sorprendido —dijo Coshcosh.

Los meshícas querían que los colhuas les tuvieran respeto, que no los vieran como simples esclavos. Ya habían sufrido muchos años de miseria y abusos y consideraban que era el momento de que los demás pueblos los vieran como iguales.

—Mi señor —dijo Tenoch—, antes de retirarnos, queremos informarle que hemos estado preparándonos para las celebraciones de nuestro dios Huitzilopochtli y queremos que usted sea nuestro invitado. Asimismo pedimos que envíe una ofrenda a nuestro dios.

Coshcosh los miró con indiferencia. Para él, ellos seguían siendo esclavos, insignificantes bárbaros a los que podía utilizar cuando le diera la gana. Escuchó con atención la invitación y prometió que ahí estaría. En cuanto los meshícas salieron, Coshcosh y sus consejeros se burlaron de las creencias de los meshícas, pues ellos aún no creían en Huitzilopochtli.

A la noche siguiente, cuando todos dormían, llegaron unos colhuas con el envío y se fueron. Los meshícas, al despertar, encontraron a su dios Huitzilopochtli con mierda embarrada por todas partes, con un pájaro bobo muerto a sus pies y lleno de sangre. Los meshícas se miraron entre sí con tristeza y al mismo tiempo con enojo, pues bien sabían quiénes eran los responsables de aquel acto infame. Tan imperdonable ofensa no hizo más que provocar la ira de los tenoshcas que limpiaron a su dios para la fiesta que se llevó a cabo cuatro días después, a la cual llegó el señor de los colhuas con el único propósito de saber qué harían los meshícas tras aquella humillación. Pero como la fiesta de Huitzilopochtli se habría de llevar a cabo con júbilo, no hicieron ni dijeron algo que provocara desencuentros, aunque los colhuas hacían hartas burlas de los meshícas y sus rituales. Coshcosh observó con atención cómo la estatua de Huitzilopochtli fue colocada sobre una base con agarraderas con forma de serpientes hechas de la más resistente madera y luego la cargaron cuatro hombres para llevarlo hasta su altar. La noche anterior los sacerdotes permanecieron en vela, al cuidado del dios Huitzilopochtli. Ya en las ceremonias se hicieron los sacrificios de las codornices. Los jefes, que entonces eran varios, eran los primeros en arrancar las cabezas de las aves y luego esto lo repitieron los sacerdotes, los guerreros y el pueblo. Éstas serían luego cocinadas para comer. Todos los presentes tenían en sus manos unos incensarios de barro con chapopotli para quemar todos juntos en un grande brasero redondo llamado tleshictli, en honor al dios de la guerra.

Más tarde inició una de las danzas en la cual una de las doncellas sostuvo una serpiente entre los brazos y luego ésta comenzó a recorrer todo su cuerpo sin hacerle daño. En la segunda danza las doncellas salieron con sus rostros pintados y los brazos adornados con bellas plumas rojas hasta los codos, cargando sobre la cabeza unas guirnaldas de mazorcas de maíz tostado y en sus manos unas banderillas de tela de algodón. Los sacerdotes también estaban en esta danza y para ello utilizaron plumas de garza en sus cabelleras largas y sucias, pues no debían lavarlas por ser sagradas. Tenían las caras pintadas de negro y los labios untados de miel. Cubrieron con papel sus genitales y en las manos cargaron unos cetros que al extremo tenían una flor hecha de pluma negra.

Terminadas las celebraciones, Tenoch y los demás sacerdotes se encerraron en la casa de Huitzilopochtli por varios días y noches para que él les indicara las acciones para castigar las ofensas. El dios portentoso les dijo que para que los colhuas pagaran su ofensa debían dar en ofrenda a una de sus hijas más amadas. Bien sabían los tenoshcas que solicitar una hija a Coshcosh en ese momento no era hacedero, así que esperaron.

Poco después Coshcosh murió mientras dormía. Aunque mucho se dijo que los meshícas lo habían envenenado, nada se pudo comprobar. Su lugar lo tomó su hijo, llamado Achitometl, quien también había mostrado desprecio hacia los tenoshcas.

Los meshícas acudieron, cargados de grandes ofrendas, al funeral de Coshcosh y a la jura de Achitometl. Pasados algunos días Tenoch y los sacerdotes visitaron al nuevo tecutli colhua, Achitometl.

—Gran tecutli colhua —dijo Tenoch con humildad—. En honor a su grandeza y gratitud a los permisos que nos han otorgado a los tenoshcas, venimos a solicitarle a su hija más amada para convertirla en nuestra madre.

—¿Quieren que mi hija sea la madre de los tenoshcas?

—Así es, mi señor. Será nuestra diosa. Prometemos venerarla hasta el fin de nuestras vidas.

Achitometl sonrió. Aquello parecía inofensivo. Asimismo, convertir a su hija más amada en diosa les daría grandeza entre las tribus. Entonces les dio a su hija más amada: Teteoinan.

La joven fue recibida por los meshícas con grandes fiestas y regocijos. Treinta días fue venerada por los tenoshcas. Se le dieron los mejores alimentos y las mejores ropas. Los mancebos más hermosos la sedujeron en las noches. Llegada la noche del solsticio de invierno se llevó a cabo la máxima celebración. Cientos de danzantes bailaron ante la joven. La cargaron en andas por todo el pueblo. La gente se arrodilló ante ella. Luego la llevaron al Monte Sagrado donde la recibieron los sacerdotes y con gran veneración la acostaron en una cama de piedra.

Un día antes una embajada meshíca había visitado al padre de la doncella.

—Mi señor, hemos venido a invitarlo a que venga a nuestra ciudad isla a adorar a su hija y madre de los meshícas.

Achitometl aceptó sin imaginar lo que vería. Llevó una gran cantidad de regalos para su hija pero al entrar al teocali y tomar un incensario con copal encendido, vio a su hija desollada. Alrededor de ella un mancebo danzaba con la piel de Teteoinan sobre sus hombros como una capa mientras otros tocaban unos tamborcillos.

Con llanto y sin poder hacer más por ella, Achitometl salió del lugar y ordenó a sus guerreros que hicieran la guerra a los meshícas.

—¡Mátenlos a todos! —ordenó.

Hartos meshícas fueron muertos, otros hubieron de salir para salvar las vidas. Achitometl lloró en soledad la muerte de su hija Teteoinan, que se convirtió en la señora madre de Huitzilopochtli y de todas las deidades que los tenoshcas tuvieron después. A esta nueva diosa, Teteoinan, que desde ese día comenzaron a adorar, le llamaron luego Tonantzin, nuestra madre; y también Toci, nuestra abuela, pero sin duda era la misma, a la que muchas fiestas y ofrendas le hicieron después.

—¡Ya había escuchado muchos testimonios sobre aquellas atrocidades! —exclamó Torquemada, impresionado por lo que acababa de oír—. Que Dios les perdone tanta barbarie.

Así le traduje a la lengua a mi abuelo que pronto respondió.

—Mejicano, ¿qué ha dicho el anciano? —preguntó el fraile que ya no confiaba en mí cuando mi abuelo hacia comentarios como ésos.

—Ha dicho que no hay diferencia entre eso y lo que se hace ahora en la horca y en los castigos que hacen a los que no creen en su dios. Que estos shochimilcas fueron presos en la guerra, pero que también hubo quienes eran sacrificados por voluntad propia.

Torquemada miró por unos instantes a mi abuelo, que no se intimidó al verlo también a los ojos. Pronto el fraile bajó la mirada y comenzó a escribir.

—Continuad con vuestro relato —dijo sin mirar a mi abuelo.

—Los colhuas salieron de ahí y decidieron deshacerse de los meshícas echándolos de sus territorios. Pero la ofensa no había sido remediada con su libertad y los meshícas se fueron a Tizapan, donde nuevamente construyeron casas y un adoratorio para Huitzilopochtli. Vivieron tranquilos y en espera de que los colhuas olvidaran las ofensas a los meshícas. Y cuando hubo mejores tratos entre ellos, los meshícas pidieron al señor de los colhuas permiso para comerciar.

"Los meshícas acudieron entonces ante el joven tecutli de Azcapotzalco y le pidieron permiso para habitar un islote abandonado en medio del lago. Tezozómoc les concedió el permiso con la condición de que acudieran a las guerras que él se los ordenara. Luego de que los meshícas tomaron posesión del lugar, edificaron un altar al dios Huitzilopochtli. Fabricaron sus humildes chozas de carrizo y enea por carecer de otros materiales. Éste fue el principio de la grande ciudad de Tenochtítlan en el año Dos Casa (1325), reinando el tecutli chichimeca Quinatzin, poco menos de doscientos años después de la salida de los nahuatlacas de Áztlan. A su ciudad en la isla en el lago de Teshcuco llamaron Mexihco-Cuauhmishtitlan y luego Meshíco Tenochtítlan. Pronto ellos mismos cayeron en discordia y se dividieron. Los unos se quedaron ahí y los otros se fueron al norte del islote que primero llamaron

Shaltilulco y luego Tlatilulco. Los tlatilulcas cuentan que ya vivían en el islote cuando los meshícas llegaron. Pero como aquellos territorios pertenecían a Acolhuatzin, el padre de Tezozómoc, ambas tribus tuvieron que declararse tributarios de Azcapotzalco."

En ese momento entró el fraile regordete, con la respiración agitada, caminó hasta el escritorio y dijo algo al oído de Torquemada, algo que hubo de ser de gran menester pues su rostro demudó, sus ojos se inflaron, dejó caer la pluma en el escritorio, dirigió su mirada a la ventana, se persignó, se levantó con apuro y ordenó que mi abuelo y yo fuésemos llevados a una habitación donde pasamos la noche sin poder dormir.

Ha llegado el momento de tu instrucción, Coyote hambriento, Coyote sediento, Coyote en ayunas. Y para ello debes saber lo acontecido. Debes abandonar el luto que llevas. Sé muy bien que presenciar la muerte de tu padre Ishtlilshóchitl fue un trago amargo. Pero debes saber por qué murió de esa manera, por qué no se dio a la fuga. ¿Por qué, si muchos lo han hecho? Pero tu padre era benigno y su corazón no le permitía dejar que más vidas pagaran lo que con la suya saciaría la ambición de Tezozómoc, el tirano.

Como bien sabes, Coyote, tu bisabuelo Quinatzin decidió mudar el imperio de Tenayuca a Teshcuco, un lugar que hasta entonces había permanecido deshabitado pero que por regalo de los dioses tenía enormes tierras llenas de algodón. Todo aquello le pertenecía al imperio chichimeca y por lo tanto era derecho y obligación de Quinatzin cosechar aquel algodón. Pero cruzar el lago todos los días era demasiado trabajo para la gente, así que Quinatzin decidió mudar el imperio a Teshcuco. En un principio sólo envió a un grupo de albañiles para que comenzaran la construcción del palacio, pero un día llegó uno de esos albañiles muy mal herido al palacio de Tenayuca. Le informó a tu bisabuelo que un grupo de hombres habían reclamado la tierra y que los habían atacado. Quinatzin acudió entonces con un pequeño ejército a defender aquellas tierras que por herencia le pertenecían. Mientras tanto dejó a su tío Tenancacaltzin como gobernante interino.

Tu bisabuelo descubrió entonces que alguien le había tendido una trampa para matarlo. Preocupado por la seguridad de su esposa Atzin y su hijo menor Techotlala, envió un par de embajadores a Tenayuca. Los primeros debían sacar de ahí, a escondidas, a Atzin y Techotlala; los segundos embajadores tenían que informar a Tenancacaltzin que Quinatzin había muerto en combate. El objetivo era descubrir quién había fabricado aquel ardid.

La traición venía de su tío, en quien más había confiado. Tenancacaltzin aprovechó las leyes para autonombrarse supremo tlatoani, señor de toda la Tierra, gran chichimecatecutli. Quinatzin sabía perfectamente que no podría regresar a Tenayuca y que, de intentarlo, lo matarían, por ello envió otra embajada a Tenayuca para solicitar al jefe de las tropas que marcharan a Teshcuco en su auxilio. Pero fue demasiado tarde: las tropas ya habían jurado fidelidad a Tenancacaltzin. Tu bisabuelo envió embajadas a todos los pueblos vasallos solicitando su auxilio, pero nadie respondió. De un día para otro, Quinatzin y su familia se habían quedado sin casa, sin tierras y sin ejércitos. Estaban sin nada en Teshcuco, un lugar sin ciudad, sin pobladores, sin templos. Nada.

Tenancacaltzin fue severamente criticado, así que para quedar bien con la gente de Tenayuca y toda la Tierra, envió a Teshcuco miles de esclavos para que construyeran el palacio de Quinatzin y mujeres para que les cocinaran. Fueron años muy difíciles para la familia.

En pocos años Teshcuco ya tenía un palacio, templos y casas para los albañiles, que también trabajaron como campesinos en la cosecha de algodón. Mientras tanto, la vida en Tenayuca era cada vez más difícil y mucha gente se fue a vivir a Teshcuco. El comercio de mantas creció y Quinatzin recuperó alianzas que había perdido años atrás. Bien sabía tu bisabuelo que muchos señoríos no le habían ofrecido su auxilio por miedo a las represalias de Tenancacaltzin, el mismo que salió huyendo de Tenayuca cuando Acolhuatzin le declaró la guerra.

Quinatzin esperó pacientemente varios años sin mostrar enojo hacia su primo Acolhuatzin para juntar tropas y aliados, y cuando recuperó fuerzas marchó con su ejército contra los pueblos que lo habían traicionado deliberadamente. El usurpador Acolhuatzin cobardemente le devolvió el gobierno con la pueril excusa de que se había apoderado del huey tlatocayotl para cuidar que los enemigos no lo tomasen. Quinatzin le perdonó la vida y le dejó su señorío.

Coyote hambriento, Coyote sediento, Coyote en ayunas, muchas veces las peores traiciones vienen de la familia. Y a Quinatzin no sólo lo traicionaron su tío y su primo. Quinatzin tenía cinco hijos: Chicomacatzin, Memosholtzin, Manahuatzin, Tochintzin y Techotlala (de mayor a menor). El primogénito, Chicomacatzin —quien ya de por sí sería el heredero del trono—, se enojó con su padre por haberle perdonado la vida a Acolhuatzin y su familia. Fue tal la discusión entre padre e hijo que Quinatzin terminó desheredando a Chicomacatzin, algo que quizá se habría revertido con una humilde disculpa por parte del primogénito; en cambio, urdió un plan con los señores principales de los pueblos inconformes y, entre todos, se levantaron en armas para deponer y asesinar al supremo monarca. Techotlala, el hijo menor, fingió estar de acuerdo con sus hermanos, pero los delató con Quinatzin.

Mucho se ha criticado lo que hizo tu abuelo Techotlala. Para muchos fue un traidor ambicioso; para otros fue el hijo más leal de Quinatzin. Analiza esto, Coyote: ¿a quién se le debe mayor lealtad: al padre a los hermanos? ¿Lo que hizo Techotlala fue por lealtad o por conveniencia? Si ayudaba a sus hermanos, tendría escasas posibilidades de ser el supremo monarca, pues eran cinco hermanos. Al denunciarlos, se deshacía de los cuatro a la vez.

Para entonces ya se habían levantado en armas los ejércitos de Tlashcálan, Huashtepec, Totolapan, Huehuetlan, Mizquic y Cuitláhuac. Quinatzin mandó llamar a los señores principales de Azcapotzalco, Tlatelolco, Meshíco, Shalco, Culhuacan, Shaltocan, Coatlíchan y otros poblados más pequeños.

Cuando los embajadores llegaron a Azcapotzalco para solicitar el auxilio de las tropas tepanecas, Tezozómoc le solicitó a su padre

hablar en privado, donde le pidió que no enviara su ejército a Qui-
natzin, pero Acolhuatzin le respondió que estaba obligado, pues
esa era la promesa que le había hecho a Quinatzin con tal de que
le perdonara la vida. Fue tal la discusión entre ellos que Acolhuat-
zin cayó al suelo por un intenso dolor que le quitó la vida. Enton-
ces Tezozómoc les informó a los embajadores que no podría enviar
ningún ejército ya que su padre había muerto minutos atrás y es-
tarían de luto por los siguientes cuarenta días.

Muy pocos tlatoque asistieron al funeral de Acolhuatzin, debido
a la guerra. A quienes dicen que fue por órdenes de Quinatzin. Des-
pués de los cuarenta días de luto en Azcapotzalco llegó una emba-
jada de Quinatzin para solicitar refuerzos de Tezozómoc, pero éste
le mandó decir que él no tenía ningún compromiso con Teshcuco,
ya que no había heredado ese compromiso de su padre.

Quinatzin tenía alrededor de cien mil soldados, los cuales divi-
dió en seis ejércitos. Esta guerra duró poco más de dos años, lo que
le dio el nombre de la Gran guerra de Quinatzin, pues ninguna otra
había durado tanto. Al final, los que no murieron en campaña hu-
yeron de aquellas tierras para siempre.

Chicomacatzin, Memosholtzin, Manahuatzin y Tochintzin se re-
fugiaron en Teshcuco, aprovechando la ausencia del padre y ro-
garon a su madre que los protegiera de la ira de Quinatzin, quien
llegó días después de pacificados los pueblos rebeldes. Atzin le pi-
dió a su esposo que les perdonara la vida a sus cuatro hijos. Qui-
natzin accedió no sin antes advertirle que ése sería el último deseo
que le cumpliría. A sus cuatro hijos los echó de sus tierras, obligán-
dolos a mudarse a Tlashcálan, donde recibieron tierras y el dere-
cho al tributo que de éstas derivaba. Atzin no pudo soportar esto y
se fue con sus hijos para siempre.

En el año Ocho Casa (1357) llegó una embajada de Teshcuco
al palacio de Azcapotzalco para anunciar a Tezozómoc que el
día anterior había muerto el grande tecutli chichimeca Quinatzin y que se le esperaba para las ceremonias correspondientes.

Tezozómoc sonrió frente a los embajadores, que no daban crédito de lo que veían. Los embajadores se mantuvieron, como era el protocolo, en silencio, esperando la respuesta del tecutli de Azcapotzalco. Pero éste no respondía, tenía la mirada ausente, cavilaba en los pasos a seguir.

—Mi amo y señor… —dijo en voz baja su sirviente Totolzintli, quien siempre permanecía a su lado.

Tezozómoc volteó la mirada y lo encontró hincado con sus manos en las rodillas y la cabeza gacha. Miró hacia el frente y vio los muros en el interior del palacio, a sus consejeros y ministros, al tlacuilo que pintaba lo que ocurría, y en el centro a los embajadores de rodillas esperando su respuesta. Sonrió nuevamente.

—Es una buena noticia —dijo a los embajadores que pronto levantaron la mirada con gran sorpresa, haciendo lo posible por no evidenciar su desagrado por el comentario—. El pobre anciano ya estaba muy enfermo.

Los embajadores dejaron escapar un suspiro, creyendo que lo que decía el tecutli de Azcapotzalco era sincero.

—¿Qué debemos decir a nuestro señor Techotlala?

—¿Techotlala? —Tezozómoc se puso de pie y caminó hacia los embajadores—. ¡Techotlala! ¿Quinatzin lo hizo jurar como grande tecutli chichimeca?

—No, señor —respondió el embajador intimidado por tener a Tezozómoc de frente, como si éste estuviera a punto de golpearlo—, nuestro señor Quinatzin hizo que se reconociera como su sucesor al menor de sus hijos, pero la jura será después de las exequias.

Tezozómoc les dio la espalda:

—Avísenle que ahí estaré —respondió Tezozómoc y salió de la sala principal con su sirviente Totolzintli.

Ya en su habitación real se acomodó en su asiento mientras su sirviente Totolzintli le lavaba los pies con una raíz que utilizaban para bañarse llamada amatli. Pensó en las posibilidades que tenía para apoderase del señorío. Pero por más que calculó el número de aliados no encontró los suficientes para levantarse en armas. Perdería la guerra indudablemente. Totolzintli movía la cabeza de arriba abajo mientras le lavaba los pies.

—¿Qué significa eso? —preguntó Tezozómoc a su esclavo.

—Que mi amo tiene razón —respondió mientras le secaba los pies con una manta de algodón—, usted necesita hacerse de más tropas si es que quiere levantarse en armas.

Tezozómoc sonrió. Totolzintli parecía leer sus pensamientos.

—Eso haremos, Totolzintli, eso haremos.

La jura de Techotlala se celebró en Teshcuco el mismo año Ocho Casa (1357) con gran regocijo. Magnas fiestas se hicieron para solemnizarla. Tezozómoc, de treinta y siete años de edad, acudió a estas fiestas acompañado de sus señores y aliados, pero desde entonces distante, siempre soberbio, autoritario, incluso con el nuevo tecutli chichimeca. Por ello no disfrutó ni compartió con ellos la felicidad que había. Se retiró a su señorío en Azcapotzalco donde se dedicó a engrandecer su territorio enviando tropas tepanecas, meshícas y tlatelolcas a conquistar otros pueblos.

Los meshícas y tlatelolcas por ser nuevas tribus en el Anáhuac no tenían más que un grupo de líderes sin linaje. Y cuando los meshícas eligieron a Acamapichtli como primer tlatoani en el año Cuatro Conejo (1366), Tezozómoc —de cuarenta y seis años— mostró gran enojo.

Llamó a consejo a los ministros y consejeros de Azcapotzalco para hablar sobre el caso.

—Señores ministros y consejeros… Hoy se me informó que los meshícas han decidido elegir un tlatoani. ¿Pueden creer eso? Yo soy el tecutli de todo este territorio, soy Tezozómoc. Bárbaros, engreídos, salvajes, ¿qué se han creído? Yo, el tecutli tepaneca, les he dado permiso de habitar mi tierra y ahora pretenden salir del vulgo para tener su propio gobierno. ¿Qué les parece, nobles tepanecas, el atentado de los meshícas?

Todos se mostraron indignados.

—Ellos se han introducido en nuestros dominios y van aumentando considerablemente su ciudad y su comercio —continuó Tezozómoc—. Si esto hacen en los principios de su establecimiento, ¿qué no harán cuando ya se haya multiplicado su gente y aumentado sus fuerzas? ¿No es de temer que con el tiempo, en vez de pagarnos el tributo que les hemos impuesto, pretendan que nosotros lo paguemos a ellos y que el tecutli de los meshícas quiera ser también tecutli de los tepanecas? Por lo tanto me parece necesario agravarles el tributo hasta que se consuman de cansancio. De lo contrario, un día se levantarán en contra nuestra. Hay que obligarlos a que fabriquen armas y que las usen para ganar más guerras para Azcapotzalco; no en contra del señorío tepaneca. Envíen una embajada —dijo finalmente el tecutli tepaneca a su consejo sin haber escuchado algún comentario o sugerencia—, que digan a su nuevo señor que venga a presentarse ante mí y que no se atreva a llegar sin el tributo que debe a su tecutli Tezozómoc.

Coyote hambriento, los tepanecas han sabido engañar a los pueblos vasallos desde hace mucho tiempo. Sin embargo esto no fue siempre así. Acolhuatzin era un hombre sensato y humilde. Bien sabía él que por ser hijo de una de las nietas de Shólotl, jamás podría reclamar el imperio chichimeca. Pero su esposa Yolohuitl fue quien sembró la discordia en la familia. Ambicionaba tanto la grandeza que empujó a su esposo y su hijo a varias guerras. Aquella mujer soberbia hizo de Tezozómoc el tirano que hoy conocemos, Coyote.

Tezozómoc creció de manera solitaria en el palacio de Azcapotzalco. Nunca jugaba con sus primos ni sus compañeros en el calmécac. Su padre Acolhuatzin, preocupado por la soledad de su hijo, le llevó un esclavo para que le hiciera compañía. Pero como un adulto no podría comprender las inquietudes de aquel niño tan callado, le llevó a un niño como esclavo...

El tecutli de Azcapotzalco camina por los jardines del palacio, cuando llama su atención un niño solitario que con asombrosa agilidad escala un árbol y baja en un dos por tres con una lagartija viva entre las manos que acaba de capturar. Acolhuatzin lo sigue de lejos hasta que lo ve entrar a la cocina.

—¡Totolzintli! —Acolhuatzin escucha el grito de una mujer—. ¡Ya te dije que dejes de atrapar lagartijas! ¡Regrésala a donde la capturaste! ¡Apúrate para que me ayudes a desplumar estos guajolotes! El niño obedece y sale de la cocina. Acolhuatzin entra y se encuentra con una docena de mujeres moliendo maíz en el metate, desplumando guajolotes, haciendo tortillas, preparando salsas picantes y asando conejos. En cuanto ellas lo ven entrar abandonan sus labores y se arrodillan ante él.

—¿Quién es la madre del niño que acaba de salir? —preguntó el tecutli de Azcapotzalco.

—Yo... —la madre de Totolzintli levanta la mano avergonzada, con la cabeza gacha—. Le pido que me perdone por lo que haya hecho mi hijo...

—No... No... —Acolhuatzin sonríe—. Su hijo no ha hecho nada malo. Póngase de pie. Quiero hablar con usted —Acolhuatzin invita a la mujer de apenas veintiséis años de edad a caminar afuera de la cocina y entre guajolotes y conejos en corrales le pregunta su nombre.

—Cocotzin.

—¿Cuántos años tiene tu hijo?

—Doce...

—¿Y el padre?

—Mi niño no tiene padre —agacha la cabeza, avergonzada—. Cuando se enteró de que yo estaba embarazada se fue y por eso me tuve que vender como esclava para darle de comer a mi hijo.

—Me gustaría que Totolzintli le hiciera compañía a mi hijo Tezozómoc —Cocotzin alza la cara asombrada y se encoge de hombros—. Tendrá que ser su esclavo —explica Acolhuatzin—, aunque en realidad no quiero que le sirva. Pero el protocolo del palacio así lo demanda. Quiero que mi hijo tenga un compañero de su edad con quien pueda jugar.

—No... —Cocotzin frunce el entrecejo, niega con la cabeza y sonríe con preocupación—. Usted no quiere a mi hijo cerca del príncipe Tezozómoc.

—¿Por qué no?

—Totolzintli es muy travieso.

—Es lo que estoy buscando.

Acolhuatzin entusiasmado lleva a Totolzintli a la habitación de Tezozómoc, quien se encuentra sentado en el piso contemplando cuatro huevecillos de pato.

—Hijo, ¿qué haces?

—Quiero ver cómo rompen el cascaron los patos... —responde el niño sin quitar la mirada de los huevecillos.

—Te presento a Totolzintli. Él será tu nuevo esclavo.

Tezozómoc no responde ni voltea para conocer a Totolzintli. Acolhuatzin permanece en silencio un instante, hace una seña con la que le indica a Totolzintli que se quede ahí, al mismo tiempo que él se retira. Los dos niños se quedan solos. Ninguno habla. Tezozómoc mantiene la mirada fija en los huevecillos. Luego de un rato Totolzintli se sienta junto a Tezozómoc sin decir una palabra. El príncipe tepaneca voltea extrañado y ve por primera vez al niño desconocido. Luego devuelve su atención a los huevecillos.

Cuatro horas más tarde, cansado de esperar, Tezozómoc se pone de pie y sale de la habitación. Totolzintli lo sigue.

—Quédate ahí —dijo el príncipe tepaneca con molestia—. Quiero estar solo.

Totolzintli permanece en silencio. Cuando Tezozómoc llega al patio se encuentra con Totolzintli, que llegó al mismo punto antes que él.

—¿Qué haces aquí? Te dije que te quedaras en la habitación.

Totolzintli no responde. Tezozómoc sigue caminando y aquel niño desconocido camina sigiloso detrás de él.

—¿Eres mi esclavo o mi espía?

Totolzintli se mantiene en silencio.

—¿Eres mudo? —hace un gesto irónico.

—No —pone cara de espantado.

—Entonces ve a la habitación y espérame hasta que regrese.

—No puedo. Su padre me dijo que le haga compañía.

Tezozómoc lo ignora y camina en dirección a un río. Minutos más tarde, como si se hubiese resignado a tener aquella compañía, Tezozómoc comienza a hablar:

—Siempre me he preguntado cómo es que las aves crecen dentro de un huevecillo —Totolzintli permanece en silencio—. El maestro Tleyotl nos dijo que cuando las personas estamos en el vientre de nuestras madres ellas nos alimentan. Pero no entiendo cómo le hace una garza para alimentar a sus crías dentro de un huevo.

Al llegar al río Tezozómoc se mete sólo unos metros. El agua le llega a las rodillas. El agua es sumamente transparente. Observa los peces que pasan alrededor de sus pies y de pronto nota la presencia de una pepita de oro. Mete la mano al río, saca la pepita, se la muestra orgulloso a Totolzintli y la guarda en un morral de cuero que lleva colgado a la cintura.

—Me dan envidia las aves —continúa el príncipe tepaneca—. Me encantaría volar. Ir a cualquier lugar sin tener que preocuparme por el camino o los arbustos o la tierra o las piedras. Sería fantástico poder aterrizar en la rama de un árbol, la más alta —de pronto Tezozómoc se calla, observa al niño que le ha hecho compañía por varias horas y frunce el ceño con curiosidad—. ¿Y tú qué?

—¿Yo qué? —abre los ojos con asombro.

—¿Pues qué? —se encoge de hombros e intenta esconder una sonrisa.

—¿Qué de qué? —sonríe Totolzintli.

Esa noche cuando Totolzintli se va a dormir, uno de los sirvientes del palacio le informa que la reina lo ha mandado llamar. Al entrar a la sala de estar de la reina, ella se encuentra sentada en unos cojines de algodón, donde tres mujeres le hacen compañía.

—¿Me mandó llamar, mi ama?

—Es obvio que te mandé llamar, de lo contrario no estarías aquí.

Totolzintli agacha la cabeza.

—Me acabo de enterar de que mi esposo te nombró esclavo de mi hijo Tezozómoc.

—Así es mi...

—¡No me interrumpas cuando hablo!

Totolzintli comienza a temblar de miedo.

—Quiero que te quede bien claro que eres un esclavo. No estás aquí para jugar con mi hijo ni para inculcarle tus malos modales. Estás para servirle. Levantar sus cosas, llevarle lo que te pida. Limpiar su habitación. Sólo eso. ¿Entendido?

Totolzintli asiente con la cabeza.

—¡Te hice una pregunta! ¿Entendiste lo que te dije?

—Sí, mi ama.

—Ya te puedes largar.

Aquella noche Totolzintli le cuenta lo ocurrido a su madre quien despreocupada le dice que si el tecutli Acolhuatzin le ha pedido que se haga amigo del príncipe, eso es lo que debe hacer. Sin embargo, Totolzintli no puede dormir por la preocupación.

A la mañana siguiente, al entrar a la habitación encuentra a Tezozómoc arrodillado en el piso, observando unos pergaminos. Todavía temeroso de los designios de la reina tepaneca, se mantiene en silencio junto a la entrada. Tezozómoc lo mira extrañado:

—¿Te vas a quedar ahí?

—Sí, mi amo.

—Entonces vete.

—Su papá me dijo que le haga compañía todo el tiempo.

—Pero si te quedas parado ahí no me haces compañía. Me incomodas. No me dejas concentrarme.

—No sé qué hacer.

—Siéntate aquí y escúchame mientras recito lo que debo recitar mañana en la clase.

Totolzintli se sienta junto a Tezozómoc y observa intrigado los pergaminos.

—¿Es cierto que pueden leer lo que dicen estos dibujos?

—Sí.

—¿Qué dice ahí?

—Cuenta la historia de los chichimecas.

—Yo quiero aprender a leer los libros pintados.

—Es muy aburrido. El maestro Tleyotl nos obliga a recitar la historia todos los días. Debemos decir cada palabra tal y como nos la enseñó él.

—¿Para qué?

—Para preservar la memoria e identidad de nuestros pueblos. Y principalmente para que no se distorsione.

—¿Y cómo sabe mi amo que el maestro Tleyotl no la distorsiona?

—Él no miente.

—¿Y qué pasaría si mintiera, si cambiara la versión de los hechos?

—Por eso aprendemos a leer los libros pintados.

—¿Y si el que los pintó mintió?

—Ya deja de hablar de eso.

—Disculpe, mi amo.

—No me digas mi amo.

Totolzintli se queda callado. Entonces el príncipe tepaneca pregunta:

—¿Y tú qué haces cuando estás aburrido?

—Juego, pero mi madre dice que hago travesuras.

—¿Como qué?

Totolzintli sonríe con malicia.

—Un día colgué diez guajolotes de un tendedero.

—¿Y eso para qué?

—Es divertido…

—¿Por qué es divertido?

—No sé. Me hace reír. Me entretiene. Tendrías que probarlo tú mismo…

—Enséñame…

—¿Estás seguro?

—Por supuesto.

Ese día docenas de guajolotes caminan de un lado a otro dentro de un corral. Totolzintli y Tezozómoc los observan traviesos. Totolzintli, sonriente y retador, pregunta:

—¿Estás seguro?

—Ya te dije que sí.

—Te voy a ganar.

—Ya lo veremos.

Tezozómoc y Totolzintli compiten. Deben amarrarle una cuerda a diez guajolotes y luego jalarla para que quede un tendedero de guajolotes, luego correr al árbol. El último en llegar a la cima pierde. Arranca la competencia. Les atan las patas a los guajolotes, jalan las cuerdas y las amarran. Cada uno hace su tendedero. Al finalizar ambos corren hacia el árbol. Totolzintli llega primero. Tezozómoc llega después. Una mujer sale de la cocina al escuchar el escándalo de los guajolotes. Consternada busca la manera de bajarlos al piso mientras los niños sentados en una de las ramas más altas del árbol la observan.

—Tienes suerte —dice Tezozómoc.

—No. Tengo práctica.

—¿Quién te enseñó a escalar tan rápido?

—Nadie.

—¿Tu madre no dice nada?

—No. ¿Por qué?

Tezozómoc guarda silencio por un instante y baja la mirada:

—... Quisiera ser como tú. Libre. A mí siempre me están vigilando. Mis padres hablan conmigo sólo para instruirme sobre mi futuro. Lo único que les interesa es cómo debo comportarme y lo que debo pensar como hijo de un tlatoani.

Totolzintli responde con una mueca:

—No soy libre. Soy un esclavo y nunca seré libre.

—Entones ambos somos esclavos, pero de formas distintas —responde Tezozómoc.

—No compares. A los esclavos nos tratan mal.

—Yo no te trato mal.

Totolzintli suspira con un poco de tristeza:

—Mi madre dice que no me acostumbre porque no siempre será así.

Tezozómoc le responde con una sonrisa cómplice:

—No le hagas caso. Nosotros siempre estaremos juntos.

3

El fraile Torquemada ordenó que nos llevaran a mi abuelo y a mí a una habitación donde pasamos la noche. No se nos dio nada para alumbrar la noche, por ser preocupación de Torquemada que incendiáramos el lugar para escapar.

—¿Habrán seguido a mis hermanos hasta nuestra aldea? —pregunté en la noche.

—No ocupemos nuestras mentes en lo que no hay forma de solucionar. Confiemos en tus hermanos. Duerme.

Hice todo lo posible para obedecer a mi abuelo pero no fue fácil conciliar el sueño, pues aunque estábamos acostados y no hablábamos, la preocupación no me dejaba. Y sé que él también pensaba en sus hijos. Fue hasta la madrugada que el cansancio agotó nuestras fuerzas y dormimos a ratos.

Cuando desperté, mi abuelo ya se encontraba de pie, pues siempre fue nuestra costumbre despertar mucho antes de que el sol alumbrara el horizonte. Había una ventana con gruesos barrotes que daba a la ciudad. Mi abuelo, que desde el año Tres Casa (1521) no había vuelto a la ciudad de Meshíco Tenochtítlan, estuvo todo el tiempo mirando a la calle, tratando de reconocer la ciudad perdida, el imperio que había en su juventud, ese lugar que yo no pude conocer y que sólo imaginaba al escuchar sus relatos. Sólo hasta ese momento comprendí, pese a haber vivido toda una vida con mi abuelo, que éramos ya de dos

mundos distintos. Habíamos hablado siempre de Meshíco Tenochtítlan, Tlatilulco, Teshcuco, Azcapotzalco, pero cada uno
describiendo lugares y vidas totalmente diferentes. Él me contaba lo que recordaba, lo que había visto sesenta años atrás: los
más de cuarenta canales que cruzaban toda la ciudad, las Casas Viejas, las Casas Nuevas,* los calpultin,** los telpochcali, el
calmécac, el Tozpalatl,*** el juego de pelota, el huey tzompantli,**** el adoratorio del dios Tonátiuh y los teocalis dedicados
a Coacalco, a los dioses de los pueblos derrotados en batalla, a
Cihuacóatl, deidad femenina, relacionada con la tierra; a Chi-
comecóatl, dios vinculado con la agricultura; a Shochiquetzal,
dios de las flores; a Quetzalcóatl, y el más grande de todos:
el huey teocali llamado Coatépetl, que en esta lengua se dice
Monte Sagrado, que los españoles llamaron el Templo Mayor.

Yo le describía las ciudades que siempre había visto, dividi-
das, aisladas: las partes centrales destinadas para los hombres
blancos con sus iglesias, ayuntamientos, conventos; en las calles, las casas de los conquistadores con almenas y contrafuer-
tes, rejas en las ventanas y puertas claveteadas; y los nativos
afuera, en las orillas, con viviendas de adobe, con tejados de
tejamanil o de zacate, así como algunas ermitas o tianguis que
rodeaban la ciudad, ahora llamada Nueva España.

Entonces mi abuelo —al ver desde la ventana esa ciudad que
había sepultado a la vieja Tenochtítlan— comenzó a morir.

Yo sé que ése fue el principio de su muerte: la tristeza de saber que ya era irrecuperable la ciudad meshíca, que su vago esfuerzo lo había mantenido en una fábula que sólo él vivía. Se
alejó de la ventana y dejó caer su anciano cuerpo en un rincón. Me tocó presenciar lo que nadie en nuestra familia pudo:
ver a mi abuelo llorar. Yo vi las lágrimas recorrer sus arrugadas
mejillas, yo observé ese llanto que hubiera escondido con las

---

* Casas Nuevas: el palacio de Motecuzoma.
** Calpultin: barrios.
*** Tozpalatl: una fuente que abastecía de agua a todo el recinto sagrado.
**** Huey tzompantli: gran altar de las calaveras.

manos de haberlas tenido, yo fui testigo de su desconsuelo. Yo lo vi sentado en un rincón, en silencio, inmóvil, ausente, acabado. Ya no quedaba nada de lo que él conoció, esa ciudad que Tenoch había fundado y que Acamapichtli comenzó a construir desde la miseria...

El lago de Teshcuco yacía tan sereno que parecía un inmenso espejo que duplicaba a la perfección la imagen de los árboles y el cielo y que sólo se meneaba con el nado de los patos blancos y castaños, algunos con plumaje verde en la cabeza. Por el otro lado parecía como si alguien hubiese puesto una gigantesca sábana blanca sobre el agua, pero que al observar con detenimiento se distinguía una parvada de garzas, algunas hundiendo la cabeza en el agua en busca de alimento. Al fondo se podía disfrutar un número prodigioso de cisnes deleitándose con el sol, aves cruzando el cielo y ánades entrando y saliendo del agua; otras, sobre las hierbas de la orilla, limpiando sus plumas con el pico.

El tlatoani Acamapichtli se encontraba en una canoa en compañía de cuatro hombres de su nuevo gobierno y observando el paisaje, cuando se acercó un par de hombres en otra canoa. Los patos que flotaban a un lado se movieron cuando ésta cruzaba a unos cuantos metros. Ambas canoas chocaron ligeramente y uno de los hombres pasó con un impalpable brinco a la canoa de Acamapichtli.

—Mi señor —dijo y se puso de rodillas—, el tecutli tepaneca Tezozómoc ha mandado una embajada para pedir su presencia en Azcapotzalco.

La canoa se bamboleaba levemente, mientras Acamapichtli miraba los cerros al fondo del lago. Sabía perfectamente que debía presentarse ante el tecutli tepaneca. Pensó si sería oportuno esperar hasta el día siguiente o acudir esa misma tarde. Hacer esperar a Tezozómoc podría traer consecuencias devastadoras para los tenoshcas.

—Avisa a nuestra gente en Tenochtítlan que esta misma tarde me dirijo ante el tecutli Tezozómoc, para que no se preocupen por mi ausencia.

—El tecutli tepaneca también le manda decir que espera que llegue con el tributo que se debe a su señorío.

Acamapichtli miró con preocupación a los cuatro hombres que lo acompañaban.

—Será mejor ir a nuestra ciudad y juntar el tributo —dijo uno de ellos.

—Pero faltan muchos días para la entrega del tributo —intervino otro—. Lo que tenemos apenas alcanza para el alimento de nuestro pueblo.

—¿Es suficiente para pagar tributo? —preguntó Acamapichtli.

—Sí —dijo el hombre con un gesto de preocupación.

—Volvamos, pues, a Tenochtítlan a juntar el tributo.

El vasallo se puso de pie y pasó a su canoa. El otro, con un remo largo de madera que se hundía hasta tocar el fondo, comenzó a empujar la canoa. De igual manera la canoa de Acamapichtli se dirigió al señorío de Tenochtítlan y sin esperar se encaminó a su casa. En el trayecto encontró a su gente trabajando en la construcción de chozas de caña y lodo, con techos de heno crecido y grueso, o de pencas de maguey sobrepuestas (que años después cambiarían por mejores materiales como el cal y canto). A otros los vio labrando piedras para sus templos y haciendo papel con las hojas de maguey. Hizo llamar a toda la gente y les notificó que Tezozómoc ordenaba que se entregara el tributo lo más pronto posible. La gente comenzó a murmurar, hubo quienes decidieron gritar reclamos.

—¡Si enviamos el alimento no tendremos nada para los siguientes días! —clamó alguien.

Nuevamente todos comenzaron a expresarse al mismo tiempo, llegando a un gran desorden, pero los sacerdotes lograron callarlos y hacerles entender que era la mejor decisión, si querían salvar sus vidas y seguir viviendo en la ciudad isla.

Esa misma tarde se presentó el tlatoani Acamapichtli con su comitiva y tributos que consistía en miles de peces, ranas, aves y legumbres. Al llegar a tierra firme encontró decenas de hombres trabajando en las orillas, que no le dieron importancia a su llegada. Siguió caminando hasta el palacio de Azcapotzalco, donde fue recibido sin homenaje. Tezozómoc salió a recibirlos vestido con un majestuoso traje de algodón, tenía en las muñecas unos brazaletes de oro y en la cabeza un gran penacho que le colgaba por la espalda hasta la cintura.

—Mi bien amado tecutli tepaneca —dijo con sumisión—, se me ha informado que mi elección como primer tlatoani del pueblo meshíca no ha sido de su agrado. Para ello, confieso que no ha sido por soberbia ni por interés de hacer menos su imagen de grande amo y señor de estos territorios, sino por complacer a los tenoshcas que han suplicado la presencia de alguien que los represente. No es nuestro interés otro más que obedecer sus órdenes y servir al señorío tepaneca que tan bondadoso ha sido al dar tierra y resguardo a los meshícas, que tantos años sufrieron penurias por no tener lugar donde habitar.

—Bien, pues que la jura se ha hecho —respondió el tecutli de Azcapotzalco y dejó escapar una tenue sonrisa— no me queda más que esperar que de hoy en adelante sean fieles vasallos.

Los miembros de la nobleza tepaneca se quedaron boquiabiertos al presenciar la reacción de Tezozómoc, pues esperaban algo completamente distinto.

—Pero he de expresar mi descontento al no habérseme anunciado tan importante decisión en Meshíco Tenochtítlan, que es territorio tepaneca —bajó la cabeza y disparó una mirada complaciente—. Me habría gustado asistir a su jura —levantó la mirada, se llevó una mano a la barbilla y dijo sin mirar al tlatoani—: Por ello, su tributo de peces, ranas, aves palustres y legumbres, en adelante será el doble. Además tendrán que traer sauces y abetos crecidos para plantar en las calles y huertas de mi corte.

Pese a que la tarea de sacar árboles maduros con todo y raíces sería complicada, pues éstos sólo se encontraban en tierra enemigas, el tlatoani Acamapichtli se mostró complacido al escuchar lo que el tecutli tepaneca exigía, tomándolo como un castigo merecido. Tezozómoc notó la complacencia en los ojos de Acamapichtli, así que antes de que el nuevo gobernante de los meshícas se retirara, dijo con tranquilidad:

—He pensado mucho en agrandar mis territorios... —levantó la mirada y se mantuvo en silencio por un largo instante.

Acamapichtli pensó en tres posibilidades: conquistar pueblos, ir en busca de territorios inhabitados o, quizá, construir algún palacio en Azcapotzalco.

—Mi deseo es que tus hombres —continuó Tezozómoc—, tus tenoshcas construyan para mí unos campos flotantes.

—¿Cómo? —Acamapichtli no cabía en su asombro—. ¿De qué habla, mi señor?

—Sí. Campos flotantes en el lago, a la orilla de Azcapotzalco. Quiero sembrar allí maíz, chile, frijol y calabaza.

Los consejeros y ministros que se encontraban ahí presentes se miraron entre sí. Hubo gran confusión, nadie entendía qué deseaba Tezozómoc con eso. Murmuraron, se preguntaron, hicieron gestos, vieron el rostro de Acamapichtli y comprendieron su preocupación.

—Así será —respondió Acamapichtli ocultando su aflicción.

—Bien —respondió Tezozómoc—, puedes ir con tus vasallos y decirles que he aprobado tu elección como primer tlatoani de Meshíco Tenochtítlan y que me sentiré complacido al ver los campos flotantes.

Con tristeza volvió el tlatoani a la ciudad isla. En su mente no había otra interrogación más que: ¿cómo fabricar campos flotantes?

"Los meshícas se arrepentirán de haberme elegido —pensó Acamapichtli—, por no haber sido capaz de negarle al tecutli tepaneca tan absurda idea."

Al llegar a la ciudad isla, el tlatoani notificó a los meshícas lo que en su encuentro con Tezozómoc se habló. Pronto se corrió la voz, se le informó a cada uno de los tenoshcas, no hubo un rincón donde no se supiera el designio del tecutli tepaneca. Pronto, surgieron comentarios entre los pobladores.

—Mejor hubiéramos pedido un hijo a Tezozómoc para que nos gobernara.

—Tezozómoc estaría feliz y habría liberado a los meshícas de tantos tributos.

—¿Cómo fabricaremos las islas flotantes que quiere Tezozómoc?

Al día siguiente Acamapichtli ordenó que se reunieran todos los tenoshcas para que se les informase lo que Huitzilopochtli había dicho al sacerdote Ococaltzin:

—Huitzilopochtli ha hablado la noche anterior —dijo Ococaltzin frente a los tenoshcas—. Y esto es lo que quiere que sepan sus hijos tenoshcas: "He visto la aflicción de los meshícas y sus lágrimas. Diles que no se aflijan ni reciban pesadumbre, que yo los sacaré a paz y a salvo de todos estos trabajos; que acepten el tributo; y dile a mi hijo Acamapichtli que tenga buen ánimo y que lleven las sábanas y los sauces que les piden y hagan la balsa y siembren en ella todas las legumbres que les piden, que yo lo haré todo fácil".

Nadie dudaba de las promesas, presagios y versos de aliento del dios Huitzilopochtli, sin embargo, la incógnita seguía latente: ¿cómo iban a crear islas artificiales? Para sorpresa de todos, el sacerdote Ococaltzin ya tenía la respuesta:

—Construiremos pisos con la misma madera que utilizamos para nuestras balsas. Las enlazaremos a una cerca de cañas. Sobre estos pisos colocaremos tierra, hierba y desperdicios de frutas y vegetales. Finalmente sembraremos un sauce pequeño para que cuando crezca sus raíces lleguen al fondo del lago y fijen nuestra chinamitl* por toda la eternidad.

—Es mucho trabajo —dijo una voz.

* Chinamitl: chinampa.

—Cierto —respondió Ococaltzin—. Pero también es cierto que Huitzilopochtli nos ha brindado la manera de hacer crecer nuestra ciudad. Construiremos dos chinampas en Meshíco Tenochtítlan por cada una que hagamos en Azcapotzalco. Y dentro de algunos años nuestra isla será treinta o cuarenta veces más grande.

La gente se entusiasmó con la promesa de Ococaltzin y trabajaron arduamente en la construcción de las chinampas. Mientras tanto, los sacerdotes buscaron otra manera de aliviar el enojo del tecutli de Azcapotzalco y para ello decidieron pedirle una hija para esposarla con Acamapichtli, que aún era soltero. Resolvieron entonces ir ellos mismos con toda la solemnidad a Azcapotzalco.

Tezozómoc los recibió en su palacio con grande sorpresa. Creía que si los tenoshcas habían vuelto a Azcapotzalco en tan poco tiempo se debía a una sola razón: decirle que no podían complacerle con la construcción de los campos flotantes.

—¿A qué debo su presencia tan pronta? —dijo el tecutli de Azcapotzalco evitando hacer evidente su deleite anticipado—. Espero que su presencia no sea para decirme que no pueden cumplir mis deseos.

—No es eso —respondió el sacerdote de rodillas frente a Tezozómoc—. El motivo de nuestra embajada, gran señor de Azcapotzalco, es hacer de su conocimiento que nuestro tlatoani Acamapichtli no se ha hecho de una esposa aún. Para ello sabemos bien cuán importante es que se le tome en cuenta a usted en nuestras decisiones. Y no pudimos poner nuestras miradas en otro señorío que no sea el de Azcapotzalco. Así con la mayor reverencia venimos ante usted a solicitarle una de sus más preciadas joyas y tome posesión del señorío que le ofrecemos en Meshíco Tenochtítlan.

"¿Pero qué se han creído estos plebeyos? —pensó Tezozómoc—. La nobleza no se mezcla con el vulgo."

Pero respondió con un gesto bien simulado:

—Vayan y díganle a su tlatoani que me apena no poder complacerle, pues mi hija aún es muy joven y no deseo casarla en este momento, que busque esposa en otro lugar —sonrió frente a los sacerdotes.

Tan desolador fue para los sacerdotes volver a la ciudad isla Meshíco Tenochtítlan sin esposa para Acamapichtli, que decidieron desviar el camino y dirigirse al señorío de Tlacopan a pedir una hija para su tlatoani, pero también se les negó. La negativa se debía a una simple razón: eran una tribu que aún no era conocida por su gobierno y los tetecuhtin* buscaban siempre los mejores señoríos para casar a sus descendientes. Tristes volvieron a la ciudad isla a dar la noticia a su señor Acamapichtli, quien no se mostró ofendido por el desdeño, pues se había enamorado de su protectora Ilancueitl, que lo cuidó desde la infancia, ya que su madre había muerto al dar a luz.

Ilancueitl era dieciocho años mayor que él, pero Acamapichtli sintió atracción hacia ella desde los diez años. Buscaba con insistencia estar a su lado. Platicaba con ella y hacía lo posible por acercarse más. Jugueteaba y la tocaba esporádicamente, con breves roces en sus pechos y nalgas. Ilancueitl —que aún era virgen, pues aquel trabajo de cuidar a Acamapichtli le había impedido contraer matrimonio— se percató del sentimiento del infante y con frecuencia evadía tales encuentros solitarios. Hasta que un día, cuando Acamapichtli había cumplido los trece años, la encontró de rodillas, moliendo unos granos en el metate, con los muslos descubiertos y las nalgas ensanchadas. Su espalda se ondulaba y se enderezaba como una serpiente; los hombros subían y bajaban; su cabellera colgaba y ella con un latigueo la devolvía a su espalda. Acamapichtli observó por varios minutos, se llevó la mano a su sexo despierto, tragó saliva y caminó hacia ella. Se puso de rodillas detrás de la mujer, que pronto sintió su presencia y siguió moliendo los granos. El infante puso sus manos sobre aquel enorme trasero y ella se detuvo sin voltear a verlo: cerró los ojos. Acamapichtli le levantó

* Tetecuhtin: plural de tecutli. Señor, gobernador o noble.

el cueitl* hecho de manta, observó su piel bronceada y olvidó a partir de entonces que ella había sido como una madre. Se llevó una mano a su hombro y deshizo el nudo que sostenía su tilmatli y ya desnudo quiso entrar en su cuerpo, pero ella se dio la vuelta y lo miró a los ojos; se hincó frente a él y con una mano le estimuló el sexo. Acamapichtli nunca más pudo quitar los ojos del rostro de Ilancueitl, que ese día compartió con él la pérdida de su virginidad.

Mantuvieron en secreto aquel romance por muchos años, hasta que por fin, siendo él tlatoani decidió tomarla por esposa. Con singular regocijo se celebraron sus desposorios, pese a la pobreza en que su pueblo se encontraba. Pero la infelicidad llegó justo después de casarse. La nueva reina de los tenoshcas tenía dos razones para su desdicha: una, que jamás pudo darle hijos a su esposo Acamapichtli; y la otra, que el tlatoani tuvo luego veinte esposas más. Ilancueitl era la reina, pero no era la madre de ninguno de los hijos del tecutli. No era la que le daba aquella felicidad a su pueblo y a su esposo. Desperdició su reinado llorando todo el tiempo por su esterilidad, su vejez y sus celos.

—Quiero darte un hijo, ayúdame —le dijo a Acamapichtli un día que ambos se encontraban acostados.

El tlatoani, que sabía que ya no había forma de que ella pudiera procrear, no supo responder.

—Ya que los dioses me han privado del fruto de bendición y para que nuestro pueblo pierda esa mala opinión de infecunda que tienen de mí, te pido, te suplico, me concedas que aquellos hijos que de tus otras mujeres nacen, me los pongas entre las piernas justo en el momento de nacer.

—¿De qué estás hablando?—Acamapichtli se levantó de su petate y la miró a los ojos sin comprender aún qué quería decir con eso.

—Cuando alguna de esas mujeres quede embarazada —continuó Ilancueitl—, la escondemos en la casa, que nadie la vea

* Cueitl: enaguas.

y les dices a todos que por fin estoy cargada —Ilancueitl sonreía como si se tratara de un juego infantil—, y cuando nazca, me acuesto fingiendo parir y me lo llevas, para que los que entren a visitarme me feliciten por el parto y mi nuevo hijo —Ilancueitl comenzó a llorar en ese momento, sin quitar la mirada de su esposo, que observó con tristeza los labios de la reina que temblaban de desconsuelo.

La amaba tanto el tecutli que para consolarla aceptó aquel ardid. Entre las concubinas de Acamapichtli había una esclava tepaneca de apenas catorce años llamada Quiahuitzin, que semanas más tarde le informó a Acamapichtli que estaba embarazada. Obedeciendo el tlatoani las súplicas de Ilancueitl, llevó a Quiahuitzin a la casa grande y la encerró en una habitación, de donde no salió jamás. El día del parto Ilancueitl, a solas en su habitación, se dedicó a dar tremendos gritos para que la gente afuera la escuchara. Cuando nació el crío, Acamapichtli lo llevó con Ilancueitl, y tal cual lo había pedido, se lo puso entre las piernas para que ella sintiera que lo había parido. Minutos más tarde dejaron entrar a los familiares y vecinos para que conocieran al recién nacido al que llamaron Izcóatl. Y aunque Ilancueitl actuó a la perfección aquel embarazo, nadie le creyó y el rumor de que Izcóatl no era su hijo, se esparció. La esposa del tlatoani sabía que los rumores eran pasajeros, pero los testimonios podían trascender por siempre. Decidida a callar la única voz que podría reclamar la maternidad de Izcóatl, Ilancueitl mató a Quiahuitzin tres días después. Sin embargo aquel secreto no había quedado sepultado. Citlamina, otra de las concubinas de Acamapichtli, y madre de Huitzilihuitl, se había enterado de aquel embarazo desde el inicio. Bien conocía Citlalmina los celos de Ilancueitl y los horrores de los que era capaz, así que se guardó aquel secreto hasta el último día de su vida. Y en su lecho de muerte reveló la verdad a una de sus hijas…

La familia tepaneca viaja a Tenayuca para acudir a las celebraciones en honor del dios Tláloc. La comitiva es recibida por miles de pobladores que entusiasmados les lanzaron flores. En el palacio los reciben Quinatzin con su familia. Yolohuitl camina junto a su niño. Le pone la mano en el hombro para asegurarse de que no se escape con Totolzintli. Quinatzin camina hacia el frente y extiende los brazos con afecto.

—¡Primo! ¡Qué gusto verte!

Acolhuatzin se acerca a su primo y muestra reverencia.

—Mi señor, es un gusto estar nuevamente en su palacio.

—Déjate de solemnidades —sonríe gustoso y se dirige su esposa e hijos—: Saluden.

Acolhuatzin muestra reverencia a la esposa de Quinatzin. Mientras que Quinatzin se dirige a Yolohuitl, quien inmediatamente se acerca a él.

—Mi señor, me alegra poder verlo nuevamente.

—¿Y dónde está tu hijo? —pregunta el gran chichimecatecutli. Yolohuitl voltea y descubre que Tezozómoc ha desaparecido. Se encuentra recorriendo la ciudad en compañía de Totolzintli. Observan con curiosidad a los adolescentes que adornan la ciudad con flores, colgándolas con mecates de una casa a la de enfrente. A miles de mujeres de todas las edades que preparan tortillas en comales, barbacoa de venado cubierta en hoja de maguey, en hornos de tierra, conejos asados, pozole, tamales, atole, pulque, shokolatl para beber, escamoles, gusanos de maguey, hormigas chicatanas, ahuahuitles, chapulines, jumiles y chinicuiles asados en el comal, salsas picantes de diferentes chiles. En la plaza principal, hombres y mujeres practican sus danzas con cascabeles en las pantorrillas, mientras otros tocan los tambores, las flautas y los caracoles.

De pronto se acerca un soldado al par de niños:

—Mi amo, su madre me ha enviado por usted. Dice que es una orden. Está muy enfadada.

Tezozómoc mira hacia el cielo y muestra los dientes con enfado. Se dirige a Totolzintli:

—Vamos.

Totolzintli da un paso pero el soldado los intercepta. Mira a Tezozómoc:

—Sólo usted.

Tezozómoc camina con el soldado hasta llegar a la entrada de la sala principal, donde ambas familias ya se encuentran disfrutando de un fabuloso banquete en compañía de decenas de miembros de la nobleza.

—Ahora nuestro primo se junta con los plebeyos —dice Techotlala con sonrisa burlona.

—A lo mejor es un hijo bastardo de Acolhuatzin —agrega Chicomacatzin—. La sangre lo llama.

En el otro extremo Quinatzin y Acolhuatzin platican:

—Encontré un campo lleno de algodón en Teshcuco.

—Los dioses te han bendecido —dice Acolhuatzin.

—Y se lo agradeceremos en grande a Tláloc.

Finalizado el banquete, Tezozómoc se retira a la habitación en la que se hospedaría las siguientes semanas y observa solitario desde el balcón los preparativos de la fiesta.

—¿Qué haces aquí? —pregunta Totolzintli al entrar a la habitación.

—Observo.

—Se ve bonito, pero creo que sería más divertido verlo desde las calles.

—Si quieres ve —responde el príncipe tepaneca.

—Mi obligación es hacerte compañía.

—Entonces observa desde aquí.

Un grupo de niños corre por el mercado con palos y escudos. Juegan a la guerra.

—¿Ves esos niños? —pregunta el príncipe Tezozómoc al mismo tiempo que señala con el dedo índice—. Son mis primos.

—¿Todos son hijos del gran chichimecatecutli? —pregunta Totolzintli ingenuamente.

Tezozómoc sonríe:

—No. Sólo Techotlala. Los demás son hijos de otros tíos y tías.

—¿Por qué no sales a jugar con ellos?

—Nunca hemos sido amigos —alza los hombros.

—¿Te desagradan?

—No... —arruga la cara—. Simplemente nunca me he sentido bien con ellos. Son demasiado soberbios. Demasiado lo que mi madre quiere que yo sea.

—Deberías intentar...

—¿Qué? —lo mira por arriba del hombro.

—Jugar con ellos. Puede ser divertido.

—¿Tú me acompañas?

—No tengo otra opción —sonríe sarcástico—. Soy tu esclavo.

Tezozómoc le pega suavemente en la nuca y lo empuja jugando para que camine. Ambos salen del palacio y recorren la ciudad en busca de los niños. Los encuentran en el puerto. Todos miran con curiosidad a Totolzintli.

—¿Podemos jugar con ustedes? —pregunta Tezozómoc.

Unos aceptan sin prejuicios; otros con malicia. Reinician el juego. Con palos simulan un combate de macuahuitles. Tezozómoc y Totolzintli se separan. Totolzintli es mucho más ágil que los otros niños. Los desarma con facilidad. Eso los enfada. Ahora son seis contra uno. El equipo de Techotlala captura a Totolzintli de forma muy violenta.

—¡Ahora eres nuestro esclavo! —grita uno de los niños con soberbia.

Totolzintli sabe que la sentencia está hecha con malicia. Conoce la diferencia entre juego y acoso.

—Arrodíllate —ordena Techotlala. Totolzintli baja la cabeza humillado—. ¡Obedece! —grita Techotlala.

En ese momento llega Tezozómoc indignado y empuja a los niños que están rodeando a Totolzintli.

—¡Dejen a Toto en paz!

Un niño se carcajea:

—¿Toto? ¡Toto! Tezozómoc le habla con cariño a su esclavo.

Tezozómoc lo mira con rabia:

—Toto es mi amigo.

Techotlala responde:

—Es un esclavo.

Tezozómoc se dirige a Techotlala y lo mira a los ojos:

—Es mi amigo.

—Yo soy el gran chichimecatecutli —responde Techotlala inflando el pecho—, y tú no puedes quebrantar mis órdenes.

—Sí puedo.

Uno de los niños interviene con valentía:

—Nadie tiene más poder que Techotlala, ya que es el hijo de Quinatzin, heredero de Shólotl, fundador del imperio.

—¡Arrodíllate ante mí! —ordena Techotlala a Tezozómoc. En ese momento se escuchan las burlas de los otros niños que gritan al unísono: "¡Arrodíllate! ¡Arrodíllate!".

Tezozómoc se enoja y le da un puñetazo a su primo en la nariz. Y antes de que Techotlala responda le pega varias veces hasta tirarlo al suelo. Ambos se revuelcan en el piso mientras los demás niños gritan apoyando a Techotlala. Otros dos tienen a Totolzintli de los brazos para evitar que ayude a Tezozómoc.

4

Habían pasado algunas horas de la mañana y mi abuelo ya se encontraba tranquilo, repuesto de aquel momento de nostalgia. Era fuerte el viejo, sabía recuperarse de las penas con grande habilidad. Tanto, que luego me invitó a que ambos nos asomáramos por la ventana para que él me describiera la ciudad antigua, esa por donde él caminó muchas veces. Andaba yo tratando de imaginar el teocali, el techpolcali, los calpultin y los tianquiztli, cuando entró una joven meshíca a darnos de comer. Una hora después fuimos llevados nuevamente ante el fraile Torquemada.

—¿Cómo habéis pasado la noche? —preguntó el fraile Torquemada dándonos la espalda.

—Fue una noche larga —respondí.

—Comprendo —expresó Torquemada sin poner atención a lo que había dicho, pues se encontraba buscando los libros pintados en sus cajones.

El mismo meshíca del día anterior estaba allí nuevamente, junto a nosotros, serio, callado. El fraile sacó los libros pintados, los puso en el escritorio, se sentó frente a nosotros, sacó su pluma y preguntó apuntando con ésta:

—¿Quién es este hombre que aparece en el dibujo, tlacuilo?

—Ése es Acamapichtli, primer tlatoani de los meshícas...

—Gran señor tepaneca —dijo de rodillas el tlatoani de Meshíco Tenochtítlan—, su deseo se ha cumplido con el gran esfuerzo de los meshícas.

Tezozómoc se encontraba en su asiento real, con su esclavo Totolzintli hincado a su derecha. Los consejeros y ministros guardaron silencio. El tecutli tepaneca se llevó una mano a la barbilla y dijo:

—Dile a tus tenoshcas que he quedado complacido.

Acamapichtli sintió un gran alivio. Pero se anticipó, pues en ese instante Tezozómoc le informó que al ver lo bien que habían cumplido con su tributo no veía en ellos conflicto en seguir construyendo chinampas. Los consejeros y ministros se miraron entre sí. Sonrieron en forma de burla. Tezozómoc pensó por un instante en algo que realmente deseara, algo que lo hiciera feliz. Sonrió y dijo:

—Jamás he tenido la gracia de ver un pato salir de su cascarón. ¿Tú lo has visto?

—Sí, lo he presenciado algunas veces. Es... muy interesante...

—No me queda duda de que ustedes podrán traer ante mí un nido de pato y otro de garza justo en el momento en el que los polluelos rompan el cascaron.

Acamapichtli había sido testigo del nacimiento de algunos patos, pero por coincidencia, no porque supiera con precisión el instante en que ocurriría el fenómeno.

—Así lo haré, mi señor —se despidió y volvió a su señorío.

En su camino fue pensando cómo cargar con el nido de patos sin que su madre dejara de empollar; y cómo saber si en verdad saldría un polluelo.

Al llegar a la ciudad isla hizo saber a los sacerdotes del nuevo deseo del tecutli tepaneca. Esa noche el sacerdote Ococaltzin permaneció frente a la imagen de Huitzilopochtli y al día siguiente habló frente a los tenoshcas:

—He recibido la revelación de Huitzilopochtli, quien dijo: "No tengan temor ni se espanten con amenazas. Diles a mis hijos que yo sé lo que les conviene y lo que debo hacer; que hagan lo que les mandan, que todas esas cosas son en pago de su sangre y vidas y con eso se las compramos. Ellos serán en algunos años nuestros esclavos. Sufran, mis hijos y padezcan ahora, que su tiempo vendrá".

Los meshícas tuvieron que aprender a calcular el tiempo en que los polluelos rompían sus cascarones; y logrando esto llevaron patos y garzas a Azcapotzalco y los dejaron ahí con un tepaneca, al que pagaron muy bien, con otros animales y semillas por su silencio. Y el día en que debían nacer los polluelos Acamapichtli llegó a Azcapotzalco con una comitiva, recogió el nido y se dirigió al palacio de Tezozómoc, quien se encontraba sentado en los jardines.

—Mi amo y señor —dijo entusiasmado el sirviente Totolzintli—, Acamapichtli ha llegado con un nido entre sus manos.

Tezozómoc se puso de pie y se dirigió a la sala principal, donde lo esperaba Acamapichtli y su comitiva. El nido yacía en el piso. El tecutli tepaneca caminó hacia éste sin hacer ruido y ocupó su asiento real. Totolzintli se hincó a su lado, poniendo sus manos en las rodillas. De pronto, uno de los huevecillos comenzó a moverse, Tezozómoc abrió los ojos con asombro, se inclinó para ver de cerca y cuando el polluelo picoteó el cascarón, el tepaneca se puso de pie y caminó sigiloso hacia el nido, se hincó y con las manos sobre el piso observó sonriente. El polluelo sacó la cabeza, siguió picoteando hasta romper el cascarón por completo, salió y sacudió su pequeño cuerpecito.

El tecutli tepaneca celebró como un niño, sonrió, cuando los demás polluelos picotearon el cascarón, y uno a uno fueron saliendo. Acamapichtli observó al tecutli de Azcapotzalco sin dar crédito a lo que veía.

—Un ciervo —dijo Tezozómoc minutos después como un niño de cinco años—. Quiero ver el momento en que nace un ciervo, aquí, en mi palacio.

Luego de este capricho hubo muchos más, cada año uno diferente, tan pueriles como absurdos; y todos cumplidos en su momento. Los meshícas bien podían liberarse de los abusos de los tepanecas, pues ya no eran un pueblo débil. Se habían ejercitado en las armas, habían engrandecido su ejército, habían ganado ya varias campañas, en nombre de los tepanecas. Pero el tlatoani entendía que independizarse de Azcapotzalco no era la forma. No aún. Acamapichtli no pudo ver su nación libre pues la muerte llegó inesperada y su pueblo no estaba preparado para la elección de un segundo tlatoani, la cual tardó más de cien días. Muchos alegaron que debía haber una elección, otros creían que debía ser por herencia mientras que algunos pensaron que debían ir con Tezozómoc y pedirle que les enviara un nuevo tlatoani para evitar su ira. Luego de que los sacerdotes principales conferenciaran largamente decidieron que fuese Huitzilihuitl, hijo de Acamapichtli, el nuevo tlatoani. Y así fueron por él a su casa para pedirle que aceptara la elección.

Huitzilihuitl consintió y lo llevaron en medio de la plaza principal, lo colocaron en el asiento real, le pusieron las insignias reales, le ungieron con el betún de trementina, llamado unción divina, por ser el mismo con que untaban a Huitzilopochtli, y uno a uno le mostró reverencia.

Y como aún no estaba casado el nuevo tlatoani, los sacerdotes le pidieron que eligiera mujer, y le sugirieron que para evitar malos entendidos como había ocurrido con la elección de Acamapichtli pidiera al señor de Azcapotzalco una de sus hijas como esposa, lo cual no desagradó al nuevo tlatoani, pues luego envió una embajada para que con todas las reverencias posibles hablara con Tezozómoc.

Al llegar al palacio de Azcapotzalco se arrodillaron frente al tecutli tepaneca, quien los escuchó.

—Grande señor Tezozómoc —dijo uno de los nobles aún arrodillado—, sus fieles vasallos meshícas estamos a sus pies para anunciar que nuestro tecutli Huitzilihuitl se encuentra aún sin esposa. Para ello queremos pedirle una de sus joyas más hermosas y amadas para que sea reina de nuestra ciudad isla Meshíco Tenochtítlan, que es, pues, tierra suya, tierra tepaneca.

Tezozómoc permaneció en silencio por un instante. Recordó

haberles negado una hija para casarla con Acamapichtli. Pensó en lo oportuno que sería acceder en esta ocasión y les concedió a su hija Ayauhcíhuatl. Pero lo hizo con un solo objetivo: ganarse por completo la lealtad y obediencia de los meshícas. Ese día la princesa Ayauhcíhuatl fue llevada a la ciudad isla, donde con gran regocijo fue dada por mujer a Huitzilihuitl con la acostumbrada ceremonia de atarles las extremidades de los vestidos.

Mashtla, señor de Coyohuácan, envió una embajada a su padre para solicitar una audiencia y expresarle su enojo por haber casado a su hermana con Huitzilihuitl. En cuanto recibió la respuesta de que su padre lo esperaba, se dirigió al palacio de Azcapotzalco con toda su corte.

—Oh, padre mío —dijo Mashtla con lágrimas en los ojos y de rodillas frente al tecutli tepaneca—. Grande es mi pena por su acción de dar al plebeyo Huitzilihuitl a la princesa Ayauhcíhuatl por esposa.

—No encuentro razón para que te sientas dolido —respondió Tezozómoc en su asiento real tamborileando los dedos sobre su rodilla. Conociendo la habilidad de su hijo para fingir congoja, dirigió su mirada a su esclavo Totolzintli, quien se encontraba de rodillas a su lado.

—Nuestro linaje merece mejores candidatos para esposar a mis hermanas.

—¿Pretendes darme lecciones de gobierno? —respondió molesto Tezozómoc, que no se dejaba embaucar por los caprichos de su hijo.

—De ninguna manera, padre…

—Bien… —se puso de pie y salió de la sala principal. Su sirviente lo siguió y Mashtla permaneció con los puños cerrados y con un gruñido opacado.

Mashtla regresó furioso a Coyohuácan. La boda de su media hermana Ayauhcíhuatl con Huitzilihuitl no era lo que lo irritaba, sino que los descendientes de este matrimonio llegaran a ser herederos de Azcapotzalco. Envió a la sazón una embajada a Meshíco Tenochtítlan para exigir a Huitzilihuitl que se presentase en su palacio de Coyohuácan. El tlatoani recibió esto como una invitación y no como una exigencia, y aceptó gustoso presentarse con su corte al palacio de Coyohuácan. Al llegar, no hubo bienvenida ni tratos protocolarios. Sólo se encontraba Mashtla con unos cuantos ministros. Huitzilihuitl comprendió que no se trataba de un encuentro amistoso. Se quitó el penacho y sosteniéndolo con un brazo se hincó ante el señor de Coyohuácan.

—El motivo por el que te he mandado llamar —dijo Mashtla sin preámbulo— es para saber qué pretendes.

El tlatoani respiró profundo y sin levantar la mirada respondió sorprendido:

—No entiendo.

—Tú y tu gente quieren aprovecharse de la bondad de mi padre.

—Eso no es cierto…

—¿Me estás llamando mentiroso?

—Creo que usted está malinterpretando las cosas.

—Bien podría quitarte la vida por tu atrevimiento, pero no quiero que se diga que un príncipe tepaneca dio muerte a traición a su enemigo. Vete… El tiempo me presentará una mejor ocasión para cobrar venganza.

Después de treinta y tres años de gobierno nació el menor de los hijos de Techotlala en el año Dos Conejo (1390), a quien llamó Ishtlilshóchitl Ometochtli. Las relaciones entre Azcapotzalco y Acolhuácan eran, si no amistosas, sí lo suficientemente diplomáticas, pues Tezozómoc parecía haber olvidado sus deseos de levantarse en armas en contra de Techotlala, quien veía necesario que su hijo Ishtlilshóchitl se casara y tuviera descendencia. Y para esto y crear mejores tratos con el tecutli tepaneca, le envió una embajada con las acostumbradas ceremonias, para pedirle una hija para Ishtlilshóchitl. Tezozómoc le envió a su hija más amada: Tecpatl.

Cuando un joven llegaba a la edad de contraer matrimonio, sus padres le buscaban mujer correspondiente a su calidad, para lo cual consultaban a los agoreros y éstos considerando el día del nacimiento del joven y de la doncella que pensaban darle, resolvían si era conveniente o no el matrimonio. Si por la combinación de los signos declaraban incompatible la alianza, se pensaba en otra mujer. Si pronosticaban felicidad, se pedía la doncella a sus padres por medio de las solicitadoras, que eran las más ancianas y autorizadas para pretenderla. Llevaban un presente a sus padres que era rechazado, por costumbre, aunque fuese ventajoso, pues de aceptarlo en la primera ocasión daban una mala imagen de la doncella. Días después llevaban otro regalo y los padres preguntaban a la doncella si estaba de acuerdo. Y así los padres enviaban a otras mujeres para que dieran la respuesta.

Pero en este caso no se llevó a cabo este ritual ni se consultó a los agoreros. Tezozómoc envió a sus embajadores a Teshcuco para notificar que estaba de acuerdo con aquel matrimonio. Obtenido su beneplácito, fue conducida por ellos a Teshcuco y se celebraron solemnemente los desposorios, donde hubo muchos tetecuhtin invitados. Tezozómoc llegó con todos sus consejeros, ministros, aliados y vasallos. Ésa fue la única ocasión en que ambos tetecuhtin disfrutaron juntos un evento. Platicaron, bebieron, fumaron, intercambiaron pensamientos, bromearon y se abrazaron felices de que por fin se lograba la paz entre ambos pueblos.

Techotlala y Tezozómoc observaron juntos la ceremonia en que sus hijos se sentaron frente al fuego. Luego el sacerdote ató una extremidad del huipil* con una

* Huipil: camisa o vestido de la mujer.

punta del tilmatli. La hija de Tezozómoc dio entonces siete vueltas alrededor del fuego. Ishtlilshóchitl y Tecpatl ofrecieron copal a los dioses, luego se dieron de comer uno al otro y salieron a bailar. Finalizadas aquellas celebraciones se encerraron cuatro días en una habitación en la que se dedicaron a orar a los dioses.

La quinta noche debía consumarse el matrimonio y al amanecer un sacerdote les llevaba agua para que se lavaran con sumo recato. Luego se vestían con sus ropas nuevas: ella usando plumas blancas en la cabeza y plumas rojas en los pies y manos. Más tarde llevaron cañas, esteras y comida a los dioses. Asimismo ofrendaban la sábana en la que se había consumado el matrimonio y que debía llevar la prueba de la virginidad de la mujer.

Finalizadas las fiestas Tezozómoc volvió a su palacio de Azcapotzalco, sin imaginar el torrente que se avecinaba: dos semanas más tarde llegó una embajada de Teshcuco, con la princesa Tecpatl...

Ishtlilshóchitl dijo a su padre que la princesa Tecpatl no cumplía con sus deseos y Techotlala, como tanto consentía los pueriles caprichos de su hijo, decidió, pues, anunciar a sus vasallos que los príncipes no habían tenido acto de consumación, diciendo que ella se rehusaba a ello, y a los pocos días envió una embajada a Tezozómoc para que le anunciase que su hija no deseaba vivir en esta unión, y, que respetando su decisión, la dejaba en libertad de volver a su señorío.

Este que ves en este amoshtli es Tezozómoc enfurecido. Ella es la princesa Tecpatl humillada. Esto es lo que los chichimecas no cuentan en sus libros pintados. Para los chichimecas Tezozómoc era un tirano que sólo ambicionaba el poder. Nada más falso.

Muy amoroso era el tecutli tepaneca con sus hijos e hijas; aún más a la princesa Tecpatl, su hija más amada. Verla en desconsuelo le hirió más que cualquier otra cosa en la vida. Harto intentó consolarla. Nada detuvo el torrente de lágrimas que inundó los ojos de la princesa tepaneca. Tezozómoc creía entender el dolor de su hija, pero en grande equivocación estaba al no saber aún que su hija había sido violentada. No imaginó el tecutli tepaneca que un joven príncipe de tan alto rango como Ishtlilshóchitl sería capaz de tal barbarie. Ishtlilshóchitl profanó a la doncella. Ella, una cría que no tenía deseos de concúbito, le pidió al príncipe esperar a que hubiera más deseo del acto, pero éste —sabiendo que su hombría sería expuesta a la burla popular si no mostraba al día siguiente la sábana manchada de sangre, que era la prueba de que se había consumado el matrimonio— la hizo suya por la fuerza. Después del vulgar atraco a su cuerpo, la princesa no quiso hablar ni comer ni dormir ni vivir. Ishtlilshóchitl, aún siendo un joven inepto en los haberes del amor, no supo que al violentar a la princesa violentaba su misma hombría, su vida, su felicidad y al huey tlatocayotl.

Para evitar que el vulgo irritara más la pena de su hija, Tezozómoc la envió a uno de sus palacios con cincuenta doncellas para que le hicieran compañía y le ayudasen a olvidar. Pero su llanto no encontraba fin, su pena no hallaba consuelo, su cuerpo enflaquecía por falta de alimento. Hasta que un día le contó a una de las doncellas lo que le había ocurrido después de las celebraciones de sus esponsales. De inmediato, la joven fue ante el tecutli Tezozómoc para informar lo sucedido.

—Mi señor —dijo la doncella con profunda sumisión—, la princesa me ha confesado con llanto y dolor que el príncipe Ishtlilshóchitl la violentó.

Contaron los tlacuilos de esos años que pocas veces se vio a Tezozómoc tan triste como en aquella ocasión. Y tan respetuoso fue de la pena de su hija que jamás le mencionó que sabía de aquel insulto. Más apenado se sintió por que ahora alguien más lo supiera, incluyéndose a él mismo. Ordenó a la doncella que no platicase de esto con nadie, so pena de muerte. Sufrió a solas aquella tristeza.

Y así se encontraba solo en su habitación cuando se le avisó que Huitzilihuitl, el segundo tlatoani de Meshíco Tenochtítlan, había enviado una embajada para pedir una audiencia, la cual le fue otorgada para el día siguiente. Tezozómoc salió a atenderlo en la sala principal con una tristeza que no pudo disimular.

—Mi señor, tecutli de Azcapotzalco, gran Tezozómoc y benigno guía de los meshícas, vengo a informarle que el tecutli chichimeca Techotlala ha solicitado a mi hermana Matlacihuatl para esposa de su hijo heredero Ishtlilshóchitl.

Tezozómoc se mantuvo en silencio por un momento, pensó en solicitarle al tlatoani de la ciudad isla que se negase a tal requisito, pero respondió:

—Si el tecutli chichimeca te ha distinguido con dicha solicitud, no veo razón para negarse.

Los consejeros y ministros presentes no comprendían la reacción de su tecutli, que en otras ocasiones habría mostrado desagrado. Sabían que algo ocultaba. Huitzilihuitl volvió a su señorío y dio la noticia a sus vasallos que su hermana Matlacihuatl sería la nueva esposa del príncipe acolhua. Ésa fue una de las razones por las que el señorío meshíca comenzó a crecer. Hubo ostentosas fiestas en ambos señoríos.

En este amoshtli que ves aquí, querido Asholohua, se ve a Ishtlilshóchitl gozando con sus invitados y si te das cuenta allí no se encuentra Tezozómoc, que no fue invitado. Y que de haber sido así, no habría asistido porque su mente, su cuerpo y su pueblo Azcapotzalco se encontraban en luto por la muerte de la princesa Tecpatl, quien días antes se había enterado de la boda entre Ishtlilshóchitl y Matlacihuatl. Ahogada en la pena de que ningún hombre estaría dispuesto a esposarla, le robó un cuchillo a uno de los soldados que cuidaban el palacio, y en su soledad se enterró la daga en el pecho.

En cuanto las doncellas encontraron su cuerpo, corrieron al palacio de Azcapotzalco para dar la trágica noticia a Tezozómoc. Fue ésta la única ocasión en que lloró el tecutli de Azcapotzalco. Cuentan que pasó varios días sin comer, sin hablar y sin dormir. Sólo acariciaba el rostro de su hija muerta. El único que pudo entrar a verlo era su esclavo Totolzintli, quien también permaneció allí día y noche. Él vio las lágrimas que derramó Tezozómoc. Él le contó al tlacuilo de aquel dramático momento para que así lo pintara y preservara en la historia tepaneca.

Esto, pues, querido nieto, lo pintaron los chichimecas en sus libros de otra manera. Mucho se ha mentido sobre este buen tecutli tepaneca.

Coyote hambriento, Coyote sediento, Coyote en ayunas. Tezozómoc mandó matar a tu padre. Y sus motivos fueron dos. El primero surgió cuando tu bisabuelo Quinatzin recuperó el imperio y Tezozómoc, que ambicionaba ser el futuro tecutli chichimeca, se quedó sin la posibilidad de heredar lo que su padre había usurpado; y el segundo cuando tu padre despreció a su hija como esposa. Sólo hubo algo que pudo haber cambiado la historia, que pudo darte el amor y respeto de Tezozómoc: que tú, Coyote hambriento, hubieses sido su nieto. La historia nos demostró cuán benigno fue con los meshícas al nacer el primogénito de Huitzilihuitl y la princesa tepaneca Ayauhcíhuatl. Tezozómoc te habría amado y no hubiese mandado matar a tu padre. Habría aceptado la elección de Ishtlilshóchitl como tecutli chichimeca. Pero aquel desprecio a su hija lo enfureció e hizo de Tezozómoc una llama ardiente. Tu padre era aún muy joven para comprender que tal desdeño le quitaría la vida y el imperio.

Ella también era joven, Coyote, y si bien no le había hecho acto de varón el príncipe Ishtlilshóchitl, fue porque ella no quiso. Y tu padre respetó aquella decisión. No la violentó como dicen los tepanecas. Pero al conocer la vanidad y altanería de la princesa tepaneca, tu padre comprendió que su vida con ella lo llevaría a la infelicidad. Luego de hablar con tu abuelo Techotlala sobre estos menesteres, coincidieron que lo mejor sería que ella regresase al señorío de Azcapotzalco. Más valía un pronto final que un mal matrimonio. Techotlala, con mucha mortificación, envió una embajada pidiendo perdón y brindando las más humildes explicaciones. Tezozómoc recibió a su hija con enojo y para evitar la humillación ante los tepanecas la entregó a los meshícas para que la sacrificaran en las fiestas de la diosa Teteoinan. De la misma manera en que se hacía cada año desde el sacrificio de la princesa de Colhuácan, para que fuese recordada como diosa y no como una mujer despreciada.

Pero antes de aquel desagradable suceso, tu abuelo Techotlala envió una nueva embajada a Meshíco Tenochtítlan y solicitó al tlatoani a una de sus hermanas para casarla con su hijo Ishtlilshóchitl. Huitzilihuitl le entregó a Matlacihuatl, la mujer que te dio la vida, Nezahualcóyotl.

Entonces, Techotlala envió unos embajadores para invitar a Tezozómoc a las fiestas del matrimonio de tus padres, pero éstos jamás volvieron: fueron apresados por soldados tepanecas, asesinados y enviados como regalo para los nuevos esposos, el cual fue abierto en el palacio frente al tecutli chichimeca y todos los invitados. Fue aterrador encontrar los cuerpos de los emisarios mutilados. Sí, Coyote, los embajadores habían sido enviados en varios cestos, en descomposición, bañados en sangre, mal olientes. Uno de los embajadores dijo al tecutli chichimeca:

—El tecutli Tezozómoc mandó decir que así terminará su hijo un día.

La habitación del tecutli chichimeca Techotlala tenía un umbralado al costado derecho por el cual entraba un débil rayo de luz, así como muros altos que generaban un delgado eco. El tecutli chichimeca se encontraba acostado en su petate, con los ojos cerrados, la respiración sofocada y una tos persistente. Al escuchar unos pasos en el pasillo supo que no se trataba de las mujeres que cuidaban de él, sino de su hijo, el príncipe Ishtlilshóchitl, a quien había mandado llamar aquel año 8 Casa (1409).

—Amado padre —dijo Ishtlilshóchitl al llegar en compañía de su hijo Nezahualcóyotl de siete años de edad—, grande es mi pena al verle así.

Techotlala, bañado en el sudor que le provocaban las fiebres de aquella enfermedad que ninguna hierba ni caldo curaba, levantó la cabeza y extendió su mano, que Ishtlilshóchitl pronto sujetó.

—Aquí estoy, amado padre.

Techotlala carraspeó. Unas mujeres que allí cuidaban de él se acercaron con reverencia y pidieron permiso al príncipe para secarle el sudor del rostro. Ishtlilshóchitl asintió con la mirada. Luego que el tecutli chichimeca fue atendido, el príncipe volvió a tomarle la mano.

—Padre —dijo con el rostro arrugado—, he destinado embajadores a todos sus pueblos vasallos para anunciar su situación y pedir que envíen a los mejores curanderos.

—No —Techotlala tosió—, mi tiempo ha terminado. No hay cura para un viejo como yo. A esta edad cualquier mal del cuerpo es un huracán que no se detiene con brebajes.

El tecutli chichimeca volvió a toser con más frecuencia. Las mujeres que cuidaban de él volvieron para levantarlo de su petate y ayudarle a reponerse. Luego de esto, Techotlala observó a su nieto Nezahualcóyotl y sonrió.

—Un día serás tecutli chichimeca —dijo y le acarició la mejilla. Luego miró a Ishtlilshóchitl y quiso llevarse a la tumba la memoria del rostro de su heredero que tenía las cejas delgadas y curvadas, los ojos pequeños, el tabique de la nariz delgado, pero de anchas fosas nasales, su labio superior delgado y el inferior carnoso, su quijada escuálida y una barbilla sumida—. Dile a los embajadores —continuó Techotlala al acostarse— que digan a todos que mucho los he amado. Y que sabiendo que mi muerte se encuentra cerca, deseo para ellos la paz y el progreso de sus pueblos, y que por ello dejo a mi hijo amado Ishtlilshóchitl para que los guíe —Techotlala se detuvo un instante para recuperar aliento y evitar la tristeza que le provocaba lo que diría a continuación—: A ti, amado hijo, te dejo una gran responsabilidad y una herencia de desgracias. Quise ser un buen tecutli chichimeca, pero sé que cometí grandes errores, que tú habrás de corregir; así como tu sucesor habrá de arreglar tus erratas. No hay tecutli chichimeca perfecto. Se acierta en unas cosas pero se yerra en muchas otras.

—Amado padre —interrumpió el príncipe hincado al lado de su padre—, todos sus vasallos le quieren y le veneran porque pocos fueron sus errores.

—No, tú sabes que eso no es cierto. Cometí un grave error: dejé a Tezozómoc hacer y deshacer. Le permití engrandecer su señorío y ahora tiene tantos aliados que bien puede con ellos declarar la guerra al imperio acolhua. Él es viejo y tú un joven que deberá aprender antes de que sobre Teshcuco caiga la desgracia.

—Le prometo, amado padre, que cuidaré y defenderé con mi vida este señorío como usted lo hizo.

—Deberás ganarte el amor de tus vasallos, llevándolos a la paz, haciéndoles ver que tu ocupación no es otra que cuidar de ellos, como si fuesen tus hijos. No les impongas tributos excesivos ni los ofendas. Siempre muéstrales respeto.

—Sí, padre, no olvido sus enseñanzas.

—Pues así como ya te conté de tus ancestros, ahora es menester que aprendas del pasado, para que no sufras lo que ellos, para que estés prevenido. Pues tú eres joven y Tezozómoc viejo, sabio, astuto y ambicioso. Y tú deberás ser cauto y prudente para ganarse su voluntad. Trátalo con cordura, tolerancia y mayor atención y respeto del que corresponde, considerado su mayor edad y disimulando cuanto sea posible, hasta que ganes la voluntad de los príncipes y señores principales del imperio y puedas de este modo consolidarte en el trono. Sé bien, escucha lo que digo y no lo olvides, que Tezozómoc no aceptará reconocerte como tecutli chichimeca. Ha hecho con mañas y cautelas muchos aliados y vasallos, que seguirán ciegamente sus palabras; y otros obedecerán lo que él diga, ya sea por temor o por respeto, pero así será. Conozco bien su altivez.

El tecutli chichimeca tocó el rostro de su hijo y todo quedó en silencio. Los ahí presentes esperaron toda la noche sin decir palabra, hasta la madrugada, cuando Techotlala jaló aire y, sin más, murió.

Acolhuatzin camina por un pasillo oscuro con antorchas en las paredes, hasta llegar a la sala principal del palacio de Tenayuca donde ya se encuentra el gran chichimecatecutli Quinatzin en el asiento real con su esposa y frente a ellos, de pie, dos niños sucios de tierra y sangre. Observa a su hijo Tezozómoc enfurecido, luego a Techotlala, igual de enojado y finalmente a Quinatzin. Acolhuatzin agacha la cabeza con reverencia:

—Mi señor. Vine en cuanto me informaron que usted solicitaba mi presencia.

Quinatzin sonríe burlonamente:

—Tenemos un pequeño problema.

Acolhuatzin se muestra avergonzado:

—¿Qué ocurrió?

Los dos niños comienzan a dar sus versiones al mismo tiempo.

—Estábamos jugando en la plaza —se defiende Techotlala— cuando de pronto apareció el esclavo de Tezozómoc y nos comenzó a lanzar piedras. Nosotros no queríamos pelear con él y evitamos responderle pero él insistió entonces llegó Tezozómoc en su defensa y nos agredió. Decía que su esclavo tenía derecho a jugar con nosotros porque él era el rey de Azcapotzalco.

—No es cierto —explica Tezozómoc—. Estábamos jugando a la guerra en la plaza cuando ellos arrinconaron a Totolzintli y comenzaron a humillarlo. Yo lo defendí y Techotlala me dijo que él era el gran chichimecatecutli y que nadie tenía más poder que él.

—¡Basta! —grita Quinatzin—. No tengo tiempo para lidiar con pleitos de niños.

Acolhuatzin baja la cabeza, se tapa la boca con el puño derecho al mismo tiempo que se cruza de brazos para ocultar su risa:

—Tezozómoc, pídele perdón a tu primo Techotlala.

—Yo no tengo por qué pedirle perdón, él fue quien comenzó todo... —responde Tezozómoc.

—Techotlala, ofrécele disculpas a tu primo —ordena Quinatzin.

—Él es quien tiene que ofrecer disculpas. Yo soy el hijo del supremo mo...

—¡Cállate! —grita Quinatzin.

Los niños se defienden con sus argumentos, otra vez no se entiende nada de lo que dicen.

Quinatzin grita molesto:

—¡Ya fue suficiente! Los dos serán castigados.

—Mi señor, no creo que sea para tanto —Acolhuatzin interviene.

—Yo soy el gran chichimecatecutli y ésta es mi decisión final. Llamen al maestro del calmécac.

Minutos más tarde Techotlala y Tezozómoc son desvestidos por el maestro del calmécac de Tenayuca, en la presencia de Quinatzin, Acolhuatzin y las madres de los niños, en medio del patio del palacio y obligados a permanecer ahí con las manos extendidas.

—En presencia del gran chichimecatecutli Quinatzin y el tlatoani de Azcapotzalco, Acolhuatzin, y las madres de ustedes dos —dice maestro Cuicacani—, yo, maestro del calmécac de Tenayuca, estoy aquí para imponer el castigo real, impuesto por mi señor Quinatzin, para así dar al imperio ejemplo de la justicia que hay en estas tierras, aun en contra de los beneficios de dos príncipes. Pero sea esto para que en un futuro, cuando ustedes gobiernen estas tierras, sean igual de justos. Pues la justicia no conoce de linajes ni de amistades. La justicia castiga a todos por igual. Deberán permanecer aquí toda la noche con los brazos extendidos hacia el frente. Si bajan los brazos se les enterrarán espinas de maguey en el cuerpo. Está prohibido hablar entre ustedes o llorar. Nadie, ni siquiera el gran chichimecatecutli, puede, a partir de este momento, retirarles el castigo, hasta el amanecer.

5

Hubo momentos en los que Torquemada se interesaba tanto en lo que mi abuelo nos contaba que llegué a pensar que a él también le apasionaba nuestra historia. No puedo negar que escribía con sumo interés. Contemplaba los libros pintados como un alumno del calmécac. A pesar de que no los entendía o se confundía, hacía lo posible por traducir al castellano con la mayor precisión posible.

—¿Éste quién es? —señaló el fraile con la pluma.

Mi abuelo se inclinó para ver de cerca los libros pintados, en los cuales se veía a Tezozómoc y frente a él unos meshícas con un recién nacido. También había la cabeza de un ocelotl (jaguar), que representaba el día en que nació el crío.

—En este amoshtli —explicó mi abuelo— se ve a Tezozómoc hablando frente a los meshícas, en el año Cinco Conejo (1406), cuatro años después de la muerte de la princesa Tecpatl. El tlatoani Huitzilihuitl y Ayauhcíhuatl acababan de tener a su hijo primogénito, al que llamaron Acolnahuacatl. Tezozómoc fue a la ciudad isla acompañado de toda su corte, con sus atuendos más elegantes para felicitar a los padres y conocer a su nieto, donde fue recibido con harto júbilo y pompa de acuerdo con su grandeza. Tanta alegría había en el tecutli tepaneca que ese mismo día, sin esperar, ordenó que mandaran llamar a todos los tenoshcas:

Bien saben, oh valerosos meshícas, que el sitio en que están poblados se les dio con la condición de tributar anualmente. Sé que les parece pesada esta carga, que si bien fue justa en su imposición, por la donación que se les hizo de la tierra, para que en todo tiempo reconocieran el directo dominio de ella en los tetecuhtin de Azcapotzalco, considerándolos extranjeros y advenedizos. El día de hoy que ya por la unión de los matrimonios somos todos uno y debemos mirarnos como hermanos, no me parece justo dejarlos gemir bajo este pesado yugo, que no puede ser sensible a su tecutli, y queriendo darles una prueba de mi amor y benevolencia, tanto para con él como para ustedes, y darles en demostración de mi regocijo por el nacimiento de nuestro príncipe, he resuelto liberarlos de esta pesada contribución, haciéndoles francos y libres, para que vivan alegres y contentos, dueños de sus tierras y gozando en entero del fruto de su trabajo, sin otra pensión que la de enviar una corta cantidad de patos y peces, de los que se cazan y pescan en comunidad, para el regalo de mi mesa. Espero de su leal correspondencia y que unidos siempre a mis tepanecas y mirándolos como hermanos suyos, les ayuden en todo, como ellos lo harán con ustedes, en cualquier trance de paz o de guerra.

Torquemada, interesado en lo que le contaba mi abuelo, dejó de escribir por un momento, puso la mano izquierda en su barbilla y el codo sobre su escritorio, y con los dedos de la otra mano movía la pluma como si se echara aire en el rostro.

—El pueblo meshíca gozó tanto de este nacimiento y de la nueva alianza con los tepanecas que hicieron grandes fiestas —continuó mi abuelo e hizo un gesto de tristeza—. Pero la felicidad no duró mucho. Mashtla, cumpliendo su promesa de un día cobrarse aquella ofensa que decía haber recibido de Huitzilihuitl, decidió derramar su ira hacia la vida del infante. Recta verdad es, querido nieto —decía mi abuelo como si sólo me hablara a mí y el fraile y el meshíca no estuvieran presentes—, que su temor era que este recién nacido llegara a ser heredero de Azcapotzalco. Había muchas razones para creer aquello: Tezozómoc comenzaba a envejecer, había liberado a los meshícas del tributo y no sólo eso, los trataba como hermanos. Mashtla no soportó que hubiera mejores tratos con ese pueblo que con el suyo de Coyohuácan.

”Entonces envió a dos de sus más crueles y sagaces guerreros a dar muerte al infante. Los niños meshícas se criaban todos a los pechos de sus propias madres, pero debido a que la reina Ayauhcíhuatl no podía darle pecho a su crío, hubo de buscarse un ama de cría que lo amamantara. De cualquier manera, la reina meshíca no se separaba de su recién nacido, lo cuidaba todo el día y se aseguraba de que la nodriza lo alimentara como era menester mientras el tlatoani Huitzilihuitl hacía labores de gobierno. Los asesinos coyohuacanos entraron disfrazados de mercaderes a la ciudad isla y cuando lograron burlar la seguridad del palacio observaron desde afuera que la reina Ayauhcíhuatl se encontraba con la ama de cría cuidando del niño. Entonces uno de ellos mató a uno de los soldados meshícas, se vistió con sus ropas y entró a la habitación.

”—Mi señora —dijo, fingiendo apuro—, mi señor Huitzilihuitl ha mandado pedir su presencia con urgencia.

”La reina se puso de pie, le entregó el recién nacido a la nodriza y salió. Los asesinos entraron directo a la habitación y de un golpe con su macuahuitl dieron muerte a la mujer que lo cuidaba. Pronto tomaron al crío y lo degollaron.”

Torquemada hizo un gesto de asombro y lo anotó en sus hojas. El meshíca continuaba allí, de pie, escuchando todo, poniendo atención y asombrándose con lo que contaba mi abuelo, con eso de que él no sabía, pues en su casa ya no se narraban las historias por temor a ser llevados a la horca.

—Continuad con vuestro relato —dijo Torquemada.

—Cubrieron el cuerpo del crío con una manta, lo llevaron al palacio de Huitzilihuitl y lo dejaron en la entrada —dijo mi abuelo—. Los soldados que allí estaban se sorprendieron al ver que aquellos hombres dejaban aquel bulto y les llamaron pero éstos salieron huyendo. Uno de los soldados se acercó al bulto sobre el piso, deshizo el nudo y al abrirlo dejó caer su arma y con grande ahogo dio noticia al tlatoani. La reina, que se encontraba allí, comprendió el ardid y, sin poder controlarse, comenzó a gritar. Los que vivieron ese momento de dolor junto al tlatoani contaron que la reina, al ver a su hijo con la cabeza cercenada, bañado en sangre, enloqueció. Se dejó caer al piso sin poder contener las lágrimas. Gritó y exigió a su esposo encontrar a los asesinos. Por más que intentó tranquilizarla el tlatoani, el llanto de la reina no paró en muchos días y la tristeza la acompañó hasta la muerte. Ese mismo día descubrieron que dos hombres de Coyohuácan habían estado rondando por allí. Huitzilihuitl envió una embajada a Tezozómoc para informar lo ocurrido.

”—Mi señor —dijo el emisario—, Huitzilihuitl me ha enviado a informarle que el niño Acolnahuacatl fue asesinado dentro de su misma casa, por sicarios mandados secretamente.

”El tecutli tepaneca Tezozómoc se sintió destrozado ante aquella noticia. Pronto acudió a la ciudad isla y acompañó a su hija en su dolor. Las ceremonias fúnebres se llevaron a cabo con sacrificios y mucho llanto. Harto lloró el tlatoani y su esposa la muerte del infante. Toda la ciudad estuvo en luto.

”Al año siguiente nació el segundo hijo de Ayauhcíhuatl y Huitzilihuitl, al que llamaron Chimalpopoca. Y como bien sabes, querido nieto, antes de que llegaran los barbados, en estos territorios era permitido que un hombre tuviera cuantas mujeres quisiera o pudiera mantener. Y Huitzilihuitl se casó también con la hija del tecutli de Cuauhnáhuac,* y de esta unión nacieron los gemelos Motecuzoma Ilhuicamina y Tlacaélel.

”La ciudad isla Meshíco Tenochtítlan creció y su gente comenzó a vestir bien, a tener comercio con todos los pueblos tepanecas. Meshíco y Tlatilulco seguían fabricando chinampas, con lo cual engrandecieron considerablemente el tamaño de la

---

* Cuauhnáhuac: actual Cuernavaca.

isla. Los tlatelolcas también construyeron edificios y arreglaron los canales. Además de que sus tratos entre señores eran ya de amistad, por lo harto que habían tenido que ir juntos a las guerras de Tezozómoc. Por aquellos tiempos murió también Cuacuauhpitzahuac, señor de Tlatilulco e hijo de Tezozómoc. Llegando el momento de la elección ganó su hijo Tlacateotzin, quien fue jurado con las ceremonias correspondientes.

"El tlatoani Huitzilihuitl, por su parte, comenzó entonces a dar grandeza y belleza a su ciudad isla Meshíco Tenochtítlan, procurando los mayores beneficios para sus tenoshcas. Sabio fue Huitzilihuitl al detectar las necesidades de su ciudad y buscar soluciones. Primero, la fabricación de miles de canoas para navegar no sólo en las orillas de su ciudad isla, sino para la pesca y para llevar y traer mercancías, materiales para la construcción y gente para comerciar. Por fin los meshícas eran libres de andar por todo el valle. Y había que aprovechar esa abundancia de la que habían carecido por hartos años en los que hubieron de permanecer en su isla, de donde salían sólo para ir a la guerra o cuando les era permitido.

"Tan numerosa fue la fabricación de canoas, que cada tenoshca tenía una. Eran tantas que el lago parecía ya un hormiguero. Transitaban todo el día pescando, llevando mercancía, frutos y flores de sus chinampas a otras poblaciones. Asimismo traían aquellas cosas que a ellos les faltaban: piedra, cal, arena y madera para la construcción de sus edificios. Fue Huitzilihuitl quien comprendió que para la guerra no sólo se necesitaba valor y destreza, sino también orden y método, para tener menor número de guerreros caídos. Un soldado herido, un hombre mutilado, un meshíca sin piernas, sin brazos o sin ojos, era más costoso que tener un hombre muerto. Entonces exigió a sus capitanes que elaboraran técnicas en el uso de las armas y adiestraran con mayor empeño a los guerreros para la batalla, tanto por tierra como por agua.

"Entre todos estos menesteres, Huitzilihuitl se ocupó principalmente en crear nuevas leyes, abolir las que ya no eran funcionales, o reformándolas para que fueran justas. Le inquietaba que los demás pueblos siguieran teniendo la idea de que los meshícas eran bárbaros o ladrones y para ello impuso fuertes castigos. Hizo que las leyes se observaran y se cumplieran tanto en su señorío de Meshíco como el hereditario de Culhuacan.

—¿Los de Colhuácan fueron los que llevaron a los meshícas a la guerra contra los shochimilcas? —preguntó Torquemada y se puso de pie, estiró sus brazos y movió la cabeza haciendo círculos. Igual que nosotros, ya estaba cansado. Habíamos estado ahí desde el amanecer.

—Bien es cierto —respondió mi abuelo mirando a la ventana, donde se encontraba el meshíca— que cuando los meshícas llegaron a estas tierras fueron esclavos de Culhuacan y fueron llevados a la guerra contra los shochimilcas, donde les cortaron las orejas. También, entre colhuas y meshícas hubo harto pleitear cuando el señor de Colhuácan les mandó poner suciedad en el adoratorio de Huitzilopochtli; y cuando los meshícas sacrificaron a su hija Teteoinan, a la que luego llamaron Tonantzin. Sí, todo eso es recta verdad, pero también llegó el tiempo en que ambos pueblos hicieron la paz entre ellos. Fue el mismo Achitometl quien inició en su pueblo la adoración a su hija convertida en la diosa Tonantzin. Contaban los tlacuilos que poco después de que los meshícas construyeron el templo de Tonantzin en Tepeyacac, Achitometl acudió una noche, se arrodilló ante ella y le habló. Le dijo que él no era nadie para impedirle que fuera diosa. En ese momento cayó una fuerte lluvia sobre Achitometl, quien entendió que era la respuesta de su hija. Extendió los brazos a los costados, alzó la mirada al cielo y lloró de alegría.

—¿Y fueron los colhuas los primeros en adoptar las costumbres de los tenoshcas? —preguntó Torquemada al volver a su silla.

—Sí, fueron ellos los primeros en seguir la adoración a la diosa Tonantzin y luego a Huitzilopochtli y todos sus demás ídolos.

Torquemada hizo una pausa en su escritura y miró a mi abuelo; bajó la mirada y nuevamente revisó sus notas. En ese momento alguien entró y pidió hablar con el fraile Torquemada. Éste salió, cerró la puerta y nos dejó allí con el meshíca.

—¿Qué dijiste ayer? —preguntó mi abuelo en lengua nahua.

El meshíca miró a la puerta sin decir una sola palabra: se podía escuchar la conversación de Torquemada con el hombre, lo que nos dio a entender que si el meshíca hablaba también el fraile lo notaría.

—¿Nos vas a ayudar a escapar? —dijo mi abuelo en voz baja.

El meshíca afirmo con un gesto. En ese momento entró Torquemada. Jaló aire, se dirigió a la ventana, estuvo allí un largo rato sin hablar. Se escucharon las campanas de la iglesia, los trotes de los caballos y la gente que hablaba en la calle. Mi abuelo levantó la mirada y con sus ojos señaló el candelabro que colgaba del techo, pues no sabía para qué servía eso y muchas otras cosas que allí había: miraba el lugar, las cortinas y cosas que los cristianos usan para sus ceremonias religiosas: objetos de plata y una grande garrafa de vino que los sacerdotes beben, pero que los meshícas no conocíamos antes de la llegada de los españoles. El fraile comenzó a caminar de un lado a otro con preocupación, se acariciaba la barba y tocaba el crucifijo que colgaba de su pecho. Lo que estaba ocurriendo afuera le quitó los libros pintados de la cabeza y hacía que los dedos de sus manos no dejaran de moverse. Un rato después, por fin volvió a su asiento y dijo:

—Continuad con vuestro relato, tlacuilo.

Mi abuelo, el meshíca y yo nos miramos. Torquemada seguía ausente, sin vernos, sin poner atención a lo que hacíamos.

—Huitzilihuitl llevó a mejores tratos la vida entre tepanecas, tlatelolcas y meshícas.

—¿De qué estáis hablando? —preguntó Torquemada.

—Estábamos hablando del crecimiento que tuvo el tlatoani Huitzilihuitl en la ciudad de Meshíco Tenochtítlan. Y del trato que hubo entre Azcapotzalco y la ciudad isla.

—¿Y por qué estáis hablando de eso?

—Porque eso es lo que está en este amoshtli —respondí.

El fraile Torquemada se llevó las manos a la cara y se frotó como si se la estuviese lavando, se recargó en el respaldo de su silla, que era bastante grande y de madera finamente labrada y miró a mi abuelo, movió la cabeza de derecha a izquierda.

—¡Ay, tlacuilo! —suspiró—. Si vos no fueseis un indio infiel, bien podríais comprender lo que ocurre en esta Nueva España y bien podríais hacer un comentario sabio.

Levantó la mirada y ordenó que se nos llevara nuevamente a la habitación y que se nos diera de comer. Luego se fue sin decir más.

Tezozómoc y Techotlala se encuentran en el patio del palacio, desnudos, de pie con las manos extendidas hacia delante y la frente en alto. Ambos tiemblan por el frío. Un vaho sale de sus bocas. Cada vez que uno baja las manos les entierran espinas de maguey en el cuerpo. Comienza a llover. Tezozómoc estornuda.

—Esto no es nada comparado con lo que yo te voy a hacer cuando sea gran chichimecatecutli —amenaza Techotlala.

Tezozómoc calla, pero en su mirada se nota el resentimiento que está naciendo en él.

Mientras tanto, Yolohuitl observa la lluvia desde la habitación en la cual están hospedados. De pronto voltea furiosa.

—Eres un mediocre —le dice a su esposo—, mal nacido, cobarde.

—Cuida tus palabras… —le advierte Acolhuatzin.

—¿Me estás amenazando?

—Te estoy ordenando…

—Nunca te voy a perdonar que hayas permitido que a tu hijo lo castigaran de esa manera en público.

—¿En verdad crees que yo podía impedirlo? Quinatzin es el gran chichimecatecutli…

—¡No me importa! Nadie tiene derecho de ponerle la mano a mi hijo.

—Cuidado con lo que dices. No olvides que debemos vasallaje a Quinatzin.

—Eso no le da derecho a... —Yolohuitl sabe que no ganará aquella batalla.

—¡Sí! ¡Él es el gran chichimecatecutli! Puede condenar a Tezozómoc a muerte. Y a mí y a ti. Y a quien le dé la gana. Cuando juramos vasallaje, aceptamos obedecer sus órdenes y callar, aunque no estuviésemos de acuerdo. A Tezozómoc se le ocurrió pelearse a golpes con el hijo del gran chichimecatecutli. Se le hizo fácil darle prioridad a Totolzintli sobre Techotlala.

—¡Te lo advertí! —Yolohuitl se fortalece—. Te dije que no quería a ese esclavo jugando con mi hijo.

—Déjame hablar...

—Has estado hablando todo este tiempo.

—Sí —continúa Acolhuatzin bajando el tono—. Tezozómoc cometió un error al pelearse con Techotlala. Ahora está pagando su castigo. Debemos dar gracias a los dioses por la misericordia del gran chichimecatecutli. Pero también debemos agradecer que nuestro hijo sea un niño que honra la amistad, que defiende la justicia. Esta lección le servirá en el futuro. No se puede ser un tlatoani si no se conoce el dolor. Mañana regresará desvelado, cansado, hambriento, enojado, pero con el tiempo comprenderá muchas cosas y dará gracias a los dioses por las lecciones de la vida.

—El día que tú tengas un hijo en tu vientre comprenderás el dolor que se siente verlos caerse, no saber dónde están, verlos en cama, con fiebre.

—Lo entiendo.

—No lo entiendes y nunca lo entenderás —sonríe con ironía y le da la espalda.

—Te prometo que nunca más lo castigarán.

—¿Y ese esclavo?

—¿Qué tiene Totolzintli?

—No lo quiero cerca de mi hijo.

—Quiero que aprenda de él.

—¿No te parece suficiente con el castigo que le impuso Quinatzin?

—Necesito que conozca a los plebeyos, que conviva con ellos, para que cuando crezca entienda las necesidades de su pueblo. No se puede gobernar si no los comprendes.

—Así nadie lo va a respetar —le da la espalda y mira a la nada.

—Lo van a respetar. Te lo aseguro.

Esa noche Yolohuitl la pasa en vela, angustiada, esperando que amanezca para ir por su hijo. A la mañana siguiente ella es la primera en llegar al patio. Observa a su hijo y llora de rabia. Minutos más tarde llega Quinatzin y se acerca a los niños. Detrás de él se encuentran Acolhuatzin y las esposas de ambos, quienes están furiosas, y no se hablan entre sí. Todos llevan puestas capas de piel de venado. Quinatzin, sonriente y sarcástico, se frota los brazos con las manos. Sale vaho de su boca.

—Hace mucho frío —dice—. ¿No creen chicos? —las dos mujeres lo observan con enojo. Los niños están temblando de frío. Acolhuatzin se ve muy molesto. Quinatzin continúa—: Pues bien. Creo que esto les servirá de escarmiento. La vida no es tan sencilla como ustedes creen. Me queda claro que no se agradan. Pero deben entender que son primos y que cuando sean adultos ambos tendrán pueblos bajo su mando. Deberán aprender a negociar entre ustedes aunque no lo deseen.

—Quinatzin —lo interrumpe Atzin—, los niños tienen frío.

Quinatzin gira la cabeza enfurecido:

—¡Cállate, mujer! El gran chichimecatecutli está hablando —Atzin agacha la cabeza con sumisión. Quinatzin se lleva las manos a la cintura y mira en varias direcciones como buscando una respuesta—: ¿En qué estábamos?... Ah. Sí. Para aprender a gobernar tienen que entender que no siempre se puede ganar, aunque tengan la razón. Algo sí les aseguro: siempre creerán que tienen la razón. Es el peor defecto de un gobernante.

Lamento admitirlo. Y peor aún, me preocupa saber que nada de lo que yo les diga en este momento servirá a futuro. Un día tendrán un conflicto con algún pueblo vecino y nada los convencerá de que su enemigo tiene la razón. Si los gobernantes fuéramos más inteligentes no habría guerras. Espero que este castigo les ayude. Dense la mano y ofrézcanse disculpas.

Tezozómoc y Techotlala se miran de frente y se dan la mano.

—¡Perfecto! —exclama Quinatzin—. Asunto cerrado. Pueden irse.

Ambos niños corren a los brazos de sus madres que los esperan con cobijas de pieles de venado para cubrirlos del frío. De inmediato Yolohuitl lleva a Tezozómoc a su habitación. Tezozómoc se sienta en el petate. Yolohuitl lo mira con preocupación. Hace gestos de lamento. Quiere llorar, pero se contiene. Una esclava de la corte tepaneca llega a la habitación con un shokolatl caliente y permanece de pie en la entrada. Espera el permiso de su ama. Yolohuitl no la mira:

—Adelante.

La esclava camina hacia Tezozómoc.

—Está caliente, mi amo.

Tezozómoc recibe el tazón.

—Ya te puedes retirar.

La esclava sale. Tezozómoc bebe el caldo caliente del tazón. Yolohuitl se sienta a su lado y pone su brazo sobre la espalda de su hijo.

—No dormí en toda la noche, pensando en lo que estarías sufriendo.

Tezozómoc no la mira.

—No era para tanto, madre.

Yolohuitl se muestra indignada.

—¿Qué? ¿Te parece que no era para tanto? El gran chichimecatecutli te castigó en público. Te humilló. Y humilló al pueblo tepaneca.

—Estás exagerando, madre.

—Eres muy chico aún para comprender esto.

—Entonces también humilló al pueblo acolhua, al castigar a Techotlala.

—No —responde Yolohuitl enojada—. A él lo enalteció. Lo puso como la víctima golpeada por un visitante y además lo victimizó más al castigarlo igual que a ti. ¡Miren, soy un tlatoani justo y también castigo a mi hijo, aunque sea inocente!

—No era inocente. Humillaron a Toto.

Yolohuitl se pone de pie y camina hacia el otro extremo de la habitación. Se queda callada por un instante con los ojos cerrados, conteniendo su enojo. Finalmente voltea y mira a su hijo con furia.

—Dejaste que te humillaran por un esclavo.

—Es mi amigo.

—¡Es tu esclavo! ¡Entiéndelo! ¡Jamás serán iguales!

—No me importa lo...

Yolohuitl lo interrumpe casi gritando:

—¡Escúchame bien, Tezozómoc! ¡Es la última vez que te lo digo! ¡Si me entero que tú y ese esclavo siguen comportándose como amigos, lo enviaré muy lejos de aquí! Y nunca volverás a verlo.

En verdad te digo, querido nieto, Tezozómoc habría terminado su vida en paz en su señorío de Azcapotzalco. Aunque suyo era el derecho de ser tecutli chichimeca, él ya se encontraba en paz con lo que tenía: grandes tierras conquistadas, sus hijos señores de sus propios señoríos, sus hijas reinas en otros y el amor de sus vasallos. Pero hubo cuatro motivos que le quitaron a Tezozómoc la felicidad. El primero era que Techotlala lo había mantenido bajo un vulgar yugo a él y a sus pueblos exigiendo tributos excesivos. El segundo: la muerte de su hija que se había quitado la vida por la profanación de su cuerpo. El tercero fue el asesinato de su nieto. El cuarto motivo de la tristeza de Tezozómoc fue que ya comenzaba a envejecer y con ello llegaron grandes dolores a su cuerpo que le impedían salir de su palacio en Azcapotzalco. Mucho había suportado el tecutli de Azcapotzalco, mucho había callado. Hasta que un día llegó a él una embajada de Teshcuco:

—Señor Tezozómoc —dijo el embajador de rodillas frente al tecutli de Azcapotzalco—, el príncipe Ishtlilshóchitl me ha enviado a anunciarle que el tecutli chichimeca, Techotlala, ha muerto esta mañana.

El embajador se mantuvo de rodillas esperando la respuesta del señor de Azcapotzalco. Y al no recibir respuesta, continuó:

—El príncipe Ishtlilshóchitl le manda decir que lo espera en el señorío de Teshcuco para que los acompañe en su dolor y en las ceremonias de las exequias de su padre, nuestro difunto tecutli chichimeca Techotlala.

—Dile a tu príncipe —respondió Tezozómoc sentado en su asiento real— que en estos últimos días me han atacado algunos achaques de la vejez y que por ello no puedo salir de mi palacio. Pero que le envío mis más sinceras condolencias por la pérdida de su padre.

—Pero —insistió el embajador—, todos los señores y tetecuhtin del señorío estarán allí. Su presencia es importante.

—Lo sé, pero me es imposible salir. Dile a tu señor Ishtlilshóchitl que disculpe mi ausencia.

—El príncipe Ishtlilshóchitl también me ha mandado decirle que lo espera para su jura en el palacio de Teshcuco.

—Ya te he dicho que no puedo salir en estos momentos. Dile a Ishtlilshóchitl que cuando me sea posible me presentaré en el palacio de Teshcuco. Puedes ahora volver con tu señor —concluyó el tecutli de Azcapotzalco.

En este amoshtli, querido nieto, puedes ver las exequias del tecutli chichimeca Techotlala, a las cuales concurrieron sólo cuatro señores: el de Acolman, el de Cuauhquecholan, el de Tetlaneshco y el de Teocalco, así como un caballero principal de la casa de Coatlíchan. Sólo cuatro de más de setenta señoríos. Y esto se debió a que Techotlala no fue el buen tecutli que presumen los chichimecas. Ellos dicen que Tezozómoc los había hecho sus aliados y que por miedo a él no habían ido a las exequias del difunto tecutli chichimeca. Pero no es esto posible. No es creíble que un tecutli que estaba bajo el yugo del grande tecutli chichimeca haya podido convencer a tantos señores. Y menos como dicen ellos que fue por temor a Tezozómoc. ¿Temor? ¿Temor a qué? ¡Él no era el tecutli chichimeca! ¡Mienten! Y mienten para que en la historia se recuerde a Tezozómoc como un tirano. Bien es cierto que cuando hubo guerra no tuvo piedad de sus enemigos, que hubo hartas muertes, pero es la guerra y todos los gobernantes lo han hecho para salvar sus señoríos, para ganar territorio, para quitarle poder al adversario, para saciar su ambición. El poder siempre se consigue por medio de la guerra. Grande error fue el de los tepanecas al no perdonar a tiempo la vida de Ishtlilshóchitl, pues la venganza de su hijo fue atroz para Azcapotzalco. Grande error el nuestro fue no saber aliarnos cuando llegaron los hombres barbados. Un meshíca dijo un día que los tlashcaltecas y los hueshotzincas los habían traicionado; pero eso no fue cierto pues no se traiciona al enemigo. Ellos no eran amigos, sino pueblos en guerra.

Muchas guerras que sostuvo Techotlala fueron más que necesarias, una máxima de su política para mantener entretenidos algunos señoríos y preparación de sus tropas. Y si hubo otras guerras fue porque él las provocó con su mal gobierno. Como ocurrió tras la muerte de Paintzin, señor de los otomíes, allá en donde era Shaltocan. Tzompantzin, señor de Meztitlan tomó el mando de estas tierras y cansado ya de Techotlala y sus abusos, decidió hacer una alianza con los señores de Cuauhtitlan, Tepotzotlan y Shilotepec para que juntos le expusieran su inconformidad a Techotlala por los altos tributos, pero éste no los escuchó. Recibiendo esta negativa Tzompantzin y sus aliados decidieron a la sazón no pagar tributos, a lo que Techotlala respondió con las armas, ordenando, sí, exigiendo a Tezozómoc que enviara sus tropas y sus vasallos, los tenoshcas y tlatelolcas.

Así ocurrió, querido nieto: Tezozómoc obedeció y mandó a sus guerreros a que entraran por la noche a los territorios de Shaltocan, encontrando luego al enemigo y donde iniciaron el combate cuerpo a cuerpo y donde hubo hartos muertos y heridos de ambos bandos. Pero a la mañana siguiente volvieron las tropas acolhuas, tepanecas, meshícas y tlatelolcas derrotando con barbarie a los otomíes y entrando prontamente y por la fuerza a Shaltocan. Tzompantzin huyó, con las pocas tropas que le quedaban, a su palacio en Meztitlan. Otros que no pudieron huir fueron apresados por las tropas acolhuas.

Los acolhuas no supieron aprovechar la victoria alcanzada. Tezozómoc incorporó en su señorío los territorios de Shaltocan, Cuauhtitlan y Tepotzotlan, más la provincia de Mazahuacan, expulsando a la gente de toda la demarcación, esparciendo por los pueblos la gente más civilizada para hacerle perder su lenguaje y sus costumbres.

Recta verdad es, querido nieto, que Techotlala murió como mueren los malos gobernantes: en soledad, sin el llanto de sus vasallos, porque los abandonó, dividió el gobierno e hizo que cada gobernante hiciera en sus pueblos lo que estuviese a su alcance para mantener la paz. Pero él era el tecutli chichimeca, él debía organizar a los pueblos: era suya esa responsabilidad. En cambio se dio a la holgazanería, al juego, al despilfarro, al abuso de sus vasallos. Los mantuvo bajo un yugo, del cual ya todos estaban cansados y deseosos de un tecutli chichimeca que les diese aliento, sabiduría, instrucción. Cuando se encontraban necesitados, iban a Azcapotzalco y no a Teshcuco. Tezozómoc era, pues, quien les escuchaba. Y al morir Techotlala encontraron por fin un momento de paz, la oportunidad de un cambio.

A todos esos pueblos llegaron las embajadas anunciando la muerte del tecutli chichimeca y exigiendo su presencia en las exequias. Pero no respondieron así. Muchos fueron los que llegaron al palacio tepaneca a preguntar a Tezozómoc qué era lo que haría él. El tecutli tepaneca dijo que no podía ir por sus malestares, pues le era muy complicado andar; que aunque le llevasen cargando, su salud se alteraría en el camino, pero que no por ello debían ellos faltar a las ceremonias de Teshcuco. Fueron ellos, querido nieto, quienes decidieron no asistir, fueron todos esos señores los que ignoraron el llamado de Ishtlilshóchitl.

Murió tu abuelo y murió su sueño, Coyote ayunado. Bien sabía el tecutli chichimeca Techotlala que un día habría de morir, pero esperaba que fuese después de la muerte de su enemigo. Ésa era la última batalla entre ambos tetecuhtin: la guerra de la supervivencia. Ahora, con la certeza de que sus días eran escasos, no le quedaba duda de que pronto su imperio caería en manos del tirano, el cruel y despiadado Tezozómoc.

No se equivocó. Pues en los últimos años el tirano se había dado a la tarea de convencer uno a uno a todos los señores del valle. Los fue hechizando hasta tenerlos en sus manos y dominarlos a su antojo. Así son los tiranos, Coyote, así logran sus objetivos: hipnotizando a sus presas, embaucando a las víctimas, poniendo carnazas para que solas lleguen al matadero. ¿Que no es cierto lo que digo? ¿Que es mentira que Tezozómoc haya tenido tanto poder

para convencer a tantos señores? Por eso se les dice tiranos, villa-
nos, opresores. Manipulan la información, cambian la historia, se
pintan con la brocha de la bondad, se hacen humildes, se flagelan
frente a su pueblo, lloran, hacen de sus gobiernos un desmán y de
los vasallos, serviles esclavos.

¡Anda y pregunta a los ancianos! ¡Ve a Azcapotzalco e interroga a
un tepaneca si lo que digo es mentira! Aunque en sus libros pintados
haya una historia, la verdad es otra. Y ésa está en todas partes. No
sólo en Azcapotzalco y en Teshcuco. También en Tlatilulco, Meshí-
co Tenochtítlan, Coatlíchan, Shaltocan, Hueshotla, Tlacopan, Coyo-
huácan, Tlalnepantla, Cuauhtitlan. Anda, ve, corre, pregunta. No te
engaño. Investiga para que no te quede duda. Pues dentro de mu-
chos años, todos los testigos de esta guerra morirán. Entonces no
habrá forma de que sepan quién dice la verdad. Creerán lo que sus
ancianos les cuenten, lo que se vea en sus libros pintados, lo que re-
cuerden los sacerdotes, pero no se contará la historia como en ver-
dad ocurrió. Por eso, Nezahualcóyotl, Coyote ayunado, sacia tu
hambre de información, ahora que la verdad está disponible, aho-
ra que cualquiera, en cualquier pueblo te puede nutrir y guárdala
en tu memoria antes de que Tezozómoc se convierta en el tirano
olvidado.

Hubo mucha paz en el gobierno de Techotlala y aquello consis-
tía en sus múltiples innovaciones. Organizó la corte de Teshcuco de
forma política y ordenada, obligando a los señores de las provin-
cias a vivir en la ciudad, con sus vasallos para que comprendieran
las necesidades de sus pueblos.

Pese a tanto esfuerzo y tantos logros, la herencia de desgracias
que estaba recibiendo tu padre Ishtlilshóchitl no se comparaba con
lo que su padre Techotlala le había augurado. ¡No! El joven here-
dero no tenía idea de lo lejos que llegaría la ambición del tirano,
pues había llegado tan alto el grado de grandeza y veneración del
tecutli de Azcapotzalco, que la gran mayoría de los principales se-
ñores por temor o por ambición condescendieron a sus caprichos.
Mientras vivió Techotlala ninguno de esos cobardes traicioneros
fue capaz de mostrarse en su contra, excepto el tepaneca, quien se

escondió bajo el manto de la hipocresía ante los demás tetecuhtin. Los supo embaucar, pero con Techotlala fue siempre directo, altanero, prepotente y en algunas escasas ocasiones obediente, pero jamás doble cara. Y eso a Techotlala le daba la tranquilidad de saber con quién estaba lidiando. En cambio, con los demás murió sin saber quiénes de ellos le darían la espalda a su hijo.

En cuanto corrió la noticia de que Techotlala había muerto, todos se quitaron las máscaras, empezando por no asistir a las exequias del tecutli chichimeca. Acudieron ante Tezozómoc para saber si él se presentaría y al enterarse de que permanecería en su señorío, optaron por enviar toda clase de frívolos pretextos al joven Ishtlilshóchitl.

Por eso ahora que la estafeta se encuentra en tus manos, Coyote, ahora que te encuentras en este destierro, ahora que debes buscar aliados para recuperar el señorío, deberás ser prudente al hablar, sagaz al elegir aliados, astuto para reconocer la traición. El más obsequioso puede ser, para tu mala fortuna, tu más vil enemigo. No olvides que sobrarán los que quieran verte muerto. Esto no ha cambiado, recuerda lo que le hicieron a Shólotl: le quisieron dar muerte inundando su palacio, pero él supo bien librarse y fingir que no se había enterado del atentado, incluso agradeció que le hubieran creado un canal para regar sus jardines. ¡Mentira! Él sabía perfectamente que ese conducto de agua era para inundar su señorío, para que las fuertes corrientes se lo llevaran como a un pez, pero disimuló y premió a los traidores. No fue benignidad ni ingenuidad, sino astucia. Supo evitar una guerra.

Coyote sediento, para recuperar tu señorío deberás hacer mucho más que eso. Pero recuerda que el gobierno no debe ganarse con la barbarie. El respeto de tus vasallos debes obtenerlo con honestidad. Los tiranos se hacen de gloria sembrando ideas huecas en cabezas idiotas. De esa manera logró Tezozómoc hacerse de aliados. No fue de un día para otro. Tomó tiempo y mucho. Usó a los meshícas y tlatelolcas para hacer guerras y conquistar pueblos, invitó a cada uno de los tetecuhtin a su palacio y los llenó de obsequios, los halagó, los embaucó y cuando Techotlala murió casi

nadie fue a las exequias. Pese a que tu abuelo era digno de mag-
nos honores y perpetua memoria por sus grandes aciertos, tuvo las
ceremonias más tristes y solitarias en toda la historia chichimeca
hasta entonces. Y ya sabes por qué. Pues las de tu padre no fue-
ron mejores.

Y aunque tu abuelo había hecho reconocer a tu padre, el prínci-
pe Ishtlilshóchitl, como su inmediato sucesor en el trono y aunque
muchos de estos señores habían concurrido antes de su muerte y
habían aceptado la sucesión, no fueron a la jura. ¡Traicioneros, hi-
pócritas, cobardes! Sí, Coyote, eran unos cobardes que siempre es-
tuvieron pendientes a lo que el tecutli de Azcapotzalco decía o
hacía y como él no salía, ellos se mantuvieron en sus señoríos.

Ishtlilshóchitl envió embajadas para solicitar su presencia en
la corte de Teshcuco, ya que era eminente que estuvieran todos
para jurarle como tecutli chichimeca. Y como bien sabes, Coyo-
te, no son las ceremonias ni las fiestas lo que hacen válida la jura
de un tecutli chichimeca, sino el que los tetecuhtin juren aceptar
su nombramiento. En tanto que Ishtlilshóchitl no fuese jurado, su
nombramiento no tendría validez y cualquiera que llegara y se hi-
ciera jurar se apoderaría del señorío chichimeca y de toda la Tierra.

6

El luto en la ciudad de Teshcuco parecía haberse apoderado incluso del viento y el sol. Era un día opaco, con nubes cubriendo toda la ciudad y ventarrones levantando tierra por doquier. Aquel día no hubo comercio, ni gente en las calles. Teshcuco tenía el aspecto de una ciudad abandonada. La tristeza de la gente era tanta que permanecieron en sus casas ese día en que habían llevado a cabo las exequias del tecutli chichimeca. En el palacio el silencio rebotaba entre los muros. El príncipe Ishtlilshóchitl se encontraba en la sala principal, parado a un lado del asiento real. Sus temores rebasaban sus expectativas. Conocía muy poco a Tezozómoc, lo había visto algunas veces, pero lo que sabía de él le quitaba el sueño, se sentía infinitamente pequeño al lado de ese monstruo viejo y hábil. Convocó entonces a los principales y más confiables hombres de su corte para deliberar en el asunto, sin imaginar que entre ellos se hallaba un traidor, un espía. Cuando ellos llegaron los recibió de pie en la sala principal.

—Como se ha visto —dijo frente a todos los ministros, consejeros, sacerdotes y señores aliados, sin atreverse aún a tomar el asiento real—, el tecutli de Azcapotzalco se ha negado a venir a la corte de Teshcuco para que se me jure como gran chichimecatecutli. Y siguiéndolo a él, muchos otros tetecuhtin también se han negado, exponiendo todo tipo de razones para posponer tan importante ceremonia. Pido a ustedes, por ser mis mayores y maestros, su más razonable consejo.

Los consejeros, ministros, sacerdotes y aliados notaron que el príncipe no se atrevía a tomar el asiento real. Caminaba de un lado a otro, los veía, jugueteaba con los dedos, levantaba la mirada al techo, suspiraba, movía la cabeza, era evidente que no sabía cómo dirigirse a todos esos hombres que lo rebasaban en edad y experiencia.

—Mi señor —expresó Huitzilihuitzin, el más anciano de los ministros, que había vivido los gobiernos de Quinatzin y Techotlala y que caminaba con pasos lerdos—, me atrevo a sugerir que aguarde, como bien aconsejó su padre Techotlala estando aún en vida —el ministro movía constantemente sus arrugadas manos que tiritaban mientras hablaba—. No debe uno esconderse de la lluvia si las nubes no han anunciado el chubasco. Tezozómoc no ha declarado aún ningún enfado con su nombramiento, ni ha manifestado intención de invadir el imperio. Puede que sea cierto que el tecutli de Azcapotzalco se encuentre enfermo e imposibilitado de salir de su palacio. Y se lo dice un anciano que conoce bien los malestares de la vejez. Lo apropiado es enviar una embajada a que le haga nuevamente la invitación y que corrobore su malestar del cuerpo.

—Yo sugiero —dijo uno de los consejeros, también anciano, al que le faltaba una pierna que había perdido en la guerra— que enviemos espías. Si Tezozómoc dice estar enfermo, lo más probable es que frente a los embajadores simule achaques, como ha hecho saber con las últimas embajadas.

—Creo —interrumpió uno de los señores aliados, un hombre maduro, deseoso de engrandecer su señorío— que debemos juntar tropas. Prevenirnos de cualquier traición. Un gran número de señores se ha mostrado indispuesto a venir a la jura y es obvio que están temerosos de incurrir en su desagrado y no se atreven a moverse hasta ver lo que ejecute Tezozómoc, que los ha llevado a su partido por medio de diestras negociaciones. No sabemos si ya están preparando sus tropas.

—Siendo que todos ustedes tienen razón —concluyó Ishtlil-shóchitl temeroso de mostrar un criterio propio, quizás infantil, y de hacer evidente su inexperiencia—, enviaremos espías que simulen ser mercantes de Meshíco Tenochtítlan, una embajada que solicite a Tezozómoc su presencia en el palacio, y prepararemos nuestras tropas, pero que esto se mantenga en secreto, so pena de muerte al que informe a otros pueblos.

Los consejeros, ministros, sacerdotes y aliados salieron de la sala principal, excepto el más anciano que se mantuvo sentado. Ishtlilshóchitl se percató de su presencia y permaneció unos segundos mirándolo. Sus manos comenzaron a tiritar ligeramente. El anciano no lo veía; tan sólo esperaba a que el joven se acercara.

—Tengo que aprender —se justificó el joven Ishtlilshóchitl manteniéndose de pie al frente de la sala y se escuchó su eco en la sala.

—El aprendizaje no es la llama que da luz; es la piedra que choca con otra para encender el fuego. Es la piedra que se desgasta y un día se rompe. El aprendizaje es un proceso —dijo Huitzilihuitzin sin mirarlo.

Ishtlilshóchitl se sintió reconfortado y caminó hacia él. El anciano vestía un tilmatli muy humilde. Sus manos temblaban sobre las rodillas.

—Tengo miedo —confesó Ishtlilshóchitl.

—El miedo hace que algunos animales no se tiren al vacío y busquen caminos más seguros —dijo el ministro Huitzilihuitzin y volteó la mirada hacia el joven Ishtlilshóchitl. Ambos sonrieron. Las arrugas del anciano se marcaron aún más y su dentadura chimuela se descubrió.

—¿Qué debo hacer? —preguntó Ishtlilshóchitl sintiendo confianza ante el viejo.

—Busque caminos más seguros. Conviértase en piedra. Choque contra otra las veces que sea necesario hasta encender la flama e ilumine a su pueblo.

El ministro Huitzilihuitzin se puso de pie y sin despedirse comenzó a caminar a la salida. Ishtlilshóchitl permaneció sentado, mirando los pasos tardos del anciano, que antes de cruzar la salida, dijo sin voltear la mirada:

—Comience por amistarse con el asiento que está al frente de la sala.

En cuanto Huitzilihuitzin se retiró, Ishtlilshóchitl volvió la mirada al asiento real, lo miró de lejos, claudicó por un instante, observó el palacio completo, parecía más grande que nunca, respiró profundo, dio unos pasos hasta llegar al asiento real, se detuvo frente a éste, hizo una mueca, suspiró y salió.

Al día siguiente llegó la embajada a Azcapotzalco y, como se había dicho en el palacio de Teshcuco, el tecutli tepaneca se presentó ante ellos mostrando achaques.

—Digan a su amo y señor Ishtlilshóchitl —dijo con gemidos— que reciba de mi parte todas las expresiones de sumisión que puedan satisfacerle y que acepte mis disculpas por mi indisponibilidad de asistir a su jura como tecutli chichimeca. Pero que en cuanto logre salir de esta enfermedad haré lo posible por presentarme a celebrar su jura.

Y así se le informó a Ishtlilshóchitl. Decidió entonces llamar a sus ministros, consejeros, sacerdotes y señores aliados para deliberar sobre el asunto. Al entrar a la sala principal, todos estaban esperándolo. Dio unos cuantos pasos, se paró frente a todos, los observó, especialmente al más anciano de los ministros, a Huitzilihuitzin, que le hizo un gesto de complicidad. Ishtlilshóchitl respiró profundo y tomó el asiento real.

—Tezozómoc ha mandado decir que no puede presentarse a jurarme como grande tecutli chichimeca —dijo ante todos.

—Lo más oportuno, pues, es que llevemos a cabo la jura de nuestro señor Ishtlilshóchitl —dijo uno de los ministros.

—No —añadió otro de los consejeros—, lo mejor es que marchemos ya con nuestras tropas hacia Azcapotzalco.

—Si lo hacemos —intervino uno de los sacerdotes—, muchos de los tetecuhtin que se han mantenido neutrales se declararán a favor de Tezozómoc. Lo más conveniente será disimular y esperar una mejor coyuntura.

—Envíen entonces una embajada a Azcapotzalco y que diga —concluyó Ishtlilshóchitl— que siento mucho los malestares de Tezozómoc y que esperaré su recuperación para que en cuanto le sea posible venga al palacio de Teshcuco a reconocerme como supremo tecutli chichimeca.

En cuanto Tezozómoc recibió aquella respuesta de Ishtlilshóchitl, mandó llamar a todos los señores aliados, entre los que estaban los tetecuhtin de Meshíco Tenochtítlan y Tlatilulco, quienes pronto acudieron a su corte. No dudaba de la lealtad de su nieto Tlacateotzin, pero sí de Huitzilihuitl, quien le había dado su hermana por esposa a Ishtlilshóchitl. Y no se engañaba Tezozómoc: Huitzilihuitl no quería levantarse en contra de Teshcuco, pues hacerlo implicaba atacar a su hermana. Pero también el tlatoani de Meshíco Tenochtítlan le temía a su suegro Tezozómoc, ya que contradecirlo le quitaría a su ciudad isla todos los privilegios que habían recibido de Azcapotzalco, incluso sus tierras. O en su defecto, el tecutli tepaneca les incrementaría el tributo de forma colosal.

—Mi querido Huitzilihuitl —dijo Tezozómoc—, un día, una embajada tuya vino a mí pidiendo una hija mía para que se convirtiera en tu esposa y sin vacilar te entregué a mi hija amada. Luego, cuando nació tu primogénito, para hacer evidente mi amor por tu pueblo, les levanté todo tipo de tributos. Y ustedes juraron ser leales al pueblo tepaneca y tratarnos como hermanos. Ahora es el momento de demostrar esa lealtad. Quiero saber si tengo a los meshícas como aliados o como enemigos.

Huitzilihuitl observó fijamente a Tezozómoc. El tiempo le había ayudado a conocer cada uno de los movimientos del tecutli tepaneca, que aunque casi nunca perdía los estribos era predecible. Aquel lenguaje corporal lo evidenciaba. Si tamborileaba con los dedos estaba ansioso, si hacía gestos estaba fingiendo, si su rostro sonreía algo le incomodaba, si su esclavo Totolzintli bajaba la cabeza era señal de que algo malo ocurría, si éste miraba a los presentes no había de qué preocuparse.

Y en ese instante Tezozómoc no tamborileaba con los dedos, sonreía y Totolzintli tenía la cabeza agachada.

—Mi señor, amo de esta tierra —respondió Huitzilihuitl con humildad y con dolor en su corazón—, grande es nuestra gratitud hacia usted y al pueblo tepaneca. Los tenoshcas no hemos olvidado las dádivas recibidas. Tiene nuestra lealtad. Y si el pueblo de Azcapotzalco necesita de los meshícas no dude que allí estaremos para dar la vida.

—Me preocupa que Ishtlilshóchitl, ambicioso y belicoso, pretenda levantarse en armas contra Azcapotzalco —dijo Tezozómoc cabizbajo—. Ese joven autoritario e irrespetuoso no hará otra cosa que seguir los pasos de su difunto padre, oprimiendo a sus vasallos, abusando del gran poder que se le ha heredado. No es posible que siendo nosotros mayores y con más experiencia, debamos estar bajo el yugo de un joven inmaduro y soberbio. Pues como ya se han dado cuenta, ha mostrado poca importancia a mi avanzada edad y enfermizo estado, exigiendo que me dirija a Teshcuco a jurarle lo antes posible. Que no les sorprenda que dentro de poco los haga llamar a ustedes también para quitarles la tranquilidad que hay en sus casas para demandar mayores tributos al imperio. Pronto sólo nos quedará el nombre de señores, porque bajo el dominio de ese joven inexperto, no seremos más que sirvientes. Él tiene como objetivo en la vida terminar lo que inició su padre, poniendo tribunales y jueces para el conocimiento y decisión de todas las causas civiles y criminales, fulminando en éstas las sentencias y poniendo en ejecución los suplicios, sin dar cuenta de nada a los señores, como si nosotros no fuésemos vasallos suyos. Él apretará la cuerda de la sujeción, hasta despojarnos de nuestros estados. Viviremos a su merced. No pretendo hacer una rebelión, señores, no malinterpreten mis palabras. Sólo busco la paz para nuestros pueblos. Quiero que haya justicia. No podemos permitir que ese joven siga actuando con tanta soberbia. Sugiero que seamos prudentes, que lo dejemos actuar y si no encontramos en él la benignidad que le compete como grande tecutli chichimeca, nos hagamos, pues, valer de las armas para defender nuestra libertad y si es menester despojarle del trono. Y no habiendo otro heredero para el gobierno más que yo, por ser descendiente directo de Shólotl, me haré responsable de tan pesada carga. Y les prometo a ustedes mayor libertad en sus estados.

El tepaneca era experto para embaucar. Mira, Coyote sediento, que incluso les prometió que las provincias conquistadas serían repartidas entre los soberanos allí presentes. Y con esa promesa lo demás fue lo de menos. Que si estaba enfermo, que si Ishtlilshóchitl era un adolescente inexperto para gobernar, que si era arbitrario, que si los tendría bajo un yugo, que si serían esclavos del imperio, nada, Coyote hambriento, nada importaba, sólo la promesa de tierras. Ya hechizados por el tirano accedieron a todo. Obedecieron como esclavos. Se retiraron a sus estados a preparar tropas de forma secreta para que estuvieran listas para cuando Tezozómoc se las solicitara.

Mientras tanto tu padre se ocupó de ganarse el amor de sus vasallos y de organizar sus tropas para cuando fuese menester, pues habían pasado ya varios meses y no se habían presentado a jurarle como tecutli chichimeca. Hasta que un día llegó al palacio de Teshcuco una embajada de Azcapotzalco. Ishtlilshóchitl la recibió cauteloso, pues podía tener dos motivos para presentarse ante él. Uno que fuese a anunciarle que Tezozómoc acudiría a jurarle; y otro, el más alarmante, que fuese a declararle la guerra. Vaya sorpresa la que se llevó tu padre, Coyote sediento, pues no era ni uno ni otro el motivo de la embajada.

—Gran señor Ishtlilshóchitl —dijo el embajador con reverencia—, nuestro amo y señor Tezozómoc, tecutli de Azcapotzalco, nos ha enviado con una grande carga de algodón que se encuentra fuera del palacio —hizo una pausa el embajador.

Ishtlilshóchitl se sorprendió, dirigió su mirada a los ministros y consejeros. Creyó ingenuamente que ese algodón era enviado como muestra de sumisión de parte de Tezozómoc.

—Como bien se sabe en toda la Tierra —continuó el emisario—, no hay quien sepa elaborar mantas finas y de tan alta calidad como los acolhuas. Y por ello mi amo Tezozómoc le ha enviado esta gran cantidad de algodón, solicitando que tenga usted la bondad de pedir a sus vasallos que tejan cuantas mantas sean posibles.

No hubo promesa de pago por la fabricación de las mantas. Ni siquiera fue de manera amistosa. ¡Era una humillación! ¡Un agravio a su linaje!

"¿Qué se ha creído Tezozómoc?", pensó Ishtlilshóchitl. ¡No eran iguales! ¡De ninguna manera! Aunque ambos fuesen descendientes de Shólotl, no le daba derecho de tal insolencia. Tu padre era el príncipe heredero del imperio, dueño de toda la Tierra. Tezozómoc, aunque no estuviera de acuerdo, aunque le enfadara que el tecutli chichimeca fuese mucho más joven que él, era un vasallo, un súbdito que le debía respeto y obediencia al gobierno chichimeca. Ishtlilshóchitl estuvo a punto de declararle la guerra al tepaneca, pero se detuvo un instante a pensar: no tenía las tropas suficientes. "Sé prudente", le habría dicho su padre Techotlala, "ya es un hombre de avanzada edad al que debes respeto."

Disimuló una sonrisa frente a los embajadores y les mandó a que entregaran el algodón a sus hombres para que ellos lo hicieran llegar a los vasallos.

—Dile a tu amo y señor que ordenaré que le tejan las mantas con el mayor esmero. Y en cuanto estén listas se las haré llegar a Azcapotzalco, con el afán de que hayan sido elaboradas a su gusto. También dile que lo espero para que venga a la celebración que he preparado para que se me jure tecutli chichimeca.

La petulancia de Tezozómoc engrandeció y ese año hizo grandes fiestas en Azcapotzalco, a las cuales invitó a todos sus aliados, mientras que en Teshcuco se elaboraban las mantas. Humilló a Ishtlilshóchitl, haciéndolo ver ante todo el señorío como un súbdito, al que ni siquiera invitó a sus fiestas. Fue pisoteado el honor de tu padre, que disimuló lo más que pudo mientras reforzaba sus tropas, pues con tal agravio ya no le quedaba duda de que la guerra estaba por venir.

Esto fue aún más evidente al año siguiente cuando Tezozómoc envió una nueva embajada con mayor cantidad de algodón. Sí, Coyote ayunado, Tezozómoc tuvo la desfachatez de repetir la ofensa e incrementar la cantidad de algodón para exigir mayor número de mantas. Como si los chichimecas le hubiesen pedido permiso de vivir en sus tierras.

—Mi amo y señor Tezozómoc me ha mandado decirle que necesita las mantas con prontitud y espera que pueda complacerle. Si es posible, que las reparta entre sus señoríos para que se logre esta fabricación a tiempo deseado —dijo el embajador.

Tu padre empuñó las manos al escuchar esto. Tremendo fue su enfado. Pidió a los embajadores que los esperaran unos minutos en otra sala. Luego conversó con los miembros de su gobierno.

—Creo que ha llegado el momento de ponerle un alto a Tezozómoc —dijo tan irritado que apenas si pudo controlar sus puños. La piel de la cara se le enrojeció y una vena de la frente se le resaltó.

—El tecutli de Azcapotzalco está buscando que usted enfurezca, que grite, que le declare la guerra, para que él quede ante todos como la víctima y usted como el opresor —dijo uno de sus consejeros.

—Que piensen lo que quieran.

—No tenemos tropas suficientes. Lo mejor será esperar un poco.

Discutieron un largo rato, hasta que llegaron a un consenso. Mandaron llamar a los embajadores a la sala y el tecutli chichimeca dio su respuesta, a pesar de no estar de acuerdo:

—Dile a Tezozómoc que haré cumplir sus deseos —despidió prontamente Ishtlilshóchitl al embajador.

En aquella ocasión se hallaban presentes Paintzin, tecutli de Coatlíchan; Tlacotzin, señor de Hueshotla; Tomihuatzin, señor de Cohuatepec; Izcontzin, señor de Iztapalapan, quienes ofrecieron hacerse cargo para que se le tejiesen las mantas a Tezozómoc.

Y siendo mayor el número de personas trabajando en la producción de las mantas se cumplió antes de tiempo y así le fueron enviadas a Tezozómoc, quien al ver esta entrega se llenó de satisfacción y concluyó que había llegado el momento de hacerse del *imperio. Mandó entonces llamar a los señores de Tlatilulco y Meshíco Tenochtítlan para que acudiesen a su corte.*

—El joven Ishtlilshóchitl —dijo frente a los presentes con jactancia— no ha mostrado interés por hacerse jurar como tecutli chichimeca, lo que me hace entender que no ansía el reconocimiento y que es su deseo mantenerse en su señorío de Teshcuco. Nosotros necesitamos un tecutli chichimeca que sepa gobernar, que salga y acuda a sus estados, que cuide de sus vasallos, no un cobarde que muestra sumisión ante un súbdito. Si eso es lo que quiere, así lo haremos. Le mandaré una nueva embajada para hacerle saber que cada año le llegará la misma cantidad de algodón para que en su pueblo y en los de sus señores aliados se tejan las mantas y vestiduras que se necesitan en Azcapotzalco, Meshíco Tenochtítlan y Tlatilulco.

—¿Así, sin pago alguno? —preguntó Huitzilihuitl asombrado, sabiendo que eso era una humillación al tecutli chichimeca.

—Sí —respondió Tezozómoc sin titubear—, que no pida pago alguno.

Los tetecuhtin de Meshíco Tenochtítlan y Tlatilulco comentaron con humildad que esto era una violenta declaración de guerra.

—Aunque Ishtlilshóchitl —agregó Tlacateotzin, señor de Tlatilulco— no ha insistido en que se le jure como tecutli chichimeca, no creo que haya desistido de su intento. Creo que está esperando a que haya mejor coyuntura entre los pueblos.

Tezozómoc miró con desagrado a Tlacateotzin, quien al saberse observado bajó la mirada.

—Cierto es que si Ishtlilshóchitl —intervino Huitzilihuitl para romper el silencio— ha condescendido a la elaboración de las mantas, ha sido con el único objetivo de ganar tiempo mientras se hace de un número mayor de tropas y aliados.

—Tienes razón —respondió Tezozómoc luego de analizar por unos segundos lo que acababa de escuchar—. Entonces les enviaremos una cantidad de algodón mucho mayor cada año, y así no tendrán tiempo para ejercitarse en las armas.

Al año siguiente ocurrió exactamente lo que dijo Tezozómoc.

Claro está, Coyote sediento, que había enviado el algodón que se juntaba en todos los pueblos de sus aliados. Mandó decir que le elaborasen las mantas con prontitud y que les pidiese a sus aliados que lo ayudasen. Pero en esta ocasión, Coyote hambriento, tu padre respondió de diferente manera:

—Vayan y digan a su amo y señor Tezozómoc que he recibido el algodón —dijo sin mostrar enfado—; que es grande mi beneplácito al ver tan magnífico tributo, que se lo agradezco en verdad, que no he escatimado en sonrisas, que celebro su vasallaje y su interés por entregar tributo al gobierno chichimeca, que con prontitud se elaborarán las mantas y ropas, que haré buen uso de las mantas: se las entregaré a mis vasallos y aliados para que las usen. Con esta cuantiosa cantidad de algodón me sobrará para fabricar vestiduras de armas y otros aderezos, indispensables para la guerra que en pocos días emprenderé para atacar a los rebeldes que me han negado el vasallaje enviando pretextos insolentes y frívolos para no acudir a jurarme como grande tecutli chichimeca. Corran. Infórmenle, sin mayor adorno, que mis tropas están listas.

Los embajadores no se atrevieron a decir una sola palabra, Coyote ayunado. El joven al que habían tratado en los últimos años no existía ya. Ishtlilshóchitl respondía con voz fuerte y segura.

—¿Qué esperan? —concluyó—. ¡Vayan! ¡Corran!

Los embajadores iban de salida cuando Ishtlilshóchitl los detuvo:

—Indiquen a Tezozómoc que esperaré la misma cantidad de algodón el año siguiente, que han de aprovecharlo mis vasallos cuando salgan a campaña.

Mucho había aguantado tu padre, querido Coyote en ayunas, mucho, y ya era justo que le pusiera un alto a ese mequetrefe.

Los jardines del palacio de Azcapotzalco eran el lugar preferido del tecutli tepaneca, quien solía pasar horas caminando entre sus flores y plantas exóticas, muchas de ellas traídas de tierras lejanas. Aquella mañana Tezozómoc se encontraba en su asiento real, que había sido llevado hasta ahí para que disfrutara de uno de los tantos acontecimientos que más le sorprendían: los nacimientos. Había ordenado que se le llevara una coneja a punto de parir. Llevaba un par de horas esperando, con su esclavo Totolzintli hincado a su lado. Los vasallos aseguraron que la coneja daría a luz a más tardar al amanecer. El parto se retrasó varias horas: a mediodía la coneja por fin comenzó a retorcerse ligeramente. Tezozómoc se apuró, pese a su edad, a ponerse de rodillas en el césped y con los codos en el pasto y la cara a medio metro de distancia de la coneja para ver cómo salían los conejos recién nacidos. Sonrió.

En ese instante de felicidad llegó uno de sus vasallos y le dijo al oído que sus embajadores habían vuelto de Teshcuco y comentó que habían llegado apurados, que era urgente que les concediera una audiencia. Tezozómoc se dirigió a la sala principal de su palacio con su esclavo Totolzintli a su lado. Entró sin saludar, tomó su asiento real, que un par de vasallos cargaron desde el jardín y escuchó lo que venían a decirle. Explicaron detenidamente todo lo que había dicho Ishtlilshóchitl. Tezozómoc no dijo una sola palabra. Los cuatro embajadores permanecieron de pie, esperando una respuesta, pero el tecutli tepaneca no habló. Su mirada se encontraba ausente. Todos en la corte se mantuvieron en silencio y temerosos de su reacción.

—Repitan con exactitud cada palabra —dijo Tezozómoc sin mirarlos.

Y así se hizo: le contaron nuevamente lo ocurrido. Y a demanda del tecutli tepaneca lo relataron por tercera vez, narrando con detalle desde el momento en que entraron a la corte y la forma en que caminó Ishtlilshóchitl al recibirlos, el número de consejeros y aliados, los gestos del tecutli chichimeca, sus movimientos, sus expresiones en el rostro, sus vestiduras, Tezozómoc quería saber hasta el más mínimo detalle.

—¿Le temblaba la voz?

—No.

—¿Le temblaban las manos?

—No.

—¿Alguien más habló?

—No.

—¿Había soldados?

—Sí. Muchos. Hay un número considerable de tropas por toda la corte y en la ciudad de Teshcuco.

—¿Gritó?

—No, sólo alzó la voz para decirnos que viniéramos con prontitud a Azcapotzalco.

Tezozómoc sonrió. Luego comenzó a reír. El eco de su risa retumbaba en los muros del palacio. Nadie comprendía su reacción. Todos permanecieron confundidos escuchando su risa que rápido se convirtió en carcajadas escandalosas. Los embajadores y los demás presentes se contagiaron de las risotadas: la corte parecía una grande fiesta. Tal fue el ataque de risa que tuvo el tecutli tepaneca que en minutos comenzó a toser de tanto reír.

—Envíen embajadas a Meshíco Tenochtítlan, a Tlatilulco y los demás pueblos aliados —dijo al recuperarse del ataque de risa—, que vengan mañana temprano.

A la mañana siguiente llegaron todos a la audiencia. Tezozómoc los hizo esperar una hora. Hubo conmoción entre los señores aliados y los principales caballeros de la corte. Ya se había corrido la voz. También se enteraron de la reacción de Tezozómoc y el vendaval de carcajadas. Entre ellos había ya un espía de Ishtlilshóchitl que bien fingió enfado y deseo de iniciar la guerra en contra de Teshcuco. Al anunciarse la entrada de Tezozómoc a la corte, todos guardaron silencio y mostraron reverencia.

—No hay necesidad de informarles lo ocurrido en Teshcuco —dijo al ocupar el asiento real—. Pues bien se han comunicado entre ustedes. Y para hacer esta audiencia breve, les diré que el atrevimiento de Ishtlilshóchitl de usurpar el algodón que nos pertenece y que harto trabajo costó a nuestros vasallos, merece que no demos más tiempo a ese joven y que hagamos uso de las armas, para quitarle su altivez y obligarle a devolver lo que en estos territorios se considera robo. Y siendo que Ishtlilshóchitl me ha enviado decir que tiene ya un numeroso ejército, debe comprenderse que ya es una declaración de guerra. Que se sepa en toda la Tierra que ha sido él quien ha iniciado este conflicto y no nosotros; que ese joven bélico es el que busca la discordia. Propongo, pues, que preparemos nuestras tropas para salir a campaña, que irrumpamos en Teshcuco, que quitemos de una buena vez a ese joven inmaduro del trono para luego hacerme jurar como grande tecutli chichimeca. Entonces dividiremos justamente los territorios conquistados.

Aunque hubo gran celebración en la corte y todos halagaron al tecutli tepaneca, hubo quienes no estuvieron de acuerdo con hacer la guerra, pero callaron y festejaron de igual manera. Terminado el encuentro, salieron a sus estados a preparar sus tropas, armas y vestiduras. La guerra que venía podía durar unos cuantos días o varios años. Y por el número de tropas que tenían ambos bandos todo indicaba que tardaría mucho en saberse quién se llevaría la victoria.

Tezozómoc pretendía atacar Teshcuco y encontrar a Ishtlilshóchitl desapercibido. Pero se equivocó, sus infiltrados no le informaron a tiempo que ya Ishtlilshóchitl estaba determinado a declararle la guerra. Y para ello había convocado en secreto a los tetecuhtin de Coatlíchan, Hueshotla, Cohuatepec, Ishtapaluca, Tepepolco, Tlamanalco, Shalco y Chiuhnautlan.

—Antes de salir a campaña, creo urgente que llevemos a cabo la ceremonia para que se me jure y corone como tecutli chichimeca de esta tierra —dijo Ishtlilshóchitl sin titubeos.

—No creo que sea el momento adecuado —intervino uno de los señores—, no es justo ni decente que su jura, merecedora de una ceremonia de grande pompa y solemnidad, para que todos los súbditos lo reconozcan, se celebre así, con apuro habiendo tantos conflictos en la tierra. Encuentro más ventajoso y preciso frenar el engreimiento del tecutli de Azcapotzalco y sus aliados, sometiéndoles a la debida subordinación, para lo cual en defensa de la justicia de su causa nos encontramos dispuestos a ayudar con todas las tropas que sean necesarias.

Las fiestas a Tláloc en Tenayuca duraron más de veinte días. El año anterior fueron treinta y seis. Todo depende del tiempo que se tarde el dios de la lluvia en responder. A veces lo hace con una llovizna; otras, con tempestades que desbocan los ríos e inundan todas las ciudades. Por ello la mayoría de los invitados regresan a sus ciudades lo antes posible. Entre ellos la realeza tepaneca que volvió esta tarde a Azcapotzalco bajo una tormenta.

Al llegar al palacio, todos vuelven a sus rutinas. De pronto deja de llover. La noche es fría y callada. Totolzintli entra a la habitación de Yolohuitl. Hay un hombre musculoso de pie en uno de los extremos de la habitación. Ella está en unas colchonetas de algodón. Totolzintli agacha la cabeza con humildad.

—¿Me mandó llamar, mi ama? —pregunta el niño.

—Así es —responde ella con seriedad sin mirarlo.

—¿En qué le puedo servir?

—¿Qué fue lo que ocurrió esta tarde?

Totolzintli aprieta los labios y los ojos para evitar que se le salgan las lágrimas.

—Su hijo y sus primos estaban jugando y Tezozómoc me invitó.

Yolohuitl alza las cejas con soberbia:

—¿Él te invitó?

—Sí.

Yolohuitl se pone de pie:

—¿Estás seguro?

Totolzintli la observa lleno de miedo:

—No. Yo le pedí que me invitara a jugar con ellos.

—Bien. Continúa.

—Los primos y amigos se molestaron al verme y...

—¿Crees que tenían razón o estaban en un error? —Totolzintli se mantiene en silencio con la cabeza agachada—. Te hice una pregunta... —sube el tono de voz.

—Tenían razón...

—¿Por qué?

—Porque yo soy un esclavo y no tengo derecho a jugar con los niños de la nobleza.

—Me da gusto que lo entiendas… —hace una pausa larga—. Porque en verdad lo entiendes, ¿cierto?

—Sí, mi ama.

—Eres un plebeyo. Nadie ni nada cambiará eso. No importa lo que mi hijo te diga, siempre serás un plebeyo. No tienes derecho a mezclarte con la nobleza. Por tu culpa mi hijo tuvo que permanecer desnudo en medio del patio del palacio real, con las manos extendidas hacia el frente. Por tu culpa pasó hambre y frío. Por tu culpa fue humillado injustamente. Tú deberías haber estado ahí afuera.

Dos hilos de lágrimas escurren por sus mejillas de aquel niño.

—Lo siento, mi ama.

—No… —hay rabia en la mirada de Yolohuitl—. No lo sientes. Tú estás aquí, lloriqueando pero no sientes frío ni cansancio, ni hambre, ni miedo, ni enojo, ni vergüenza. Sólo miedo. Tienes miedo… —hace una pausa y lo mira a los ojos con crueldad—. Dime que sientes miedo.

—Sí, mi ama —le tiembla la quijada—. Siento miedo.

—¿Mucho miedo?

—Sí.

Yolohuitl sonríe vengativa:

—No te creo.

Totolzintli llora:

—Siento mucho miedo, mi ama.

—Pues no quiero que sientas miedo. Quiero que cada vez que me veas, te dé pavor, y que jamás lo olvides. Quiero que nunca olvides quién eres. Tú y mi hijo jamás serán iguales. Eres su esclavo. No eres su amigo. Nunca lo serás. Estás para servirle, arrodillarte ante él. Comer mierda si él te lo ordena. Y no importa lo que él te diga, nunca, escúchalo bien, nunca volverás a jugar con él. ¿Lo entendiste?

Totolzintli llora desconsolado:

—Sí, mi ama.

—No —arruga los labios llena de ira—. No lo has entendido. Y me voy a asegurar de que lo entiendas.

Yolohuitl dirige la mirada al hombre que se encuentra en la habitación y asiente con la mirada. Él toma a Totolzintli de las manos y se las ata a una columna. El niño llora aterrado. El hombre saca un látigo.

—Mi ama, le juro que nunca más volveré a jugar con el príncipe Tezozómoc…

El hombre comienza a flagelarlo. Inmediatamente en la espalda del niño se forma una línea diagonal que cruza de su hombro a su cintura. Una de tantas cicatrices que le quedarán por el resto de su vida.

Tu padre Ishtlilshóchitl ya había escuchado el mismo discurso y no estaba dispuesto a consentir los caprichos de unos y aprobar los consejos de otros. Había sido paciente y condescendiente cinco años, Coyote. Era momento de tomar decisiones sin ocuparse en complacer a sus mayores ni seguir lo que decían sus consejeros. Quizá, Coyote hambriento, si hubiera confiado más en sí mismo, se habría evitado tantos conflictos con Tezozómoc, se habría evadido esa guerra, habría salvado la vida y tú, Coyote, no estarías escondido aquí, en este lugar oscuro y lejano.

—Si hay alguien aquí —interrumpió Ishtlilshóchitl con sutileza— que se rehúse a jurarme lealtad y admitir mi jura por temor o respaldo a Tezozómoc, pueden retirarse de esta corte.

Había espías, Coyote, y obviamente no se iban a poner en evidencia. Además hubo en ellos el temor de que si Ishtlilshóchitl ganaba la guerra, ellos perderían sus estados. Y con hipocresía se mantuvieron en ambos bandos. Aceptaron jurar a Ishtlilshóchitl y a Tezozómoc le hicieron saber que habían permanecido allí para poder seguir informándole. Ese mismo año Trece Conejo (1414), lo has de recordar muy bien, Coyote hambriento, en que tu padre por fin fue jurado como tecutli chichimeca, decidió tomar la ofensiva, pero antes quiso que se jurara heredero de su trono a ti, su hijo amado, su Coyote ayunado, Nezahualcóyotl, que apenas tenías doce años. ¿Lo recuerdas? Yo sí. Ahí estaba yo. Siempre estuve allí. A lado de tu joven padre.

Envió Ishtlilshóchitl embajadas a todos los estados y pueblos aliados y enemigos para notificarles que ya se había hecho jurar como gran chichimecatecutli y que, si así lo deseaban, podían acudir a su corte cuando quisieran o pudieran a ratificar el homenaje. Y tal conmoción hubo que los que se encontraban del lado de Tezozómoc tuvieron miedo, pero ya estando en alianza permanecieron en el partido tepaneca, pues era ya impostergable la guerra. Ambos partidos tenían ya sus tropas listas para la campaña. Tezozómoc desde luego no salió de Azcapotzalco.

—Saldré con mis tropas a combatir —dijo Ishtlilshóchitl.

—Mi señor —intervino uno de sus consejeros—. Si sale usted de Teshcuco, Tezozómoc puede llegar en su ausencia y hacerse jurar como tecutli chichimeca como una vez lo hizo su padre Acolhuatzin.

—Además —agregó otro de los consejeros—, si sale a campaña, Tezozómoc enviará todas sus tropas a donde usted se encuentre.

Pese a todo esto la guerra no estaba declarada de manera formal, como se debe, bien lo sabes, Coyote, por medio de un embajador que proclame la guerra al enemigo. Siendo así no estaba cortada la comunicación y comercio entre los vasallos de unas y otras naciones. Pero sí había un silencio y disimulo en toda la Tierra. Hasta que Azcapotzalco decidió iniciar la guerra.

7

Tonátiuh, el que da calor, el dios del sol, no quiso calentar el Anáhuac esa mañana y, en su lugar, Tláloc envió nubarrones a tapar el cielo. Desde la ventana de la habitación en la que estábamos se podían ver las calles ensombrecidas. Aún no lloraba el dios Tláloc, pero todo indicaba que esa tarde las plantas y la tierra recibirían la bendición del agua. A mi abuelo le hacía muy feliz ver la lluvia que nos daba el dios del agua. Y allí estaba esperando ver las gotas, cuando llegaron unos hombres y nos llevaron con el fraile Torquemada, que se veía más tranquilo que el día anterior.

—Hoy tengo por interés —explicó Torquemada sentado frente a nosotros esa mañana— que habléis de vuestros oficiales de guerra y órdenes militares.

Traduje a la lengua lo que el fraile iba diciendo y de la misma forma lo hice al castellano lo que mi abuelo comenzó a contar.

—De todo lo que se sabía y se podía aprender en esta tierra y en aquellos tiempos, había sólo algo que tenía más valor y estimación: ser guerrero. Principalmente para los meshícas. Pues como es sabido, el dios más reverenciado de los tenoshcas era precisamente el dios de la guerra: Huitzilopochtli, el protector de la nación.

—¿Era éste? —preguntó Torquemada al mostrar una de las imágenes de los libros pintados.

—No. Ése es Quetzalcóatl —respondí—. Huitzilopochtli se representaba con una figura del tamaño de un hombre, con el pecho bañado en oro. Se le vestía con algodón y un manto de plumas y en la cabeza un gorro cubierto de un lindo plumaje y un cuchillo de pedernal ensangrentado. También se le ponía una vestidura que tenía pintadas las imágenes de los cuerpos despedazados de sus enemigos, los que habían conspirado contra la vida de su madre.

—Seguid contándome sobre vuestros guerreros.

—Para llegar a ser tlatoani, los aspirantes debían ejercitarse toda su vida en las armas y dar prueba de su audacia militar hasta ganarse el nombramiento de tlacochcalcatl o generales. Después de ser elegidos tlatoque debían salir a campaña y regresar con algunos de sus enemigos presos para sacrificarlos el día de su jura, como tributo a su pueblo.

—¿Este ritual se ha llevado a cabo desde sus inicios? —preguntó Torquemada al terminar de escribir lo que le había dicho en su lengua.

—No —respondió mi abuelo—. El primero en pasar de las tropas al señorío fue Izcóatl. Chimalpopoca no tuvo que hacer eso, pues desde su nacimiento había sido considerado como heredero, lo cual después generó discordia. Los meshícas se plantearon, pues, la pregunta de cómo debía ser la sucesión. ¿Por elección o por herencia? Tomaron en cuenta los conflictos entre Teshcuco y Azcapotzalco. Optaron por la elección.

Torquemada se mantuvo en silencio por un momento mientras miraba sus hojas: buscaba algo y al encontrarlo leyó la palabra: Tla… co… cal… cal.

—Tlacochcalcatl —corregí.

—¿Era ése el mayor rango militar que tenían?

—Sí. Había otros capitanes: achcauhtin, cuauhtin y ocelo, príncipes, águilas y jaguares. Los que ganaban más respeto por su valor en campaña eran los príncipes que también se llamaban cuachictin.

—¿Qué los distinguía de los demás, aparte de su valor?

—La vestimenta —respondí—. El tlatoani, para salir a la guerra, llevaba sus cozehuatl, que en esta lengua dicen botas y que eran cubiertas con láminas de oro. En las muñecas usaba los matemecatl, que en castellano se dice *brazaletes*, con unas manillas de piedras preciosas. En el labio inferior llevaba una tentetl, que ustedes dicen *esmeralda* y que era enjoyada en oro. En las orejas usaba unos nacochtli, *pendientes*, con piedras preciosas harto grandes. Al cuello colgaba una cadena de oro y piedras preciosas que se dice cozcapetlatl. Y como prenda más valiosa, un cuachictli, *penacho*, de bellas plumas que llegaban hasta su espalda.

"Los capitanes cuachictin llevaban el pelo atado arriba de la cabeza con una cinta adornada de plumas y unos colgantes que caían sobre sus espaldas, que contaban sus hazañas en combate. Además tenían derecho a mejores viviendas, ropas de fino algodón, mejor calzado, enseres de oro y plata. Tízoc y Motecuzoma Shocoyotzin fueron capitanes cuachictin."

En ese momento se escuchó el galope de varios caballos. Torquemada hizo un gesto que delató su miedo. Se levantó de su asiento y se dirigió a la ventana, pero no se asomó completamente, se escondió tras unas cortinas gruesas. Escuchó lo que decía la gente. Sé que algo temía. Algo estaba ocurriendo en la ciudad, pero él no nos informaba. También sé que lo que dijeron aquellos hombres en la calle era de poca importancia porque Torquemada volvió a su asiento con un gesto de tranquilidad.

—Habladme de los otros —dijo y sujetó el crucifijo que colgaba de su cuello.

—Los jaguares usaban para la guerra unas vestiduras pintadas con la misma forma de las pieles de los jaguares y para estar en la corte usaban otras vestiduras que se llamaban tlachcuauhyo.

—¿Cómo vestían los que aún no lograban hazañas de guerra?

—Aquellos que salían por primera vez a la guerra no llevaban insignias; sólo una humilde vestimenta blanca y gruesa, hecha de hilo de maguey. Cuando mostraban su valentía tenían derecho a usar otra vestidura que se decía tencaliuhqui.

—Me sorprende que haya habido tal nivel de equidad en vuestros pueblos —dijo Torquemada.

—La hubo en los primeros gobiernos. Luego Izcóatl les quitó a los soldados que venían del vulgo el derecho a tales aspiraciones. Si lograban la hazaña de hacer que su ejército siguiera en batalla cuando blandeaban, eran merecedores de la vestidura que se decía tlacatziuhqui y sólo eso. Ashayácatl y Ahuízotl les devolvieron este privilegio, pero Motecuzoma Shocoyotzin volvió a cambiar esta ley.

—He visto las armas que usaban, pero me interesa que me platiquéis un poco más sobre ellas y demás enseres.

—Los nobles y plebeyos usaban escudos hechos de cañas sólidas, tejidos con gruesas capas de algodón y adornados con capas de pluma. Los escudos de los nobles eran cubiertos con láminas de oro. También se hacían estos escudos de las conchas de las tortugas grandes y cubiertos con cobre, plata u oro.

—¿Qué tan grandes eran estos escudos hechos de concha de tortuga? —preguntó Torquemada buscando en los libros pintados alguna imagen.

—Algunos eran tan grandes que cubrían todo el torso.

—¿Y eso era suficiente para protegerse de las flechas?

—También usaban los ichcahuipili, unas vestimentas que eran hechas de algodón del grueso de dos dedos, que cubrían su pecho, estómago y espalda.

—¿En verdad el algodón resistía el impacto de las flechas?

Esa misma duda tenía yo y así le pregunté a mi abuelo, que aseguró que eso y más.

—Sobre el ichcahuipili, usaban otro vestido —agregó mi abuelo—, que era hecho de pluma sobre una capa de oro o plata. Así no los herían las flechas ni las espadas o dardos.

—¿Y cómo se cubrían la cabeza?

—Con cabezas hechas de madera que daban las formas de jaguar y águila con el hocico y pico abierto. Éstas eran adornadas con plumas.

—¿Quiénes las usaban?

—Los guerreros águila y jaguar.

—¿Y los soldados rasos? ¿Qué usaban ellos para cubrirse las cabezas?

—Nada. Ni vestimentas ni botas ni cabezas de animales, sólo un mashtlatl.

—Hace unos minutos habéis dicho que cuando salían por primera vez a campaña usaban sólo una humilde vestimenta blanca y gruesa —Torquemada comenzó a reír harto.

Aquello parecía una burla a lo que decía mi abuelo, hasta el meshíca se mostró inconforme con las risas del fraile. Pero nadie dijo palabra. Esperamos a que el fraile volviera a la cordura y explicara su risa.

—Disculpad mi carcajada, pero no pude contenerme. Lo que me ha dado risa es que en tantos años vuestros jefes salieran a la guerra como si fuesen a una fiesta y mandaran a los soldados casi desnudos. ¿Cómo es posible que a ellos no les hubiesen dado también vestimentas para proteger sus vidas? La vida de un soldado siempre es valiosa, sin importar su rango. Pero no toméis en cuenta mis comentarios y continuad con vuestra descripción de las armas de vuestros guerreros.

—Las principales armas eran el arco y las flechas, las hondas, las porras, las lanzas, las picas, los macuahuitles y los talcochtli, que son unas lancillas. El arco era fabricado con madera y su cuerda era de los nervios de los animales o de pelos de ciervo hilado. Las flechas eran hechas con vara de madera, un hueso puntiagudo o espinas de pescado, o piedra de pedernal en la punta. El macuahuitl era fabricado con un palo grueso de madera, que apenas se podía tomar con una mano; en el extremo, tenía piedras de pedernal muy bien afiladas.

—¿Cuáles eran las picas?

—Eran parecidas, sólo que un poco más largas que el pedernal afilado.

—¿Y los talcochtli?

—Ésos eran unas lancillas con dos o tres puntas, hechas de otate, pedernal o de cobre, y puntiagudos que se lanzaban al enemigo, como cuchillos, pero con una cuerda para recuperarlo después de haber herido.

—¿Qué otras cosas llevaban a la guerra?

—Músicos.

Torquemada levantó la mirada y dejó de escribir.

—¿Músicos?

—Sí. Llevaban tambores y caracoles de mar, para anunciar la batalla.

En ese momento entró un fraile y pidió hablar con Torquemada a solas.

—Mejicano —dijo autoritariamente—, llevadlos a su habitación y que les den algo de comer.

En el camino a la habitación habló por primera vez el meshíca con nosotros:

—No deben hablar tanto con Torquemada —comentó en náhuatl.

Mi abuelo se detuvo en el pasillo y lo miró de frente.

—¿Por qué lo ayudas?

—Yo no lo ayudo, me tiene obligado —respondió el meshíca mirando al fondo del pasillo y nos hizo señas para que siguiéramos caminando hasta la habitación. Y así lo hicimos: caminamos por el pasillo, que tenía hartas imágenes de sus santos y vírgenes. Al entrar a la habitación nos mantuvimos en silencio esperando que el meshíca hablara. Parecía temeroso, miró las dos camas, la ventana y el crucifijo en la pared.

—¿Cómo te llamas?

—Pedro.

—¿Cuál es tu nombre en náhuatl?

—No tengo. Así me nombraron desde que nací. Tengo veinte y un años.

—Pero te dieron un apellido.

—Sí, el nombre de mi abuelo: Aztlaqueotzin.

—¿Eres esclavo? —preguntó mi abuelo.

—De cierta forma lo soy —explicó en voz baja y cerró la puerta—. Me tiene cautivo para que mi padre construya la iglesia de bóveda en el convento de Santiago Tlatilulco. Lo obligó que hiciera los dibujos como él quería. Hartos tuvo que hacer mi padre porque unos no le agradaban a él y otros no le atraían al arzobispo, a quien le dice que él es el que los hizo y que él es el que lleva la organización de los esclavos y esto y lo otro. ¡Grandísimo mentiroso! —Pedro Aztlaqueotzin caminó a la ventana y miró a la calle, se mantuvo en silencio por un rato, levantó la mirada al cielo y se volteó hacia nosotros—. Ni siquiera entiende cómo hacer una casa de adobe con techo de zacate. Sólo sabe rezar y mandar y hacer castigar a los trabajadores, azotándolos desnudos y en público —Pedro Aztlaqueotzin comenzó a caminar por el lugar moviendo las manos mientras hablaba—. El día que ustedes llegaron ordenó que azotaran a mi padre porque ya no quería trabajar —hizo un gruñido y arrugó los labios—. Lo mismo hace con estas escrituras. Manda traer a ancianos para que le cuenten sobre nuestra historia y luego los castiga por idolatría. A ustedes los van a acusar de idolatría al demonio —Pedro Aztlaqueotzin cerró los ojos, bajó la cabeza, suspiró, se puso de pie, caminó a la ventana y señaló hacia la plaza principal—: y los van a condenar a la horca. Lo he visto muchas veces. No deben confiar en él. Si dice que sus familias están bien, puede ser que ya los tenga trabajando en la construcción de la iglesia de Tlatilulco. A unos pintores meshícas que tenía a sus órdenes los hacía trabajar, sin pago alguno, hartas horas y los domingos y en días festivos y si no querían trabajar los mandaba azotar con saña, hartas veces, sin misericordia, yo lo vi —se acercó a la pequeña mesa que había en una esquina y la golpeó con su puño—; quedaban ellos tirados en el piso sin poder moverse y así eran obligados a ir a trabajar al día siguiente. Un día lo acusaron con las autoridades virreinales y el arzobispo, pero nadie hizo nada, ni siquiera cambiaron las cosas. Así siguió el fraile. Hace poco él mismo azotó a un anciano de esos pintores, que fue bautizado con el nombre cristiano de Agustín García y tanto lo golpeó que lo dejó gravemente herido y, ¿saben por qué lo azotó?, porque éste había faltado a trabajar. Todos conocen bien el carácter violento del fraile y las condiciones en que trabajan sus esclavos e incluso sus fieles.

—Tú puedes ayudarnos —comenté.

—¡Sí! ¿Cómo? —respondió el meshíca, abriendo los ojos y se sentó en una de las camas.

—A saber si nuestras familias están a salvo.

—Yo no puedo salir.

—Entonces ayúdanos a escapar.

—Si lo hago, Torquemada cobrará venganza contra mi padre.

—Si tú nos ayudas a escapar, nosotros podremos salvar a tu padre.

—Eso no es posible —respondió Pedro Aztlaqueotzin con el rostro triste—. No sé dónde lo tiene encerrado.

—Pero sí sabes dónde está esa iglesia.

—Sí, pero ahí hay mucha gente. Ustedes son dos.

—Entonces ayúdame a salir —dije y me senté en la otra cama, mi abuelo permanecía de pie—. Puedo ir a mi aldea y pedir a todos los nuestros que nos ayuden a escapar y salvar a tu padre.

Pedro Aztlaqueotzin se mantuvo pensativo por un largo instante. Se le veía preocupado y al mismo tiempo entusiasmado.

—¿Dónde está tu aldea?

—Por rumbos de Cuauhtitlan y Tlalnepantla.

—Ayúdame a salir en la noche y regreso en la madrugada.

—Eso es muy peligroso.

—Mi abuelo aquí se quedará. No lo voy a abandonar.

El meshíca se quedó pensativo.

—Es menos peligroso de día —dijo al fin.

—¿De día? —preguntó mi abuelo, caminó a la ventana y vio la calle—. Hay mucha gente.

—Por eso. Hoy no volverá Torquemada hasta la noche. Irá a ver a los frailes franciscanos. Vamos, te sacaré por una puerta de atrás.

Miré a mi abuelo con tristeza y miedo. Me despedí de él, con los honores que merecía: poniéndome de rodillas. Me dijo que fuera. Antes de salir de la habitación lo miré allí, con harta tristeza, entre esas dos camas, parado, con el crucifijo en la pared a sus espaldas y la ventana con barrotes a su derecha. Pedro Aztlaqueotzin me llevó por unos pasillos altos y adornados con imágenes religiosas en los muros. Cuando encontrábamos puertas a los lados hubimos de agacharnos para que no nos vieran los que estaban en las habitaciones. Había una sala que teníamos que cruzar, entonces tuvimos que arrastrarnos por el piso. Al llegar a la puerta que daba a la calle, Pedro Aztlaqueotzin me dijo que corriera y cerró.

Corrí por un lado de las casonas de los hidalgos, por el mercado, por las carpinterías. Corrí harto. Pasé frente a las iglesias. Estuve a punto de ser arrollado por un caballo. Corrí y sólo pensaba en mi familia. Corrí esperando encontrarlos a salvo. Corrí pensando en eso que tanto nos había dicho mi abuelo: que algún día lo buscarían para obligarlo a hablar. Corrí y recordé cuando era un crío e iba al catecismo como mi abuelo nos había pedido que lo hiciéramos para no levantar sospechas. Los sacerdotes nos preguntaban dónde escondían nuestras familias a los dioses. No dije una palabra, ni siquiera dónde estaba nuestra aldea. Corrí por ellos. Corrí tanto que tuve que detenerme por un momento a respirar, para no derrumbarme de dolor.

No pude más y tuve que detenerme para recuperar el aliento. En ese momento vi a una mujer caminando hacia mí. Una criolla, tan linda que no hubo forma de moverme. La envolvía un vestido largo. Sus ojos no eran como los nuestros. Los de ella eran azules como el cielo. Su piel clara. Sus mejillas rosadas. Linda sonrisa. Caminó hasta detenerse frente a mí. Sólo entonces me di cuenta de que venía con ella otra mujer criolla.

—Buenas tardes —dijo y me miró con sus ojos de cielo—. ¿Buscáis a alguien?

—¿Qué? —respondí con torpeza.

—Estáis en la entrada de nuestra casa.

Miré a la derecha y noté que a mi lado se encontraban unos de esos portones claveteados que ponen en sus casas.

—¿Vosotras habitáis esta casa?

—Sí.

—Sí. Busco a la... a la señora de la casa. Traigo un mensaje del fraile Torquemada —mentí.

—¿Cuál es el mensaje?

Tragué saliva: no supe qué decir, pero quería quedarme allí viendo sus hermosos ojos de cielo y sus labios de rosas.

—Vengo buscando a doña Lucía —dije el primer nombre que pude recordar, de esos que había escuchado a las crías en el catecismo, esas que se llamaban primero Shóchitl, Tonacayohua y luego del bautismo eran María o Lucía o tantos nombres más.

—Os habéis equivocado de casa.

—¿Cuál es vuestro nombre? Digo, para informar al fraile Torquemada quién vive aquí, pues él aseguró que era ésta la casa de doña Lucía.

—Decidle al fraile Torquemada que ésta es la casa del abogado Alberto Mendiola y Carrillo y su esposa doña Beatriz de Mendiola y Carrillo.

—¿Le digo al fraile Torquemada que he hablado con doña Beatriz?

—No —sonrió con hermosura—, doña Beatriz es mi madre. Mi nombre es Valeria.

"Valeria, Valeria, Valeria", repetí para no olvidar su nombre. La vi entrar en su casa y me fui corriendo, para nuestra aldea. Pero no pude dejar de pensar en Valeria, la niña Valeria. Me pregunté por qué los hombres blancos solían hacerse con las mujeres meshícas, incluso tenían hartos hijos con ellas, pero nosotros con las mujeres blancas no podíamos. Nunca había visto yo a una criolla matrimoniándose con un meshíca.

Seguí mi camino, que era largo, salí de la cuidad y caminé entre las hierbas y los árboles. Vi los cerros y disfruté el privilegio de estar libre. Luego de varias horas llegué a la cueva donde sabía que estaría escondida mi familia. Sentí dolor de ver la miseria en la que se encontraban. En nuestra aldea ya no faltaba nada. Todo lo teníamos: casa, comida, un río cercano, animales para cazar, nuestros enseres... todo. Ahí no había más que unas piedras donde hacían el fuego. Cuando me vieron llegar harto se pusieron tristes pensando que mi abuelo había muerto. Hice reverencia a mi padre y a mi madre como era costumbre, siempre antes de hablar con ellos, y les conté que a mi abuelo y a mí nos tenían para explicar a Torquemada el significado de los libros pintados; que no se nos había maltratado, pero que mi abuelo seguía encerrado; y que yo había sido ayudado por un meshíca para informarles.

—Sabio padre mío —dije con respeto—, es menester salvar a ese meshíca que nos ha ayudado y a su padre.

Mi padre permaneció pensativo por un largo momento, se sentó sobre una piedra, tomó un palillo de madera y comenzó a golpetear la tierra con éste. Nadie de los que allí se hallaban dijo palabra alguna. Yo sólo me hacía preguntas: ¿cómo salvar a un hombre sin que fuésemos todos apresados? ¿Cómo engañar a los soldados españoles? ¿Cómo huir sin tener un enfrentamiento? Y de haberlo, ¿cómo ganarles si ellos tenían esas armas de fuego que los meshícas no teníamos?

—Tus hermanos y tíos —explicó mi padre— han estado rondando la ciudad, haciéndose pasar por mercaderes. Harto han preguntado a los meshícas esclavos y harto han visto. Hay un nuevo señor que dicen virrey, de nombre Manrique de Zúñiga, marqués de Villamanrique. Tiene poco tiempo de haber llegado de sus tierras, pero dicen que su honorabilidad deja mucho que desear.

No comprendí lo que mi padre decía. Pensé que estaba equivocando sus ideas; que ingenuamente solicitaría a ese señor alguna ayuda. Estuve a punto de intervenir pero no nos estaba permitido hablar cuando nuestros mayores se expresaban.

—También sabemos —continuó mi padre golpeando la tierra con el palo de madera— que hay entre los barbados descontentos por la manera de adorar a su dios de la cruz. Sus frailes y sus sacerdotes andan por distintos bandos, todos ambiciosos del poder y las riquezas. El señor que se dice arzobispo ha convencido a ese que es el virrey para que le complazca en sus deseos de gobierno y de control de la gente que adora a su dios. Los otros, los frailes, han juntado a los vasallos para que contradigan al arzobispo y al virrey. Y no siendo eso en demasía, los que hacen las reglas y trabajos de gobierno, incluyendo los soldados, desobedecen sus leyes. Pronto habrá entre ellos un enfrentamiento. O así han contado los esclavos que allí sirven y escuchan todo. Le llaman en su lengua *guerra civil*. Si ésta se logra, habrá mucho desmán en todas las ciudades. Pero no es menester nuestro intervenir; más sabio será dejar que entre ellos se quiten las vidas. Y cuando el desconcierto impere entremos y liberemos a tu abuelo y a esos buenos meshícas que han sido benignos en ayudarnos.

—¿Cuándo será eso?

—No se nos ha informado aún.

—Amado padre —bajé mi cabeza en reverencia—, debo ahora correr para que no se descubra mi ausencia.

—Vuelve a ese lugar —dijo finalmente mi padre con seriedad, dejó caer el palillo de madera que tenían en las manos, se puso de pie y bajó la cabeza expresando buenos deseos—, que te acompañe tu hermano para que se cerciore de que llegas a salvo. Nosotros buscaremos la manera y se las haremos saber. Dile a tu abuelo que nos hemos encomendado a Huitzilopochtli.

Con tristeza salí de allí para volver a donde se encontraba mi abuelo, pues lo que mi padre había dicho me dejó con hartas preocupaciones. Yo había visto la ciudad y no había notado tales conflictos. No comprendía en verdad los motivos de esas diferencias entre frailes y sacerdotes. Pero debía confiar en mi padre y lo que se le había informado. ¿De qué me iba a enterar caminando por las calles? De nada. Más se sabe en un lavadero del lago, donde las esclavas se cuentan lo que escuchan en las casas donde limpian y cocinan. Yo andaba desde siempre por las calles de la ciudad, pero no preguntaba ni escuchaba pláticas de otros.

En el camino, mi hermano preguntó qué era eso que Torquemada quería saber. Le conté todo, desde el primer día hasta ese instante en que nos habíamos reencontrado; excepto sobre la hermosa criolla que había visto en mi camino, la niña Valeria, a quien ansiaba ver nuevamente y por quien regresé por el mismo camino. El sol estaba por ocultarse cuando pasamos frente a su casa. Sentí impetuosamente un deseo por detenerme, aunque fuese unos minutos, con la esperanza de que saliera o se asomara por la ventana, pero comprendí en ese instante que era una tontería, además de un riesgo para mi hermano y para mí. Así que no mostré interés por la casa ni las ventanas ni la calle. Caminé derecho, haciéndole ver a mi hermano que mi único menester era estar con mi abuelo, lo cual era cierto.

No dije nada sobre la niña Valeria a mi hermano porque sabía que ni él ni mi padre ni nadie en nuestra aldea comprenderían el sentimiento que había en mí. No podíamos, o mejor dicho no debíamos, aspirar a tener mujeres blancas en nuestra aldea, ni mucho menos imaginar un sentimiento de ésos hacia los que nos habían quitado nuestras tierras y vidas y dioses y todo. ¿Cómo? ¿Cómo era posible que yo, el aprendiz de mi abuelo, el que debía contar a nuestros hijos y nietos sobre aquella usurpación, se interesara por los ojos de cielo de una criolla? Toda mi vida me enseñaron que debía sentir resentimiento hacia los extranjeros. Hasta entonces había seguido a ciegas aquella doctrina. Lo que nos estaba sucediendo precisamente a mi abuelo y a mí era motivo suficiente para odiarlos a todos. Aun así, pensar en ella me hacía dudar. Ella no había matado a nuestros ancestros ni yo había peleado contra los españoles. Yo hablaba su lengua. Ella no hablaba náhuatl. De pronto me pregunté si a ella le interesaría conocer nuestra lengua y costumbres, si nuestras razas se podrían mezclar algún día. No de la forma en que los barbados se habían holgado con nuestras mujeres y les habían hecho hijos blancos sin barbas, o prietos con barbas y ojos verdes, pero que al final desconocían y repudiaban.

En nuestra aldea por rumbos de Cuauhtitlan y Tlalnepantla habitábamos meshícas, tlatelolcas, acolhuas y tepanecas; incluso tlashcaltecas y hueshotzincas. Nuestros ancestros habían peleado entre ellos por décadas pero, tras la guerra contra Malinche y sus hombres, debido a la enfermedad de las ronchas, la hambruna y tantas infecciones que llegaron después por tantos cadáveres que había por todo Tenochtítlan, muchos decidieron abandonar sus pueblos, olvidar el odio que había entre ellos y crear una familia. Mi padre tenía cuatro esposas: una tlatelolca, la otra acolhua y otras dos tepanecas. También había esta mezcla en otras aldeas. De esas naciones que antes se odiaban, ahora sus descendientes eran pacíficos entre ellos. Debieron llegar otras razas, quitarnos nuestras tierras y hacernos esclavos para que entre nosotros hubiera unión, hermandad, paz. Quizás algún día los blancos y los morenos se mezclarán y sus descendientes olvidarán de dónde vienen, como dice mi abuelo, buscarán una identidad en lo falso. O tal vez sea esa nueva identidad la que les dé legitimidad.

En nuestro camino vimos cómo un hombre blanco azotaba a un crío. Mucha gente se detuvo para conocer su razón.

—¡Ladronzuelo! —gritó enfurecido—. ¡Para que aprendas a no robar!

Nadie de los que allí estábamos fuimos capaces de defender al crío. Mi hermano y yo sabíamos que de hacerlo se nos acusaría de complicidad. ¿Qué pudo haber robado, sino un poco de alimento? ¿Se justifica el robo? Pues si la justicia es equidad —y ésta que todos tengan los mismos privilegios—, justificado sea que un niño robe algo de comida, cuando la miseria es tan grande y el abuso de los poderosos tan evidente, cruel y descarado.

Huitzilihuitl bien supo que el robo era un problema en su isla y para ello hizo dos cosas: creó leyes para castigar el hurto y dio canoas a todos para que tuvieran con qué pescar y hacerse de comercio.

Estos barbados hacen leyes y ellos mismos las incumplen. Castigan de robo a quienes pueden, mas no a los poderosos.

Exigen justicia y son injustos con los esclavos. Hablan de un dios y del amor y de la grandeza que hay en la pobreza para que nos conformemos con la penuria en que nos tienen, pero ellos viven con riquezas. No pagan a los que construyen sus casas, ni a los que siembran, cuidan y cosechan los frutos en los grandes terrenos que dicen haciendas, esos lugares por los que no pagaron a nuestros ancestros. Tampoco cuidan de nuestra salud. Cuando uno de ellos muere, se hacen grandes ceremonias y misas y los esclavos han de preparar comidas para los que vienen a las exequias y rascar la tierra para enterrar a sus difuntos. Pero cuando uno de nosotros muere, no dan siquiera el pésame. Y lo que es peor: torturan y queman y ahorcan a los que no adoramos a su dios. Exigen respeto por su Cristo, pero destruyeron casi todos nuestros templos y dioses. Y por eso se tuvieron que esconder en muchos otros lugares de adoración y los que seguían viviendo cerca de los españoles tenían que ir a los montes para las fiestas a Huitzilopochtli, Tezcatlipoca, Tonantzin, Quetzalcóatl, Tláloc y otros. Los frailes sabían que a los viejos no los harían cambiar de pensamiento, por ello se ocuparon de los críos, de nosotros, de los futuros cristianos.

—¿Recuerdas? —le pregunté a mi hermano y comenté lo que vivimos años atrás—. Lo primero que se nos enseñó fue a persignarnos, a rezar el padrenuestro, en esa otra lengua del latín para rezar. Y como harto difícil fue aprender a rezarlo, nos lo enseñaban con palabras que sonaban parecidas en náhuatl, como *pater* en latín y *pantli*, que significa veinte; *noster*, que era *nuestro*, decíamos con la palabra *nochtli*, que en náhuatl era *tuna*.

—Y así rezábamos obligados —continuó mi hermano con risas recordando aquello—: *Pantli nochtli ezihua cihuatl*. Harto reíamos cuando no estaban los frailes, pues nosotros entendíamos *veinte tunas ensangrentar por penitencia ritual mujer* y tantas otras cosas que no tenían significado para nosotros, pero para ellos era grande menester que repitiéramos todos los días.

—Aunque ellos sabían —comenté poco antes de llegar a nuestro destino— que nuestros padres y abuelos seguían venerando a nuestros dioses a escondidas.

Cuando llegamos al lugar donde se encontraba mi abuelo, le señalé a mi hermano la ventana que daba a la habitación donde nos tenían encerrados y corrí a la puerta donde me estaba esperando Pedro Aztlaqueotzin, preocupado por que Torquemada llegara antes que yo.

—Pronto vendremos por ustedes —dijo mi hermano y se marchó.

En ese momento comenzó a llover. Entré con Pedro Aztlaqueotzin a la habitación donde se encontraba mi abuelo y le hice saber todo lo acontecido. Sentí mucha felicidad de verlo con vida. Hablamos por un largo rato esa noche. Quise aprovechar todo el tiempo posible a su lado. Y aunque el cansancio era harto, me quedé escuchando a mi abuelo que me platicaba sobre nuestros ancestros.

Con jactancia dicen los chichimecas que Ishtlilshóchitl fue benigno. Y no cuentan que en verdad el tecutli tepaneca padecía una enfermedad que le impedía salir. Y no dijo el tecutli de Azcapotzalco cuál era ésta, pues era de esos padecimientos que dan vergüenza. Sí, allí, esa parte de la que no se habla ni se muestra. Eran tales sus ardores para defecar que tardaba harto en hacer sus necesidades. Jamás dejó que los curanderos lo revisaran, porque nunca antes a un tecutli le había ocurrido algo así. Y que el curandero le viera esa parte era harto humillante por la posición en que se había de inclinar. Sólo pudo darle unas hierbas medicinales, que había de poner en agua caliente en las que el tecutli se sentaba por mucho tiempo. En veces tanto, que pasaba todo el día allí, para poder defecar, y ni así le dejaban los ardores.

Cierto es que asistió a la jura de Ishtlilshóchitl. Para ello tuvieron que cargarlo cuatro mancebos en una andadera. Asistió porque no era cobarde; porque no quería que después se dijera que inventaba pretextos para no ir; porque daba la cara para decirle a su enemigo que no aceptaba su jura. Y de cualquier manera, los chichimecas pintaron la historia a su complacencia. Hicieron de Tezozómoc un tirano.

Esconden la verdad. Ocultan que ellos fueron los que iniciaron la guerra, que Ishtlilshóchitl encaprichado por no hacer lo que su pueblo tenía por obligación: tejer las mantas con el algodón que Azcapotzalco le entregaba y de las cuales ellos se quedaban con la mitad. Ése era el trato: Azcapotzalco hacía la siembra y colecta del algodón y Teshcuco producía las mantas. Así se hizo dos años seguidos, pero el tecutli chichimeca ya no quiso producir mantas para Tezozómoc y le mandó decir que a partir de ese día recibiría el algodón como un tributo y que haría las mantas y vestimentas para su ejército, para salir a combatir a los rebeldes.

Ésa fue su primera declaración de guerra y la segunda fue enviada a Tlatilulco. Sí. A Tlatilulco y no a Azcapotzalco. Cobardemente mandó una embajada con Cihuachnahuacatzin, hijo del tlamacazqui* de Hueshotla y nieto de Tlacateotzin, tecutli de Tlatilulco y bisnieto de Tezozómoc. ¿Te das cuenta, crío? Ishtlilshóchitl utilizó al joven, bisnieto de Tezozómoc, para declarar la guerra. Esto tenía un solo objetivo: intimidar al señor de aquellas tierras, que al ver al hijo de su hija declarándole la guerra desistiera del intento; y ya quedando Tenochtítlan como aliado principal iría luego a hacer lo mismo Ishtlilshóchitl acompañado de su esposa, hermana de Huitzilihuitl; y al convencerlo quedaría

* Tlamacazqui: sacerdote.

Azcapotzalco con los aliados más débiles, a los que podría derrocar con facilidad.

Cihuachnahuacatzin era un joven de ardiente espíritu, ambicioso de poder, talentoso para la guerra, prudente al hablar y de muy altas prendas personales. Se había declarado leal al señorío chichimeca. Y por otro lado sentía un gran amor hacia los pueblos de Azcapotzalco y Tlatilulco. El choque entre Tezozómoc e Ishtlilshóchitl le provocaba un remolino de sentimientos encontrados. Por ello, había insistido ante el tecutli chichimeca para que lo dejara ir personalmente como embajador a Tlatilulco. Pensó que siendo él nieto de Tlacateotzin lograría un acuerdo de paz sin tener que llegar a las armas. Asimismo tenía claro que, de no alcanzar su objetivo, debería ser él quien declarara la guerra. Mientras cruzaba el lago, camino a Tlatilulco, fue pensando las palabras exactas para convencer a su abuelo. Sentado en una orilla de la canoa, sacó la mano derecha y sumergió los dedos en el agua mientras uno de los vasallos empujaba la canoa. El reflejo de su brazo en el agua se distorsionaba por el movimiento. Al llegar a Tlatilulco fue recibido por Tlacateotzin.

—Amado abuelo y tecutli de Tlatilulco —dijo hincado frente a su abuelo—, mi amo y señor Ishtlilshóchitl me ha enviado para solicitarle que se abstenga de esta guerra que viene. Pues ha de costar muchas vidas y mucha sangre. La clemencia de Ishtlilshóchitl —se puso de pie y miró a su abuelo que aún era un hombre joven— ha permitido que yo venga ante usted para que por medios pacíficos salven sus vidas los tlatelolcas —el tecutli de Tlatilulco levantó las cejas asombrado de escuchar a su nieto decir eso—. Pues de no ser así, el tecutli chichimeca habrá de levantar su brazo para castigar a los rebeldes, haciendo llegar sus tropas a estos estados, talando y destruyendo a fuego y sangre. Es mío también el deseo, por el respeto que tengo a Tlatilulco, que dejen las armas y aquellas ideas que los han llevado a la rebelión; y que hagan, como otros, presencia en el palacio de Teshcuco y reconózcanle y júrenle en grande homenaje como tecutli chichimeca a Ishtlilshóchitl, que así y sólo así les perdonará las rebeliones pasadas, olvidará los agravios y les brindará su amistad, añadiéndoles y ratificándoles en su señorío. De lo contrario, aunque luego se arrepientan e imploren perdón al tecutli chichimeca, no tendrá clemencia y sus estados serán destruidos.

—Mi amado crío, ya eres un hombre —respondió Tlacateotzin con tranquilidad, se puso de pie, caminó hacia su nieto, vio las vestiduras de manta fina que llevaba, los brazaletes y el penacho esplendoroso—. Y no puedo tratarte más que como mereces. Te invito a que permanezcas en el palacio esta noche. No esperaba tu visita y tampoco sabía el motivo. Pero he de confesarte que tu valentía me ha sorprendido —le tocó la mejilla y sonrió—. Tengo algunos menesteres fuera de Tlatilulco a los que debo acudir con prontitud. Pero si esperas, mañana te daré una respuesta —concluyó Tlacateotzin y salió dejando a su nieto de pie en medio de la sala.

Tlacateotzin ordenó que se le diera buen hospedaje, comida y trato respetuoso a su nieto así como a los embajadores y el numeroso grupo de vasallos que lo acompañaban; y con prontitud salió camino a Azcapotzalco para informar, como era debido a su lealtad, a Tezozómoc. Al llegar fue recibido sin espera, pues aunque la costumbre era solicitar audiencia, el tecutli de Azcapotzalco les dijo que por la situación en que se encontraban podían llegar a su palacio sin anunciarse. No sólo encontró a Tezozómoc, sino también a Huitzilihuitl.

—Gran tecutli tepaneca —dijo con reverencia bajando la cabeza—, Ishtlilshóchitl ha enviado una embajada a Tlatilulco y como embajador principal a mi nieto Cihuachnahuacatzin, para exigir que los tlatelolcas concurramos prontamente a jurarle y reconocerle por tecutli chichimeca.

Tezozómoc se tocó el vientre e hizo un gesto de dolor por la inflamación en el intestino: era uno de los motivos de sus dificultades para defecar y lo que había provocado los ardores, el sangrado y la hinchazón en las venas rectales. Cuando preguntaban cuál era su malestar, decía que era del estómago. Nadie supo en verdad de qué padecía, sólo su curandero, quien lo hizo público después de la muerte de Tezozómoc.

—¿Se han dado cuenta? —el tecutli tepaneca levantó la mirada, quitó la mano de su vientre y dijo con una ligera sonrisa—: No me equivoqué cuando les auguré que ese joven inmaduro se llenaría de codicia.

Los tetecuhtin de Tlatilulco y Meshíco Tenochtítlan escucharon en silencio y afirmaron con la cabeza.

—Todo este tiempo disimuló ser la víctima para engañarnos y reunir sus tropas. ¿Qué debemos hacer? ¿Reconocerle como tecutli chichimeca y dejar que incremente el yugo? ¿Callarnos? ¿Esperar a que lleguen sus tropas y maten a nuestros vasallos? Díganme, para que luego no se divulgue que abuso de mi autoridad y que no tomo en cuenta a los señores de mis tierras. ¿Qué hacemos?

—Preparar nuestras tropas —respondió Tlacateotzin, que era uno de los más interesados en hacer la guerra, llevado por su ambición de luego hacerse de mayores territorios como había sido prometido.

Huitzilihuitl permaneció en silencio.

—¿Y tú, que piensas? —insistió Tezozómoc, disparando con la mirada al tecutli meshíca.

—Lo mismo —Huitzilihuitl tragó saliva—: que preparemos nuestras tropas.

—Bien, que quede plasmado en los libros pintados —dijo Tezozómoc dirigiéndose al tlacuilo que se encontraba en la sala principal—, que no es por autoritarismo, sino por común acuerdo y urgente menester que nos habremos de alistar para la campaña —tamborileó con los dedos sobre su pierna y dirigió la mirada a Tlacateotzin—. Dirígete a tu palacio y hazle saber a ese embajador, nieto tuyo, que no tememos a las consecuencias; por el contrario, él es quien debe pensar lo que hace

—sonrió el tepaneca—. Que no olvide que yo, por ser mayor y más cercano descendiente de Shólotl, fundador de esta tierra, soy en quien debe recaer el gobierno y tan digna ocupación del señorío chichimeca. Más le conviene cambiar de partido por respeto a su abuelo. Pero que si desea seguir a Ishtlilshóchitl, no tendremos piedad al encontrarlo en campaña, a él y a los traidores que lo acompañen —Tezozómoc empuñó las manos—. Que le quede bien claro que no les perdonaré haber jurado a ese joven inexperto. Y que diga a su tecutli que no es necesario que vengan a buscarnos a Azcapotzalco ni a Tlatilulco ni a Tenochtítlan, pues nuestras tropas los esperarán en los campos de Chiconauhtla.

Tlacateotzin cerró los ojos por un momento y sufrió aquel encargo. Tezozómoc sabía muy bien reconocer las emociones ocultas, era un experto en descifrar gestos fingidos, veía con claridad lo que escondían las máscaras; y supo perfectamente que Tlacateotzin lamentaba tener que ser él quien diera esa respuesta a su nieto. Pues aunque ambicionaba engrandecer su territorio, jamás había imaginado que su nieto le declararía la guerra. Volvió a Tlatilulco, caminó con tristeza al entrar a la sala principal, se sentó en su asiento real, observó el lugar vacío y dio la orden de que mandaran llamar a su nieto y a los principales de su señorío. Una hora más tarde comenzaron a llegar los consejeros, ministros y sacerdotes. Cihuachnahuacatzin entró con sus embajadores, mostró reverencia y escuchó el mensaje que su abuelo le dijo con exactitud. Hubo un largo silencio. Cihuachnahuacatzin bajó la mirada y una lágrima resbaló por su mejilla, que secó con su mano fingiendo que se rascaba la cara y sin responder al tecutli tlatelolca dijo a uno de los embajadores que diera la orden acordada a los vasallos que se encontraban afuera.

Tlacateotzin permaneció firme en su postura pese al dolor que lo había apresado en ese momento. Los vasallos entraron con una armadura muy elegante y centenares de arcos, flechas, escudos, otros armamentos que pronto fueron poniendo en el piso frente al tecutli. Cihuachnahuacatzin, como era la costumbre, caminó hacia su abuelo, le quitó las vestiduras que traía frente a todos y comenzó a engalanarlo tranquilamente con las botas cubiertas de oro, el atuendo emplumado y laminado en oro, brazaletes, manillas, una cadena de oro y piedras preciosas y un gran penacho de bellísimo plumaje que adornó finamente su espalda.

Nadie, ni siquiera el enemigo presente, debía interrumpir este protocolo. Y así esperaron en silencio hasta que el embajador terminó de vestir al tecutli de Tlatilulco para la guerra. Luego le puso en una mano arco y flechas y en la otra un escudo:

—Mi amo y grande señor Ishtlilshóchitl, dueño de toda esta tierra y gran chichimecatecutli me ha honrado nombrándome general de sus ejércitos —dijo Cihuachnahuacatzin con la frente muy en alto y el pecho inflado, sosteniendo firmemente el escudo, el arco y las flechas—. Y con el real honor y confianza que me ha dado mi señor Ishtlilshóchitl: ite declaro la guerra, a ti, abuelo Tlacateotzin, al tecutli de Azcapotzalco, al tecutli de Tenochtítlan y todos aquellos que se confiesen a su favor! —Cihuachnahuacatzin señaló los arcos, las flechas, los escudos y los macuahuitles, que se encontraban en el piso y agregó—: Bien conoce mi señor Ishtlilshóchitl las mentiras de Tezozómoc, y para que el día que sean derrotados no digan que fue por falta de armas, les envía éstas para que puedan hacer defensa.

Tlacateotzin sintió una inmensa tristeza, pues al recibir una declaración de guerra estaba obligado a pelear contra él; y si se encontraban frente a frente y no combatía con él, o lo dejaba huir, o le perdonaba la vida, se le acusaría de traición.

—Recuerda bien este atuendo real y este penacho —respondió el tecutli de Tlatilulco—, para que lo distingas desde lejos y sepas que soy yo, tu abuelo. Que tu flecha sea certera y no tengamos que luchar cuerpo a cuerpo.

—Nos veremos en campaña —se dio media vuelta y se retiró.

Apenas vio salir a su nieto y su comitiva del palacio, Tlacateotzin corrió a su habitación para que no vieran su desaliento.

Estuvo solo un par de minutos. Aunque su deseo era permanecer en su palacio y evadir la guerra, su orgullo le dictó lo contrario.

"No me mostraré como un cobarde —pensó—. Mucho menos ante mi corte. ¡No!"

Salió de su habitación y regresó a la sala principal, donde estaban sus consejeros y generales.

—¡Alisten las tropas! ¡Saldremos hoy mismo! ¡Si este malagradecido quiere guerra, tendrá que afrontar las consecuencias! ¡Lo siento por mi hija que llorará su muerte y me sabrá culpable de ello! Pero también será su culpa por no haber educado a su hijo como es debido a un descendiente del señorío de Tlatilulco. ¡Traidor! ¡Ingrato! ¡Te veré en campaña! ¡Y te daré muerte! ¡Muerte a Cihuachnahuacatzin! —gritó frente a todos—. ¡Búsquenlo en campaña! ¡Y cuando lo encuentren, llévenlo ante mí, para que implore perdón antes de que le demos muerte!

Tras decir esto, salió con un ejército a Azcapotzalco, dejando a otros cuidando la ciudad.

—Mi señor Tezozómoc —dijo al llegar—, la guerra nos ha sido declarada formalmente. Ishtlilshóchitl ha enviado un considerable número de armas para que nos defendamos.

—Ingenuo —comentó el tecutli tepaneca con una amplia sonrisa y agregó—: Ordena que los soldados entren por las fronteras de Iztapalapan. Allí se encuentran desprevenidos. Entrando, destruirán todas esas poblaciones, sin importar que haya niños o ancianos. La clemencia en la guerra no sirve más que para debilitarse. Escúchalo bien, Tlacateotzin, si tienes piedad, tu nieto, sí, ese traidor, te dará muerte. Y no se tocará el corazón: no lo tuvo para declararte la guerra ni tuvo respeto a tu edad. Así que no quiero verte flaquear. Lleva nuestras tropas hasta Iztapalapan y luego entraremos directo a Teshcuco.

Las tropas marcharon sigilosas toda la noche pasando por Tlacopan, Chapoltépec, entre otros pueblos, hasta llegar a Coyohuácan. Y allí en el estrecho del lago abordaron las canoas que tenían alistadas los tenoshcas y cruzaron prontamente a Colhuácan, de donde salieron en la madrugada y llegaron sin demora a Iztapalapan, mucho antes de que los pobladores despertaran. Los soldados caminaron sigilosos, en grupos pequeños; en medio de la oscuridad y el cantar de algunos pajarillos madrugadores, se fueron acercando a las casas, la mayoría de éstas muy pobres, construidas de carrizo y espadaña; y de un solo golpe irrumpieron en las que pudieron, dando pronta muerte a los que allí se hallaban aún dormidos. Los gritos de las mujeres y niños despertaron a los demás, que no tuvieron forma de defenderse pues sus armas no las tenían a la mano. Otros con valor defendieron a sus familias con las manos. Pero las tropas estaban mejor armadas y fueron degollados, mutilados, asfixiados, golpeados a muerte.

Los gritos alertaron a todo el pueblo y, antes de que saliera el sol, llegó el ejército de Iztapalapan a combatir. Los soldados de Tezozómoc prendieron fuego a las humildes chozas. El humo hizo que la pelea se saliera de control. Cuauhshilotzin —el gobernador interino— mostró gran valentía al responder personalmente al ataque de los enemigos, dando muerte a muchos soldados tepanecas, tlatelolcas y tenoshcas, defendiendo su pueblo y librándose en muchas ocasiones de la muerte, de tal forma que su ejército empujó a los enemigos a salir temerosos.

—¡Tras ellos! ¡Muerte al enemigo! —gritaban los pobladores al ver las tropas huir con lo que habían saqueado y los presos que tenían ya.

—¡Venganza! —gritaba el pueblo.

—¡Sigámoslos hasta sus dominios! —exigieron algunos capitanes.

Pero Cuauhshilotzin sabía que, si lo hacían, encontrarían más tropas viniendo de Colhuácan y Coyohuácan.

—Hemos cumplido con nuestra labor de proteger Iztapalapan —les explicó—. Será más acertado fortificar la ciudad, curar a los heridos y hacer llegar una embajada a Teshcuco hoy mismo.

Todos estuvieron de acuerdo y enviaron una embajada.

—Mi amo y señor de toda la Tierra —dijo el embajador de rodillas frente a Ishtlilshóchitl—, vengo a informarle que esta madrugada nos cogió de sorpresa un considerable número de tropas en Iztapalapan. Nuestro gobernador interino Cuauhshilotzin grande valor mostró al defender nuestro pueblo...

En ese momento llegaron otros embajadores de Iztapalapan, mucho más cansados y sudados que los primeros, que al verlos quedaron boquiabiertos.

—¡Lo han matado! —exclamó el embajador con voz estremecida.

—¿A quién? —preguntó Ishtlilshóchitl y se puso de pie. Los consejeros y ministros ahí presentes se miraron entre sí, murmurando, preguntándose qué había sucedido.

—A Cuauhshilotzin —explicó el segundo embajador con la respiración agitada, con las manos en el pecho—. En cuanto dio la orden de que saliera la primera embajada, se dedicó a contar los daños y a instruir a los vasallos para que se preparasen en caso de que volviera el enemigo; de pronto, cuando iba caminando, le llegó un hombre por la espalda y le pasó un cuchillo por la garganta, con tal fuerza que en ese momento le quitó la vida.

—¿Nadie lo vio? ¿No tenía gente a su lado? ¿Quién era? —Ishtlilshóchitl se llevó las manos a la cara y se la frotó con lamento.

—¡Mishilotzin!

Los de la primera embajada se pusieron de pie y preguntaron confusos:

—¿Mishilotzin?

—¿Quién es ese hombre? —preguntó el tecutli chichimeca quitándose las manos de la cara.

—¡Era de Cohuatepec! ¡Muy cercano a Cuauhshilotzin, por eso no desconfió de él! ¡El que era uno de los más allegados a Cuauhshilotzin resultó ser un traidor que se vendió a Tezozómoc! En cuanto dio muerte a nuestro gobernador interino, muchos se le fueron encima.

—¿Lo apresaron?

—Sí. Y se le obligó a confesar.

—¿Qué dijo?

—Que fue él quien dijo a Tezozómoc que estábamos desprevenidos, que era el momento adecuado para atacar. ¡Ese traidor fue! Confesó que tenía por orden dar muerte al gobernador.

Ishtlilshóchitl se puso su atuendo para la guerra y salió ese mismo día rumbo a Iztapalapan con cuatro mil guerreros. Pero como había espías en la corte, se corrió luego la voz. Tezozómoc tenía gente situada esperando el momento en que llegara alguna noticia. El primero de los *ratones*, como se les llamaba a los espías, al enterarse de algo importante corría por los campos sin importar la hora o el clima, hasta llegar a un segundo informante, quien seguía corriendo hasta llegar con un tercero y los que fuesen necesarios para que la información llegase antes que los enemigos.

Cuando llegó el ejército de Ishtlilshóchitl, las tropas de su enemigo ya se habían regresado a Azcapotzalco, como lo había ordenado Tezozómoc. Ishtlilshóchitl entró a Mizquic, Cuitláhuac, Colhuácan y Aztahuacan, territorios aliados a Azcapotzalco, pero no encontró más que a los pobladores. Se regresó, pero en el camino decidió no llegar a Teshcuco pensando que allí lo atacarían las tropas enemigas y decidió llegar a Hueshotla. Mientras tanto, entraron los soldados de Tezozómoc a Azcapotzalco con lo que habían saqueado y los hombres que habían apresado.

—Mi amo y grande tecutli tepaneca —dijo el capitán con reverencia—, traemos ante usted estos esclavos. Nos sentimos sumamente avergonzados por no haber logrado la conquista total de Iztapalapan, pero Ishtlilshóchitl traía un grandísimo ejército en camino.

—Su vergüenza no sirve de nada —respondió Tezozómoc frustrado por no haber logrado entrar a Teshcuco por ese lado del lago—, dejen de lamentarse y vayan ahora a fortificar las fronteras antes de que nos ataquen. Marchen a Ecatepec y Shaltocan. ¡Defiendan esos territorios!

Como general principal quedó Tlacateotzin tecutli de Tlatilulco y a su mando, el hijo de Tezozómoc, Mashtla, y el tecutli de Tenochtítlan, Huitzilihuitl, a quienes exigió cuidaran día y noche las fronteras, pues ya tenía informes de que su enemigo Ishtlilshóchitl había dividido sus tropas en tres colocándolas en Acolhuácan, Chiuhnautlan e Iztapalapan, no sin dejar fortificadas las ciudades de Coatlíchan, Shalco, Coatépec, entre otras que tenía por aliadas.

8

Al día siguiente Torquemada nos hizo llevar ante él. Nos ignoró por unos minutos, como si no hubiésemos entrado. Miraba con frecuencia hacia la ventana. Se persignó varias veces. Su cara mostraba mucha preocupación, sus manos tiritaban. Mi abuelo y yo por fin comprendimos la actitud de Torquemada. Algo había hecho para que iniciara aquella guerra civil. Se paró frente a nosotros y sin más me dijo:

—Se ha solicitado mi presencia para asuntos de grande menester de la ciudad —expresó con voz temblorosa—. Es probable que no pueda estar con vosotros por algunos días para continuar con nuestra tarea. Pero ya que he visto que vos sois agraciado en la escritura os encomendaré que escribáis lo que vuestro abuelo os cuente de estas pinturas —dijo poniendo los libros pintados sobre el escritorio—. El mejica se quedará aquí cuidando. Cuando vuelva me explicaréis con detalle para que así lo transcriba a mi letra y entender.

Torquemada salió y no lo volvimos a ver. Los siguientes días mi abuelo, Pedro Aztlaqueotzin y yo tuvimos libertad de ver los libros pintados con mayor calma y confianza, mientras mi abuelo se dedicó a contarnos lo que había en ellos:

Observa este otro amoshtli, Asholohua. Aquí están los tepanecas esperando a que los acolhuas se muevan, que lancen por lo menos una flecha, que griten, que les insulten, para dar inicio, para atacar, pero no. Ishtlilshóchitl mantuvo sus tropas en guardia, esperando lo mismo de Tezozómoc. ¿Y quién crees que fue el primero en lanzar la flecha? Sí: Tezozómoc. Sabía bien que Ishtlilshóchitl había abandonado Teshcuco y que se había escondido en la ciudad vecina, Hueshotla. Con grande facilidad podía Tezozómoc entrar a Teshcuco y hacerse jurar, como lo había hecho su padre, pero él no cometería el mismo error de permitirle a su enemigo regresar por el trono, no estaba dispuesto a perder el gobierno. No. Él estaba seguro de que moriría siendo tecutli chichimeca. Y para lograrlo, debía dar muerte a su enemigo. Luego de muchos días, por fin decidió enviar sus tropas a donde había menos soldados y donde estaba la presa: Ishtlilshóchitl.

Llegaron por el lago, pues con todas las canoas de los tenoshcas había y sobraba. Pero no directamente, sino por el río que daba a Coatépec. Marcharon nuevamente de noche hasta llegar a Teshcuco, pero como Ishtlilshóchitl también tenía espías, tuvo tiempo de traer sus tropas y recibir a los enemigos con furioso ímpetu. De esa primera batalla salió vencedor el tecutli acolhua dejando a los tepanecas heridos.

Esto que ves aquí en este amoshtli son las tropas de Tezozómoc que volvieron pocos días después y no contaron con que en esta segunda ocasión Ishtlilshóchitl había triplicado su ejército. Y frente a tantos guerreros, no hubo forma de defenderse. De nada sirvió que fueran los meshícas que tanta fama de bravos tenían. Mientras se defendían de un acolhua llegaba otro con el macuahuitl y les cortaba la cabeza, o una pierna, o un brazo, o se los enterraba en el pecho. Lanzaban veinte flechas y les caían sesenta. Mientras luchaban cuerpo a cuerpo, por las espaldas les llegaban los talcochtli, que se enterraban profundamente y que pronto, por tener éstos un cordón para jalarlo, recuperaba el enemigo para lanzarlos luego a otros.

Fueron tantos los muertos y los heridos que los tepanecas y sus aliados tuvieron que huir pronto en sus canoas. Y así hubo hartas batallas. Llegaba el ejército de Tezozómoc en las mañanas y volvía la mitad en las tardes. Hasta que un día Ishtlilshóchitl reunió a sus generales, consejeros y aliados para deliberar la forma de terminar la guerra, que si bien no le daba muchas pérdidas humanas a las tropas chichimecas, sí las estaba cansando.

—Propongo que mañana —dijo el general Tochintzin—, cuando lleguen los enemigos, hagamos una retirada falsa.

—¿Cómo? —preguntó Cihuachnahuacatzin.

—Sí —continuó Tochintzin con sonrisa—, que los espere un menor número de soldados; que finjan temor y que corran rumbo a Chiconauhtla. Los perseguirán, se cansarán en la correteada y cuando menos lo esperen, aparecerá nuestro ejército completo. No tendrán tiempo de correr a sus canoas como lo han estado haciendo en tantos días.

Ishtlilshóchitl dio la orden de que así se cumpliera. Al día siguiente volvieron los generales a informar al tecutli chichimeca que la estrategia había funcionado de la manera esperada.

—¡Hicimos una grande carnicería! —dijo orgulloso Tochintzin—. ¡Ese lugar es un cementerio, un lago de sangre, un nido de buitres descuartizados! ¡Corrieron los tepanecas, los tlatelolcas y los meshícas como ciervos asustados, como lo que son en verdad: unos cobardes!

Y en recta verdad, querido nieto, ésa fue una de las más grandiosas victorias que tuvo Ishtlilshóchitl, pues muy pocos tuvieron la fortuna de escapar de aquella carnicería, tan sólo una tercera parte. Y muchos de ellos muy mal heridos, bañados en sangre, mutilados, sin ojos o sin orejas. Unos tuvieron que ser arrastrados o cargados y otros fueron abandonados allí, moribundos. Algunos tenían la gracia de morir al instante, u horas después; otros la desdicha de que la muerte llegara en varios días y esperarla allí tirados, heridos, adoloridos, sedientos, hambrientos y abandonados.

Esa batalla la perdió Azcapotzalco y en sus libros pintados no aparece. ¿Sabes por qué? Te diré: los tlacuilos que en esos días hacían los libros pintados comenzaron a dibujar la derrota y las humillaciones que hubo en Azcapotzalco. Tezozómoc, irritado al saber que ya la historia se pintaba, mandó llamar a los tlacuilos para pedir que no pintaran aquello, pues mayor fracaso sería aceptar públicamente lo que era evidente. Y les dijo que el final de la guerra aún no había llegado, que esperaran para que mejor se contara la historia tepaneca. Hubo unos que obedecieron y otros que consideraron que los libros pintados no eran para vanagloriar ni para complacer, sino para preservar la historia, para que los hijos de nuestros hijos tuvieran conocimiento de lo ocurrido sin dar partido a unos y quitar prestigio a otros. Y sin hacer público lo que hacían, siguieron con sus libros pintados y los guardaron.

Poseedor de esta idea no sólo fue Tezozómoc. Hubo otros señores que así actuaron y otros que no fueron tetecuhtin, pero que igual lo ordenaron, como Tlacaélel, hijo de Huitzilihuitl, quien dijo que no sólo era menester quemar los libros pintados de los pueblos que derrotaban y conquistaban, sino también los libros pintados de los meshícas, pues decía que su pueblo no necesitaba conocer sus fracasos y pobrezas anteriores.

Y como el viejo Tezozómoc era sabio, mandó soldados a las casas de estos tlacuilos para que hurgaran en sus pertenencias hasta encontrar las traiciones. Hubo dos que fueron descubiertos y pronto fueron llevados ante el señor Tezozómoc, quien furioso ordenó que fueran degollados frente a él en ese mismo instante y que sus libros pintados fuesen quemados. Uno, que sabía que eso ocurriría, los escondió en una cueva y a nadie dijo lo que había hecho. Los guardó ahí hasta que Tezozómoc murió y años ulteriores los rescató.

De esos libros pintados que hago mención, querido crío, fueron depositados en Meshíco Tenochtítlan, donde fueron resguardados por muchos años, hasta que llegaron los barbudos. No los pude salvar el día que salí huyendo. Y no supe de ellos en muchos años. Después, viviendo en nuestra aldea hubo algunos viejos que me contaron que esos libros pintados no fueron quemados, que los religiosos cristianos los tomaron y se los llevaron; otros dijeron que los echaron al fuego y que los frailes se mofaron diciendo que eran dibujos mugrientos, que no decían nada; y los últimos me platicaron que habían obligado a hartos viejos a que les dijeran el significado, pero que ellos decían no entender, respuesta que es cierta pues pocos podían saber si no estudiaban en el calmécac donde yo tuve que ser guardián y alumno. Y mira, sobrevivieron hasta el día de hoy; yo que jamás imaginé volver a verlos, estoy frente a ti explicándote lo que se me enseñó muchos años atrás. Son estos que tiene Torquemada y que habrás de llevarte de aquí para luego divulgar su información a nuestros descendientes. Ésta es tu misión en la vida. Yo no podré ayudarte, pues ya estoy anciano y mi vida terminará pronto. Te digo con harta conciencia que has de tener por menester principal salvar estos libros pintados antes que mi vida.

Tampoco tenemos la certeza de que puedas llevarte estos libros pintados. Por eso es indispensable que redactes lo que aquí está escrito en la lengua castellana como te lo ordenó Torquemada, pero principalmente que lo escribas en tu mente, que comprendas con objetividad lo que ocurrió para que lo puedas transmitir a tus descendientes, ya sea de palabra o con escritura. Y como lo has aprendido con los barbados, la palabra ya no tiene el mismo valor que antes, ya no creen en lo que uno cuenta, lo ponen en duda, cuestionan, exigen evidencias y aun así transcriben a su conveniencia, como lo han hecho muchos frailes. Será tu asignatura documentar en esta nueva lengua lo que has aprendido, para que mucho después de nuestras muertes haya alguien que tenga el deseo y esmero de estudiar tus documentos y los haga públicos, cuando ya la tierra no esté tan revuelta. Sé que te preguntas si algún día nuestras razas y las de los hombres blancos podrán convivir. Sí: cuando llegue otro enemigo, después de muchas guerras y muchos años. Y de cualquier forma entre ellos, entre familias, entre barrios, entre pequeños pueblos, se hallarán siempre en discordia.

Pero de eso nos hemos de ocupar en otro momento, querido nieto, pues el tiempo es corto y no sabemos qué nos ocurrirá mañana. Aprovechemos el tiempo. Escucha lo que tengo por contar:

Pasó un año de insistentes combates. Cansados ya ambos ejércitos, Ishtlilshóchitl envió una nueva embajada para ofrecer la paz, pero el tecutli tepaneca la rechazó, pues hacerlo sería admitir su derrota y por consiguiente debería acudir a jurarle a su enemigo como tecutli chichimeca. El embajador volvió a Hueshotla donde se encontraba el tecutli chichimeca y dio así la misma respuesta.

—Lleva, pues, las tropas a Chiconauhtla —dijo el tecutli chichimeca— y que allí esperen al ejército de Tezozómoc.

En cuanto Ishtlilshóchitl dio esta orden salieron los espías de Tezozómoc a Azcapotzalco.

—Muy bien —sonrió el tecutli tepaneca—, esperemos que todas sus tropas lleguen a Chiconauhtla.

Los tetecuhtin de Tlatilulco y Tenochtítlan se encontraban presentes.

—Ahora entraremos por el lago, directo a Hueshotla —dijo Tezozómoc muy seguro de que con esta estrategia conseguiría la victoria—. Así no tendrá tiempo Ishtlilshóchitl de llevar sus soldados de Chiconauhtla a Hueshotla. Ordenen a sus guerreros que naveguen toda la noche en sus canoas. No debe quedar una sola en las orillas de sus ciudades.

Apenas daba una orden uno de estos dos adversarios, salían los espías a dar razón al otro. Por eso esta guerra duró tres años. Pues se encontraban siempre con que su enemigo ya estaba enterado de sus planes. Y ninguno de los dos pudo saber hasta entonces quiénes eran los espías del otro. De éstos había dentro y fuera de las cortes. Y si el infiltrado de la corte no podía enviar algún mensajero tarde o temprano, otros que se hallaban en los pueblos, entre los soldados, en los tianguis, en cualquier lugar, lo hacían.

Y como en esta ocasión Ishtlilshóchitl no quiso que se enterara Tezozómoc, tomó la decisión de hablar en secreto con Cihuachnahuacatzin y le ordenó que fuese a Chiconauhtla y que dividiese las tropas, dejando una parte en esa ciudad, con Cihuaquequenotzin como capitán e hiciera marchar en la noche y de forma silenciosa a las otras tropas a Chiconauhtla, Tepechpan, Atenco, Teshcuco, Hueshotla, Coatlíchan e Iztapalapan, pero que no dijera a nadie a dónde se dirigían. Y así lo cumplió el general fortaleciendo toda la orilla del lago.

Al amanecer, el lado oriente del lago se llenó de canoas. Eran tantas que se podía saltar desde Chiconauhtla hasta Hueshotla sobre éstas. El ejército de Tezozómoc desembarcó al ver que las orillas del lago se hallaban vacías, pues los guerreros de Ishtlilshóchitl los esperaban escondidos entre las hierbas, arriba de los árboles y en las casas. Entonces se escuchó el silbido del caracol, que avisó a los otros para que silbaran su caracol y a su vez avisaran los otros y a los otros, por ser harta la distancia. Sonaron los tambores y salieron los guerreros de sus escondites para dar combate a los tepanecas, tlatelolcas, tenoshcas, coyohuacanos, culhuacanos y otros. Ambos bandos comenzaron lanzando flechas certeras, dando en los soldados rasos, que no usaban vestiduras más que sus mashtlatl. Pronto estuvieron frente a frente, cuando ya las flechas eran escasas, e iniciaron la batalla con las hondas, las porras, las lanzas, las picas, los macuahuitles y lancillas, protegiéndose con sus escudos. Y nuevamente después de combatir todo el día, al anochecer los guerreros de Tezozómoc tuvieron que huir.

Pero Tezozómoc no se rendía, pasaba todo el día en su palacio, recibiendo informes cada hora, dando estrategias a los capitanes, hablando con los consejeros y ministros. Siguió enviando tropas por ochenta días más. Y esos mismos ochenta días perdieron todos los encuentros. Y mientras estaban ocupados por estos rumbos, Ishtlilshóchitl ordenó a Cihuachnahuacatzin que atacara las tierras de Ecatepec, que pertenecían a Azcapotzalco. Y así Cihuachnahuacatzin atacó a los tepanecas, quienes a pesar de oponer fuerte resistencia no pudieron evitar que sus tierras fueran saqueadas.

Los acolhuas que viven en esta era de los cristianos, la de la invasión de los blancos, dicen que Ishtlilshóchitl era un hombre benigno, pero veamos todo esto con ojos sensatos: quien hace la guerra y mata por sostener el poder no es benévolo. En la guerra no hay tecutli bueno. En la guerra siempre hay ambición, muerte y maldad. Hay pérdidas para unos y triunfo para otros, pero jamás justicia ni justa razón.

La habitación de Tezozómoc está casi a oscuras. Sólo hay un tragaluz de forma rectangular en la parte superior de la pared. En esa misma pared se encuentra una larga repisa de concreto, de un extremo al otro, en la cual se encuentran las prendas de Tezozómoc. Su cama es tan sólo un petate cubierto con mantas de algodón.

Totolzintli entra a la habitación con la cabeza gacha y una tristeza inmensa. Tezozómoc lo ve entrar y respira profundo. Cierra los ojos. Se mantiene firme. Abre los ojos. Sabe lo que ocurrió. Comprende la razón. Conoce a su madre. Sus amenazas se cumplen. Siempre se cumplen. Él es un niño. No tiene voz ni voto. Su madre le ha arrebatado al único amigo que tenía. Se miran en un silencio doloroso. Tezozómoc observa los moretones en los hombros de Totolzintli, camina hacia él.

—Muéstrame tu espalda —pide Tezozómoc en voz baja y ronca.

Totolzintli gira ciento ochenta grados. Tezozómoc recorre con la mirada la espalda de Totolzintli. Se encuentra con las heridas de la flagelación aún frescas. Los ojos de Tezozómoc enrojecen, traga saliva y camina hacia el otro extremo de la habitación. Le da la espalda a Totolzintli. Habla sin mirar a Totolzintli.

—Ve con tu madre y pídele que te cure las heridas. No regreses conmigo hasta que hayan sanado por completo.

Totolzintli agacha la cabeza.

—Como usted ordene, mi amo.

Totolzintli se dirige a la salida, pero Tezozómoc lo detiene.

—Toto...

Totolzintli se detiene sin voltear.

—Dígame, mi amo.

—Lo siento...

Totolzintli sale sin responder.

Otra de las cosas que más complacían al tecutli tepaneca eran los amaneceres. Todas las mañanas salía de su palacio y observaba en medio de los inmensos jardines la salida del sol. Como siempre, su asiento real era llevado hasta ahí para que se sentara con su esclavo Totolzintli a un lado. Ambos permanecían en silencio mirando el sol. Sólo se escuchaba el cantar de los pajarillos. El tecutli de Azcapotzalco había mandado fabricar un pequeño lago, donde nadaban patos, garzas y otras aves que había hecho traer de tierras lejanas y que habitaban en su jardín. Luego le eran llevados sus alimentos. Y sólo así comenzaba a hablar. Totolzintli lo escuchaba la mayor parte del tiempo sin hacer comentarios y, cuando decía algo, era porque lo consideraba apropiado o necesario. Pero esa mañana Tezozómoc no desayunó. Hacía días que no comía. Se puso de pie y caminó por los jardines. En ese momento llegó uno de sus consejeros.

—Mi señor —dijo con seriedad y temor a la respuesta que podría recibir—, desistir es lo que sugiere el agüero. Azcapotzalco no podrá sostener otra guerra. El señor Ishtlilshóchitl ofrece otorgar el perdón a los tepanecas y devolver el poder de estas tierras a usted, mi señor, si acepta jurarlo por tecutli chichimeca.

Tezozómoc siguió caminando con la mirada fija en el horizonte, sin decir una palabra.

—He tenido un sueño —Tezozómoc tenía mucha fe en sus augurios personales—. A Ishtlilshóchitl lo comen jaguares mientras su hijo en cobardía observa sin hacer defensa.

Nunca había sido humillado el señor de Azcapotzalco, por lo tanto, el fracaso en esa guerra lo tenía más irritado que nunca. Aun así, no estaba dispuesto a aceptar el perdón del señor de Teshcuco.

—El señor Ishtlilshóchitl es benigno al perdonar a nuestro pueblo —dijo otro de sus consejeros que había llegado a los jardines.

—¡No! —gritó enfurecido Tezozómoc. Muy pocas veces había tenido arranques de ira—. ¡La guerra no perdona! Se hace la guerra para ganar y obligar a los vencidos a sujetarse al yugo del vencedor. El que pierde la guerra deja de ser tecutli para convertirse en un criado del imperio. Se es grande ante su pueblo pero insignificante frente al que tiene el poder. Y luego uno debe pagar tributo, obedecer, hacer guerra a otros pueblos, dañar a sus soldados y debilitarse más y más hasta perder la dignidad. Azcapotzalco no será uno más de los tantos humillados. Los tepanecas hemos luchado mucho para ser el huey tlatocayotl.

—Los señores de Meshíco Tenochtítlan y Tlatilulco creen que aceptar lo que ofrece Ishtlilshóchitl es digno —dijo el consejero caminando a un lado de Tezozómoc, quien hasta ese momento no se había detenido.

—*Digno* para los tetecuhtin de Tenochtítlan y Tlatilulco que han servido a Azcapotzalco y que buscan hacerse de más territorio y más poder, para finalmente liberarse del tributo que han debido ofrendar por haber sido recibidos en el señorío de Azcapotzalco. *Digno*, dicen ahora que han salido de la miseria, que han crecido y que ambicionan más.

—Envíen una embajada a buscar a los señores de Otompan y de Shalco para que les soliciten su presencia en Azcapotzalco.

Al día siguiente llegaron a Azcapotzalco a los señores de Otompan y de Shalco, quienes fueron recibidos con honrosos rituales y un grande banquete.

—Ishtlilshóchitl se ha engrandecido con la guerra y pronto hará de todos nuestros pueblos su vil servidumbre —dijo Tezozómoc con un gesto de preocupación—. No dará tregua. Está esperando a que se confíen para pronto quitarles sus tierras y obligarlos a entregarle grandes tributos. Es mi labor cuidar de ustedes como ustedes lo han hecho con Azcapotzalco. Para ustedes quiero la grandeza y no la miseria. Para el señor de Otompan gran privilegio sería conquistar las tierras del norte de Teshcuco y para el señor de Shalco las del sur. Señores, les doy mi palabra de que todo el territorio que logren conquistar será suyo.

—Mi ejército está listo para entrar por el sur —ofreció el señor de Shalco.

El señor de Otompan también se apresuró a brindar sus tropas:

—Mientras mis guerreros entran por el norte, los tepanecas pueden entrar por el lago con los de Meshíco Tenochtítlan y Tlatilulco.

—Yo opino que deberíamos…

Tezozómoc observó satisfecho la actitud de aquellos hombres que sin saberlo habían caído en su juego. Los dejó hablar y creer que eran grandes estrategas de guerra. Los dejó hacer planes, que él ya había elaborado lentamente en todas esas mañanas en que había permanecido en silencio frente al horizonte.

Los señores de Shalco y Otompan fueron a sus señoríos a organizar a sus guerreros y ordenaron la retirada de los que se encontraban en Teshcuco, sirviendo a Ishtlilshóchitl.

—Los guerreros de Shalco y Otompan se retiran del señorío de Teshcuco —dijo exaltado un espía a Ishtlilshóchitl—. Se han declarado seguidores de Tezozómoc sin ofrecer razón.

—Siendo así, habremos de prepararnos —respondió Ishtlilshóchitl y miró a su hijo Acolmiztli Nezahualcóyotl—. Evitaremos que entren a Teshcuco. Nos invadirán por el norte, el sur y por el lago.

Ishtlilshóchitl salió de su palacio seguido por sus hombres y habló con su gente. Les dio instrucciones de correr la voz de que Shalco y Otompan ya no eran seguidores de Teshcuco y que pronto volverían a matar mujeres y niños.

—Vayan e informen a los señores de Hueshotla, Coatlíchan, Shiauhtla, Tepetlaoztoc, Iztapalapan, Tlapacoyan, Cohuatepec, Tepechpan, Chiuhnautlan, Ahuatépec, Tizayocan, Tlanalapan, Tepepolco, Cempoala y Tolantzinco.

Y así, en el año Tres Casa (1417) se dio la más grande guerra que hasta entonces hubo en estos rumbos. El señor de Teshcuco ordenó que miles de guerreros cerraran todas las entradas y otros miles marcharon rumbo a Otompan, antes de que éstos pudieran hacerse de más gente de otros pueblos. Eran tantos que no tuvieron forma de marchar todos juntos y tuvieron que ir en grupos. A unos los dirigía Cihuachnahuacatzin y a otros Cihuaquequenotzin. Siempre obedeciendo con lealtad a Ishtlilshóchitl.

Pronto entraron a Shaltepec, donde hubo muchos muertos, pues no esperaban que tan aprisa llegaran los acolhuas y sus aliados. Su pueblo fue asaltado y obligado a volverse al yugo de Teshcuco. Sin espera los acolhuas, ya habiendo saciado su necesidad de alimento con lo saqueado de Shaltepec, siguieron su camino hacia Otompan, donde ya los esperaban los guerreros, que eran más que los de Shaltepec, pero que aun así eran menos que los hombres de Teshcuco. La batalla fue tres a uno. Los de Otompan opusieron resistencia pero fueron muertos y otros, como el señor de Otompan, huyeron a los rumbos de Azcapotzalco, donde dio razones a Tezozómoc, quien enfurecido ordenó levantar más tropas.

Los guerreros del imperio acolhua siguieron camino por muchos pueblos hasta llegar a Tolan, donde pese a la fuerte defensa y los largos días de batalla lograron la victoria. Mataron a todos sus hombres, excepto a los niños, mujeres y ancianos.

Ishtlilshóchitl entró con sus guerreros a Shilotepec, donde también mataron a más y más gente. Luego de saquear Shilotepec y matar a sus habitantes siguieron el camino a Tepotzotlan, donde los tepanecas los esperaban y donde entraron en batalla, pero como eran más los acolhuas, los tepanecas comenzaron a perder guerreros y se dieron a la fuga, pero fueron alcanzados en Cuauhtitlan. Los que salvaron la vida llegaron a Azcapotzalco. Tezozómoc ordenó que más guerreros cuidaran la entrada por el río de Tlalnepantla, donde ahí mismo llegaron los acolhuas e hicieron guerra por cuatro meses.

—Mi señor —dijo un emisario a Tezozómoc—, Ishtlilshóchitl ordenó rodear Azcapotzalco, ya pronto entrarán.

—¿Cuántos guerreros tienen? —preguntó Tezozómoc.

—No estamos seguros, pero nuestros espías dicen que rebasan los veinte mil.

—¿Dónde se encuentra Ishtlilshóchitl? —preguntó Tezozómoc.

—En el cerro de Temacpatl. Tiene quince tropas rodeando Azcapotzalco.

El viejo Tezozómoc sabía que esa guerra estaba perdida; que continuar lo llevaría a la ruina total; que bien podría resultar muerto él mismo; y que Azcapotzalco jamás se levantaría.

—Vayan y digan al señor de Teshcuco que perdone la vida de mucha gente tepaneca, meshíca, tlatelolca, shalca y otras; que mucha sangre se ha derramado en estos rumbos; que se hará lo que sus deseos sean; que Tezozómoc admite haber errado mucho con esta empresa.

El emisario fue hasta el cerro de Temacpatl, donde fue arrestado antes de llegar al campamento de Ishtlilshóchitl.

—Traigo un mensaje para su señor.

—¿Quién te envía?

—Mi señor Tezozómoc.

El emisario fue amarrado de pies y manos para evitar que éste diese muerte al señor de Teshcuco. Ya frente a él se le permitió hablar.

—Dile a tu señor que le otorgo el perdón —respondió Ishtlilshóchitl—, y que le devolveré los pueblos que le fueron conquistados, pero después de rendir sumisión en Teshcuco.

Fueron los tepanecas, Coyote ayunado. Ellos iniciaron la guerra sin haberla declarado. Mienten al decir que Ishtlilshóchitl envió a Cihuachnahuacatzin a declararle la guerra a Tlatilulco. ¡Mienten! ¡Ellos atacaron Iztapalapan sin declarar la guerra! Tu padre respondió en amparo de sus pueblos. Fortificó sus territorios, pero jamás atacó primero. Esperó. Y cuando llegaron los ejércitos de Tezozómoc defendió sus tierras. Mas no atacó hasta que ellos llegaron. Y sí, cuando ya habían perdido ambos ejércitos miles de soldados, Ishtlilshóchitl envió a Cihuachnahuacatzin a ofrecer la paz a su abuelo Tlacateotzin, quien pronto fue a Azcapotzalco a informar al tepaneca. Y sí, Cihuachnahuacatzin le declaró la guerra a su abue-lo, pero ya ésta la habían iniciado los tepanecas muchísimo antes.

Pasaron dos años y medio, Coyote, para que tu padre, cansado de tanta guerra, decidiera llevar sus tropas hasta Azcapotzalco. En-tonces el cobarde Tezozómoc se rindió. ¡Así! ¡Sin más! Igual que su padre. El más grande error de Ishtlilshóchitl fue perdonarle la vida a su enemigo, no haber entrado directo a Azcapotzalco y hacerlo preso, no haberle dado muerte, no haber castigado a los meshícas ni a los tlatelolcas; y peor aún, permitirles conservar sus territorios y devolverles los que ya les había conquistado.

Sé que esto puede hacerte pensar que hablo mal de tu padre, pero no es tal mi objetivo, sino hacerte ver las fallas del pasado para que no las cometas tú, Coyote, para que no caigas en el mis-mo barranco, para que no te atasques en el mismo lodo. Tu padre aprendió de Techotlala y de Quinatzin, quienes cometieron los mis-mos errores: perdonar a los tepanecas.

Tezozómoc pidió la paz al tecutli con la única intención de trai-cionarlo más adelante. Y tu padre aceptó, creyendo que ya el te-paneca estaba acabado, que por su edad no tendría tiempo de recuperarse. ¡Erró! Cierto es que dudaba de la rendición de Azca-potzalco, cierto es que pensó que era una trampa, pero quiso ser benigno, quiso que toda la Tierra se diera cuenta de que él no era como Tezozómoc, que su honor no le permitía abusar de su victo-ria. Pero hacer preso al tepaneca no era una muestra de autorita-rismo, sino de justicia. Se trataba de prevenir futuras guerras, no de hacer política. Ishtlilshóchitl no tenía que demostrar nada a nadie. Era el gran chichimecatecutli. ¿Qué importaba si decían que se ha-bía aprovechado de la vejez de Tezozómoc? ¡El anciano aún tenía fuerzas para hacer otra guerra! ¡No estaba enfermo! Pero tu padre quería que en los libros pintados se le recordara como un tecutli misericordioso y pacífico. Tezozómoc decía que no creía en la bon-dad pues, según sus palabras, detrás de tanta generosidad siempre hay un vanidoso en busca de gloria personal. Y si te digo esto es porque algo hay de cierto. ¿Qué más se puede desear cuando eres el tecutli chichimeca? Que te recuerden. Tezozómoc quiso que lo recordaran por sus logros, su valentía, su tiranía; Ishtlilshóchitl, por su bondad. Y si lo hizo por vanidad, bien pagó el precio con su vida.

En cuanto Tezozómoc se rindió, Ishtlilshóchitl volvió con sus tropas a Teshcuco, donde fueron recibidos por toda la población con grandes fiestas y banquetes. Hubo danzas y ofrendas. Los capitanes y generales fueron premiados en una majestuosa ceremonia: a unos se les dieron tierras; a otros, elevadas cantidades de oro y plata y en general permisos para volver a sus ciudades a descansar.

Estaba ya por finalizar aquella ceremonia cuando uno de los aliados, inconforme con el fin de la guerra, dijo:

—Mi amo y señor, temo que haberle dado el perdón a Tezozómoc y sus aliados no fue una buena decisión.

Hubo un notable silencio. Eso se había murmurado ya en exceso, pero nadie se había atrevido a decirlo frente a Ishtlilshóchitl.

—Tezozómoc y sus aliados han sido perdonados y pronto vendrán a reconocerme como grande tecutli chichimeca y serán reconocidos e incorporados al imperio. Que se divulgue la orden de no lanzar una sola flecha en contra de ellos.

Esto provocó enojo entre los señores aliados, quienes habían ofrecido guerreros a Teshcuco, con el deseo de ser beneficiados con los pueblos conquistados al finalizar la guerra.

—Si les otorga el perdón sin mayor esfuerzo ni pérdida, ellos pronto buscarán hacerle guerra, señor.

—La guerra no la iniciamos nosotros, no la hicimos con afán de conquista —respondió Ishtlilshóchitl con tranquilidad—. Quitarle sus pueblos provocará su ira. Si Tezozómoc se sabe perdonado, sembraremos en él y sus vasallos la gratitud.

—No —dijo el señor de Chiuhnautlan—, Tezozómoc no piensa de esa manera.

—Cierto —continuó el señor de Tepepolco—. Se ha rendido, pero es una trampa, mi señor. Tezozómoc sabía que usted lo perdonaría y que le devolvería nuevamente sus tierras.

—Debemos brindarle el privilegio del arrepentimiento a él y a su gente —insistió Ishtlilshóchitl con la mirada tranquila—, para poner un alto a tantas muertes innecesarias.

—Pues necesario será prepararnos para otras guerras porque Tezozómoc no descansará hasta hacerse señor de todo lo que hay en estos rumbos.

—Nadie se preparará para ninguna guerra. La guerra ha terminado —finalizó Ishtlilshóchitl.

Grave error el de tu padre al no escuchar a sus aliados, pues era verdad todo eso que se le dijo. Tezozómoc ansiaba darle muerte. Y con esto, Coyote hambriento, tu padre le dio tiempo a su enemigo para reunir tropas y hacerse de aliados. ¿De dónde iba a sacar aliados? ¡De Teshcuco! ¡De allí mismo! ¡Llevaría a su partido a todos aquellos inconformes con las decisiones de Ishtlilshóchitl! No pasó un día de aquella ceremonia cuando Tezozómoc ya se había enterado de los acontecimientos. Ya tenía los nombres de aquellos inconformes. Y sin hablar aún con ellos sabía que los tenía en sus manos. Pronto les hizo llegar embajadas secretas invitándolos a Azcapotzalco.

El viejo se hizo de aliados de una manera sorprendentemente rápida.

—Ya lo vieron —dijo Tezozómoc al tenerlos en su palacio—. No mentí. Ishtlilshóchitl mató a una mayoría de mis tropas. Y ahora lleno de victoria decide no repartir tierras entre ustedes. ¿Saben por qué? Porque está esperando mi muerte. Y el día que eso ocurra se apoderará de Azcapotzalco sin la ayuda de ustedes, para no tener que compartir el imperio. ¿Saben por qué no castigó a los enemigos? Por traición a ustedes. Y si castigaba a Azcapotzalco también tendría que castigar a Tenochtítlan y Tlatilulco. No castigó a los tenoshcas porque su esposa le ha pedido generosidad con su hermano Huitzilihuitl. Prefirió complacer a su mujer que hacer justicia a sus aliados. ¿Qué más quieren que les diga? ¡No necesitan más explicaciones! ¡Han sido traicionados! ¡Volvieron a sus tierras con las manos vacías! ¿Eso esperaban de su tecutli? Ustedes fueron a la guerra con el mismo objetivo que todos: ¡conquistar! ¡Hacerse de tierras! ¡Llegar victoriosos ante sus pueblos! Y ahora, Ishtlilshóchitl los envía a que descansen. Que lleguen con la cabeza caída de vergüenza de no haber hecho más que llevar a sus tropas a morir y a desgastarse. Ya saben lo que les ofrezco: dividir el imperio en cuanto ganemos esta última batalla contra Ishtlilshóchitl.

En ese momento llegó una embajada de Tenochtítlan.

—Mi señor —dijo con tristeza uno de los embajadores de rodillas—, nuestro huey tlatoani Huitzilihuitl ha muerto esta mañana en su palacio de Meshíco Tenochtítlan. Con desconsuelo ha recibido esta noticia todo el pueblo tenoshca y se ha preparado para las ceremonias fúnebres. Su hija, nuestra reina, nos ha enviado para solicitarle su compañía.

Tezozómoc observó a sus invitados y sabiendo que su decisión de aliarse al partido tepaneca dependería en parte del juicio de sus actos, fingió un dolor incontrolable. Así de hipócrita siempre ha sido Tezozómoc. Que no te sorprenda, Coyote sediento.

—Pobre hija mía —se tapó los ojos y lloró—, ha de estar inconsolable. Infórmenle que hoy mismo saldré con mi corte a Meshíco Tenochtítlan para acompañarla en su dolor.

El tecutli tepaneca dirigió su mirada a los invitados e hizo un gesto desalentado.

—Ruego disculpen mi indisponibilidad para seguir con nuestra reunión, pero bien amado era Huitzilihuitl en estas tierras. Es necesario que Azcapotzalco, por la hermandad que había entre ambos pueblos, se ocupe antes que nada en acompañar a los tenoshcas en su pena. Si ustedes no tienen inconveniente, podemos continuar con lo iniciado en cuanto finalicen las exequias de nuestro hermano Huitzilihuitl.

—Mi pueblo lamenta la pérdida —dijo uno de los señores— y si ustedes nos lo permiten los acompañamos a las exequias.

9

A las ceremonias fúnebres del huey tlatoani de Meshíco Tenochtítlan acudieron muchos de los nuevos aliados de
Tezozómoc. Esa misma tarde llegaron los sacerdotes más ancianos al palacio y le quitaron al cadáver la máscara de Huitzilopochtli, que se le había puesto desde el día en que había
enfermado ya que debía ser retirada cuando el enfermo sana-
ba o fallecía. Colocaron el cuerpo en unos petates finos y allí,
junto a él, permanecieron sus sirvientes más cercanos por cinco días, esperando a que llegaran todos los señores y tetecuhtin
invitados a la ceremonia. Llegado el día lo vistieron con quince atuendos, uno sobre otro y las insignias del dios Huitzilopochtli; y le pusieron sus joyas de oro y plata; y en la boca una
esmeralda. Le colocaron una máscara y le cortaron un mechón
de cabello y lo guardaron en una arquilla donde había otro mechón que se le había cortado en su infancia. Era éste lo único
que perpetuaría su memoria. Y sobre la arquilla pusieron el re-
trato del tlatoani labrado en piedra. Más tarde se le dio muerte
al esclavo que le había servido a Huitzilihuitl, para que igual,
después de muerto el tecutli, lo acompañara en su camino.

Salieron los sacerdotes a la ciudad con el cadáver para que
los vasallos pudieran despedirse de él. Pese a las multitudes, había gran orden y respeto. No se escuchaba más que el amargo
cantar de los sacerdotes. Al llegar al atrio del palacio, donde

ya se había encendido el fuego con leña olorosa, copal y otras hierbas aromáticas, recibieron al difunto otros sacerdotes y lo colocaron entre las llamas, que pronto se hicieron gigantescas y la noche se alumbró. Los sacerdotes seguían con su lamento mientras uno a uno fueron lanzados al fuego otros esclavos del tecutli, prisioneros y algunas de las mujeres con quienes se había holgado, éstas por decisión propia. También se sacrificó un techichi,* que era la mascota del tecutli y que por lo mismo debía acompañarlo. Fueron en total treinta esclavos, cincuenta prisioneros, sesenta hombres entregados en ofrenda por Tezozómoc y otros nobles y cuatro mujeres que por amor se habían lanzado al fuego. Era ensordecedor el griterío de los sacrificados, pues los prisioneros intentaban salir del enorme hoyo mientras ardían en el fuego.

El tecutli Tezozómoc observó asombrado la forma en que se hacían estas ceremonias en Tenochtítlan y en ese momento decidió que su muerte se celebrara de igual manera, que si por Huitzilihuitl, siendo tecutli de una isla, muchos daban su vida, él, por ser tecutli de Azcapotzalco, debería tener un mayor número de sacrificados.

A la mañana siguiente, cuando ya las llamas habían sido apagadas, un grupo de vasallos buscó entre las cenizas todos los dientes y la esmeralda que se le había puesto en la boca al difunto, para ponerlos en la arquilla con los mechones de Huitzilihuitl. A los cinco días se sacrificaron cinco esclavos más y de igual manera a los veinte, cuarenta, sesenta y ochenta días. Por otra parte, a los pocos días de las exequias fue electo como huey tlatoani el hijo de Huitzilihuitl, Chimalpopoca, quien no se había casado aún. Los sacerdotes le pidieron que buscara una esposa, y así contrajo matrimonio con la hija del tecutli de Tlatilulco, llamada Matlalatzin.

Terminadas las exequias de Huitzilihuitl y la jura de Chimalpopoca, Tezozómoc retomó su iniciativa de hacerse de aliados.

* Perro.

Algunos de ellos ofrecieron prontamente sus tropas a Azcapot-zalco y otros, aún temerosos, decidieron simplemente no prestar sus ejércitos ni a Azcapotzalco ni a Teshcuco, lo cual beneficia-ba enormemente al tecutli tepaneca. Así se levantó un ejército que redujo al de Ishtlilshóchitl y engrandeció al de Tezozómoc.

Una mañana de esas tantas en que Tezozómoc salía a ver el amanecer con su esclavo Totolzintli, le llegó una idea que lo hizo sonreír. Totolzintli notó su felicidad y dijo:

—Mi señor encontró una solución.

Tezozómoc lo miró de reojo sin sorprenderse de que su es-clavo supiera la razón de su momento de regocijo y sonrió nuevamente. El tecutli tepaneca sabía que el tecutli chichime-ca seguía teniendo infiltrados en su señorío y que ordenar que se les ubicara, alertaría al enemigo. Aunque su deseo era que a esos espías se les diera muerte, decidió engañarlos.

—¿Qué estoy pensando, Totolzintli? —preguntó el tecut-li de Azcapotzalco tamborileando sus dedos sobre su pierna.

—Podría simular una fiesta —dijo Totolzintli de rodillas a un lado de Tezozómoc, quien en ese momento volvió a sonreír.

Ese mismo día hizo llamar a sus consejeros y ministros y orde-nó que en Azcapotzalco y todos sus pueblos aliados se corriera la voz de que planeaba hacer una grande fiesta para rendir ho-menaje a Ishtlilshóchitl y que para ello se ejercitasen todos en las armas, para dicho evento.

—Digan a todos mis vasallos que quiero hacer un tributo a Ishtlilshóchitl. Como acto de sumisión ofreceré mis tropas al tecutli chichimeca. Y para ello es menester que los encuentre sanos y expertos en las armas. Para que sepa que tiene ahora un mejor ejército que antes a su disposición. ¡Vayan! ¡Ejercí-tense! ¡Que vea nuestro tecutli que para defender su imperio tiene tropas hábiles!

El espía salió corriendo rumbo a Teshcuco. El sol calentaba más que los días anteriores. Al llegar a la orilla del lago tomó su canoa y comenzó a remar. Sus brazos comenzaron a doler. Finalmente alcanzó la otra orilla y corrió hasta Teshcuco.

—Mi amo y señor Ishtlilshóchitl —dijo el espía frotándose las piernas para que le dejaran de doler—, Tezozómoc ha mostrado gran sumisión. Incluso ha ordenado a su pueblo que se organice para una fiesta en su honor con hermosas danzas, torneos y batallas, como usted sabe, donde los guerreros hacen alarde de su destreza con el arco y la flecha, como muestra del ejército que se le ofrece.

El viejo Tezozómoc logró engañar a los espías e incluso a su pueblo, que se ejercitaba en las armas de la misma forma, ya fuese para la guerra o para las fiestas. Y si el mismo pueblo creía que los ensayos eran para una ceremonia, los espías no tenían otra versión que dar a Ishtlilshóchitl. Tezozómoc fue muy cauteloso de no cometer imprudencias. Y lo logró: ningún informante pudo enterarse que en medio de dichas fiestas se le daría muerte al tecutli chichimeca. También quería la cabeza de su hijo Nezahualcóyotl, pues sabía que ya se le había nombrado sucesor del imperio. Ordenó que los tetecuhtin de Tenochtítlan y Tlatilulco enviaran poco a poco sus tropas, haciéndolas pasar por mercaderes, al otro lado del lago y que permanecieran escondidas en Chiconauhtla con permiso del traidor Toshmiltzin. Y cuando todo estaba listo, mandó una embajada a Teshcuco.

—Gran tecutli chichimeca —dijo el embajador de rodillas—, mi amo y señor Tezozómoc nos ha enviado para informarle que obediente y cumplido con lo prometido desea jurarle como grande tecutli chichimeca. Y para ello le ha preparado grandes fiestas en el bosque de Tenamatlac, a un lado de Chiconauhtla, donde Tezozómoc ha hecho llevar venados, conejos, liebres y aves para su diversión en cacería y donde también habrá grandes danzas en su honor.

—¿Por qué en el bosque de Tenamatlac? —preguntó Ishtlilshóchitl dudoso.

—Por la cercanía al lago —respondió con la cabeza gacha el emisario—, pues fatal es la enfermedad de mi señor Tezozómoc y no puede andar. Grande esfuerzo hará en cruzar el lago. Pero esto lo hace para que se mantenga la paz en estas tierras.

—¿Cuándo desea tu señor hacer estas fiestas?

—Mañana.

—¿Mañana? —preguntó Ishtlilshóchitl sorprendido por la prisa del evento—. ¿Por qué tan pronto?

—Era una sorpresa que le tenía mi señor Tezozómoc.

—Dile a tu tecutli que allí estaremos.

—Para mostrar a usted el verdadero arrepentimiento y deseo de paz, nuestro tecutli ha ordenado que vayamos sin armas y de igual manera pide que los chichimecas vayan desarmados para evitar inquietudes.

—Así será —finalizó Ishtlilshóchitl y despidió a los embajadores.

Ishtlilshóchitl permaneció pensativo. Salió de la corte y se fue a caminar por los jardines del palacio. Era mediodía y el sol enardecía. Se preguntaba si había cometido un error al perdonar a Tezozómoc. "¿Y si es una trampa? Las tropas están en sus pueblos. No las puedo mandar llamar sin tener la certeza de que en realidad sea esto una emboscada. No. Quizás estoy exagerando. Me estoy dejando llevar por lo que dicen mis aliados. Son ellos los que no creen en la sumisión de Tezozómoc. Mis espías no han dicho nada de una trampa. ¿Y si ellos también se han vendido a Tezozómoc? ¿Qué intenta Tezozómoc? ¿Qué?"

No había recibido informes de ninguna traición, ni de tropas que hubieran llegado a las ciudades aliadas, ni canoas. El tecutli chichimeca se hincó sobre el césped y bajó la cabeza. Comenzó a sudar; cerró los ojos y vio a su padre Techotlala.

"¿Mi padre habría hecho lo mismo que yo? —se preguntó—. No, no, no. Actué con prudencia, con respeto y diplomacia. No se puede iniciar una guerra cada vez que haya desacuerdos entre gobiernos. ¿O sí? Defendí a mi pueblo."

"Defendiste a tu imperio, hijo."

"¡No! Yo no lo hice, fueron los miles de soldados que dieron sus vidas. Me equivoqué. Debí castigar a Tezozómoc."

"Ya sabes lo que hay en tu agüero."

"¡No!"

"Debes seguir."

"¡No!"

"Es tu destino."

"¡No!"

"Adelante."

"¡No! No debe ser así. Puedo luchar."

"No lo puedes evitar."

"Reuniré mis tropas."

"Ya no hay tiempo, hijo."

"Sí, sí hay tiempo. Ya lo hice una vez, puedo reunir mis tropas."

"Así lo harás, pero sabes cuál es tu destino. Y así ha de cumplirse."

"¿Y mi hijo Nezahualcóyotl?"

"Él hará lo que le corresponde. El Coyote hambriento sabrá hacer justicia."

"¡No!"

En ese momento llegaron dos vasallos a levantar a Ishtlilshóchitl que se encontraba desmayado en el césped.

—Mi señor —dijo uno de ellos mientras intentaba hacer que reaccionara—, mi señor, despierte.

Abrió los ojos y se deslumbró con el brillo del sol.

—¿Qué pasó? —preguntó el tecutli chichimeca aún desubicado.

—Caminaba por los jardines y de pronto cayó de rodillas y se desmayó.

—¿Hace cuánto tiempo?

—En este momento.

—Sentí como si hubiese pasado mucho más.

Ishtlilshóchitl se puso de pie y volvió a su corte acompañado de los vasallos que le habían auxiliado. Luego ordenó que acudieran sus consejeros y ministros.

—Tezozómoc ha pedido que asistamos mañana a los bosques de Tenamatlac, dice que ha preparado una fiesta para jurar obediencia, pero que vayamos desarmados.

—Es una trampa —respondió uno de los consejeros que se había opuesto a la decisión del tecutli chichimeca de perdonar a los tepanecas—, lo sabía, yo sabía que ese acto de rendición no era más que una estrategia para ganar tiempo —el consejero empuñaba las manos—. Y lo más seguro es que ya ha de haberse hecho de aliados.

Ishtlilshóchitl se frotó la cara, cerró los ojos, respiró profundo y abrió los ojos cuando otro de los ministros habló.

—Lo mejor será no acudir al encuentro —agregó uno de los ministros.

—No —intervino otro—, envíe mejor a otra persona, una embajada que corrobore primero que no hay peligro.

—Yo me ofrezco —dijo un medio hermano de Ishtlilshóchitl, llamado Acatlotzin—, yo estoy dispuesto a ir primero.

Ishtlilshóchitl observó a los consejeros, ministros y aliados con preocupación. Algunos evitaron el encuentro de miradas; otros afirmaron con un gesto; y uno de ellos cerró los ojos mostrando desconfianza. El tecutli chichimeca temió cometer un error al aceptar que su hermano acudiera en su lugar. Se frotó la cara y respondió temeroso:

—Envíen embajadas a todos nuestros aliados y digan que preparen sus tropas —dijo a los ministros y consejeros y luego se dirigió a su medio hermano—: Lleva contigo una embajada numerosa. Si encuentras algo que no te dé confianza, expresa al señor de Azcapotzalco que por hallarme indispuesto no pude asistir, pero que reciba mis agradecimientos y disculpas. Que pospongan para otro día las fiestas. Y vuelvan pronto.

Dada esta orden, Ishtlilshóchitl mandó traer su vestuario de guerra y armas personales para que las usara su medio hermano. Esto se hacía para dar autoridad y majestad al embajador en actos de importancia como ése. Y así al día siguiente partió la embajada rumbo al bosque de Tenamatlac. Y esa misma mañana llegó Tezozómoc sonriente con toda su corte y ejércitos. Llevaba también un alto número de vasallos a su servicio que le protegían del sol con unas mantas y le daban frutas y agua mientras esperaba en su asiento real. Un grupo de soldados salió a recibir al tecutli chichimeca. Lo vieron llegar desde lejos. Lo distinguieron por el penacho y las vestiduras reales. Se mantuvieron escondidos por un largo rato entre los arbustos y los árboles, corroboraron que no los siguiera el ejército chichimeca y cuando tuvieron absoluta certeza se acercaron a la embajada.

—Oh, gran chichimecatecutli —expresaron con fingida reverencia—, nuestro tecutli nos ha ordenado que lo escoltemos.

Acatlotzin y los embajadores decidieron no desengañar a los soldados. Y así fueron escoltados por un momento y al ver que no los seguían tropas acolhuas, de entre los arbustos salieron más soldados. Los embajadores se miraron entre sí y bajaron las miradas augurando una desgracia inevitable.

—Tenemos órdenes de llevarlos presos —dijo uno de los soldados con una sonrisa socarrona y les ató las manos.

Tezozómoc vio a lo lejos llegar a sus soldados con los presos. Sonrió con desconfianza. Le pareció demasiado fácil lograr su objetivo. Se percató inmediatamente de que el hombre que llevaban preso no era Ishtlilshóchitl.

—¿Dónde está tu tecutli? —preguntó Tezozómoc a Acatlotzin al tenerlos frente a él.

Los soldados hicieron gestos de asombro.

—¿Su tecutli? —preguntó uno de los soldados y se miraron entre sí.

—¡Sí! ¡Su tecutli! —respondió Tezozómoc enfurecido—. ¿Qué acaso no saben quién es Ishtlilshóchitl? ¡Véanlo, es un impostor! ¿No reconocen su cara?

—Nunca hemos visto al tecutli Ishtlilshóchitl en persona —justificó uno de los soldados.

—¿Qué? —el labio inferior del tecutli de Azcapotzalco comenzó a tiritar de ira.

—En verdad, jamás lo hemos visto —el soldado sudaba de miedo.

—¿Nadie? —los miró a todos moviendo su cabeza de izquierda a derecha.

—Usted sabe que sólo los embajadores tienen el privilegio de ver al tecutli chichimeca de frente.

Tezozómoc enfureció al saber que el error había sido suyo, pero no lo admitió.

—Creímos que era el tecutli por sus vestiduras y su penacho. Y él dijo que era el tecutli.

—¡Pues los engañaron! ¡Éste es su medio hermano Acatlotzin! —gritó señalándolo con el dedo.

—El gran chichimecatecutli nos ha enviado a decirle que se encuentra indispuesto para venir a las fiestas —dijo Acatlotzin sin mostrar temor—. Pero dice que si usted así lo prefiere, podrá llevarse a cabo la celebración en otro día.

Tezozómoc lo miró a los ojos y caminó hacia él.

—¿Pretendes que crea eso?

—Así se nos dio la orden —respondió Acatlotzin.

—¿Y por qué te hiciste pasar por Ishtlilshóchitl?

—El gran chichimecatecutli me vistió con sus vestiduras para que usted viera que esta embajada era enviada con sumo respeto a usted. No para engañar.

—¡Miente! —alegó un soldado sosteniendo su macuahuitl con una mano—. Le preguntamos si él era el tecutli y respondió afirmativamente.

—¿Vale más la palabra de un soldado que la de un embajador? —respondió Acatlotzin valiéndose de todos los argumentos posibles para salvar la vida.

El tecutli tepaneca miró a los soldados, que temblaban y sudaban de miedo.

—Nosotros le preguntamos si era el tecutli —insistió temeroso el soldado, pues de ser encontrado culpable sería castigado con la muerte.

—El honor de mi investidura no me permite mentir —alegó Acatlotzin con firmeza.

Tezozómoc miró a los soldados por unos segundos sin decir una palabra y luego ordenó:

—¡Mátenlos! ¡Y cuelguen sus pieles en un árbol cerca de

Teshcuco! Pero a éste —señaló a uno de los embajadores llamado Huitzilihuitzin—, déjenlo vivo, para que corra a dar aviso a su tecutli.

El anciano Huitzilihuitzin miró a sus compañeros y con un gesto doloroso se despidió de ellos para siempre. Caminó lo más rápido que pudo, pues debido a su avanzada edad le era imposible correr. Los soldados, enojados por la mentira y por la insistencia de Acatlotzin de culparlos, derramaron su ira contra ellos a golpes. Nada pudieron hacer por defenderse ya que se encontraban atados de pies y manos. Aunque gritaron, invocaron perdón y rogaron por sus vidas, los soldados continuaron torturándolos: enterraron sus cuchillos de pedernal lentamente, como si se tratara de animales muertos que preparaban para sus alimentos. Los cortaron como pedazos de tela. Les arrancaron primero la piel de las piernas y brazos y luego las del torso. Finalmente les cercenaron las cabezas y las patearon frente a Tezozómoc, que se mantuvo observando en silencio. Totolzintli, que se encontraba hincado a su lado, cerró los ojos con frecuencia para evitar ver aquello. Al terminar, los soldados cumplieron las órdenes de Tezozómoc y se fueron con las pieles de los embajadores arrastrándolas por las hierbas, dejando una larga línea de sangre que se fue desvaneciendo hasta llegar a las afueras de Teshcuco, donde con risas burlonas las colgaron en las ramas de unos árboles.

El anciano Huitzilihuitzin llegó sudado y cansado al palacio de Teshcuco; y sin anunciarse se dirigió directo a la habitación de Ishtlilshóchitl.

—¡Los ha matado! —dijo con lamento.

Al enterarse Ishtlilshóchitl de los acontecimientos ordenó que enviaran embajadas a los aliados para que hicieran llegar sus tropas a Teshcuco lo antes posible. Pero Tezozómoc ya los había embaucado y sólo tres señores respondieron a su llamado: Tlacotzin, señor de Hueshotla; Izcontzin, señor de Iztapalapan, y Totomihua, señor de Cohuatepec. Unos enviaron pretextos frívolos; otros se expresaron imparciales alegando que ya no querían entrar en guerra; y otros se declararon abiertamente en contra de Teshcuco.

Tezozómoc decidió no esperar más y ordenó que ese mismo día sus tropas atacaran todos los pequeños pueblos de la zona, sin importar la ausencia de tropas, que mataran niños, mujeres, ancianos y a los jóvenes los hicieran esclavos, y al día siguiente hizo marchar sus tropas a Teshcuco, donde al mismo tiempo llegaron las tropas aliadas de Ishtlilshóchitl. Y sin mayor aviso entraron en incesantes combates por diez días. Sólo que en esa ocasión estaban luchando en contra de los que antes habían sido aliados.

Y ya sabes lo demás, Coyote hambriento: tu padre comenzó a perder la guerra. Intentó permanecer en batalla y tuvimos que insistir mucho para que salvara su vida. ¿Recuerdas el día que tuvimos que huir? Tú sabes lo difícil que fue salir en la madrugada; sabes de los hombres que murieron para defendernos cuando nos descubrió uno de los soldados enemigos. No olvides jamás esa noche, Coyote, no olvides lo mucho que tuvimos que correr para huir de las flechas, de las cuales una hirió tu hombro. Perdiste tanta sangre que caíste inconsciente por varios días. Unos soldados te cargaron mientras estabas inconsciente hasta unas barrancas y quebradas a la falda de la sierra, a orillas del llano de Quiyacac. Hasta allí, ordenó tu padre que llevaran un curandero para que te sanara la herida. Al día siguiente seguimos marchando hasta el palacio de Shincanoztoc en el bosque. Tú no viste eso, pero Teshcuco se convirtió en un cementerio. Uno más de los aliados de tu padre lo traicionó. Uno que se llamaba Toshpili facilitó el avance de las tropas enemigas, con lo cual cayó el barrio de Chimalpan. Los capitanes que quedaron al mando de las tropas fueron asesinados al día siguiente por el traidor Toshpili, allí mismo, dentro del palacio. Mataron a muchos más que habían permanecido allí en defensa del palacio. Sólo salvaron la vida los señores de Iztapalapan, Hueshotla y Cohuatepec.

La gente que huyó junto a Ishtlilshóchitl a las orillas del llano de Quiyacac estaba dispuesta a dar la vida por el tecutli chichimeca. Pese a que las armas y los víveres eran escasos, insistían en que debían seguir defendiendo el imperio.

—Debemos pedir auxilio a los pueblos cercanos —dijo uno de los consejeros que huyeron con el tecutli chichimeca.

—¿A quién? —preguntó Ishtlilshóchitl—. ¡A quién! ¡¿A quién?! Todos nos han traicionado.

—¡Debemos intentarlo! De no ser así, pronto llegarán a nosotros y nos matarán.

—¡Dime a quién! —Ishtlilshóchitl sabía que había perdido la guerra.

—Al señor de Otompan —sugirió uno de ellos.

—¿Otompan? Pero ellos nos traicionaron.

—Yo puedo ir —se ofreció Cihuaquequenotzin.

—¡No! —respondió el tecutli chichimeca que tenía dos días sin comer ni dormir bien. Su mirada mostraba fatiga y tristeza.

—Puedo intentarlo —Cihuaquequenotzin parecía no tener cansancio, sus ojos irradiaban luz, sus brazos parecían tener la fuerza de soportar muchas batallas más, su entusiasmo era sorprendente.

—Tu vida corre peligro —Ishtlilshóchitl bajó la vista y miró la tierra.

—Se lo ruego por la vida de todos los que estamos aquí —Cihuaquequenotzin sostenía su arco y flechas en una mano.

—Es muy peligroso —continuó el tecutli chichimeca—. Tu vida corre peligro.

—Conozco a Quetzalcuiztli, señor de Otompan. Puedo intentar convencerlo.

Ishtlilshóchitl sabía que sería muy difícil, pero no habiendo otra salida, aceptó.

—Sólo le ruego una cosa —dijo Cihuaquequenotzin—, que de yo perder la vida, usted cuide de mis hijos y esposas y que a ellos entregue las tierras que me han sido otorgadas.

—Cuidaré de ellos como si fueran mis hijos. Espero de ti prudencia y que evites cualquier desencuentro.

La gente que se hallaba ahí presente halagó la valentía de Cihuaquequenotzin con un bullicio gritando su nombre y levantando los brazos.

Al día siguiente salió la embajada rumbo a Otompan y al llegar encontraron que era día de tianguis. Luego de cruzar con aprieto el multitudinario mercado llegaron al gobernador y pidieron audiencia.

—No los puede recibir —respondió uno de los ministros.

—Venimos de parte de Ishtlilshóchitl.

El hombre hizo un gesto de burla y los hizo esperar varias horas.

Mientras tanto, los embajadores se ocuparon en observar a los mercaderes y a los consumidores. Había mucha gente y mucha mercancía.

—El señor de Otompan los está esperando —dijo y los escoltó por el interior del palacio hasta la sala principal, donde prontamente se arrodillaron.

—Señor Quetzalcuiztli —expresó Cihuaquequenotzin—, por el trato que hemos tenido y por las pasadas relaciones que ha tenido usted con nuestro tecutli Ishtlilshóchitl, vengo a solicitar auxilio de su pueblo para hacer defensa del palacio de Teshcuco, que ha sido tomado por el tirano Tezozómoc.

—¿Ishtlilshóchitl, tecutli chichimeca? —respondió Quetzalcuiztli—, yo no conozco otro tecutli chichimeca y señor de toda la Tierra más que Tezozómoc.

—Pero… —levantó la mirada Cihuaquequenotzin.

—¿Qué? —añadió con socarronería.

—Mi señor Ishtlilshóchitl dio a ustedes estas tierras.

Quetzalcuiztli cambió el semblante, pues era cierto lo que acababa de escuchar. Pero su enojo hacia Ishtlilshóchitl fue mayor pues ambicionaba mucho más.

—Yo no te puedo brindar la ayuda que solicitas. Pero si insistes, te doy permiso para que vayas y solicites auxilio en el tianguis. Anda, hoy hay mucha gente que viene de todos los pueblos vecinos.

—Así lo haré —respondió Cihuaquequenotzin.

Y al salir buscó un lugar céntrico para reunir el mayor número de personas.

—¡Soberanos del tecutli chichimeca Ishtlilshóchitl! —gritó.

La gente lo ignoró.

—¡Soberanos del tecutli chichimeca Ishtlilshóchitl! —gritó más fuerte—. ¡Su señor solicita de su auxilio para combatir a las tropas de Azcapotzalco! ¡Necesitamos de ustedes para hacer justicia!

Había entre la multitud algunos soldados tepanecas que permanecieron en silencio, en espera de la respuesta del pueblo.

—¡Ishtlilshóchitl los necesita!

De pronto alguien lanzó una piedra certera en el rostro de Cihuaquequenotzin, quien se llevó una mano a la herida y al bajarla notó sus dedos llenos de sangre.

—¡No olviden cuánto les ha dado el tecutli chichimeca!

Otra piedra golpeó su espalda y luego otra en su abdomen y una más en su pecho. Se protegió de algunas con su escudo.

—¡No conocemos otro tecutli que a Tezozómoc! —gritó alguien y lanzó otra piedra, que dio en el ojo de Cihuaquequenotzin.

—¡Vámonos! —dijo uno de los embajadores que lo acompañaban.

Intentaron salir caminando, pero pronto fueron apedreados. Uno de los embajadores fue derribado por una enorme piedra. Cihuaquequenotzin volteó la mirada y encontró una docena de hombres apaleando a su acompañante.

—¡Lo van a matar! —dijo uno de los embajadores.

Volvieron en su auxilio y con el macuahuitl comenzaron a derribar a los agresores. Cihuaquequenotzin le cortó de un golpe las piernas a uno de ellos. Los otros, de igual manera, cortaron cabezas y brazos, perforaron pechos y espaldas, pues los agresores no tenían armas. Pronto se hizo un charco de sangre en el piso. Los soldados tepanecas se mantuvieron lejos, observando con risas la pelea. La gente hizo un círculo en el que quedaron los embajadores armados, lanzando sus talcochtli a los que se acercaban. Uno de los soldados tepanecas le dio su macuahuitl a uno de los mercaderes. Éste caminó entre el gentío y entró al círculo retando a muerte a los embajadores.

Se dio allí una batalla entre Cihuaquequenotzin y el mercader. Los otros embajadores le protegieron la espalda mientras ambos se encontraban en el duelo. Y el hombre, por no ser experto en el ejercicio de las armas, pocas veces lograba atinar con sus golpes. Cihuaquequenotzin se defendía con su escudo y de un porrazo certero le cercenó la cabeza. Pronto otro hombre tomó el macuahuitl y entró al combate. Éste tenía experiencia en el uso de las armas y por ello le fue más fácil luchar sin escudo. Con agilidad logró en muchas ocasiones esquivar los golpes de su combatiente. Cihuaquequenotzin observó, como era su estrategia, los puntos débiles de su oponente y notó que cojeaba, concluyó que había sido herido en campaña. Cubriéndose con el escudo, sacó un tlacochtli y lo lanzó directo a la pierna. El hombre se agachó para quitarse la lancilla y en ese momento Cihuaquequenotzin le enterró el macuahuitl en la nuca. Pero en ese momento todos se les fueron encima: les arrebataron las armas y los descuartizaron vivos: les arrancaron los ojos, les cortaron las lenguas, les abrieron los pechos y les sacaron el corazón y los intestinos. Era aquello un lago de sangre. Se disputaron los brazos y piernas de los linchados como grandes trofeos.

—¡Muera, muera el traidor! —gritaban.

Pronto comenzaron a bromear. Unos usaron los pedazos de sus cadáveres como armas para golpear a otros.

El soldado tepaneca, llamado Acotzin, se apresuró a informar de lo sucedido a Tezozómoc y para ello llevó algunos pedazos de los cadáveres como evidencia. Al finalizar le pidió a su señor que le diesen las uñas de uno de los muertos. Tezozómoc no tuvo problema en darle gusto a aquel soldado.

Entonces él las ensartó en un hilo y se las colgó al cuello diciendo:

—Pues si son tan grandes señores, sus uñas deben ser como piedras preciosas. Por ello quiero yo traerlas para ornato de mi persona.

El maestro Tleyotl sabe que su alumno Tezozómoc se encuentra triste. Ha vuelto a ser el mismo de antes. Apagado. Aburrido. Ausente. El niño camina solitario rumbo al lago. Tleyotl lo sigue. Lo ve tomar una piedra del piso y lanzarla con fuerza. Observa los anillos que se forman en el agua. Recoge otra piedra y la avienta. Ésta no llega tan lejos. De pronto, como poseído por algún demonio, Tezozómoc levanta otra piedra y rápidamente dispara. Después otra y otra y otra, como si quisiera acabar con todas las piedras del mundo, hasta que cae al piso y llora, enterrando las uñas entre las piedras. El maestro Tleyotl camina hacia él y se sienta a su lado.

—¿Qué tienes?

—Nada... —evita mirar a su maestro.

—Te conozco...

—También conoce a mi madre…

Tleyotl exhala con desánimo.

—¿Ahora qué hizo?

—Le ordenó que un soldado azotara a Totolzintli.

La mirada de Tleyotl enfurece en ese instante. Aprieta los dientes, empuña las manos. Baja la mirada con tristeza. Cierra los ojos y exhala con desanimo.

—Mi madre me amenazó con llevarse a Totolzintli muy lejos de aquí si nos ve jugando o platicando.

El maestro Tleyotl pone su mano en el hombro de Tezozómoc.

—La amistad tiene muchas formas. Se manifiesta con juegos, con bromas, con palabras, con el tiempo, con lealtad, y a veces con silencio. Quizá ya no puedan comportarse como amigos, pero pueden ser leales y comunicarse en silencio... Se expresan muchas cosas en el silencio.

Tezozómoc observaba el horizonte mientras el sol se opacaba detrás de unas nubes. Totolzintli arrodillado a su lado se mantenía en silencio. Como siempre. Siempre en silencio. Llevaban toda su vida de esa manera.

—Me alegra que no hayas aceptado la propuesta que te hice hace ya algún tiempo —dijo el tecutli tepaneca.

Totolzintli alzó la mirada y frunció el ceño.

—No sé en qué estaba pensando cuando se me ocurrió que serías más feliz como embajador —continuó Tezozómoc.

Su esclavo bajó la mirada con tranquilidad.

—Imagínate que un día te hubiera hecho lo mismo que a Cihuaquequenotzin. No me lo habría perdonado.

Totolzintli apretó los labios.

—¿Por qué rechazaste mi oferta? Ser embajador te habría convertido en noble. Te estaba otorgando tu libertad.

Totolzintli dirigió la mirada al cielo. Contempló el bosque. Suspiró.

—La libertad tiene muchas formas —respondió Totolzintli.

Luego de muchos días de no saber nada sobre Cihuaquequenotzin, tu padre, Coyote sediento, ordenó a un emisario que fuese en secreto a investigar. Y al volver dio la noticia a Ishtlilshóchitl del triste fin de su embajador. Tu padre se derrumbó de tristeza, Coyote, yo lo vi. Yo fui testigo de aquel momento de impotencia y de arrepentimiento. Había afuera del palacio más de mil ochocientas personas que lo habían seguido hasta allí: críos, mujeres, ancianos, soldados, los más fieles al señorío, los que pudieron huir. Allí estaban preparando alimentos, curando heridos, fabricando armas; allí estaban listos para hacer lo que tu padre ordenara. También estaban las esposas de Cihuaquequenotzin y sus hijos. Salió

Ishtlilshóchitl a hablar con ellos, caminó entre sus seguidores, acarició los rostros de los críos, saludó a los ancianos, agradeció a las mujeres por las comidas, los miró, extendió los brazos y frente a las esposas e hijos de Cihuaquequenotzin se detuvo:

—Su esposo —miró a las mujeres—, su padre —miró a los hijos—, ese valeroso guerrero nuestro ha muerto, ha dado su vida por nuestro señorío.

Los familiares de Cihuaquequenotzin se derrumbaron en llanto. Ishtlilshóchitl no pudo contener su dolor y miró a todos.

—Es grande mi dolor —dijo con tristeza—, tanto como el suyo y quizá mayor, pues se encuentran aquí, heridos, dolidos, asustados, por mi culpa. Perdón —una lágrima recorrió su rostro—, perdón, no sé cómo reponerles el daño, no puedo devolverles a sus seres queridos. Lo siento —se hincó y extendió los brazos dejando escapar sus lágrimas—, lo siento, yo los traje a la ruina, yo dejé crecer a Tezozómoc, no lo castigué cuando debía. Perdón, todo es mi culpa —allí, de rodillas estaba tu padre, Coyote, allí estaba llorando, implorando el perdón de sus vasallos, admitiendo tristemente su error, su inexperiencia, sufriendo la derrota, el abandono de sus aliados, la muerte de tantas personas, la caída de un imperio que habían construido y defendido sus antecesores—. Siento mucho no ser el tecutli chichimeca que esperaban, me duele esta derrota, me duele verlos aquí. Perdón, he de pagar con mi vida este fracaso.

Hubo llanto en los rostros de las mujeres, críos, ancianos y hombres. Hubo silencio y tristeza. Pues todos sabían que era el final. Que ya la guerra estaba perdida, que Tezozómoc se había apoderado del imperio y que se haría jurar como tecutli chichimeca. Sólo quedaba esperar a que llegaran las tropas enemigas.

—No nos rendiremos —dijeron los presentes—. Lucharemos hasta la muerte.

Y si ellos así decidían, Ishtlilshóchitl no podía abandonarlos ni traicionarlos con una rendición. Pero tampoco estaba dispuesto a sacrificar las vidas de los que allí estaban ni de los miles que quedaban en Teshcuco. Sabía lo que el tepaneca buscaba. ¡Matarlo! Sólo eso saciaría la sed de venganza de Tezozómoc. Y conociendo su destino Ishtlilshóchitl tomó la decisión de salir al frente de sus tropas.

Lo demás ya lo sabes, príncipe acolhua: tú fuiste testigo de la muerte de tu padre. Quién más sabe de eso, sino tú. Hemos estado aquí encerrados, ocultos en esta cueva oscura, ya por varios días, escondiéndonos de las tropas enemigas, sin comer, sin beber, sin saber qué ocurre, sin saber si es de día o de noche. Y ha llegado el momento de que salgamos. Pero debemos separarnos. Yo no te puedo acompañar, ya estoy muy viejo. Habrá ocasiones en las que tendrás que correr y yo no podría seguirte; sólo sería un obstáculo, un retraso en tu camino, una carga más a tu embalaje. Busca a tus tías, a tus primos, Tlacaélel y Motecuzoma, ellos son jóvenes como tú y entenderán y sabrán darte auxilio. Ya hice lo que debía: instruirte todos estos años. Yo volveré a Teshcuco, con mi familia, o lo que queda, y desde allí veré y escucharé todo. Haré lo que esté a mi alcance: pedir auxilio, hablar por ti. Esperaré. Sólo eso me queda. Espero vivir para contarlo. Espero tener ojos para verte jurado tecutli chichimeca. Espero estar allí, en tu palacio. Y espero que entiendas que también debo esconderme. Pero estaré pendiente. Cuando me despierte el aullido de un coyote, sentiré tu presencia y sabré que andas por allí, sabré que estás listo, sabré que has iniciado tu asignatura. El camino no será fácil, pero sé que podrás liberar al señorío del tirano Tezozómoc.

10

Pasaron dos semanas y Torquemada no se ocupaba de nosotros. Mi abuelo y yo seguíamos encerrados con los libros pintados. Todos los días éramos llevados a esa oficina del fraile y permanecíamos allí todo el día escribiendo. Al anochecer éramos guiados a la habitación donde dormíamos. Desde esa ventana veíamos pasar tumultos de gente. Había un conflicto severo en la ciudad. Pedro Aztlaqueotzin nos contaba todos los días lo que ocurría en las calles. Decía que la ciudad estaba en una grave crisis y que muy pronto comenzaría una guerra civil. El motivo era la incapacidad del virrey para imponer su autoridad entre las órdenes religiosas.

—Hay enfrentamientos entre ellos —decía Pedro Aztlaqueotzin—. Si esta guerra civil inicia, Torquemada no tendrá tiempo de seguir con esta tarea. No ha venido más que tres veces y ni siquiera ha preguntado por ustedes.

—Entonces es tiempo de escapar —dijo mi abuelo.

—No —respondió Pedro Aztlaqueotzin—. Hay que esperar. En tres días habrá un mayor levantamiento.

Mi hermano caminaba todos los días por la calle que daba a la ventana de la celda en que dormíamos y nos preguntaba y nos informaba. Así logramos mantenernos en contacto esas dos semanas: nosotros detrás de esos barrotes y él desde la calle, oculto entre los árboles.

—En tres días habrá un enfrentamiento en la plaza entre los cristianos —nos comunicó esa madrugada—. Vendremos y los sacaremos de aquí. Avisa al meshíca que ya encontramos el lugar donde se encuentra su padre. Dile que mientras nosotros nos ocupamos de ustedes, otros de nosotros irán por él.

Esa mañana, de igual manera iniciamos con lo que nos había encargado Torquemada: mi abuelo observaba los libros pintados; Pedro Aztlaqueotzin fingía que nos vigilaba para que las demás personas que se encontraban en ese lugar no sospecharan de él; y yo escribía, sentado en la silla del fraile.

—Observa este amoshtli —dijo mi abuelo—, éste es Tezozómoc, que ya se había hecho de hartos aliados.

—Y estos que están aquí, ¿quiénes son? —preguntó Pedro Aztlaqueotzin, que ya desde que Torquemada se ausentó se había incorporado a nuestras conversaciones, con harto interés, pues a él no le había tocado aprender nada de eso. En su casa se platicaban cosas pero en secreto y fuera del alcance de los críos para que no dijeran nada en el catecismo.

—Son tus ancestros —respondió mi abuelo que trataba al meshíca como uno más de sus nietos—: los tenoshcas. Que aunque hartos soldados habían perdido, seguían allí guerreando. Las tropas de Azcapotzalco se apoderaron de la ciudad de Teshcuco y al llegar al palacio descubrieron que Ishtlilshóchitl había huido cobardemente. Unos soldados informaron que los habían perseguido toda la noche y que en la sierra, cerca del paraje de Tzinacanoztoc habían tenido un reñido combate, muriendo muchos tenoshcas y escapando muchos acolhuas. Siguieron atacando los días siguientes con mayor vigor y mayor número de tropas. No se sabe bien cómo pero Ishtlilshóchitl, con el pequeño grupo que lo acompañaba, lograba ganarles los combates. Y así los tuvieron acorralados treinta días. Tezozómoc logró infiltrar a un acolhua que, ambicioso de riquezas, accedió llegar hasta allí y permanecer mientras las tropas apresaban al tecutli chichimeca para luego dar un completo informe al tecutli tepaneca.

—¿Y cómo le iba a informar? —preguntó Pedro Aztlaqueotzin—. Usted dice que ya eran pocos los que estaban con Ishtlilshóchitl.

—Eran como dos mil chichimecas —respondió mi abuelo—. Y sí. Tienes razón. No podía salir. Con tan poco número de personas era harto fácil descubrir a los espías. Por eso permaneció allí, fingiendo que él también huía de los tepanecas. Y de alguna manera logró dar su informe.

—¿Y cuándo fue eso? —pregunté.

—Después de los treinta días que ya mencioné —continuó mi abuelo—, sólo hasta entonces supo Tezozómoc qué ocurrió dentro de las fortificaciones del tecutli acolhua.

—¿Y sí le cumplió al espía la promesa de riquezas? —preguntó Pedro Aztlaqueotzin.

—Sí. Concluida la guerra le dio tierras. Pero en cuanto eso ocurrió, los que lo habían visto dentro del palacio donde se escondía Ishtlilshóchitl, supieron que él había sido uno de los informantes.

—¿Lo mataron?

—No sólo eso. Lo apresaron y lo torturaron hasta que confesara todo. Luego lo desollaron vivo. Los chichimecas, aunque harto decían que no estaban de acuerdo con los sacrificios humanos de los tenoshcas, pronto se hicieron de los mismos hábitos tanto religiosos como legales. Aplicaban iguales castigos. Y este chichimeca traidor fue castigado a la usanza de los meshícas.

—¿Y esto lo supo Tezozómoc?

—Sí.

—Y, ¿qué hizo al enterarse de esto?

—Nada.

—Yo creo que por eso le dio las tierras, para que los suyos lo descubrieran —dije yo.

—El tecutli tepaneca cumplió su promesa —concluyó Pedro Aztlaqueotzin.

Tuve que admitir que tenía razón. Seguí escribiendo lo que contaba mi abuelo.

—El espía le contó a Tezozómoc que un día Ishtlilshóchitl lloró mucho frente a sus seguidores y pidió que se rindieran, alegando que era lo mejor para ellos y para que él pudiera salvar la vida. Pero que ellos insistieron que debían seguir en defensa de su pueblo. Y ya sin otra salida, el tecutli chichimeca tuvo que salir a campaña.

La madrugada más triste y silenciosa en la vida del tecutli chichimeca fue en sí la última en su vida. Ishtlilshóchitl y su gente habían pasado la noche en vela, en el palacio de Shincanoztoc, ubicado en el bosque. Sólo se escuchaban los ruidos de los grillos y las aves noctámbulas. Algunos soldados se mantuvieron vigilando desde las puntas de los árboles; otros marchaban silenciosos, casi imperceptibles entre los arbustos; las mujeres preparaban alimentos y bebidas para la gente, mientras cuidaban de sus hijos que dormían a un lado del fuego, todos amontonados, protegidos por soldados. La tristeza se veía en todos sus rostros, en sus movimientos, en su silencio. Y sabiendo que esa mañana llegarían nuevamente a embestir sus fortificaciones, Ishtlilshóchitl ordenó que le preparasen su traje de guerra. Frente a toda su gente, se vistió elegantemente con sus botas cubiertas de oro. Su hijo Nezahualcóyotl le ayudó a ponerse la vestimenta emplumada y laminada en oro, los brazaletes y la cadena de oro y piedras preciosas. Ishtlilshóchitl se colocó el penacho de enormes y bellísimas plumas que cayeron sobre su espalda. Y con el arco, flechas, macuahuitl, escudo y lancillas se dirigió a sus vasallos.

—Hoy terminará la guerra —les dijo con el semblante lúgubre—, ganemos o perdamos. Después de esta batalla deberán volver a sus casas y cuidar de sus críos. No es por cobardía, sino por cordura que les digo esto. El ejército tepaneca es mucho mayor que el nuestro y ya no debemos poner más vidas en peligro; y si con la mía ha de terminar esta guerra, que no ha servido de nada, que así sea. Está en mi agüero que he de terminar mis días con el macuahuitl y el escudo en las manos.

Hubo un largo y amargo silencio. Las mujeres abrazaron a sus hijos que preguntaban qué ocurría; los ancianos bajaron la mirada con tristeza; y los soldados tomaron sus armas.

Ishtlilshóchitl y su tropa salieron en la oscuridad de la madrugada rumbo al paraje llamado Tepanohuayan. Cuando llegaron, Ishtlilshóchitl se detuvo y levantó la mirada al cielo que comenzaba a esclarecer. Pensó en su padre Techotlala y sus ancestros: su abuelo Quinatzin, su bisabuelo Tlotzin, su tatarabuelo Nopaltzin y el fundador del señorío chichimeca, Shólotl. Se encomendó a ellos y dio media vuelta para dirigirse a los que lo acompañaban:

—Leales vasallos y amigos míos, que con tanta fidelidad y amor me han acompañado, ha llegado el día de mi muerte. Ya no es posible escapar de mis enemigos. Así, he resuelto ir yo solo a esta batalla y morir matando en el campo para salvar sus vidas; pues muerto yo, toda la guerra se acaba y cesa su peligro. Cuando eso suceda, abandonen las fortificaciones, huyan y escóndanse en la sierra. Sólo les encargo que cuiden del príncipe Nezahualcóyotl para que un día recupere el imperio.

Los que lo acompañaban se rehusaron a dejarle ir solo e insistieron:

—Amado señor y gran tecutli chichimeca, yo lo acompañaré hasta el final —expresó con valor uno de ellos, dando un paso al frente—. Y si mi vida he de dar para salvar la suya, con honor moriré en campaña.

Otro de los soldados dio un paso al frente y agregó:

—Si ha de morir nuestro amado tecutli en campaña, también es justo que sus más leales soldados lo acompañemos.

De igual manera todos los que marchaban junto a él expresaron su apoyo apretando fuertemente sus macuahuitles y escudos.

Ishtlilshóchitl volteó la mirada al horizonte y vio frente al sol que se asomaban unas aves volar y unos venados correr.

—Ya vienen —dijo.

Los soldados se organizaron. Ishtlilshóchitl se dirigió a su hijo:

—Hijo mío, Coyote en ayunas y último resto de la sangre chichimeca, me duele mucho dejarte aquí, sin abrigo ni amparo, expuesto a la rabia de esas fieras hambrientas que han de cebarse en mi sangre; pero quizá con eso se extinga su enojo. Salva tu vida, súbete a ese árbol y mantente oculto entre sus ramas y, cuando puedas, huye, corre a las provincias de Tlashcálan y Hueshotzinco, cuyos señores son nuestros deudos y pídeles socorro para recobrar el imperio. Cuando lo consigas asegúrate de que se cumplan las leyes, empezando con tu ejemplo. A tus vasallos míralos como a tus hijos, prémiales sus buenos servicios, especialmente a los que en esta ocasión me han ayudado y perdona generosamente a tus enemigos, aunque sabemos que mi ruina se debe a que fui excesivamente piadoso con ellos; sin embargo, no estoy arrepentido del bien que les hice. No te dejo otra herencia que el arco y la flecha: ejercítalos y da al valor de tu brazo la restauración de tu señorío.

—¡Voy a luchar con usted! —dijo el joven Nezahualcóyotl con valentía—. ¡Protegeré su vida! ¡Yo también me he ejercitado en las armas!

—¡No!

—¡Déjeme luchar! ¡Ya no soy un crío!

—¡No!

—¡Lucharé en campaña!

—¡Eres el heredero del señorío chichimeca! Si mueres, se acabará el señorío.

En ese momento se escucharon el silbido de los caracoles y los huehuetl enemigos a lo lejos: *Tum, tututum, tum, tum.*

—¡Lucharé con usted!

—¡No! ¡Hazlo por mí, por ti, por el señorío chichimeca!

Tum, tututum, tum, tum.

—¡Padre mío! —lloró Nezahualcóyotl tomando un escudo de los soldados—. ¡No puedo dejarlo solo!

—¡No debes abandonar al imperio!

¡Tum, tututum, tum, tum!

—¡Padre!

—¡Corre! ¡Ya vienen! ¡Corre! ¡Corre, Coyote!

¡Tum, tututum, tum, tum!

—¡Sube a ese árbol! ¡Escóndete! ¡Que no te vean! ¡Corre! ¡Ya vienen! ¡Corre! ¡Corre!

Uno de los capitanes jaló de un brazo a Nezahualcóyotl, que se rehusó con insistencia: se quitó las manos del capitán e intentó volver con su padre, pero el hombre lo alcanzó, lo abrazó sujetándole ambos brazos y lo llevó hasta el árbol. Nezahualcóyotl pataleó y otro de los soldados ayudó a subirlo al árbol.

—¡Padre! —gritó antes de subir al árbol.

¡Tum, tututum, tum, tum!

—¡Sube a ese árbol! ¡Allí escóndete! ¡Salva tu vida! ¡Salva el imperio, hijo! ¡Salva a Teshcuco! —gritó Ishtlilshóchitl, se dio media vuelta y marchó con su ejército. Nezahualcóyotl vio las tropas enemigas a lo lejos y por fin obedeció, se subió al árbol y desde ahí observó todo.

¡Tum, tututum, tum, tum!

Se acercaron los ejércitos de Shalco y Otompan.

—¡Ustedes por la izquierda! —ordenó a uno de sus capitanes con trescientos soldados—. ¡Y ustedes por la derecha! —dijo a otro capitán.

—¡Nos están rodeando! —gritó otro capitán—. ¡Vienen por este otro lado! —dijo señalando hacia atrás.

—¡Vayan ustedes en aquella dirección! —gritó Ishtlilshóchitl a otro capitán—. ¡Yo marcharé al frente!

Llegaron los tepanecas por el sur y los tlatelolcas y meshícas por el frente. Comenzaron a caer las flechas a lo lejos. Se escucharon los gritos de los enemigos que venían destruyendo todo a su paso y retumbando sus huehuetl de guerra:

¡Tum, tututum, tum, tum! ¡Tum, tututum, tum, tum!

Ishtlilshóchitl gritó aunque sabía que no lo escuchaban:

—¡Traidores! ¡Yo soy a quien buscan! ¡Aquí me tienen! ¡No soy un cobarde! ¡Vengan por mí!

¡Tum, tututum, tum, tum! ¡Tum, tututum, tum, tum!

Ishtlilshóchitl lanzó la primera de sus flechas dando certeramente en el pecho de uno de sus enemigos. Pronto uno de los soldados que marchaba a su lado cayó abatido por una flecha enemiga. El tecutli chichimeca corrió de frente y aventó su lanza con fuerza atinando en el pecho de uno de los tlatelolcas; disparó flechas hasta que se le acabaron, esquivó y detuvo con su escudo todas las flechas que se dirigían a él, recogió las que caían cerca y las reutilizó en contra de sus enemigos. Ya todos los combatientes se encontraban en batallas cuerpo a cuerpo con sus ondas, porras, lanzas y picas. Pronto Ishtlilshóchitl se encontró frente a frente con un guerrero meshíca. Ambos traían su macuahuitl y con éstos iniciaron el duelo. El meshíca dio varios golpes que el tecutli chichimeca detuvo con el escudo. Sus cuerpos sudaban en abundancia. El sol ya alumbraba todo el lugar. El tecutli chichimeca dio un golpe al guerrero tenoshca que lo derrumbó entre las hierbas y, sin pensarlo, le atravesó el pecho con su macuahuitl. En ese momento llegó otro soldado meshíca que traía una cabeza de jaguar, lo cual lo identificaba como capitán y el más ejercitado en las armas. Tenoshca y acolhua se encontraron en un duelo de miradas antes de lanzar el primer porrazo. El meshíca, que se veía más alto por la cabeza de jaguar, lanzó un talcochtli que chocó contra el escudo del tecutli chichimeca, quien con su cuchillo cortó el cordón del talcochtli, lo arrancó del escudo y lo lanzó al jaguar, que con habilidad lo esquivó tirándose entre los matorrales. El tecutli chichimeca lo buscó por unos instantes, pero éste parecía haber desaparecido. A lo lejos se escuchaban los gritos de guerra y los golpes entre macuahuitl y escudo. Nezahualcóyotl se mantuvo en silencio observando la batalla. Vio al guerrero jaguar escurrirse entre los matorrales y cuando vio que se acercaba a su padre le lanzó una rama pequeña para advertirle de la presencia de su enemigo a sus espaldas. El tecutli chichimeca dio un ágil giro y con el macuahuitl le cortó la cabeza al jaguar. Levantó la mirada y la encontró con la de su hijo y agradeció con un gesto fugaz. A un lado, uno de sus generales combatía con otro guerrero meshíca con cabeza de águila. Ishtlilshóchitl corrió en su auxilio y lanzó un golpe, pero el guerrero águila notó su presencia y detuvo el golpe con su escudo. Éste mostró destreza en las armas al luchar contra los dos combatientes. Se defendía con el escudo mientras lanzaba golpes con su macuahuitl. Miraba a sus dos oponentes, encauzado en defenderse de los golpes del general y en dar muerte al tecutli de Teshcuco. Y haciendo honor a su nombre de guerra se colgó de una de las ramas de un árbol y desde allí se lanzó como un águila sobre Ishtlilshóchitl, quien sorteó la ofensiva haciéndose a un lado. Quiso pegarle con su macuahuitl, pero éste se reincorporó velozmente, dando un porrazo en la pierna izquierda del tecutli chichimeca, que en ese momento comenzó a sangrar. El general chichimeca socorrió a su tecutli aventando diestramente una lancilla al pecho del guerrero águila, que de un jalón la sacó. Y sabiendo que su tiempo era corto, usó las energías que le quedaban para correr hacia el tecutli acolhua. De un golpe lo derribó. Ambos, con los cuerpos manchados de sangre, forcejearon y rodaron entre los arbustos. El águila con una lancilla en la mano e Ishtlilshóchitl con un cuchillo. Con una mano detuvo la del enemigo y con la otra sostuvo su arma. El penacho del tecutli quedó en el piso lleno de sangre. El tenoshca golpeó con su cabeza de águila la de Ishtlilshóchitl. En ese momento llegó el general chichimeca y dio con el macuahuitl en la espalda del guerrero águila, que murió en ese momento. No bien se había reincorporado Ishtlilshóchitl y recogido su escudo cuando llegó otro guerrero jaguar, dando un golpe fatal al general chichimeca. El tecutli chichimeca se puso en defensa pese al dolor y sangrado en su pierna. Vio a los ojos del jaguar y lanzó un porrazo, que diestramente evadió el tenoshca. Los dos permanecieron frente a frente sin moverse por un instante, calculando los movimientos del otro. El meshíca se quitó la cabeza de jaguar y sonrió con malicia, mostrando su dentadura de escasos cuatro dientes al frente. Se limpió el sudor de la cara y dio un par de pasos hacia su enemigo, que no se movió, esperando el ataque. Ishtlilshóchitl soltó un golpe y dio ligeramente en la boca del jaguar, cortándole el labio e hiriendo un diente. El jaguar volvió a sonreír (su boca sangraba), y con rapidez soltó un golpe que le quitó de las manos el escudo al tecutli acolhua. Ahora los dos estaban sin escudo, sólo con sus macuahuitles. El jaguar miró fijamente al tecutli chichimeca. Sonrió con la misma perversidad. La sangre le escurría de la boca. Se arrancó el diente lastimado, lo mostró a su adversario, sonrió, se lo tragó y lanzó otro porrazo que dio certero en el brazo de Ishtlilshóchitl, quien pronto empezó a desangrarse. Inmediatamente soltó otro golpe: justo en el abdomen. El gran chichimecatecutli estaba sumamente herido. Y a pesar de eso seguía de pie. El jaguar gritó con gusto a sus aliados, quienes con prontitud abandonaron sus batallas para ver al tecutli en desgracia. Los guerreros chichimecas también acudieron al llamado. Hubo un silencio total. Ya nadie luchaba, ni siquiera los que se encontraban muy retirados. Todos se detuvieron. Los más cercanos observaron. Unos con lamento y llanto, los otros con expresiones de gozo. La guerra había terminado. Tezozómoc había ganado y sería a partir de entonces el nuevo tecutli de toda la Tierra. Ishtlilshóchitl cayó de rodillas mirando a su adversario, con su brazo casi mutilado, colgando como trapo, y su abdomen completamente abierto, con las tripas desbordándose. El jaguar sonrió con arrogancia. Miró a todos para cerciorarse de que lo estuviesen observando. Volvió a sonreír con burla y dio el golpe final: la cabeza del tecutli chichimeca salió volando.

Segunda parte

11

—La ciudad está de cabeza —dijo Torquemada al entrar a la oficina. Nos miró por un instante como si no supiera dónde estaba. Luego caminó hacia el escritorio y se agachó un poco para ver lo que yo había escrito—. Vaya que sois ágil en esto de la escritura. Mirad cuánto habéis escrito en tan pocos días. Pronto tendré tiempo de transcribir esto.

Mi abuelo permaneció en silencio.

—Mejicano —dijo Torquemada—, decidle al anciano que pronto podrá volver a su casa, que quite esa cara, que no se ha muerto nadie... aún.

El fraile me ordenó que me quitara de su silla para que él pudiera sentarse. Puso los codos en el escritorio y se lamentó:

—Manrique, Manrique, Manrique —dijo refiriéndose al virrey—. Mirad lo que has hecho en tan poco tiempo.

Torquemada bajó la mirada y comenzó a leer mis escritos. Se mantuvo en silencio por un momento.

—Voy a llevarme esto para leerlo...

Aquello nos llenó de preocupación. Todo lo que habíamos avanzado en la escritura podría perderse en ese momento. Como estaban las cosas, no había garantía de que Torquemada regresara los documentos o que él mismo volviera. En ese momento llegó otro religioso y dijo a Torquemada que la gente había salido a las calles. El fraile, sin pensarlo, se puso de pie y se dirigió a la puerta, dejando las hojas sobre el escritorio.

—Mejicano, llevadlos a su habitación —dijo antes de salir.

Y cumpliendo la orden, Pedro Aztlaqueotzin nos condujo a la habitación donde habíamos pasado los últimos días. Luego una joven meshíca llegó con los alimentos que nos daban al terminar la jornada. Estábamos comiendo cuando escuchamos gritos en la calle. Mi abuelo y yo nos asomamos por la ventana y vimos harta gente caminar con antorchas en las manos, gritando: "¡Fuera el virrey! ¡Fuera el virrey! ¡Fuera el virrey!". Por el lado contrario llegaron los soldados del virrey y los detuvieron en el camino, pero la gente les lanzaba piedras.

En ese momento entró Pedro Aztlaqueotzin a la habitación.

—¿Qué ocurre? —pregunté.

—Pues dicen que hay harta desconfianza hacia este nuevo virrey; que hay corrupción en su gobierno, que su gente no cumple las leyes que ellos mismos hacen y que roban los dineros del pueblo, que los policías exigen sobornos para ocultar delitos y hartas cosas más.

—¿A dónde fue el fraile Torquemada? —preguntó mi abuelo sin quitar la mirada de la ventana.

—Con ellos. El arzobispo está del lado del virrey y los frailes están en contra del arzobispo.

—Dijiste que este levantamiento sería en tres días.

—Pues se adelantaron, porque el virrey se enteró y mandó traer más soldados.

—¿Qué pasará?

—No lo sé, pero creo que es el momento de escapar.

—Mi hermano vendrá hasta la madrugada —respondí preocupado.

—No —expresó Pedro Aztlaqueotzin mirando por la ventana—, no hay tiempo. No podemos esperar hasta la madrugada.

Pedro Aztlaqueotzin se mantuvo en silencio. Se le veía preocupado. Comprendí lo que estaba pasando por su mente.

—Salvaremos a tu padre —dije.

En ese momento, la gente y los soldados comenzaron a golpearse unos a otros. Se empujaban y se gritaban. Las campanas de la iglesia repiqueteaban con insistencia. Y cuando los soldados perdieron el control, comenzaron a disparar sus armas. La gente corrió en varias direcciones, huyendo de los constantes disparos. Pronto muchos cayeron con enormes heridas en el cuerpo; los que seguían de pie, para defenderse, lanzaron piedras y palos. Cuando su defensa fue inútil, le prendieron fuego a lo que tenían a la mano. Los soldados dispararon y la gente se escondió tras los muros. Gritaban. Corrían. Seguían prendiendo fuego. Una de las casas comenzó a incendiarse.

—Ya sé qué vamos a hacer —dijo Pedro Aztlaqueotzin y salió corriendo.

Mientras tanto, mi abuelo y yo permanecimos observando por la ventana a la gente que se enfrentaba a los soldados y moría. Hartas casas fueron incendiadas. Escuchamos gritos y lamentos. Mi abuelo no parecía preocupado: miraba con interés.

—Éstos no saben hacer guerra —dijo mi abuelo—. No tienen estrategia ni deseo de ganar ni por un lado ni por el otro.

—¿Cómo? —pregunté.

—Observa cómo corren, cómo disparan, cómo incendian lo que encuentran a su paso. No se organizan ni marchan en grupos. Se esconden como ratones. Todo esto parece ser sólo un deseo de alguien que busca revolver la Tierra.

—¿Para qué?

—Para ganar poder.

—¿No es una guerra civil?

—No. Las guerras se planean: se forman tropas, se ejercitan en las armas, llegan listos para la batalla. Éstas son personas sin experiencia en campaña, seguidores que no saben a qué vienen, ni por qué. Y a ellos los trajo alguien que no busca una guerra, sólo quiere hacer que el virrey renuncie a su cargo.

En cuanto mi abuelo terminó de hablar, Pedro Aztlaqueotzin entró apurado con una antorcha en una mano y los libros pintados y mis escritos en la otra. Me los entregó y comenzó a prender fuego a todo lo que había en la habitación.

—¡Salgan! —gritó.

Corrimos por los pasillos del lugar y vimos que ya otras habitaciones ardían en fuego. Comprendimos que él había incendiado todo el lugar.

—Ya las demás personas que viven aquí han salido asustados por el fuego —dijo Pedro Aztlaqueotzin—. ¡Corran!

—¿Quiénes?

—Frailes y sirvientes.

Afuera se seguían escuchando los disparos y los gritos.

—¡Por este pasillo!

Seguimos por el camino que Pedro Aztlaqueotzin nos dijo y de pronto nos encontramos frente a unas enormes llamas.

—¡Oh, no! —exclamó Pedro Aztlaqueotzin.

—¿Qué ocurre? —preguntó mi abuelo.

—Ésta es nuestra salida.

Hacía harto calor. Comenzamos a toser por el humo. Pedro Aztlaqueotzin corrió a una de las habitaciones y regresó con una manta con la que intentó apagar el fuego que estaba en nuestro camino, pero no lo logró.

—¡Vengan! —gritó y corrió en otra dirección.

Llegamos a otro pasillo y al final también encontramos llamas ardientes.

—¡Por este lado! —gritó desesperado.

Lo seguimos y llegamos a otra habitación. No había forma de salir por las ventanas pues tenían hartos barrotes.

Corrió a otra habitación y regresó con unas mantas mojadas.

—Tendremos que correr entre el fuego.

Y así lo seguimos. Volvimos al mismo lugar donde pretendía salir la primera vez. Tapó a mi abuelo con una manta mojada y luego a mí con los libros pintados entre mis brazos. Se detuvo un momento y observó el fuego.

—Tienen que correr hasta que lleguemos al final. No se detengan.

Se cubrió con otra manta mojada y gritó:

—¡Corran, síganme!

Corrimos hasta llegar a la puerta, que también ardía entre las llamas. Pedro Aztlaqueotzin, desesperado, se quitó la manta y con ésta intentó abrirla. Tuvo dificultad en mover el cerrojo ardiente. Su espalda se prendió con el fuego. Gritó con mucho dolor. Todo su cuerpo estaba en llamas. Abrió la puerta y salimos.

—¡Me quemo! —gritó al salir—. ¡Me quemo!

En la calle se dejó caer sobre el piso. Lo tapé con las mantas mojadas.

—¡Mi piel!

Apagué el fuego en su espalda y piernas.

—¡Mi piel!

Había harta gente en la calle. Algunos se detuvieron a ver; otros lo ignoraron. Pedro Aztlaqueotzin seguía gritando de dolor.

—¡Me arde la piel!

Los soldados marcharon hacia donde nos encontrábamos y enfurecidos disparaban a todos. La gente corrió ya sin defenderse.

—¡Salven sus vidas! —gritó Pedro Aztlaqueotzin.

—¡No! —respondí y lo cargué en hombros con los libros pintados en la otra mano.

Caminamos entre los tumultos que gritaban: "¡Fuera el virrey! ¡Fuera el virrey! ¡Fuera el virrey!". Nadie se ocupó de nuestra presencia. Seguimos caminando hasta llegar a un lugar donde ya no había disturbios.

—¡Déjenme aquí! —dijo Pedro Aztlaqueotzin—. Salven sus vidas, salven a mi padre.

—¡No! —respondí—. Tú salvaste nuestras vidas.

Lo cargué nuevamente en hombros y seguí caminando. A nuestro paso escuchamos gritos. Era más gente que se oponían al virrey. Por una calle aparecieron los opositores a su gobierno y por otra los soldados. Pedro Aztlaqueotzin gritó:

—¡Bájame! ¡Bájame! ¡Bájame!

Lo coloqué en el piso.

—No lograrán salir así. Déjame aquí.

—¡No!

Cuando intenté levantarlo me dio un golpe en la cara.

—¡Suéltame! ¡Salven sus vidas! ¡Corran!

Llegaron los soldados y dispararon. Mi abuelo y yo corrimos, dejando a Pedro en esa calle. Corrimos entre la gente, huyendo de los disparos. Un hombre que iba a un lado de nosotros cayó por una bala en su espalda. Mi abuelo y yo nos detuvimos un instante para ver, pero sabíamos que no lo podríamos auxiliar. Los disparos continuaron. Un tiro le dio a mi abuelo que lo derribó. Me detuve y lo cargué en hombros. Corrí para salvar nuestras vidas. Mi fatiga era tanta que me detuve por un momento, cuando creí haberme alejado de los disparos. Mi abuelo sangraba de la pierna derecha. Me quité la ropa y con ésta le hice un torniquete como mi abuelo me había enseñado que hiciera cuando a alguien le picaba una culebra.

—Salva tu vida —dijo mi abuelo.

No respondí y lo cargué en hombros. Seguí caminando.

—Salva tu vida y los libros pintados —insistió mi abuelo.

Lo ignoré: seguí mi camino.

—Salva tu vida. Salva los libros pintados.

—¡No!

—Obedece.

—¡No! —seguí mi camino.

—Ya estoy viejo.

Caminé con mi abuelo en hombros hasta salir de la ciudad. Ya entre las hierbas, a la orilla del lago me detuve y lo acosté en el piso. Le limpié la herida con agua. Mientras le mojaba su pierna, le miré el rostro, tan sabio, tan viejo, tan arrugado, tan fuerte. Era flaco, muy flaco, canoso, de piel muy morena y un bigote muy delgado. Le lavé la cara y me miró a los ojos con un gesto cariñoso:

—Eres valiente, crío.

—Vas a estar bien, abuelo.

—Sí.

Lo cargué en mi hombro y seguí mi camino a la cueva donde se escondía nuestra familia. Al llegar mis hermanos y tíos, nos recibieron con harto susto, pensaban que el abuelo estaba muerto. Pero él pronto los reconfortó.

—Si supieran a cuántos matamos —dijo mi abuelo con sarcasmo y yo sonreí.

Mientras el curandero le curaba la herida a mi abuelo, yo conté a mi gente todo lo ocurrido. Se prepararon para ir en busca de Pedro Aztlaqueotzin y rescatar a su padre. A mi abuelo parecía no preocuparle la herida en su pierna, pues en ese momento me llamó:

—Crío —dijo mi abuelo—, trae los libros pintados, debo terminar de contarte.

Mi padre me hizo una seña con la mirada para que obedeciera a mi abuelo. Y así me senté a su lado toda la noche al lado del fuego. Luchando contra mi propio cansancio para poder escuchar y recordar todo lo que contaba mi abuelo.

La mirada de Tezozómoc permanece ausente. Los embajadores esperan su respuesta. Le han traído un mensaje de Techotlala. Se encuentra en su lecho de muerte. Solicita su presencia en Teshcuco para hablar con él. El tecutli tepaneca sabe que puede ser una trampa. No quiere imaginar los escenarios. Todo es posible. Negarse sería la decisión más adecuada. Dejarlo morir. Esperar. La vida le ha enseñado a Tezozómoc que la paciencia es la mejor de las armas. Pero también sabe que es su última oportunidad para mirarlo a la cara. Verlo acabado, moribundo, atemorizado. Las cuentas pendientes no se resuelven de esa manera. Lo sabe. Su cabeza es un torbellino. Su corazón, un pantano.

—Díganle a su señor que ahí estaré en dos días —responde.

Los embajadores se arrodillan y se despiden. Totolzintli observa. Calla. A él también le punza la herida de su amo. Los ojos de Tecpatl recién nacida siguen vivos en su recuerdo. Aunque no era su labor, Totolzintli muchas veces tuvo que perseguir a la niña que gateaba traviesa por todo el palacio, cargarla, llevarla de regreso con su madre.

—No debería ir —dice Tezozómoc minutos más tarde.

Totolzintli encoge los labios.

—¿Sí? —pregunta el tecutli tepaneca.

Su esclavo asiente con la mirada.

—Habla... —ordena el señor de Azcapotzalco.

—Podría sanar una herida —responde Totolzintli—, y abrir otra.

—No hay peor herida que perder una hija.

Ambos guardan silencio. Un largo silencio. No se mueven. No se miran. No hacen nada. Nadie los perturba. Nunca nadie lo hace.

—¿Recuerdas el día que Tecpatl, de tres o cuatro años, no me acuerdo bien, cubrió a una perra con una manta?

Totolzintli sonríe con lágrimas.

—Era brava —dice Tezozómoc en medio de la madrugada—. Acababa de tener cachorros. No dejaba que nadie se acercara. Pero a Tecpatl le permitía todo.

—Estaba amamantando a sus cachorros —añade Totolzintli.

—Todos creímos que la iba a morder —continúa Tezozómoc—. Pero no. Tecpatl se acercó con su manta y cubrió a la perra como una madre a su hijo. La perra acostó la cabeza en el piso y exhaló con gratitud.

Vuelve el silencio. La madrugada es larga.

—Ve a dormir —dice Tezozómoc.

Totolzintli se mantiene en su lugar.

—Ve a dormir —ordena—. Mañana tienes muchas cosas por hacer. Debemos ir a Teshcuco.

—Usted también debe dormir, mi amo.

—Yo casi nunca duermo.

Totolzintli se pone de pie y se retira. Tezozómoc permanece en su asiento real, con la mirada ausente. No puede olvidar el día que una de las doncellas de compañía de Tecpatl llegó al palacio para informarle que su hija había intentado suicidarse. Sin esperar un instante, el tecutli tepaneca salió rumbo al palacio donde se encontraba su hija. Era tal la desesperación de Tezozómoc que no esperó a que prepararan sus andas y salió corriendo de su palacio. Los soldados marcharon detrás. Totolzintli lloró en el camino. Presentía lo peor. Tezozómoc se rehusó a que lo cargaran. Corrió a pesar de su edad, a pesar de su falta de ejercicio, a pesar de su cansancio. Necesitaba ver a su hija con vida. Abrazarla y decirle que no era su culpa.

Llegó demasiado tarde. Tecpatl se había quitado la vida. Apenas entró a la alcoba, Tezozómoc cayó de rodillas. Permaneció así toda la noche llorando con el cuerpo de su hija en brazos.

En cuanto sale el sol, el tecutli tepaneca ordena a su gente que preparen todo para salir inmediatamente a Teshcuco. Llegar un día antes de lo acordado tiene sólo un motivo: ganarle tiempo a Techotlala.

—Te esperaba hasta mañana —dice Techotlala en su lecho de muerte.

—La muerte no espera —responde Tezozómoc.

—Cierto —Techotlala cierra los ojos con un lamento.

—Siempre creí que yo moriría primero —miente.

—Quiero pedirte perdón…

—Demasiado tarde…

—Hice mucho mal…

Tezozómoc sonríe sarcástico.

—Muy pronto moriré y con ello podrás satisfacer todas tus venganzas. Quiero pedirte… —los ojos de Techotlala se llenan de lágrimas—. Te ruego olvides todos los agravios.

—Mi hija se quitó la vida por culpa de tu hijo.

—Escucha… Él amaba a Tecpatl. Yo lo obligué a devolverla. Yo soy el único culpable. Me tienes a tus pies para saciar tu ira. Soy yo el único responsable. Mátame a mí…

—No —Tezozómoc aprieta los dientes, frunce el ceño y empuña las manos—. La vida de una hija sólo se paga con la de un hijo. Me encargaré de hacerle la vida imposible a Ishtlilshóchitl y un día lo mataré en campaña.

El joven Nezahualcóyotl mantuvo la mirada fija en la cabeza cercenada de su padre, la cual daba la impresión de seguir con vida y de estar observándolo a él. En ese momento se juró que un día vengaría la muerte de Ishtlilshóchitl y recobrar el señorío chichimeca.

Esperó en silencio mientras todos los soldados y capitanes chichimecas eran amarrados para ser llevados presos. Lo vio todo: las risas de los enemigos, sus gritos de triunfo y su retirada. Permaneció allí hasta el anochecer. Y cuando tuvo la certeza de que no había nadie, bajó a ver el cadáver de su padre abandonado. Cargó la cabeza y la acomodó de manera que se viera unida al cuerpo. Le cerró los ojos y la boca. Le quiso limpiar la sangre y sólo logró ensuciarlo más. Se arrodilló, abrazó el cadáver y lloró como jamás lo había hecho. Lloró por su padre. Lloró por su señorío. Lloró por su gente. Lloró por él mismo. Lloró por su orfandad. Lloró y gritó de rabia e impotencia.

—Se ha cumplido el augurio —dijo una voz a sus espaldas.

Nezahualcóyotl giró la cabeza, levantó la mirada y se encontró con Huitzilihuitzin, su maestro de toda la vida.

—¡Lo mataron! ¡Lo mataron! ¡Lo mataron! —lloró el Coyote hambriento.

El anciano no pudo evitar el llanto, pero se mantuvo de pie, esperando a que el joven príncipe derramara todas las lágrimas que debía vaciar esa noche, la más larga y tortuosa en la vida del príncipe Nezahualcóyotl.

—¡Padre! ¡Juro que cobraré venganza! —abrazó el cadáver.

Horas más tarde llegaron todos los que se habían mantenido en el palacio de Shincanoztoc en el bosque. Luego de llorar por la muerte del tecutli se lo llevaron a un lugar escondido en la barranca, lo lavaron, lo vistieron y pasaron la noche velando a su lado. Al amanecer lo incineraron y guardaron las cenizas para darle las ceremonias merecidas en otro momento, cuando la guerra hubiese terminado. Nezahualcóyotl caminaba junto a ellos cuando su maestro le puso la mano en el hombro:

—El camino por el que ellos andarán no es el que nosotros habremos de tomar —dijo el anciano Huitzilihuitzin.

El joven príncipe se rehusó por un momento.

—Yo... —titubeó Nezahualcóyotl—. Yo debo estar con mi padre.

—Ya has cumplido con tu labor: estuviste con él hasta el final, obedeciste sus designios, salvaste tu vida. Ahora tu deber es rescatar el imperio. Tezozómoc te está buscando. Y seguro tiene espías por todas partes.

—¿Qué hago entonces?

—Esconderte. Yo iré contigo.

—¿A dónde?

—A una cueva. Tu padre me dio instrucciones precisas de que saliera a buscar un lugar donde tú y yo nos pudiésemos esconder. Ahí permaneceremos algunos días. He llevado alimento y agua suficiente.

—¿Cuánto tiempo?

—No lo sé, Coyote. La tierra está revuelta. Pero es menester mío hablar contigo. Debo instruirte para que puedas salir y hacer lo que te compete.

Nezahualcóyotl vio con lamento a los chichimecas que se retiraban con las cenizas de su padre. No lo acompañaría en ese camino. Pero comprendió que era lo que debía hacer. Ya no era el mismo. El joven príncipe había muerto con su padre y en su lugar ahora se encontraba un coyote hambriento, sediento, ansioso, vehemente de justicia. ¿Justicia o venganza? ¡Justicia! ¡Venganza! ¿Qué camino debía tomar? ¿Dónde se encuentra el límite de la justicia y la venganza? ¿Cómo hacer justicia sin saciar los deseos de venganza? Si se hace justicia para complacer los deseos propios, ¿se deja de hacer justicia?

Su mentor y él caminaron hasta el amanecer para llegar a la cueva que el viejo había elegido como guarida.

—Coyote hambriento, debes saber lo acontecido... —dijo su mentor Huitzilihuitzin y le contó las razones de Tezozómoc para hacer la guerra.

Pasaron varios días dentro de la cueva hasta que se les acabó el alimento. Y aun así se mantuvieron cuatro días más sin beber ni comer. Nezahualcóyotl dormía poco y cuando lo hacía volvían a su mente las imágenes de aquella batalla: se encontraba atado a un árbol mientras los guerreros águila y jaguar descuartizaban a su padre. La cabeza del tecutli chichimeca rodaba entre los arbustos. De pronto un guerrero meshíca la pateaba. El Coyote aullaba amarrado al árbol. El jaguar caminó hacia el joven príncipe y sonrió. Se limpió la sangre de la boca. Se arrancó un diente y se lo tragó, luego se arrancó otro y otro hasta quedarse sin dentadura. Sonreía y le escurría sangre de la boca. Extendió las manos hasta llegar al rostro de Nezahualcóyotl, lo manchó de sangre mientras con fuerza introdujo sus dedos en la boca del príncipe y le arrancó un diente. Sonreía con ignominia al mismo tiempo que la sangre chorreaba de su boca. Mientras tanto, los otros soldados se lanzaban la cabeza del tecutli Ishtlilshóchitl entre ellos. Al fondo se encontraba Tezozómoc disfrutando a carcajadas y con los brazos levantados en forma de triunfo. De pronto los guerreros chichimecas se unieron a los enemigos. También sonreían y gozaban la victoria de Tezozómoc. El guerrero jaguar intentó arrancarle otro diente al Coyote sediento, pero éste le mordió los dedos. El jaguar abrió los ojos y comenzó a llorar sangre. Los árboles a su alrededor se derrumbaron por sí solos y en cuanto caían al suelo se incendiaban. Todos salieron corriendo, dejando a Nezahualcóyotl atado al único árbol que se mantenía firme.

—¡Despierta! ¡Coyote! ¡Despierta! —exclamó su mentor Huitzilihuitzin al notar lo agitado que se encontraba en aquella pesadilla.

12

Me siento muy orgulloso de ti, Asholohua. Eres un gran aprendiz. Como ya te has dado cuenta, interpretar los libros pintados no es sencillo. Y tú ya eres un experto. Muchos tlacuilos no habrían sido capaces de reconocer a Nezahualcóyotl en este amoshtli, ya que está muy borrosa la imagen. Ahora te contaré lo que recuerdo sobre estas otras imágenes.

Tezozómoc se hizo proclamar señor de toda la Tierra y en vez de unir todos sus dominios en un poderoso imperio, los dividió entre sus hijos y él permaneció en Azcapotzalco. La ciudad de Teshcuco quedó a cargo de Chimalpopoca.

Nezahualcóyotl y su maestro salieron de su escondite y fueron a ver a Tlacotzin, señor de Hueshotla; con Tlanahuacatzin, grande sacerdote de la misma ciudad; Totomihuatzin, señor de Cohuatepec, e Izcontin de Iztapalapan, que se hallaban en el palacio donde los había dejado Ishtlilshóchitl antes de su muerte. El joven príncipe les expresó su agradecimiento y les pidió que volviesen a sus ciudades y que obedecieran a Tezozómoc para evitar mayores encuentros.

—Es necesario mantener la paz por el momento; ya ha habido muchas muertes. Vayan, cuiden de sus familias y sus vasallos.

—¿No desea usted recuperar el imperio?

El Coyote estaba sediento de venganza, pero también se encontraba confundido: no estaba preparado para gobernar ni para levantarse en armas ni para tomar decisiones.

—Sí, pero no podemos luchar ahora. Los ejércitos de Tezozómoc son mucho mayores al nuestro. Y teniendo él la ciudad de Teshcuco no tenemos forma de comunicarnos con los habitantes —dijo Nezahualcóyotl y luego siguió su camino para Tlashcálan, sabiendo que Tezozómoc ya había dado la orden de que lo buscasen y le dieran muerte.

En esos días hubo fiestas en Azcapotzalco. La celebración de la victoria era para la nobleza y el vulgo. Tezozómoc cumplió con lo prometido: otorgó el perdón a todos los que se habían declarado a favor del difunto tecutli chichimeca y les liberó de tributo por un año, con la condición de que le reconociesen y jurasen a él. Si Tezozómoc era el tirano que dicen los chichimecas, ¿por qué les perdonó las vidas y los tributos por un año para que se pudiesen recuperar de la guerra? Sí cometió errores el tecutli de Azcapotzalco, pero también es verdad que tuvo aciertos e hizo muchas otras buenas mercedes. Era un hombre que cumplía su palabra: antes de ser jurado tecutli chichimeca hizo llamar a sus aliados, los tetecuhtin de Meshíco, Tlatilulco, Acolman, Coatlíchan, Shalco y Otompan, a su palacio de Azcapotzalco donde les hizo saber cómo dividiría los territorios que habían ganado en la guerra.

—Los he invitado a mi palacio hoy y no mañana, que es el día en que habrán de reconocerme tecutli chichimeca, para hacerles saber que no he olvidado las promesas ofrecidas. Deseo no sólo compartir el territorio, sino también el goce de la victoria, haciéndolos jurar a ustedes también como cabezas del imperio. Quedando la dignidad imperial en nosotros siete, les será imposible a los enemigos un intento de rebelión, pues a nosotros quedarán subordinados todos los señores de los otros territorios; y a nuestro veredicto quedarán todas las negociaciones de guerra, paz, comercio y leyes, sin que se pueda juzgar sin la presencia de uno de ellos.

"Quedaré yo como tecutli chichimeca y mis sucesores igual, después de mi muerte, habrán de ser jurados por supremos tecutli chichimecas, por ser legítimos descendientes del grande Shólotl. Así los señores Teyolcocohuatzin de Acolman, Tochintecuhtli de Shalco y Quetzalcuiztli de Otompan recibirán la ilustre investidura de tetecuhtin, que no tienen en sus señoríos. Y así siendo todos tetecuhtin y yo el tecutli chichimeca dividiremos el gobierno en ocho partes. Dos de ellas quedarán bajo mi poder y las otras seis inmediatos a sus palacios quedarán bajo su resguardo. Para que vayan y asistan con apremio las necesidades de sus nuevas tierras y para que tengan así la industria de saber cuanto ocurre y puedan dar cuenta pronta al tecutli chichimeca. Y para finalizar, todos, incluidos los pueblos que se declararon a favor del enemigo, serán perdonados de tributo por un año, para que así puedan recuperarse de las pérdidas en la guerra pasada. Ya cuando este tiempo termine, les haré saber cómo se hará la recaudación de tributos."

Ya te lo he dicho, querido nieto: Tezozómoc era un hombre justo. Todos ellos quedaron satisfechos con las mercedes recibidas; aunque también hubo otros señores aliados que creyeron ser merecedores de estas dignidades, pero bien supo el tecutli de Azcapotzalco que dividir el gobierno como lo había hecho Techotlala, provocaría los mismos desórdenes. Y así al día siguiente, en el año Cinco Caña, que era al principio del año 1419 de esta nueva era cristiana, hubo una grande concurrencia de tetecuhtin para reconocer y jurar por tecutli chichimeca a Tezozómoc, entre los que estuvieron los señores de Cohuatepec, Iztapalapan, Hueshotla, Shochimilco; los tetecuhtin aliados y muchos más. También hubo quienes se negaron a jurarle, entre ellos los tetecuhtin de Tlashcálan, Hueshotzinco, Cholólan, Tepeyacac, Zatatlan, Tenamitec, entre otros más lejanos y más pequeños, a quienes el nuevo tecutli chichimeca quiso hacerles la guerra por no aceptarle, pero decidió posponerlo para no arruinar las celebridades en las que hubo danzas, juegos y banquetes.

Como ya hice mención, Asholohua, no todos quedaron contentos con esta jura, pues los aliados que habían dado la espalda a Ishtlilshóchitl por no haber recibido premios al haber ganado la guerra contra Azcapotzalco y al haberse ido al partido del enemigo no fueron premiados dignamente; y otros que asistieron a la jura se veían obligados a dar la obediencia para no ser atacados nuevamente. Luego de finalizadas las fiestas, se le informó a Tezozómoc de la presencia disfrazada del príncipe Nezahualcóyotl en Azcapotzalco. Molesto, mandó llamar a sus seis aliados:

—Se me ha informado —dijo a todos en su palacio— que el hijo de Ishtlilshóchitl anduvo en Azcapotzalco los días de las ceremonias y fiestas.

Los tetecuhtin aliados se mostraron sorprendidos y temerosos de que Tezozómoc desconfiara de alguno de ellos.

—Propongo que se declare traidores a los que amparen a Nezahualcóyotl —dijo el tecutli de Shalco.

—Sí. Pena de muerte a los que sabiendo dónde se esconde ese joven no lo denuncien —agregó el tecutli de Acolman.

Tezozómoc miró a los tetecuhtin de Meshíco Tenochtítlan, Tlatilulco, Coatlíchan y Otompan, para saber sus puntos de vista.

—Sí, sí —agregaron los cuatro tetecuhtin—, pena de muerte a quienes le den de comer y asilo; y mercedes a los que lo entreguen vivo o muerto.

—Entonces informen en todos los pueblos lo que se ha acordado en esta junta —finalizó Tezozómoc.

Y así comenzó la persecución del príncipe Nezahual-cóyotl, que no fue quien tanto se ha dicho. Los chichimecas inventaron cosas y ocultaron muchas más para engrandecer su imagen. Y he de contarte, querido nieto, de esas verdades que no pintaron los chichimecas en sus libros pintados. Nezahualcóyotl se escondió en los bosques. Unos dicen que estuvo en una cueva por hartos días hasta que se le acabó el alimento, otros cuentan que mataba animales y así los comía crudos, para no hacer fuego, temeroso de que por eso lo descubrieran. Lo que sí es cierto es que luego de la muerte de su padre, el joven acolhua se logró librar de sus cazadores en muchas ocasiones.

Dio honor a su nombre y anduvo como coyote, deambulando hambriento, sediento, herido del alma y del cuerpo. Le habían enterrado una lanza o una flecha en la huida del palacio de Teshcuco y de la que se curó, pero cuando se tuvo que esconder, se le infectó. Y andando en busca de alimento y alguien que le curase su herida infectada, se metía en las pequeñas poblaciones, donde la gente no lo conocía. Les decía hartas mentiras: que era pobre, que lo habían atacado maleantes, que había sido soldado. Y así le daban de comer y lo dejaban dormir en sus casas, donde permanecía una noche, pues temeroso de que lo descubrieran y que lo delataran, salía antes de que la gente que le daba albergue despertara.

En una de esas ocasiones lo recibió un señor que tenía una hija muy linda y joven. El príncipe dijo que era un mercader, que iba rumbo a Teshcuco con sus mercancías y en el camino unos bandidos lo habían acechado y quitado todo. El hombre dijo a su hija que le hiciera la merced de darle de comer, que él tenía que salir, pero que lo cuidara y tratara como si éste fuera un noble señor. No estaba seguro este hombre de que aquel joven fuese el príncipe al que buscaba Tezozómoc, por no haberlo visto jamás, pero codiciando las riquezas que prometía el tecutli de Azcapotzalco, fue al palacio, sin decir a nadie a dónde iba, ni a quién tenía en su casa. Lo que le tomó todo el día por la distancia.

Habían transcurrido algunas horas de la mañana cuando Nezahualcóyotl llegó a una pequeña choza de carrizo y espadaña. Afuera había tan sólo unos cuantos animales de crianza y unas hortalizas. El interior era pequeño y pobre. El joven príncipe permaneció en la casa con la joven que le dio de comer y le lavó la ropa. Nezahualcóyotl la observó ir y venir haciendo sus tareas. Luego ella se acercó a él, lo llevó a una cama, lo acostó, se sentó junto a él y le limpió la herida sin quitar la mirada del rostro del príncipe.

—¿Cómo te llamas? —preguntó el Coyote hambriento.

—Tonacayatzin —respondió la joven mientras le untaba la babilla de una planta que usaban para sanar heridas.

Nezahualcóyotl no podía quitarle la mirada a la joven de trece años.

—¿Quién más vive aquí? —preguntó.

—Nadie más —respondió Tonacayatzin sentada a un lado, con su mano en el pecho del príncipe. Ya había terminado de curar la herida, pero fingió y siguió frotando con sus dedos.

—¿Y tu madre? ¿No tienes hermanos?

—Los chichimecas entraron a la población, hace un año, cuando todavía estaba la guerra y mataron y robaron e hicieron esclavos a muchos. Mi madre y hermanos fueron asesinados.

—¡No! —Nezahualcóyotl levantó la cabeza, haciendo un gesto de asombro—. Los chichimecas no hacían eso. El tecutli de Azcapotzalco enviaba soldados tepanecas disfrazados de chichimecas para que la gente creyera lo que tú crees.

Tonacayatzin quitó la mano del pecho del príncipe y dejó de mirarlo.

—Yo los vi.

—Yo también —mintió— y supe que eran tepanecas.

—Mi padre los vio y luchó contra ellos; me defendió, me sacó de allí y me trajo a esta aldea. Mi padre no miente.

—No, es una equivocación —se levantó Nezahualcóyotl del petate y la miró a los ojos—. Entiendo tu pena. La siento como si fuese mía.

—No puedes sentir mi dolor —respondió Tonacayatzin y se puso de pie.

—Yo también perdí a mi padre en la guerra —agregó el príncipe al mismo tiempo que se puso de pie y la siguió. Se paró frente a ella, que sin evitarlo comenzó a llorar en el pecho del príncipe:

—¡Yo los vi cómo mataban a mi madre! ¡Yo los vi, yo los vi!

Nezahualcóyotl la abrazó fuertemente y sin poder escapar al maremoto de evocaciones se encontró en el campo de batalla, escondido en el árbol, mientras el jaguar se arrancaba el diente y sonreía, se burlaba del tecutli chichimeca arrodillado, sangrando, a punto de caer.

—¡Yo también! ¡Y no hice nada! —agregó el príncipe.

Cerró los ojos y vio muy lentamente al jaguar lanzar el último golpe con su macuahuitl empuñado con las manos.

—¡No pude! ¡Fui un cobarde!

Ineludible escapar a esas regresiones que sufría Nezahualcóyotl. Veía nuevamente cómo el macuahuitl se acercaba pausadamente al cuello del tecutli chichimeca y le arrancaba la cabeza.

—¡Lo mataron!

Lloraron un largo rato y cuando el llanto cesó, seguían abrazados, con los ojos cerrados. Ella levantó la mirada y se encontró con la de él. Sonrieron, se miraron, se acercaron aún más, y se besaron, hasta llegar al petate. Se estrenaron en los haberes del amor. Ella, sin saberlo, era la primera mujer con la que estaba el príncipe chichimeca, el heredero del trono acolhua, el prófugo Nezahualcóyotl. Pero no se casaría con él, ni sería ella la única mujer del príncipe. El joven acumularía a lo largo de su vida una larga lista de mujeres con las que llegaría a tener ciento diecisiete hijos.

Ése fue uno de los días más hermosos de la joven Tonacayatzin; y también uno de los más dolorosos. Había estado con el príncipe todo el día, lo había tenido en su petate, había hablado de tantas cosas con él, le había escuchado hablar y no imaginó quién era. Al caer la tarde se escucharon la voz del padre de la joven y un grupo de hombres que lo acompañaban.

—¡Allí! —dijo a los soldados tepanecas—. ¡En esa casa!

Tonacayatzin salió apurada y los detuvo en la entrada.

—Padre, ¿qué ocurre?

—¡Déjalos entrar! —ordenó el hombre enardecido—. ¡Vienen por el príncipe Nezahualcóyotl!

—¿Quién?

—El joven que llegó esta mañana es el hijo de Ishtlilshóchitl, quien ordenó que mataran a tu madre y hermanos.

La joven abrió la boca y los ojos con asombro. Los soldados entraron a inspeccionar la casa y encontraron tan sólo enseres de la familia.

—Aquí estaba hace un momento —dijo ella al entrar y descubrir que el joven con quien acababa de tener su primer encuentro sexual se había marchado sin dejar rastro.

—¡Te ordené que no lo dejaras ir!

—Yo no sabía. Discúlpeme, padre.

De esa joven, querido nieto, que dicen que fue la primera mujer con quien se holgó el príncipe, nació el primero de los hartos críos que tuvo por todos los territorios por los que pasó. Y como andaba como coyote, iba y venía cuando quería holgarse con Tonacayatzin, a quien, en cuanto escuchó que llegaban los soldados, le tuvo que confesar, con unas cuantas palabras, que era el príncipe heredero del señorío chichimeca para poder huir. Se supo de ella harto tiempo después, cuando su padre enterado que estaba encinta, la casó con un hombre viejo a quien no le importó el embarazo sino la belleza de la joven.

Era harto galán este príncipe, que sin presumir su herencia ni ilustre pasado conquistaba a las hembras que deseaba. Satisfacía su necesidad del cuerpo y jamás volvía a buscarlas, sólo a aquellas que le gustaban mucho, como Tonacayatzin con quien se holgaba hasta cuando ya estaba casada con el viejo, que no podía ya, por su edad, hacer labor de varón; pero que al quedar Tonacayatzin preñada por segunda vez pudo callar los murmullos de su falta de hombría con su mujer y nuevamente reconoció al hijo bastardo. Creía haberse librado de la mala imagen de impotente ante la gente y sólo se ganó otra más.

Otras personas dicen que Nezahualcóyotl conocía a este hombre y que le pidió que se casara con Tonacayatzin y cuidara de ella y los hijos que con ella habría de tener, y que cuando recuperara su trono la haría su esposa. Pero esto no ocurrió. Quizá, querido nieto, sí haya sido así, pero cuando el Coyote hambriento tuvo más mujeres decidió dejarla con el viejo, pues llegó el tiempo en que no la volvió a buscar. Y eso fue mucho tiempo después.

Pero es menester mío contar lo que ocurrió luego de que huyó de la casa de Tonacayatzin, en esa primera vez que hubo entre ellos placeres del cuerpo. Siguió escondiéndose por los bosques y pidiendo comida y bebida. Siempre haciendo lo mismo, huyendo al amanecer o cuando sentía que lo habían descubierto. Pero en una ocasión, andando por Shalco, llegó a la casa de una mujer, que dicen que ya era anciana y que amablemente lo recibió y lo alimentó.

Había dentro de su casa vasijas llenas de pulque. Nezahualcóyotl, al ver esto, le preguntó por qué tenía eso en su casa.

—Pues de eso vivo, qué más puedo hacer si ya estoy vieja —respondió la mujer.

—Pero esto es ilegal —dijo Nezahualcóyotl, molesto al escuchar la respuesta sin sentimiento de culpa.

—La gente lo compra para refrescarse de los calores y descansar después de trabajar.

—El difunto tecutli chichimeca Ishtlilshóchitl lo prohibió —insistió el joven príncipe.

—Ahora el tecutli chichimeca es el señor de Azcapotzalco.

—¿Y lo ha permitido?

—No, pero tampoco lo ha prohibido.

—Entonces sigue siendo ilegal. Debe usted deshacerse de esta bebida que hace tanto mal a los hombres y que provoca tantos crímenes y faltas a las leyes.

—¡No! —la mujer miró con enojo al joven al que había invitado a su casa y convidado alimentos.

—Yo mismo tiraré esto allá afuera.

La mujer se puso frente a Nezahualcóyotl y amenazó con gritar a sus vecinos para que fueran a socorrerla.

—Todos ellos me compran pulque —advirtió enfurecida y tomó un cuchillo—, y si ellos saben lo que pretendes hacer me defenderán a mí.

—Ya le dije que esto es ilegal —insistió el príncipe también enfurecido.

La mujer se dio la vuelta y se dirigió a la salida para dar aviso a sus vecinos. Nezahualcóyotl le llegó por la espalda y le tapó la boca. La mujer se defendió con el cuchillo que tenía en la mano, pero él logró quitárselo.

Este joven príncipe necesitaba desquitar su enojo con alguien y fue esta anciana la que pagó con su vida esas frustraciones. Le enterró el cuchillo varias veces hasta matarla. Luego se ocupó de tirar las tinajas de pulque. Saciando su deseo de cumplir la ley, o de cobrarle a alguien la vida de su padre, salió de la vivienda y en ese momento llegó uno de los vecinos a comprar pulque. Se miraron a los rostros. Nezahualcóyotl salió y el hombre entró sin imaginar que allí encontraría a la mujer muerta y que el asesino huía. Con prontitud dio aviso a los vecinos, que salieron de sus viviendas para perseguir al joven desconocido, a quien apresaron y golpearon hasta obligarlo a confesar.

—Sí, yo la maté —dijo Nezahualcóyotl—, pues lo que hace es ilegal.

—Y, ¿quién eres tú para decirnos qué es ilegal? —preguntó uno de los hombres que lo había capturado.

No respondió.

—¿Quién eres? —bajó la mirada.

Uno de los vecinos se acercó y lo miró al rostro.

—¡Es el hijo del difunto Ishtlilshóchitl!

—¿Eres el príncipe Nezahualcóyotl?

No respondió.

—Te llevaremos a la corte de Azcapotzalco.

Primero lo llevaron ante Toteotzintecuhtli, señor de Shalco.

—Joven Nezahualcóyotl —dijo Toteotzintecuhtli al tenerlo en su palacio—, se me ha informado que dio muerte a una humilde anciana. ¿Es cierto eso?

—Sí.

—¿Por qué? ¿Qué le hizo?

—Estaba haciendo un acto declarado ilegal por mi difunto padre Ishtlilshóchitl, tecutli chichimeca.

—El tecutli chichimeca es Tezozómoc y él no ha declarado esto como algo ilegal. Y aunque así lo fuere, usted no tiene derecho de quitarle la vida a una persona en mis tierras. Pero, obedeciendo los deseos de Tezozómoc, será enviado a la corte de Azcapotzalco.

Y así, querido nieto, lo encerraron en una jaula donde guardaban animales feroces y lo mantuvieron allí sin alimento ni agua.

Para la celebración de la victoria tepaneca, Tezozómoc mandó construir un sitio para los juegos de combate, lo cual requirió el trabajo de miles de hombres, día y noche. Era éste un amplio patio rectangular, abierto al aire libre, con gradas y balcones en los muros laterales que daban una vista prodigiosa sin peligro de que los espectadores fuesen heridos por las lanzas y flechas que en el centro se lanzaban para los combates. Cuando por fin quedó finalizada, se anunció a todos los aliados que se llevarían a cabo juegos de combate. Ese día llegaron muchos invitados y hubo mucho movimiento en Azcapotzalco. Afuera se llenó de comerciantes y gente que no pudo entrar. Para ellos, Tezozómoc hizo que se llevaran a cabo danzas y banquetes.

Mientras tanto, en el interior, los juegos de combate entretenían a la nobleza, a los aliados y al tecutli chichimeca Tezozómoc, que se encontraba en el balcón principal observando los combates. Al final, el acontecimiento más esperado hizo que todos los presentes se pusieran de pie al ver la entrada del guerrero jaguar que había asesinado a Ishtlilshóchitl. Tezozómoc sonreía complacido desde su asiento, con su esclavo Totolzintli de pie a un lado. El primero en entrar fue un soldado tepaneca, que sin espera lanzó su primera flecha sin dar en el blanco. La multitud forjó un baladro comunitario que llamó la atención del jaguar y que respondió con otra flecha. El soldado se mantuvo de pie sin moverse, observando cada movimiento del meshíca. Preparó nuevamente su arco y flecha y apuntó. El jaguar lo miró, ensanchó la nariz, mostró los tres dientes que le quedaban al frente y dio unos pasos sigilosos. Ahora ambos estaban de cacería. Cuando el soldado tepaneca vio al jaguar de cerca lanzó la flecha. La gente se puso de pie y nuevamente dio un bullicioso alarido. Había fallado nuevamente el soldado, que desesperado lanzó otra y otra. Con esas últimas dos sumaban cuatro en total. ¡Cuatro! La gente gritó. El jaguar tenía la mira en la presa, caminó lentamente y, cuando por fin estuvo en la distancia deseada, saltó un porrazo con su macuahuitl y le despedazó el rostro frente a la multitud, que observó de pie, en silencio, asombrada y temerosa. Tezozómoc fue el único que no se puso de pie, el único que no mostró extrañeza, el único que sonrió.

En ese momento llegó alguien a su derecha para avisarle que habían apresado a Nezahualcóyotl en Shalco. Sin mirar a la persona que le había dado el informe, respondió: "Tráiganlo a Azcapotzalco para que luche contra el jaguar. Si se salva lo dejaré libre".

El señor de Shalco, Toteotzintecuhtli, quien no asistió a las celebraciones con el único objetivo de permanecer en su señorío en espera de la respuesta de Tezozómoc, recibió esa noche a los embajadores que solicitaban el envío del joven Nezahualcóyotl.

Quetzalmacatzin, hermano del señor de Shalco, siempre estuvo a favor de Teshcuco, y cuando se enteró de que tenían preso al príncipe acolhua, buscó la manera de liberarlo. Esperó a que anocheciera y, cuando todos estaban dormidos, caminó sigiloso hacia la jaula donde tenían al príncipe, que pronto notó su presencia. Quetzalmacatzin le hizo señas para que no lo delatara. Los dos soldados que cuidaban del preso se encontraban de pie, cabeceando ocasionalmente. Quetzalmacatzin les llegó por la espalda, sacó su cuchillo y pronto dio muerte a uno de ellos; el otro, al comprender lo que ocurría, levantó su macuahuitl y se le fue encima al asesino de su compañero. Luego de un reñido encuentro, Quetzalmacatzin enterró su macuahuitl en el pecho del soldado y liberó al príncipe antes de que fuese llevado a Azcapotzalco. Nezahualcóyotl salió de la jaula y agradeció a su libertador, que sin decir mucho le dijo que para poder huir debían cambiar sus vestidos.

—Yo me quedaré en esta jaula en su lugar, mi señor —dijo Quetzalmacatzin bañado en sudor—, y le diré a mi hermano que alguien vino a rescatarlo y que me encerraron aquí.

Nezahualcóyotl rechazó aquello en un principio pero Quetzalmacatzin insistió y explicó que sería lo mejor. El príncipe chichimeca salió corriendo. Al amanecer, Quetzalmacatzin fue llevado ante su hermano Toteotzintecuhtli, a quien dijo exactamente lo que había prometido ante el príncipe chichimeca.

—Eran muchos, tantos que no tuvimos forma de luchar —dijo y contó un combate inexistente.

—¿Y qué hacía allí a esas horas? —preguntó uno de los ministros dudoso de aquella versión y mirando a los demás.

—Salí al escuchar ruidos —respondió con la voz temblorosa y haciendo evidente su mentira.

—Lo siento, hermano mío —respondió el señor de Shalco sabiendo que si perdonaba a su hermano él sería declarado aliado de Nezahualcóyotl ante los ojos de los demás y principalmente ante Tezozómoc—, pero aunque creyera lo que has dicho debo castigar a los que no fueron capaces de impedir que Nezahualcóyotl huyera.

Y así Quetzalmacatzin fue asesinado en lugar del príncipe, que mientras tanto corría entre los bosques, hambriento y sediento, siempre huyendo de las tropas de Tezozómoc. Y sabiendo que ya no podía andar solo, fue a Tepectipac, señorío de Cocotzin, fiel a Ishtlilshóchitl. Al llegar a la provincia, caminó con la cara mirando al piso, eludiendo conversaciones con la gente. Cuando se presentó en el palacio de Cocotzin, dos soldados lo detuvieron en la entrada.

—Vengo a ver a su señor —dijo Nezahualcóyotl sin levantar la mirada.

Los soldados lo miraron de arriba abajo con menosprecio y luego se miraron entre sí con gestos mordaces.

—Lárgate de aquí.

—Necesito hablar con él.

—¿Quién lo busca? —preguntó uno de ellos con escarnio al ver la suciedad en las vestimentas del hombre frente a ellos—. ¿El tecutli chichimeca? —ambos bromearon con muecas sarcásticas.

Nezahualcóyotl tragó saliva, temeroso de no saber qué recibimiento se le daría y levantó el rostro:

—Sí, dígale que el hijo de Ishtlilshóchitl lo está buscando.

El semblante de los soldados se opacó, miraron en varias direcciones, tragaron saliva y dudaron en responder.

—¿En verdad eres Nezahualcóyotl? —preguntó uno con temor.

—Sí.

—No le creas —dijo el otro y negó con la cabeza.

—Llévenme con su señor y que él decida mi castigo si soy un impostor.

Ambos soldados bajaron las miradas por un instante y luego llevaron al joven ante su señor.

—¡Oh, mi señor Nezahualcóyotl! —Cocotzin se levantó de su asiento real y se dirigió a él a zancadas, pues lo reconoció de inmediato sin que los soldados lo anunciaran.

—Le ruego me perdone —dijo uno de los soldados al mismo momento que se arrodilló.

—Disculpe nuestra insolencia —dijo el otro.

—¿Qué han hecho? —inquirió Cocotzin.

—Mi señor, no sabíamos que él era el príncipe heredero.

Cocotzin jaló aire, miró a Nezahualcóyotl, notó que en él no había enfado hacia esos soldados y concluyó:

—De ahora en adelante ustedes serán esclavos de Nezahualcóyotl.

—Me sirven más como soldados —dijo el príncipe chichimeca.

—Pues así será. Pero primero ordenaré que le preparen un baño, vestimentas dignas de un príncipe y un banquete.

Mientras esperaban a que le prepararan el baño al príncipe, Cocotzin le informó sobre la forma en que Tezozómoc había dividido el imperio y sobre las celebraciones que se estaban llevando a cabo en Azcapotzalco.

—El baño está listo —dijo uno de los sirvientes en la entrada de la sala.

—Adelante —dijo Cocotzin—, disfrute el temazcal, relájese.

Cuando Nezahualcóyotl salió del baño, un par de sirvientes lo estaban esperando para ayudarle a ponerse un traje de algodón, brazales y collares de piedras preciosas y un fino penacho de plumas azules y verdes con esmeraldas en la corona.

—No puedo recibir estas prendas tan hermosas —dijo Nezahualcóyotl—, preferiría que me trajeran un tilmatli de henequén, como el suyo.

—No podemos hacer eso. Mi señor ordenó que le trajéramos estas prendas y si desobedecemos nos castigará.

—Yo me encargaré de que no lo haga.

Cuando Nezahualcóyotl llegó a la sala principal, Cocotzin, quien ya lo estaba esperando con un banquete, se quedó con la boca abierta.

—Mi señor, ¿por qué le han dado esas prendas?

—Yo las pedí. Agradezco el recibimiento y los regalos tan valiosos que me hace pero no puedo aceptarlos.

—¿Por qué?

—Si me ven en las provincias con tan grande penacho y tantas piedras preciosas me reconocerán.

—Pero esto es para que vista dignamente en mi provincia —dijo Cocotzin.

—Bien quisiera permanecer en su palacio, pero mi estancia sólo traerá desgracias a la provincia de Tepectipac.

—¿En qué puedo, entonces, servir al hijo de mi amado y difunto tecutli chichimeca Ishtlilshóchitl?

—Proporcionándome soldados y criados que sigan mi camino, en el que he de recorrer toda la Tierra para solicitar socorro de la gente que amaba a mi padre y hacer nuevas alianzas en otras que sé que pronto estarán en disgusto con Tezozómoc.

Cocotzin sonrió como si estuviese hablándole a un hijo del cual se sentía muy orgulloso:

—Es usted tan valiente, joven Nezahualcóyotl. Mañana tendrá los soldados que solicita y los criados que sean necesarios para que le sirvan con dignidad. Pero esta noche, usted es mi invitado y pienso agasajarlo con un gran banquete, danzas y juegos de combate.

Pronto se reunió la gente de aquella pequeña provincia en la plaza principal, curiosos de conocer al invitado, ya que sabían que no era temporada de fiestas. El señor de Tepectipac decidió no hacer pública la presencia del príncipe, enterado como estaba de la presencia de los espías de Tezozómoc.

—¡Habitantes de Tepectipac! —dijo el señor Cocotzin al salir de su palacio y encontrarse frente a todos en la plaza—, la guerra que terminó dejó tristeza por toda la Tierra, en todo ese tiempo hubo harto llanto y pena por la muerte de nuestros soldados. Tezozómoc se ha jurado como grande tecutli chichimeca y ha ordenado que los señores que no asistimos a la jura le hagamos fiestas en su honor en nuestros señoríos. Bien saben ustedes que no es mi complacencia aplaudir la victoria del enemigo, pero también creo que ustedes están cansados de la guerra. Es menester mío mantener la paz en esta región, y si con esta fiesta lograra evitar que los ejércitos de Azcapotzalco vengan a matar más gente, así lo haré. Quedan estas fiestas declaradas en honor del nuevo tecutli chichimeca Tezozómoc. Y los invito a ustedes a divertirse, a festejar por la paz que hay ahora.

—Aunque sé que esto puede crear confusión entre mis vasallos —explicó Cocotzin a Nezahualcóyotl—, haciéndoles pensar que me declaro a favor de Tezozómoc, prefiero eso a hacer pública su presencia.

Pronto la gente, deseosa de paz y fiestas, aceptó lo que su señor Cocotzin dictaba y se entregó a la celebración que inició con danzas. Cuarenta mujeres bailaron con los cuerpos pintados y adornados.

Aquella provincia había adoptado las costumbres de los me-shícas. Los sacerdotes prepararon a una doncella y a un man-cebo, echándoles humo de copal para sacrificarlos. Primero acostaron en la piedra de los sacrificios a la joven. Dos de ellos le sostenían la espalda y otros dos las piernas. El sacerdote prin-cipal enterró el cuchillo en el abdomen (pues hacerlo por el pecho imposibilitaba la extracción del corazón) y lo abrió len-tamente mientras ella se retorcía del dolor. Introdujo la mano y con el cuchillo cortó las venas que daban al corazón y lo sacó; lo levantó para mostrarlo a los presentes, mientras la sangre es-curría por sus brazos. El corazón fue ofrendado a Huitzilopo-chtli. Tras retirar el cadáver, subieron al mancebo y de igual manera le abrieron el abdomen y le extirparon el corazón.

Luego de estas funciones se dio el inicio a los juegos de ba-talla en que se luchaba de igual manera como se hacía en cam-paña. Nezahualcóyotl observó varios de estos combates y, sin evitarlo, recordó el momento en que dieron muerte a su padre; y ansioso de volcar su furia pidió a Cocotzin que le permitie-se participar.

—No puedo permitir eso, mi señor —respondió—. La gen-te lo reconocerá y, peor aún, usted podría perder la vida.

—Si no me ejercito en las armas, ¿cómo he de luchar para recuperar el señorío que mi padre me heredó? —dijo Ne-zahualcóyotl—. Si en mi destino no está recuperar el imperio se mostrará en este momento, en este lugar, donde he de morir y no en campaña cuando ya muchos hayan muerto. Le ruego que mande traer al más ejercitado de los soldados.

Cocotzin comprendió al joven príncipe y le cumplió su de-seo. Nezahualcóyotl fue guiado por dos soldados a una de las habitaciones donde se preparaban los combatientes. Ahí le pintaron el rostro y el cuerpo, como todos los guerreros, con lo cual quedó irreconocible. Luego se puso el atuendo de gue-rra y salió armado con su escudo, talcochtli y macuahuitl. So-naron el silbido del caracol y los huehuetl:

¡Tum, tututum, tum, tum!

Sólo estaban él y el soldado.

¡Tum, tututum, tum, tum!

Nezahualcóyotl escuchó los huehuetl y sin poder eludirlo vio a los guerreros enemigos acercarse al campo de batalla para dar muerte a su padre. Debía ahora él bajar del árbol y dar frente al enemigo.

¡Tum, tututum, tum, tum!

Ya no era una pesadilla de la cual podía escapar al despertar. Era el momento de ejercitarse en las armas. Demostrar si en verdad tendría el valor de luchar como sus soldados y su padre. ¿Podría? Había aprendido del uso de las armas desde que era un crío, pero ésta era la primera vez en que se encontraba en un combate real, en el que su vida estaba en peligro.

¡Tum, tututum, tum, tum!

Se encontraban en los extremos opuestos del área de combate. Se miraron a los ojos, como si hubiese entre ellos un odio añejo. El soldado hacía lo que estaba acostumbrado: intimidar a sus oponentes. Nezahualcóyotl tenía en la mente el rostro del asesino de su padre. Caminaron lentamente hacia el centro de la zona de combate. Aún había entre ellos unos cuantos metros de distancia cuando el soldado lanzó su talcochtli y dio en el escudo del príncipe, quien, al igual que su padre, sacó su cuchillo y cortó el cordón de esta lancilla para que su enemigo no pudiese recuperarla. Y en lugar de lanzarla a su contrincante la tiró lejos para evitar que la utilizara de nuevo. El soldado dio el primer golpe con su macuahuitl. Nezahualcóyotl lo detuvo con el escudo y retrocedió algunos pasos. El soldado le siguió. La gente gritaba, pero el joven príncipe no los escuchaba; en su mente sólo retumbaban los tambores de guerra:

¡Tum, tututum, tum, tum!

El soldado dio un golpe que el Coyote logró esquivar, pero cayó al suelo. Los espectadores gritaron con mayor entusiasmo. El soldado se acercó con su macuahuitl listo para cortarle la cabeza, pero el príncipe se incorporó con destreza y detuvo el golpe con su macuahuitl. El soldado dio varios golpes seguidos, que Nezahualcóyotl detuvo pero sin lograr combatir. Ambos se encontraban bañados en sudor. El soldado sintió que tenía ganada la batalla y sonrió con tanta pedantería que despertó en el casi derrotado Coyote las ansias de venganza. Ya no luchaba en el combate de una fiesta, sino frente al asesino de su padre, el jaguar, el hombre que se burló de Ishtlilshóchitl. El soldado se acercó a él y lanzó otro golpe que chocó con el macuahuitl de Nezahualcóyotl. Ambos se miraron a los ojos y el soldado, al ver la rabia de su contrincante, comprendió, algo tarde, que no tenía ganada la batalla. El joven heredero sacó su talcochtli y lo lanzó de manera certera a la pierna del soldado, quien se apuró a cortar el cordón, pero Nezahualcóyotl lo jaló y recuperó su arma. La pierna del soldado comenzó a sangrar y el Coyote se apresuró al ataque. Corrió hacia el contrincante pero éste se movió al tenerlo cerca. Nezahualcóyotl cayó en la tierra. El soldado se reincorporó. El Coyote hambriento soltó un golpe con su macuahuitl, pero el guerrero lo detuvo con su escudo. El príncipe acolhua insistió: varios golpes sin parar. El guerrero retrocedía cubriéndose con el escudo de los insistentes golpes de Nezahualcóyotl, que enfurecido no le daba tregua. El soldado logró darle un golpe que le arrancó el escudo al príncipe. Hubo un silencio. La gente observó, esperando la casi segura muerte de aquel desconocido sin escudo. Los huehuetl callaron y Nezahualcóyotl vio el rostro de su padre y la sonrisa del jaguar. Cuando el macuahuitl se acercaba a él se dejó caer al piso, esquivando el golpe que le iba a cortar la cabeza. Con destreza se defendió con un golpe certero en la pierna del soldado, quien se derrumbó inmediatamente. Nezahualcóyotl se puso de pie y con otro golpe arrancó el escudo al soldado, dejándolo de rodillas. La gente seguía en silencio, asombrada de ver cómo el joven que estaba a punto de perder la vida se había recuperado con una habilidad que pocos tenían. El Coyote dio un segundo golpe y le quitó el macuahuitl al soldado. Lo miró a los ojos por varios segundos. El rostro del soldado estaba bañado en sudor. Tenía algunos raspones y

254

manchas de sangre en brazos y pecho. Nezahualcóyotl inhaló lentamente, exhaló de golpe y se dio media vuelta.

—¡No se le perdona la vida al enemigo! —gritó el soldado, al mismo tiempo que recuperaba su arma.

La gente gritó de emoción y preocupación. Nezahualcóyotl volteó, al mismo tiempo que bajaba casi a ras del suelo; esquivó el ataque que se dirigía a su cabeza y de un golpe derribó al soldado cortándole los pies.

—¡Máteme, Coyote! ¡Deme ese honor! —dijo el soldado en medio de un charco de sangre.

Nezahualcóyotl levantó la mirada y la dirigió a Cocotzin, quien le respondió moviendo la cabeza de arriba abajo. La gente seguía en silencio, esperando el golpe final. El soldado insistió:

—¡Máteme, Coyote hambriento!

Nezahualcóyotl recordó una vez más la sonrisa del jaguar y con rabia levantó su macuahuitl con el cual, de un golpe, le cortó la cabeza al soldado. La gente halagó con gritos al soldado desconocido. Los elogios eran tantos que el príncipe chichimeca sintió un ligero zumbido en los oídos. Salió de allí y se dirigió a la habitación que se le había otorgado para su descanso en el palacio, donde permaneció un largo rato en silencio, hasta que terminaron las celebraciones.

—El soldado me reconoció —comentó Nezahualcóyotl al señor de Tepectipac cuando ya todos se habían retirado.

—Era cuestión de honor, mi señor —dijo Cocotzin—. El mejor de mis soldados debía saber a quién le quitaría la vida o quién le daría muerte a él. Y sabiendo que era contra el príncipe heredero luchó con maestría. Jamás le dio tregua, no se lo permitiría a sí mismo un soldado tan honorable. Está en los agüeros que ha de ser usted quien salve este señorío. Y lo ha demostrado en esta batalla. Su padre estaría muy orgulloso de verle luchar como lo hizo. Sus enemigos temerosos correrán cuando le vean moverse con las armas. No deje de ejercitarse ni se engrandezca con esta pequeña victoria. Pues siempre habrá mejores guerreros. Tiene el respeto de mi pueblo y nuestra lealtad. Vaya a descansar ahora, que mañana habrá de salir. Reúna sus aliados, gáneselos, llévelos a su partido y cuando esté listo para recuperar el imperio que su padre le heredó, envíe a sus emisarios, para que salgamos a combatir a su lado, listos para dar la vida por usted y por el señorío chichimeca.

A la mañana siguiente, salió el príncipe chichimeca con los soldados y criados que Cocotzin le entregó. Se dirigió a Hueshotzinco y luego a Tlashcálan, donde fue bien recibido por los señores de aquellos lugares.

—Estimados deudos y amigos de mi padre, ahora fenecido —dijo con humildad—, he venido a solicitar su auxilio.

—Estamos enterados de su desgracia, mi señor. Lamentablemente no podemos proporcionarle el auxilio que nos solicita —respondió el señor de Tlashcálan—. Disculpe mi sinceridad, pero hay ciertos factores que hacen inviable la guerra que pretende llevar en contra del gobierno de Tezozómoc. El primero es que usted es aún muy joven y su inexperiencia le está engañando. El segundo es que ni usted ni nosotros tenemos los soldados suficientes para declararle la guerra al tirano Tezozómoc. El tercero es que aún hay muchos ingratos por estas tierras que fingen estar a su favor. Cuide sus palabras. No llegue con tanta ingenuidad a solicitar ayuda ni crea en todo lo que le digan. Estudie a sus deudos más que a sus enemigos. De los segundos ya sabe lo que debe esperar, de los primeros todo es incierto. Usted es muy joven y Tezozómoc muy viejo. Espere a que él se asegure en el trono y se confíe. Cuando el viejo piense que usted ya no es un peligro, desarmará a sus tropas y las enviará a descansar. Entonces, Coyote ayunado, podrá levantarse.

En este amoshtli, querido nieto, se ve al tecutli Tezozómoc molesto porque Nezahualcóyotl seguía libre, haciéndose de aliados a escondidas. Tenía ya de su lado seis ciudades: Hueshotla, Cohuatepec, Iztapalapan, Hueshotzinco, Tlashcálan y Tepectipac. Anduvo por toda las tierras; en muchas de ésas, donde sabía que no conseguiría auxilio, se mantenía disfrazado y platicaba solamente con el vulgo, para enterarse de las novedades y tener certeza de lo que se decía de él y de Tezozómoc. Y en todos estos lugares escuchó siempre que había premios por su cabeza. Casi todos, hasta ese momento se mostraban agradecidos con Tezozómoc, pues hacía ya casi un año que el tecutli de Azcapotzalco había sido reconocido y jurado como grande tecutli chichimeca; y un año que nadie pagaba tributos. Pero ése fue el error de la gente, querido nieto, ignorar que un año es poco tiempo y que luego volverían a las contribuciones. Y así fue, querido nieto: antes de que se cumpliera el año el tecutli chichimeca, mandó llamar a sus seis tetecuhtin aliados para hacerles saber la forma en que se harían los nuevos tributos y su distribución.

—Ha pasado un año —dijo Tezozómoc sintiéndose ya más enfermo y cansado— y es menester hacerle saber a todos nuestros vasallos que el indulto de tributos ha terminado y que es tiempo de cumplir con sus obligaciones.

Los tetecuhtin aliados estuvieron de acuerdo con el tecutli chichimeca, pues también querían gozar de los pagos que harían los pueblos que ahora les pertenecían.

—Ésta es la forma en que se habrá de repartir el tributo: se dividirá en ocho partes. Las que pertenecen a mis territorios serán enviadas completas a Azcapotzalco; las otras seis partes, cada una se dividirá en tres, dos para Azcapotzalco y una para ustedes. Y para evitar que haya robos o malos entendidos es menester que ustedes vayan en persona a hacer la recolección de los tributos.

Esto no agradó mucho a los tetecuhtin aliados, pero se callaron, pensando que era esto temporal como había sido el indulto de los impuestos.

—Digan también a los vasallos —agregó Tezozómoc al ver que los tetecuhtin aliados no estaban a gusto con aquella disposición— que el tributo será aumentado al triple. Esto lo hago para que ustedes puedan tener mayores beneficios.

Los tetecuhtin aliados se sintieron más compensados, pues con esto a su entender recuperaban las dos terceras partes que les había quitado Tezozómoc con lo dicho anteriormente.

—Para mí quiero —continuó— que envíen armas, plumería, ricas piezas de oro, piedras preciosas, mantas, una cantidad considerable de maderos y servicio personal. Pero ya no quiero plebeyos ni peones, como hasta ahora ha sido acostumbrado.

—¿Qué quiere mi señor que se le envíe? —preguntó el señor de Tlatilulco.

—Que cada pueblo mande gente útil, oficiales, trabajadores, obreros, gente experimentada en las construcciones, mujeres hilanderas, tejedoras, cocineras y de otros oficios.

Nadie pudo discutir aquella nueva disposición. Era esta la nueva cara de Tezozómoc. Grave error, querido nieto, apretar la soga y asfixiar a los que le habían ofrecido lealtad. Quizá, de haber sido el tecutli tepaneca más bondadoso con sus nuevos vasallos, éstos jamás habrían escuchado a Nezahualcóyotl que andaba por todas partes convenciéndolos de levantarse en armas.

Fueron ésta y otras razones por las que Azcapotzalco perdió el imperio, querido nieto. Después de la caída de los tepanecas, creció y se hizo cada vez más fuerte el señorío de Meshíco Tenochtítlan. Azcapotzalco pudo ser el imperio a la llegada de los españoles. Y quién sabe, tal vez ellos no habrían permitido a los barbados hacerse de nuestras tierras, pues como bien sabes, los que ganaron la guerra no fueron los pocos hombres blancos que llegaron, sino los aliados, entre ellos los tlashcaltecas, hueshotzincas, cholultecas, totonacas y acolhuas. Así es, uno de los nietos de Nezahualcóyotl se alió a los españoles. Y si Azcapotzalco hubiese sido el imperio en esos tiempos, los chichimecas también se habrían aliado a los barbados. Ahora, piensa esto: ¿qué habría ocurrido si a la llegada del tecutli Malinche y su gente el imperio hubiese estado en Teshcuco? ¿Se habrían aliado los meshícas a Malinche para derrocar a los nietos de Nezahualcóyotl? ¿Se habrían aliado Tlashcálan y Meshíco Tenochtítlan?

Lo cierto es, crío, que pocas veces al llegar al poder se mantuvieron en paz desde entonces. No supimos aliarnos entre todos y perdimos lo más valioso: nuestra toltecáyotl. Ahora que anduvimos tú y yo, por allá, encerrados en aquel lugar en que nos tuvo Torquemada y que vimos la ciudad nueva que han construido, donde antes estaba la antigua Tenochtítlan, no me queda más que aceptar lo que no quise en tantos años escondido: Meshíco Tenochtítlan ha muerto.

Grande tristeza siento al pensar que muy pronto sólo seremos un recuerdo lejano. ¿Qué será de nuestra toltecáyotl? Ya no sé si esto perdurará. Es mi temor fallecer sin terminar de contar lo que es menester decirte. Empieza a escribir, querido nieto. Escribe todo lo que recuerdes, lo que te cuenten tus tíos. Pregunta a otros ancianos y escríbelo, cuéntalo en esta nueva lengua, explícales a nuestros descendientes las victorias y fracasos de nuestro pueblo, que quede tu testimonio, para que mucha gente pueda conocer nuestra historia.

13

Totolzintli se encontraba de rodillas lavándole los pies a su amo cuando al alzar la mirada encontró en el rostro de Tezozómoc un gesto hostil. Lo conocía tanto que no era necesario que le contara sus planes, el esclavo comprendió que en pocos días correría mucha sangre. Entristeció, bajó la mirada y continuó tallando las callosidades en las plantas de los pies de su amo.

—¿No piensas decir algo? —preguntó Tezozómoc acostumbrado a que su sirviente adivinara lo que el tecutli chichimeca tenía en mente.

—Si ha de haber muertes, no puedo más que lamentar lo que viene.

Tezozómoc soltó una patada que llenó de agua el rostro de Totolzintli, quien no hizo más que agachar la cabeza.

—Lo siento, mi amo —dijo Totolzintli con agua sucia escurriendo de su cara.

—Lo que debes sentir es gusto de que te encuentras aquí, a mi lado, que no tienes que ir a la guerra, ni que te debes preocupar por tener alimento, ni por salvar tu vida. Gracias a todas esas muertes eres el criado más privilegiado de toda la Tierra.

—Si eso es lo que planea hacer —agregó Totolzintli sin levantar la mirada—, no se lo diga a sus aliados, porque de lo contrario la gente se enterará.

Tezozómoc arrugó los labios y metió al agua el pie con que había mojado a Totolzintli, quien en silencio siguió lavando aquellos pies llenos de callosidades.

El usurpador se ha enterado que soy el mentor del príncipe Nezahualcóyotl, que lo escondí en una cueva y que lo instruí para que recuperara el imperio. Por ello ha ordenado que se me arreste. Quiere usarme como carnada. Cree que teniéndome como rehén obligará al príncipe chichimeca a rendirse.

Ingenuo. Tezozómoc se equivocó conmigo. Soy tan viejo como él. Conozco todos sus trucos. Si yo hubiese sido el tecutli chichimeca, Tezozómoc jamás habría ganado la guerra. Pero los viejos como yo somos ignorados por los gobernantes que creen que en su herencia viene incluida la sabiduría. Hartas veces he tenido a los soldados tepanecas frente a mí y no han sido capaces de reconocerme. "Anciano", me preguntan esos imbéciles, "¿sabes dónde se esconde el mentor de Nezahualcóyotl?" "¿Puede saber un grano de maíz por dónde llegará el cuervo?", les respondo. Siguen su camino. A estos jóvenes les falta lo que a mí me sobra y me estorba, como la concha sobre el caracol. Es una pena que la sabiduría llegue cuando uno ya no puede cargarla.

Hace tanto que no veo al Coyote en ayunas. Nos separamos por seguridad de los dos. Yo me fui a Teshcuco donde estuve informándome de los pasos del Coyote sediento.

En estos días ocurrió algo que debo contar como lo vieron mis ojos. Una mañana llegaron a Teshcuco y todas las ciudades cercanas los soldados de Tezozómoc y al encontrarse con un crío de unos siete u ocho años que andaba con su madre, los detuvieron y preguntaron algo. Él respondió y los soldados lo acariciaron al escuchar la respuesta y le dieron regalos a él y a sus padres. No supe qué le preguntaron. Continuaron su camino. Los seguí de lejos y vi que hicieron una pregunta. En ese momento dos soldados aprehendieron al crío de aproximadamente nueve años. Los padres intentaron liberarlo, pero otros soldados les cerraron el paso. Forcejearon.

Uno de ellos sacó su macuahuitl y de un golpe le cortó la cabeza al niño. La sangre salpicó a los que estaban allí cerca. Los padres con desconsuelo se derrumbaron sobre el cadáver de su crío para llorarle. Cuando los soldados se marcharon me acerqué a los padres:

—¿Qué les preguntaron? —cuestioné.

—¿Quién es el gran chichimecatecutli? —respondió la madre levantando su rostro lleno de sangre.

—Y, ¿qué respondió su hijo? —tragué saliva al ver aquello.

—Nezahualcóyotl —lloró el padre y se volvió a abrazar a su hijo.

Caminé lo más pronto que pude hasta alcanzar a los soldados. Los encontré con otro crío al que estaban interrogando. Esperé. Por lo que vi deduje que el pequeño había respondido Nezahualcóyotl. Nuevamente la cabeza de un pequeño salió volando, salpicando sangre mientras rodaba por el piso. Los padres de este crío también lloraron sobre el cadáver de su hijo. Me acerqué a ellos y les pregunté qué había respondido su crío.

—Ishtlilshóchitl —exclamó la madre con lágrimas, sin poder contener la respiración.

Seguí caminando y encontré a los soldados dando regalos a los padres de otra cría a la que también habían preguntado, tuve que esperar a que se marcharan para acercarme a los padres y preguntar otra vez lo mismo.

—Tezozómoc —respondieron felices por las dádivas que el tecutli chichimeca usurpador les había enviado.

Comprendí con mucha angustia la estrategia de Tezozómoc de arrancar de la memoria popular el cariño a Ishtlilshóchitl y la esperanza en Nezahualcóyotl.

Ya estoy viejo y no es fácil para mí correr ni defender con mi vida a tantos críos. Así que dije a un joven que corriera a avisar a todos los críos que pudiese:

—¡Diles que digan que el gran chichimecatecutli es Tezozómoc!

—¡No! —respondió sin entender aún lo que ocurría—. ¡Es Nezahualcóyotl!

Lo tomé del brazo y lo llevé a ver cómo los soldados daban muerte a otro crío.

—¿Sabes por qué los están matando?

El joven se quedó boquiabierto al ver el charco de sangre y la cabeza del niño rodando por el piso.

—Los están matando a todos por no responder que Tezozómoc es el gran chichimecatecutli. Salva tu vida y las de todos los que puedas.

El joven corrió, pero supe que no era suficiente. Comencé a decir a cuantos me encontraba en el camino que hicieran lo mismo: que instruyeran a los padres para que sus hijos respondieran Tezozómoc, Tezozómoc, Tezozómoc. Pronto logré hacer que más gente corriera la voz. Pero entre más caminaba más sangre hallé en el camino, más mujeres llorando por sus críos, más cabezas cortadas.

—¡Dejen de llorar! —grité a la gente que miraba alrededor—. ¡Corran! ¡Digan a todos que instruyan a sus hijos a que respondan que Tezozómoc es el gran chichimecatecutli de esta tierra! ¡Salven a los críos! ¡Dejen el llanto para luego! ¡Corran! ¡Miren allá! ¿Ven a esos soldados matando a ese crío? ¡Es porque respondió que Nezahualcóyotl es el gran chichimecatecutli!

—¡Hay que darles muerte! —gritó uno de ellos.

En ese momento la gente se apresuró a hacerse de palos y piedras. Los seguí a gritos:

—¡No! ¡Con eso únicamente conseguirán enardecer al tecutli Tezozómoc!

Pero estaban hechizados por la rabia y no me escucharon.

—¡Que mueran los asesinos tepanecas!

Me puse frente a ellos. Tenía que detenerlos, de lo contrario aquello terminaría en otra guerra.

—¡No! ¡Ésta no es la forma! —grité desesperado, levantando las manos, como si con eso lograra detenerlos a todos—. ¡Salven a sus hijos!

Logré apaciguarlos. Se miraban entre ellos.

—¡Digan a todos que instruyan a sus críos a que respondan que Tezozómoc es el gran chichimecatecutli!

Una mujer les dijo que lo que yo decía era cierto, que ella había escuchado a los críos responder Nezahualcóyotl y que por eso les habían dado muerte.

—¡Salven a los críos! ¡Corran! —insistí.

Y así corrieron por distintos rumbos para llegar antes que los soldados y avisar a los padres. Pero no fue suficiente. Por cualquier lugar por donde pasaba me encontraba con pequeños degollados, mujeres ahogadas en llanto, hombres deseosos de venganza, sangre, sangre y más sangre. Lo peor que había visto en mi vida. Ni siquiera comparable con una guerra en donde los soldados se quitan la vida entre ellos, tienen con qué defenderse, están ejercitados en las armas; aquí eran niños indefensos, criaturas ajenas a toda esta barbarie.

Llegué a donde se encontraban los soldados con otro crío haciéndole la pregunta. No podía acercarme y darle la respuesta, no podía siquiera vociferarla yo mismo. Entonces me dirigí a otro niño que estaba cerca de mí: "Grita: Tezozómoc y te darán un premio".

El crío salió corriendo gritando:

—¡Tezozómoc, Tezozómoc, Tezozómoc!

Unos soldados se le acercaron y le dieron premios. El crío al que habían preguntado primero vio esto y respondió con deseo de ser premiado de igual manera:

—¡Tezozómoc, Tezozómoc, Tezozómoc!

Sus padres que ya se habían enterado de lo que estaba ocurriendo, pero que no tuvieron tiempo de instruirle, corrieron a él y lo abrazaron gustosos de que había salvado la vida. Los otros que vieron esto comenzaron a gritar lo mismo:

—¡Tezozómoc, Tezozómoc, Tezozómoc!

Pero no fue suficiente. Pues esta masacre ocurría en ese mismo instante en muchos otros pueblos. Y no hubo manera de detenerlos. Luego de que los soldados se marcharon juntamos con llanto todos los cadáveres en la plaza principal; los vestimos y arreglamos para las exequias y los incineramos todos en una sola hoguera. Contamos más de cuatrocientos en Teshcuco.

El usurpador se ha quitado la máscara de la clemencia. Logró engañar a todos: a los enemigos, a los vasallos, a los aliados, esos tetecuhtin que se han creído las mentiras del usurpador de hacerlos tetecuhtin aliados cuando sólo los hizo sus sirvientes. Les dijo que dividiría el señorío en ocho; que dos partes serían para él y las otras las repartiría entre ellos. No les dio señoríos, sino empleos de administradores, pues él es el grande tecutli chichimeca y él toma las decisiones. Les prometió que entre todos dictarían las nuevas leyes. ¡Mintió! Los hace ir a su palacio para dictaminar, hacer como que los escucha, los deja discutir, los enreda y luego él ordena qué hacer. Para complacer al tecutli tepaneca sólo es necesario bajar la cabeza y decir preciso lo que él espera oír. Aunque su temperamento es bien conocido por su absolutismo, difícilmente pierde los estribos, muy pocas veces tiene arranques de histeria. Por el contrario, tiene la habilidad de pedir sin pedir, de hablar sin evidenciar su enojo, de lograr que las cosas se hagan a su modo, incluso de hacer creer a los suyos que es porque ellos así lo quieren. Prometió dividir el tributo y así lo hizo: las dos partes con las que él se quedó, son intocables, son sólo para él; y de las otras seis partes ellos deben darle dos terceras partes cada uno, lo que le deja a él doce terceras partes, más sus dos enteras, son dieciocho; y a ellos seis terceras partes, lo que les deja a ellos dos partes enteras y a él seis enteras, lo que equivale al sueldo que tendría que dar a todos los administradores en cada uno de los pueblos. Los engañó, les hizo creer que les compartía todo y a final de cuentas no les dio nada, más que el privilegio de ser sus aliados, de ser sus protegidos, de gritar a los cuatro vientos que son tetecuhtin.

Y para complementar su absolutismo mandó perseguir al príncipe heredero y ofreció premios a quienes se lo entregaran vivo o muerto. Lo que le ha provocado agravios a Nezahualcóyotl, pues por dondequiera que va tiene que disfrazarse, mentir, incluso ha tenido que pedir alimento; en otras ocasiones ha debido huir como un criminal. En una de esas tantas veces ocurrió algo inesperado, algo que el Coyote hambriento no deseaba, pero que tuvo que hacer para salvar su vida: andaba caminando solitario, sediento y hambriento, por los rumbos de Shalco, cuando vio a lo lejos unos magueyes y entre ellos una pequeña vivienda. Caminó asegurándose de que no lo viesen los vecinos y al llegar lo recibió una anciana de nombre Citlamiyauh, que estaba recogiendo el aguamiel con que se fabrica el pulque.

—Buena mujer —dijo Nezahualcóyotl—, he caminado mucho sin haber bebido agua, ¿podría usted proporcionarme un poco de su aguamiel?

La mujer levantó la mirada y se le quedó viendo. El Coyote pensó que era por desconfianza a los asaltantes, pero ella hizo un gesto y se acercó aún más al joven.

—Yo te conozco —dijo la mujer.

—No. No creo que me conozca, no soy de estos rumbos.

—Sí, sí —insistió la mujer—, yo te he visto antes. ¿Cómo te llamas?

El Coyote sediento le inventó un nombre, pero la mujer no quedó convencida.

—Sólo le pido algo de beber, buena mujer, y me iré pronto. No la molestaré más.

La anciana hizo un gesto de asombro y dio algunos pasos atrás.

—Tú... —lo señaló con el dedo—, tú eres el hijo de Ishtlilshóchitl. Sí, tú eres el hijo del difunto.

—No, buena mujer —respondió Nezahualcóyotl—, usted se equivoca, yo no soy ese que dice.

—Sí, tú eres el Coyote hambriento. Yo estaba allí cuando tu padre hizo que se te reconociera como su heredero.

—Gracias —añadió el príncipe, sabiendo que estaba en peligro—: mejor seguiré mi camino.

—¡Vengan todos! —gritó la mujer—. ¡Vengan por el hijo de Ishtlilshóchitl!

—Buena mujer, le ruego por la memoria de mi padre que no me delate. Mi vida se encuentra en peligro.

—¡Aquí está el hijo del difunto Ishtlilshóchitl! —continuó gritando la mujer para que llegaran los vecinos.

Y como las viviendas estaban alejadas entre sí, la mujer tenía que gritar más fuerte para que la escucharan o caminar hacia las casas, y sabiendo que su segunda opción era la más viable se dirigió a éstas.

—¡Aquí se encuentra Nezahualcóyotl! —gritó lo más que pudo—. ¡Vengan por él!

El Coyote ayunado sabía que si los vecinos la escuchaban saldrían pronto y aunque él se diera a la fuga lo alcanzarían, siendo ellos muchos, y lo entregarían a Tezozómoc. Así que la jaló del brazo, pero ella le respondió con un golpe en la cara. Nezahualcóyotl la tomó de las manos para evitar que siguiera dándole los golpes. Ambos forcejearon, pero él, por ser más joven, pudo controlarla y llevarla al interior de la casa.

—Sí —dijo Nezahualcóyotl—, sí soy el hijo de Ishtlilshóchitl. Pero le ruego que me perdone la vida, que está en sus manos.

—¡Sí! ¡Pues la vida de mi familia estuvo en las manos de tu padre! ¡Mis hijos murieron por culpa de tu padre! ¡Ahora estoy sola! ¡Estoy vieja! Ya no puedo trabajar pero tengo que hacerlo para vivir. Trabajar en los magueyes es harto duro y cansado. Pronto ya no podré hacerlo. ¿Cómo voy a comer? Tú no sabes lo que es vivir en la miseria. Naciste siendo príncipe. Todo lo has tenido. Estos gobiernos son injustos. Quienquiera que sea el tecutli chichimeca siempre es lo mismo. He vivido demasiado para verlo y comprenderlo. Te crees un héroe, crees que salvarás al imperio, pero sólo buscas la victoria, saciar tu sed de venganza, quieres que se te recuerde como el ilustre Nezahualcóyotl, la víctima de Tezozómoc. Y, ¿qué ocurrirá cuando logres tu objetivo? Serás venerado y olvidarás que un día una anciana te perdonó la vida y que te dio de beber y comer. O peor aún, no viviré para verte siendo tecutli chichimeca. Si te entrego a Tezozómoc recibiré una recompensa y podré vivir bien lo que me queda de vida.

La mujer tomó un cuchillo y amenazó con matarle si no se quitaba de la entrada. Nezahualcóyotl tomó su macuahuitl y le cortó la cabeza. La mató. Sí. La mató. Fue la primera vez que el Coyote sediento daba muerte a alguien, pero lo hizo para salvar su vida y no como muchos han contado, que la mujer lo recibió, que le dio de comer y que el Coyote hambriento le dio muerte por vender octli o pulque. Mentiras, mentiras y más mentiras, para manchar su imagen en el fango del atropello y la crueldad. Nezahualcóyotl le dio muerte porque de no hacerlo ella habría avisado a los vecinos y les habría señalado el camino que habían de seguir para hacerlo *preso. Y así salvó su vida. Se fue del lugar y contó de esto al señor de Tepectipac, porque el joven príncipe es un hombre de honor. Se arrepintió de su delito y carga con esa culpa, pero sabe que hay muchas vidas que debe salvar, un imperio que debe recuperar para liberarlo de la tiranía de Tezozómoc. Es preferible una cabeza cortada que miles llorando día a día. Yo conozco a mi alumno y sé que hizo lo que en su momento era necesario. Sé que un día él rescatará a Teshcuco y hará de esta tierra un lugar de paz y se le recordará por eso muchos años. Está en su agüero. ¿Quién más ha de saberlo sino yo, que soy quien ha recibido la profecía?*

Luego de este inesperado suceso Nezahualcóyotl supo que no podría seguir así y fue con el señor de Tepectipac, quien lo recibió y le hizo una fiesta, donde el Coyote ayunado tuvo el permiso del Cocotzin de ejercitarse en las armas frente al mejor de sus soldados, a quien dio muerte luego de un reñido combate. Finalizadas estas celebraciones se le concedió a Nezahualcóyotl un pequeño ejército y un grupo de criados para que lo acompañasen en los rumbos que había de tomar. Comenzó por recorrer los señoríos que creía estaban inconformes con el gobierno de Tezozómoc; siempre disfrazado, preguntando a la gente para enterarse de las novedades; y ya teniendo la certeza de que sería bien recibido, pedía audiencia con los señores y les exponía sus deseos de recuperar el imperio. Pero aunque se mostraban amistosos con él, rechazaban alzarse en armas de manera inmediata, expresándole sus temores de perder la guerra y prometiéndole que le otorgarían su apoyo en cuanto se hiciera de más aliados y un ejército lo suficientemente poderoso para combatir al tecutli chichimeca usurpador.

El tecutli tepaneca descansaba en su habitación real cuando escuchó unos pasos acercarse lentamente. El tecutli chichimeca no abrió los ojos, esperó a que su esclavo se levantara a recibirlos y preguntara el motivo de su visita.

—Las órdenes de nuestro amo se han cumplido.

Tezozómoc dibujó una sonrisa y esperó a que Totolzintli llegara con el mensaje y antes de que éste hablara preguntó:

—¿Cuántos críos mataron?

Totolzintli volvió con los soldados e hizo la misma pregunta. Tezozómoc escuchó la respuesta y volvió a sonreír.

—Dos mil doscientos.

El gran chichimecatecutli respiró profundo sin levantarse de su petate. Totolzintli volvió a la habitación y al ver el rostro de su amo supo que no era necesario repetir la cifra de los niños que habían muerto.

—Ya sé lo que estás pensando, Totolzintli —dijo Tezozómoc sin abrir los ojos—, pero no me importa. Tú eres mi esclavo y no tengo por qué darte razones.

Totolzintli bajó la mirada y se hincó en la entrada como era su diaria labor.

—Pero a ti sí debe interesarte lo que pienso —continuó Tezozómoc—, tú sí debes escuchar lo que pienso. ¿Y sabes qué pienso? Que el Coyote ayunado está acabado. Ya no habrá niños que lo recuerden, ya no hay jóvenes que quieran ser como él, que quieran seguir sus pasos. Los viejos sólo buscarán mantener la paz en sus señoríos. Y mis aliados no se atreverán a levantarse en armas.

El esclavo Totolzintli se mantuvo en silencio con la cabeza gacha. Lo conocía desde que ambos eran niños. Lo conocía más que cualquier persona, más que sus esposas, hijos, aliados y enemigos. Llevaba toda su vida escuchando todo lo que decía el tecutli chichimeca. Lo odiaba tanto como lo amaba. Pues aunque había llevado una vida de esclavo había llegado al punto en que amaba su esclavitud y agradecía los privilegios que recibía.

—Sé muy bien —continuó hablando Tezozómoc desde su petate— que ese hijo de Ishtlilshóchitl anda por todas partes buscando aliados, que lo reciben y le ofrecen todo, pero no le dan nada. Lo elogian, pero no lo acompañan. Dicen estar en su partido, pero no alistan sus tropas.

Y no se equivocaba Tezozómoc. Nezahualcóyotl comprendió entonces la necesidad de buscar un aliado más fuerte. Una ciudad con el número de tropas lo suficientemente considerable para combatir. Y el único era Meshíco Tenochtítlan: el más grande aliado de Tezozómoc. Pero ¿sería posible que uno de los más beneficiados fuese capaz de traicionar a quien les había dado un lugar para vivir? Chimalpopoca, el sucesor de Huitzilihuitl, era quien había recibido la ciudad de Teshcuco, además de su ciudad isla Meshíco Tenochtítlan. ¿Dejaría tanto poder para entregárselo al joven príncipe? ¿Había ambición en el tlatoani? Chimalpopoca era el más beneficiado de los aliados de Tezozómoc. Su ciudad isla estaba creciendo más que nunca. No sólo tenía como vasallos a los meshícas sino también a los acolhua. Gozaba de la confianza de Tezozómoc. Ni siquiera Mashtla, que era hijo del tecutli de Azcapotzalco, había disfrutado de tan buen trato con el viejo. ¿Cómo pretendía Nezahualcóyotl acercarse a él? ¿Cómo imaginó que podía convencerlo de que traicionara a su benefactor? ¿Cómo? Si llegaba a la ciudad isla, lo haría arrestar y lo enviaría a Azcapotzalco. No le diría que sí. ¿Por qué? Su ciudad estaba creciendo, había grandes construcciones gracias a Tezozómoc.

Cuando Chimalpopoca decidió pedir permiso a Tezozómoc para construir un acueducto que corriera desde Chapoltépec hasta su ciudad isla, ya que las aguas del lago eran fangosas y malas para beber, recibió sin pretextos este obsequio. En tiempos de Acamapichtli esto habría sido imposible de pedir; y en el gobierno de Huitzilihuitl se habría podido hacer pero la guerra no dio tiempo a nadie de hacer obras como ésta. Ahora que había paz, el tlatoani pudo enviar a sus vasallos a que construyeran este acueducto con céspedes y carrizos, sostenido por estacas y piedras. Gracias a Tezozómoc, Chimalpopoca pudo llevar a cabo la construcción del primer camino de tierra firme que diera de la ciudad isla hasta a Tlacopan. Meshíco Tenochtítlan ya no era aquel pequeño pueblo abandonado en medio del lago, temeroso de ser atacado por los vecinos;

ahora muchos de ésos les tenían respeto y admiración. Tezozómoc les dio permiso de llevar a cabo sus sacrificios a Huitzilopochtli y para ello, también en el gobierno de Chimalpopoca, llevaron a la ciudad isla una piedra enorme, redonda y perforada por el centro para que corriera ahí la sangre de los sacrificados y que instalaron en uno de sus barrios, el de Tlacomolco. Gracias al nuevo camino que habían construido pudieron llevar esta enorme piedra que, de ninguna manera, hubieran podido cargar en sus canoas.

Asimismo el acueducto construido con céspedes y carrizos, sostenido por estacas y piedras, no era lo suficientemente sólido y había necesidad de repararlo constantemente. El tlatoani decidió enviar una embajada a Azcapotzalco a pedir a Tezozómoc que le hiciera la merced de permitirle construir otro con madera, piedra y cal. Tezozómoc hizo llamar a Chimalpopoca y los otros tetecuhtin aliados.

—Mi señor Tezozómoc —dijo Chimalpopoca con reverencia—, es menester nuestro construir un nuevo acueducto pues el que construimos es muy débil. Para hacer llegar el tributo a su señorío pido que nos proporcione a los tenoshcas un elevado número de vasallos para construirlo lo antes posible.

—Pero ¿qué se ha creído Chimalpopoca? —dijo Mashtla frente a todos—. ¡Mi padre Tezozómoc no es su vasallo!

Los asistentes sofocados de envidia por todos los favores que ya había hecho el tecutli se pusieron de acuerdo con Mashtla diciendo que aquello sería un acto de servidumbre.

Mashtla logró su objetivo: quitar este último beneficio a los tenoshcas, haciéndolos quedar frente a Tezozómoc como arbitrarios, algo que el tecutli chichimeca no toleraba. Chimalpopoca se contrarió. Y el Coyote hambriento, que ya tenía espías en todas partes, se enteró con prontitud y se dirigió a la ciudad isla, entrando de igual manera que en las otras ocasiones: disfrazado. No tenía la certeza de que fuese recibido por el tlatoani, así que se dirigió a casa de sus tías, hermanas de su madre, quienes lo recibieron con mucho afecto y llanto. Fue aquel encuentro uno de los más emotivos en sus vidas. A ellas no tenía que convencerlas, pues siempre se opusieron a que los tenoshcas favorecieran a Azcapotzalco. Y fue una de ellas quien habló con Chimalpopoca para que lo recibiera en su palacio. Por un instante se negó el huey tlatoani, pero al escuchar la insistencia de su hermana accedió, con la condición de que fuese en una de sus casas y no en el palacio, pues allí había mucha gente y todo se sabía. Al día siguiente se dio el encuentro entre Chimalpopoca y Nezahualcóyotl. Asistieron además de las tías, los gemelos Motecuzoma y Tlacaélel y su tío Izcóatl. No lo reconocieron por un instante, pues hacía ya ocho años que se habían reunido, cuando todavía no daba inicio la guerra. Observaron sus cejas de puntas internas delgadas que conforme salían se convertían en un tumulto de vellos, sus ojos muy abiertos, su nariz un poco gruesa y respingada, sus pómulos bien marcados, sus labios carnosos, sus quijadas acentuadas y su barbilla ligeramente cortada. Nezahualcóyotl también los observaba con extrañeza, pues ya casi no recordaba sus rostros.

—¿Qué edad tienes? —preguntó Chimalpopoca al ver a un hombre y no al niño al que recordaba e imaginaba deambulando en los bosques.

—Veinte —respondió el Coyote.

—¿Tenías dieciséis cuando murió tu padre? —preguntó Izcóatl parado a un lado de Chimalpopoca.

—Sí —Nezahualcóyotl ocultó el dolor que le provocaba recordar aquella masacre.

—Lo siento —dijo Chimalpopoca y se quitó el penacho—. Tú sabes que no fue mi decisión entrar en la alianza con Tezozómoc. El tlatoani en ese tiempo era mi padre Huitzilihuitl.

—¿Es cierto que estuviste en un combate en el señorío de Tepectipac? —preguntó su primo Motecuzoma Ilhuicamina, de casi la misma edad.

El Coyote hambriento permaneció en silencio, pues no imaginaba que aquello se hubiese hecho público.

—Todo se sabe —dijo Chimalpopoca y puso su penacho en

una base de piedra que servía de mesa—; que Tezozómoc no haya hecho nada en contra de Cocotzin no quiere decir que no se hubiese enterado.

—Sí —respondió el joven príncipe y observó el hermoso atuendo de su tío el tlatoani Chimalpopoca—. El señor Cocotzin me permitió ejercitarme en las armas en una fiesta que hizo en honor a Tezozómoc.

—La fiesta fue en tu honor —intervino Chimalpopoca y se acomodó en uno de los muchos asientos que había en esa casa—. Si vas a mentir no podemos dialogar. Ya en grave peligro está nuestra ciudad isla con tenerte aquí. Haz honor a tu nombre y a tu linaje y habla con la verdad.

Todos se sentaron y las tías comenzaron a servir unas bebidas espesas de shokolatl.

—Sí —dijo Nezahualcóyotl comprendiendo que debía ser honesto—, el señor Cocotzin hizo una fiesta en mi honor, pero dijo a su pueblo que era para festejar la jura de Tezozómoc.

—¿A quiénes has visitado? —preguntó Chimalpopoca antes de dar un sorbo a su shokolatl.

—He estado en casi todos los pueblos, incluso en Azcapotzalco.

—¿Azcapotzalco? —preguntó su primo Tlacaélel, entre ellos el más entusiasmado de verlo y el más leal a su causa.

—Estuve en la jura de Tezozómoc.

—Sí que eres valiente —añadió su tío Izcóatl, al mismo tiempo que se quitó el penacho, se sentó y recibió de una de sus hermanas un pocillo con shokolatl.

—Sé que te has estado reuniendo con algunos señores para hacerlos tus aliados —dijo Chimalpopoca con seriedad—, también que te han ofrecido su apoyo siempre y cuando te hagas de un ejército, el cual sólo conseguirás pactando con una ciudad grande. Lamento decirte esto pero aquí no lo conseguirás. No puedo poner en riesgo a mis vasallos. Tampoco puedo mantenerte aquí. Si gustas te invito a pasar un par de días, pero deberás permanecer escondido.

—Así lo haré —respondió Nezahualcóyotl sabiendo que el sendero más importante estaba recorrido.

Luego de una larga conversación, Chimalpopoca regresó a su palacio y dejó al Coyote ayunado en casa de su tía con sus primos Motecuzoma y Tlacaélel, quienes sin permiso lo llevaron de cacería a los montes, para lo cual salieron en una canoa.

El sol yacía sereno en el horizonte, reflejándose en el agua. Decenas de aves cruzaban de un lugar a otro. Se veían a lo lejos las canoas de los pescadores, de los mercaderes que iban y venían. En medio del lago, Nezahualcóyotl se tiró al agua para nadar un poco. Tlacaélel y Motecuzoma, entusiasmados, hicieron lo mismo. Tlacaélel los retó a una competencia que consistía en nadar hasta la orilla y volver a la canoa. La distancia no era corta, aun así, el primero en llegar fue Tlacaélel, luego Nezahualcóyotl y finalmente Motecuzoma. Más tarde se dirigieron con su canoa a la orilla del lago y la ataron a un árbol; bajaron sus lanzas y caminaron en busca de venados.

Anduvieron silenciosos entre los arbustos para no espantar a los animales que con el menor ruido salían corriendo. Cada uno tenía arco y flecha en la mano. El Coyote hambriento vio un venado y sin espera disparó, pero el animal logró huir. Tlacaélel corrió tras la presa y cuando creyó estar cerca lanzó su flecha, pero de igual manera falló. De pronto una flecha dio certera en el cuello del venado. Nezahualcóyotl y Tlacaélel se miraron entre sí. Ninguno de ellos la había lanzado. Buscaron a Motecuzoma, pero no lo encontraron. Cuando volvieron la mirada al venado encontraron a Motecuzoma a su lado, con una pose soberbia para demostrar que él hacía honor a su nombre: *el Flechador del Cielo*. Comenzó a oscurecer, así que cargaron al animal y se dirigieron a su canoa. Hasta el momento no habían hablado sobre la guerra ni los conflictos entre los meshícas y acolhuas.

—Supongo que esto para ti ya no es divertido —dijo Tlacaélel mientras caminaban al lago.

—¿A qué te refieres? —respondió Nezahualcóyotl.

—A que los miembros de la nobleza salimos de cacería como parte de nuestra diversión y entrenamiento, no para conseguir alimento.

Nezahualcóyotl no respondió.

—Sabes que en mí tienes un aliado para recuperar tu señorío —dijo Tlacaélel.

—También en mí —añadió Motecuzoma.

Nezahualcóyotl quiso creer en aquella promesa, pero los últimos años le habían sembrado en su corazón la semilla de la desconfianza y no podía sentirse seguro de que a partir de entonces habría entre ellos una sólida amistad y una alianza que perdurara por siempre.

—Cuando recupere el imperio, recordaré este momento y les haré grandes mercedes —respondió el Coyote.

Al llegar al lago su canoa había desaparecido.

—¿Aquí dejamos la canoa? —preguntó Motecuzoma y dejó caer el venado en la tierra.

—Sí —respondió Tlacaélel—, estoy seguro.

Nezahualcóyotl miró en varias direcciones sin decir palabra alguna.

—Coyote —dijo Tlacaélel.

Nezahualcóyotl les hizo señas para que guardaran silencio, dirigió la mirada a los arbustos y sacó su cuchillo.

—¡Corran! —les dijo en voz baja y comenzó a correr.

Tlacaélel y Motecuzoma sacaron sus cuchillos y lo siguieron. De pronto cayó una lanza muy cerca de ellos. Corrieron entre los árboles sin poder ver quién los atacaba. Se escondieron en una hondonada y observaron en silencio. Escucharon el movimiento de las ramas, lo que les indicaba la cercanía de su enemigo. Cuando éste caminó cerca de ellos, Tlacaélel le jaló un pie con lo cual hizo que cayera en la hondonada, no sin antes dar un grito para avisar a los que venían con él. Comenzaron a forcejear, el hombre traía un macuahuitl en la mano. Motecuzoma dijo a Nezahualcóyotl que cuidara de que no vinieran más hombres, mientras él defendía a su hermano

Tlacaélel. Motecuzoma, con su cuchillo en mano, se le fue encima al enemigo, quien pronto se puso de pie y logró defenderse de ambos con su macuahuitl, sin dar golpe certero, pues mientras se defendía de Tlacaélel, Motecuzoma lo atacaba por el otro costado. El Coyote quiso entrar al combate pero sabía que debía prevenirse. Motecuzoma se acercó al hombre y le enterró su cuchillo en la espalda, provocándole una herida profunda; mas éste no se dio por vencido. Tlacaélel logró quitarle el macuahuitl al desconocido.

—¡Coyote! —gritó Tlacaélel y Nezahualcóyotl se apresuró a apoderarse del macuahuitl, que se hallaba en el piso.

Su primo Tlacaélel seguía forcejeando con el desconocido cuando el príncipe de Teshcuco le partió la espalda al enemigo con el macuahuitl. Tlacaélel recuperó su cuchillo. En ese momento escucharon gritos; salieron de la hondonada y corrieron. El príncipe chichimeca llevaba el macuahuitl. Los infantes meshícas corrieron junto a él. No sabían cuántos venían detrás de ellos, pero calcularon que eran más de tres. Motecuzoma se subió a un árbol, Tlacaélel se escondió entre unos matorrales y Nezahualcóyotl tras el tronco de un árbol grande. Se mantuvieron en silencio hasta que escucharon los movimientos de los arbustos. El príncipe meshíca brincó del árbol en el cual se había escondido y derribó al desconocido, que dejó caer en tierra su macuahuitl y Tlacaélel se apoderó de éste. Motecuzoma comenzó a luchar a golpes con el hombre. Nezahualcóyotl y Tlacaélel se acercaron para dar muerte al hombre pero en ese instante llegaron tres hombres más con sus macuahuitles. El príncipe meshíca Motecuzoma seguía luchando a golpes con el hombre, mientras Tlacaélel y Nezahualcóyotl combatían con los otros tres. El infante Tlacaélel mostró destreza en las armas, logrando protegerse de los golpes al mismo tiempo que daba muerte a uno de ellos cortándole la cabeza. Apresurado, levantó el macuahuitl y se lo lanzó a su hermano Motecuzoma que pronto dio muerte al hombre que combatía. Nezahualcóyotl, por su parte, luchaba con otro de ellos. Luego de un reñido combate Tlacaélel abatió al hombre con el que combatía. Sólo quedaba el que luchaba contra Nezahualcóyotl. Los dos príncipes meshícas se miraron entre sí justo cuando lo iban a defender, pero se mantuvieron distantes para ver cómo luchaba el Coyote hambriento del que tanto habían escuchado y no les quedó duda de que en verdad era un guerrero ejercitado. Se sorprendieron de verlo en el manejo de las armas. Era ágil, calculador, certero. Y sin más salió volando la cabeza del enemigo.

Los gemelos se miraron entre sí. Nezahualcóyotl permaneció con el macuahuitl en defensa. Motecuzoma y Tlacaélel sonrieron creyendo que estaba alardeando. De pronto el príncipe chichimeca sacó su cuchillo y lo lanzó hacia sus primos, quienes se agacharon al mismo tiempo que se pusieron en posición de ataque, con un gesto de enojo hacia Nezahualcóyotl. Tlacaélel se incorporó con prontitud. El Coyote hambriento bajó el arma y caminó hacia donde había lanzado su cuchillo. Entre los arbustos se encontraba un hombre sangrando. Motecuzoma y Tlacaélel se sintieron avergonzados por la desconfianza. Nezahualcóyotl acababa de salvarles la vida.

—¿De dónde vienes? —preguntó Nezahualcóyotl al quitarle el cuchillo de la garganta, que pronto comenzó a sangrar más.

El hombre hizo algunos ruidos sin lograr decir palabra alguna. Tlacaélel le tapó la herida con la mano.

—¿Cómo te llamas? —preguntó Motecuzoma.

El hombre seguía sin decir palabras claras.

—¿Quién te mandó?

—… yotl…

La mano de Tlacaélel estaba bañada de rojo. Ya no era posible detener el sangrado del hombre.

—¡Habla!

—Cóyotl —dijo el hombre.

—¿Venían por el príncipe? —cuestionó Tlacaélel.

El hombre hizo un movimiento con la cabeza dando a entender que sí. Los infantes se miraron entre sí e hicieron un gesto de aprobación: Tlacaélel sacó su cuchillo y le cortó de un golpe el cuello al hombre para que su agonía terminara. Luego se dirigieron al lago y se lavaron la sangre.

—Tendremos que rodear hasta llegar al camino que acaban de construir —dijo Motecuzoma.

—No, es demasiado largo el camino —respondió Tlacaélel—; llegaríamos hasta mañana.

Nezahualcóyotl observó en varias direcciones sin decir palabra.

—La canoa debe estar cerca —intervino el Coyote sediento—. Ellos la escondieron.

Luego de buscar con insistencia la encontraron escondida bajo unos arbustos, muy cerca del lugar donde la habían dejado. Volvieron a la ciudad isla y entraron sigilosos a la casa donde Nezahualcóyotl debía permanecer de acuerdo con las órdenes de su primo Chimalpopoca. Al llegar los estaba esperando su tío Izcóatl con enojo.

—Pensé que les había ocurrido algo —dijo gustoso de verlos, pero fingiendo que seguía molesto por la tardanza—, dijeron que iban de cacería.

Le contaron lo ocurrido y él les hizo prometer que no volverían a salir, pues ya que estaba a favor de Nezahualcóyotl no consideraba prudente que se expusiera de esa manera a más ataques.

—Coyote hambriento, yo no puedo convencer a mi sobrino Chimalpopoca —dijo Izcóatl—, pero sí sé de alguien que puede convencer al mismo Tezozómoc de que olvide esta venganza.

—¿Quién?

—Esperemos, Coyote, esperemos. Mientras eso ocurre, sigue tu camino, no te anticipes, mantén la cordura, evita exponer tu vida.

Nezahualcóyotl permaneció unos cuantos días más en la ciudad isla y salió una madrugada con sus soldados y criados y con un gran abastecimiento de alimentos, ropas, enseres y algunas piedras preciosas y piezas de oro y plata, que sus tías le dieron para que las vendieran cuando fuese necesario. Tlacaélel y Motecuzoma estuvieron allí para despedirlo. Salió rumbo a Teshcuco, para informarse de los asuntos de su ciudad, donde se encontraba su mentor Huitzilihuitzin.

Había caído ya la madrugada cuando escuché la señal que me indicaba que el joven príncipe estaba muy cerca de donde yo me encontraba. Al salir no lo encontré, tuve que buscarlo con los oídos para no levantar sospechas con los vecinos. Seguí la señal y caminé un largo rato hasta salir de la ciudad. Ya entrado en el bosque lo vi escondido en uno de los árboles. Sonrió con orgullo y dio un salto, con lo cual cayó cual felino frente a mí.

Fue grande mi regocijo de verle bien. Luego apareció un hombre que no conocía. "Se llama Coyohua", dijo al presentarme al sirviente que le había regalado el señor Cocotzin. Comenzamos a caminar y el Coyote sediento me contó todas esas vicisitudes que había tenido que sufrir. No era la primera vez que llegaba disfrazado a la ciudad de Teshcuco, pero sí la primera en que nos veíamos desde la ocasión en que debimos tomar distintos caminos. Seguimos caminando en silencio hasta llegar al lugar donde se encontraban sus soldados y criados.

—Príncipe acolhua, tu pueblo sufre —dije con pena—. El usurpador supo hechizar a aquellos que en un principio se hallaban reacios a obedecerle. Les prometió perdonarles el tributo por un año para que aceptaran su jura y no intentasen levantarse en armas. Y cuando supo que ya los tenía atrapados, ordenó la matanza de miles de niños, para sacar tu nombre de la memoria de sus hijos. Ha mandado también castigar a aquellos que se les escuche hablar de ti. Y ahora el aumento a los tributos ha cansado y entristecido mucho a los chichimecas.

"En un ingenuo afán de convencer al usurpador de que les redujese el impuesto, dos pipiltin solicitaron una audiencia en el palacio de Azcapotzalco, donde fueron recibidos por el asesino de tu padre. Con sumisión y respeto le expusieron que sus pueblos se encontraban demasiado cansados con tan excesivo tributo. A esto dijo uno de ellos:

"«Mi señor, yo que soy tan sólo un humilde descendiente de los toltecas, nación de más antigüedad, recuerdo las enseñanzas de mis maestros, quienes me hicieron ver los humildes principios que rigieron a nuestros ancestros y luego el esplendor, las bondades de Quetzalcóatl y finalmente la miseria que llegó. Es el ciclo de los imperios, un ciclo inevitable: nacer, crecer y morir. Pero somos los hombres quienes apresuramos el fin con nuestros errores y conflictos.»

«¿Qué pretendes? —preguntó Tezozómoc molesto por lo que decía el anciano—. ¿Crees que no sé cómo gobernar al imperio que me pertenece por descendencia?»

"«Sólo intento hacer de su conocimiento que los pueblos están cansados de tanto trabajar —dijo el pipiltin—. Cuando el grande Shólotl llegó a estas tierras y encontró la ruina en que se hallaban los toltecas aprendió de los que aún se encontraban allí, supo cómo evitar los yerros de otros, cómo mantener la paz. Sus ancestros Shólotl, Nopaltzin y Tlotzin no ambicionaban las riquezas ni el poder. Usaban coronas tejidas de hierbas. Sus brazaletes los hacían de cuero. Sus regalos entre ellos eran carnes y hierbas. Usaban ropas humildes, fabricadas de pieles. Los mismos tetecuhtin trabajaban y enseñaban a sus hijos y vasallos a labrar la tierra...»

"El usurpador no quiso escuchar más y les respondió con altivez:

"«Ellos eran humildes porque no había más que lo poco que tenían. No había más gente que la que les acompañaba. No había palacios, ni los enemigos que hay hoy en día, ni los problemas que hay que resolver, ni la industria que en el presente se maneja. La vida cambia y no se puede ser igual siempre. No se puede vivir comparando con el pasado o con los antecesores. Si este imperio ha de caer, como quieren hacerme entender, así será, pero no en mis tiempos, sino mucho después de mi muerte y ya sabrán mis sucesores qué hacer y, si no, ¿qué puedo hacer? Tengo muchos asuntos que atender, muchas obras en progreso, problemas, y ustedes vienen a irritarme con una monserga barata. Vayan a sus pueblos y digan a su gente que sigan trabajando como hasta ahora. Ya se acostumbrarán. A todo se acostumbra uno: a la tristeza, a la felicidad, a la guerra, a la miseria.»

"Tristes llegaron los nobles señores a dar a los vasallos la mala noticia, Coyote. Y esto es debido a que ya nadie ha mostrado intento de levantamiento. Cierto es lo que dijo el tecutli chichimeca usurpador: uno se acostumbra a todo.

Nezahualcóyotl permaneció en silencio escuchando lo que le contaba. Me miraba en ocasiones, pero la mayor parte del tiempo tenía sus ojos en el cielo. Luego de que terminamos de comer nos trajeron el picietl y el cuauhyetl, para fumar, como es costumbre después de la comida. Le di el honor al Coyote de preparar primero su pipa de caña y luego yo preparé la mía. Nezahualcóyotl fumó primero, tapándose la nariz como se deben fumar el picietl y el cuauhyetl, para que el humo llegue pronto al cuerpo. Gracias a esto pudimos relajarnos.

Luego de este ritual, el Coyote ayunado dijo a su sirviente Coyohua que diera la orden a sus soldados y criados para que se alistasen para partir. Nos despedimos y uno de sus hombres me acompañó a la entrada de la ciudad de Teshcuco; luego él se volvió con el joven príncipe y los suyos.

Desde entonces no he visto a mi alumno. Me he enterado de que sigue por los bosques, que entra y sale de las ciudades sin que nadie lo reconozca, que sigue haciéndose de aliados, que no descansa, que vigila de noche mientras su gente duerme, que vive como un verdadero coyote: al acecho. Sé que por allí ha de andar, contando mis pasos, sigiloso, cauteloso, hambriento y sediento de justicia y también de venganza. Y no ha de descansar hasta recuperar el señorío que le heredó su padre.

El viejo Tezozómoc contempla el nacimiento de un guajolote. Como siempre, en absoluto silencio, con su esclavo Totolzintli a su lado. La madre sigue empollando el resto de los huevos. Tezozómoc extiende la mano con un puñado de granos de maíz para atraer a la guajolota hacia él y así poder ver al resto de los polluelos. El recién nacido por fin termina de salir del huevo. Busca el calor de la madre para secarse. Se tambalea al dar sus primeros pasos.

—Envidio a las aves —dice el gran chichimecatecutli.

Totolzintli ha escuchado el mismo discurso desde que eran niños.

—¿Te irías de aquí si pudieras volar? —pregunta Tezozómoc.

—Me habría ido en la infancia. Ahora no tiene caso.

—¿Eres infeliz aquí?

—No.

—¿Has sido infeliz?

—A veces.

—Yo también...

Totolzintli no necesita explicaciones. Conoce a Tezozómoc como la palma de su mano.

—La venganza es brutal —dice Tezozómoc y exhala con melancolía—. Brutal para quien la lleva a cabo.

Totolzintli baja la mirada. Traga saliva.

—No llena el vacío —continúa el tepaneca—. Por el contrario, lo hace más grande.

—El perdón tampoco —responde Totolzintli.

—Hay heridas que nunca sanan.

—Hay heridas que matan lentamente.

—Muchas veces me he preguntado qué habría sido de mi vida si hubiera perdonado las ofensas. ¿Qué habría pasado si hubiera ignorado a Techotlala? Éramos unos niños estúpidos. Tal vez cualquier otra tontería habría detonado su ira. O la mía. Ambos heredamos la hostilidad de nuestros padres. Heredamos su infierno —Tezozómoc exhala—. No tiene caso pensar en ello. Estoy perdiendo mi tiempo. Estamos aquí. Tú y yo. Viejos. Techotlala está muerto. Su hijo también —guarda silencio por unos segundos—. Sé que un día Nezahualcóyotl llegará para matarme. No descansará. No le faltarán aliados. La lealtad es una semilla que sólo florece en casa. Como tú. Los demás son serpientes arrastrándose por los suelos. El veneno se respira por todas partes. Cualquiera de ellos me enterrará los colmillos cualquier día de éstos. Luego intentarán matar a Nezahualcóyotl para arrebatarle el imperio, aprovechándose de su juventud e inocencia. Y así será con el siguiente, y el siguiente y el siguiente y el siguiente. Nada cambiará. Se repetirá el mismo ciclo hasta el fin de los tiempos.

—¿Y si le perdona la vida a Nezahualcóyotl?

El tecutli tepaneca libera una risilla sarcástica.

—Sé a dónde quieres llegar, Totolzintli.

—Con ello saciaría la sed de venganza de muchos. Tranquilizaría a los enemigos. La gente lo vería a usted como un tecutli compasivo. La matanza de los niños encendió una hoguera que usted debe apagar antes de que las llamas alcancen su gobierno, su palacio, su grandeza y su memoria.

El segundo polluelo comienza a romper el cascaron. Tezozómoc guarda silencio. Observa con atención. Acaricia a la madre. El proceso es muy lento. El polluelo tarda ocho minutos en salir por completo. Mientras tanto el otro polluelo ya está seco. Explora el lugar con lentitud. No busca alimento. Generalmente comen hasta el segundo día.

—Mis espías me informaron que hace varias semanas Nezahualcóyotl visitó a mi nieto Chimalpopoca. Esperaba que viniera a notificarme él mismo, pero creo que no lo hará.

—Nadie quiere alborotar la Tierra.

—Dejaré que ellos le den albergue. Sólo si vienen ante mí para solicitarlo.

—Así podrá vigilarlo de cerca.

14

Mi abuelo tuvo por desgracia presenciar la destrucción de hartos pueblos. Lo que hoy se ve no es lo que nuestros abuelos edificaron, ni lo que se lee, lo que nuestros tatarabuelos escribieron, ni lo que se cree, lo que los sabios descubrieron, ni lo que se preserva, lo que la tlapializtli tenía por necesidad y obligación preservar: nuestra toltecáyotl, que en esta lengua se podría llamar *toltequidad*, la esencia e identidad tolteca.

Mi viejo y querido abuelo vio la malignidad con que esos barbados asesinos disparaban sus armas que no se conocían en esos años. Él sufrió en carne viva la fuerza destructiva con la que sus instrumentos de guerra hacían explotar las cabezas de los que peleaban contra ellos. Él me lo describió hartas veces para que no lo olvidara, para que recordara palabra por palabra, para que viera lo que a mí no me tocó ver, pero que tengo por obligación comprender y enseñar a nuestros descendientes para que no caigan en la mentira de la historia que pronto se escribe con la pluma de quienes destruyeron nuestros libros pintados, nuestros edificios y monumentos, los que dicen hacerlo en nombre de un dios colgado de una cruz: los religiosos y los soldados que servían a Malinche. Tantas veces escuché a mi abuelo relatar la desgracia que bien puedo escribirlo sin falta de una sola palabra.

Hartas cosas nos enseñó mi abuelo. Harto se ocupó en que sus descendientes fuésemos mejores tepanecas. Pues en él terminaba una época y en nosotros se iniciaba otra: en él y los de su edad moría la toltecáyotl y en sus hijos y nietos se inculcaba la hispanidad. Aunque su esfuerzo fue grande, inevitable fue nuestra entrada en el nuevo mundo que se construía en todas las ciudades, con esa nueva lengua, esas leyes castellanas, esa religión católica, tantas nuevas costumbres y hábitos. Tan distintos nuestros pensamientos y tan similares nuestros errores. Nosotros haciendo sacrificios a los dioses y ellos adorando a un dios sacrificado por ellos mismos. Y a fin de cuentas poniendo la muerte como el más grande tributo al creador del mundo. Nosotros con tantas deidades y ellos con tantos santos y vírgenes. Cada cual defendiendo sus ideas, sin ponernos de acuerdo.

Mi abuelo se ocupó en preservar en nosotros la lealtad a nuestra gente, la honestidad con los demás, el amor a nuestra raza, la compasión hacia el afligido y la gratitud hacia aquellos que nos habían hecho algunas mercedes. Y en agradecimiento hacia el meshíca que nos sacó de aquel lugar donde Torquemada nos tenía encerrados, mis familiares se alistaron una madrugada para ir a la ciudad de Meshíco Tenochtítlan y rescatar a Pedro Aztlaqueotzin, si es que seguía con vida y a su padre. Y por ser yo uno de los beneficiados tenía por obligación acompañarlos. Nos dividimos en dos grupos: unos para encontrar a Pedro Aztlaqueotzin y otros para salvar a su padre, disfrazándonos de mercaderes, cargando con una gran cantidad de algodón en la cual escondimos nuestras armas. Entramos por el camino de Tlacopan y fuimos detenidos por unos soldados españoles, que insistían en que no era momento de entrar a vender, ya que había grande revuelta en la ciudad. Les insistimos que era un pedido que habíamos de entregar ese mismo día. Revisaron nuestra carga y cogiendo una cantidad para ellos nos dejaron entrar. No era nada nuevo para nosotros que los soldados arbitrariamente robaran a los mercaderes parte de sus bienes para dejarlos entrar a la ciudad. Era esta corrupción uno de los mayores conflictos en la Nueva España, como le dicen los barbados a nuestra tierra.

En el camino encontramos hartos destrozos, sangre en las calles y algunos muertos que aún no habían sido levantados. Como bien dijo mi abuelo, eso no fue una campaña de guerra, sino tan sólo un levantamiento para hacer que el virrey fuese destituido. Nos dirigimos al lugar donde nos había tenido encerrados el fraile Torquemada. La construcción seguía allí, pero se encontraba negra por el humo del incendio. Amanecía y la gente comenzaba a salir de sus casas. Un considerable número de meshícas y tlatelolcas recibió el mandato de limpiar la ciudad. Nos dirigimos a ellos y les preguntamos hartas cosas. Nos enteramos de que los heridos habían sido llevados a un edificio y que allí los estaban atendiendo unos médicos españoles.

—¿A todos? —preguntó mi hermano.

—No —respondió el tlatelolca que limpiaba las calles y se rio—, sólo a los hombres blancos.

—Y los meshícas y tlatelolcas que fueron heridos, ¿a dónde se los llevaron? —pregunté.

—Se los llevaron afuera de la ciudad para que su gente los curara.

—¿En dónde? Dime una dirección.

—En hartas casas. En Tlacopan, Chapoltépec, Shalco, Iztapalapan. Tendrán que preguntar por la persona que buscan. Y si no lo encuentran, pueden buscar en las casas donde tienen a los muertos —concluyó el hombre y siguió lavando la sangre del piso.

Fuimos a donde estaban los heridos, preguntamos de casa en casa. Decíamos que buscábamos a un familiar. La gente, al ver nuestra preocupación, nos dejaba entrar para que viéramos a los que tenían en sus casas y luego nos íbamos a otra casa. Cuando vimos que eran hartos los heridos y hartas las casas en que habíamos de preguntar, nos separamos y cada uno fue de casa en casa. Al atardecer mis hermanos, primos y tíos nos reunimos en un lugar donde habíamos acordado, pues era la única forma de saber si alguno ya lo había encontrado. Mi primo nos dijo que en una casa había unos meshícas y tlatelolcas, pero que habían llegado unos soldados y se los habían llevado: Torquemada nos había acusado de robo y había ordenado que se nos buscara. Fue un momento de silencio entre nosotros, al no saber bien qué hacer. Si había soldados sería mucho más difícil rescatar al meshíca.

Esperamos a que llegara el otro grupo que había ido a rescatar al padre de Pedro Aztlaqueotzin. Nos entristeció todavía más la noticia que traían: Torquemada había ordenado que le llevaran al hombre y lo había encerrado en otro lugar. Regresamos a nuestra cueva para dar cuenta a nuestro abuelo, y también para que nos aconsejara. Siempre tenía una respuesta, siempre acertaba en sus agüeros, siempre tenía unas palabras para reconfortar nuestras penas o para hacernos entender nuestros errores. Y sí, nuestro peor error era no saber qué hacer en ese momento.

—Vayan con los chichimecas —dijo al escuchar lo que había ocurrido.

—¿Con los chichimecas? —preguntamos sorprendidos.

—Sí —explicó mi abuelo—, los chichimecas aún siguen en rebelión, siguen defendiendo sus tierras. De ellos deberíamos aprender. Vayan y díganles que Torquemada ha hecho presos a unos de los nuestros, ya no importa si son meshícas, tlatelolcas, acolhuas, totonacas, tlashcaltecas, tepanecas, somos lo mismo, somos una misma raza que debe aprender a luchar en unión, como debimos hacerlo hace tantos años. ¿Qué esperan? ¿Que nos den muerte a todos, que se extinga nuestra raza? ¿No les parece ya demasiado que nos dominen por completo, que nos hagan a su forma y nos quiten nuestra identidad? Dentro de unos años, nuestros descendientes creerán que son lo que no son. Sí, siéntense a esperar, vean cómo cambia nuestra gente. Pronto nuestros descendientes despreciarán nuestra raza, y cuando vean en las calles a uno de los nuestros vistiendo un tilmatli le llamarán *indio apestoso, indio ignorante, indio del demonio.* ¿Por qué nos dicen así si no somos indios? Somos tepanecas, meshícas, chichimecas. Tenemos mejores curanderos que ellos y nos dicen ignorantes. Nuestras construcciones son más fuertes que esas que vinieron a hacer en nuestras ciudades. Cuando los meshícas construían las casas para los españoles decían que hacerlas era como un juego. Y así los españoles dicen que somos bárbaros.

—¿Les pediremos que preparen una guerra? —preguntó mi padre.

—Eso sería lo mejor —respondió mi abuelo—, pero no sacrificaremos más vidas. Sólo pídanles que les ayuden a rescatar a los presos. Hay conflictos entre los españoles. Los chichimecas pueden hacer algo para distraer al gobierno. Enviarán a sus tropas y cuando esto ocurra los que están en contra del virrey se levantarán en armas una vez más. Entonces ustedes podrán entrar y rescatar a los presos.

Al día siguiente salimos rumbo a Teshcuco, que ya no era aquel grande señorío que alguna vez existió. Esa ciudad que nuestro abuelo nos había contado, era para nosotros los jóvenes tan sólo una leyenda. Los españoles ya habían destruido los templos y edificios y construido hartas casas para ellos. Hubimos de buscar a los chichimecas en las aldeas que se habían formado en las orillas. Los encontramos viviendo pobremente, igual que nosotros, sin hacer crecer sus aldeas. Se nos recibió con harto agrado. Pedimos hablar con los ancianos, que eran, como en nuestra aldea, quienes guiaban a su gente, quienes escucharon con atención la historia de nuestro abuelo y la forma en que hubo de salvar los libros pintados; luego les contamos sobre el fraile Torquemada que nos había encerrado para que le contáramos de los libros pintados que tenía en su poder y de Pedro Aztlaqueotzin y su padre, al que obligaba a que le construyera una iglesia en Tlatilulco.

—Ahora los tienen encerrados —dijo mi padre por ser el mayor entre todos nosotros—. Vinimos con ustedes para solicitar su ayuda. Son meshícas, tlatelolcas, tepanecas y chichimecas a los que tienen encerrados. Sabemos que es demasiado lo que pedimos y que sus vidas están en peligro. No pedimos que se levanten en guerra, sino que tan sólo nos ayuden a distraerlos. Si hacemos que los soldados salgan habrá menores fortificaciones en Tenochtítlan. Ya entre ellos se están matando. Aprovecharemos sus levantamientos para entrar a la ciudad y liberar a los presos.

Los ancianos permanecieron en silencio. Luego de un rato uno de ellos habló:

—Grande es nuestra pena de encontrarnos desterrados y en miseria, viendo la ruina de nuestras ciudades. La llegada de los hombres barbados nos ha hecho entender nuestros errores en el pasado, nuestras riñas entre gobiernos y si hubiéramos tenido unión quizá nuestras tierras no habrían sido usurpadas. Ahora los agüeros sólo dicen que habremos de morir sin jamás recuperar nuestra grandeza, que nuestras razas se perderán, que nuestras lenguas se extinguirán, que nuestros descendientes se harán a las formas de los españoles; mas no por ello debemos dejar en abandono a aquellos que necesitan de auxilio. Enviaremos, pues, la gente que nos piden, sin arriesgar sus vidas. Cuando se acerquen los soldados españoles, los chichimecas se irán a los bosques sin llegar a un enfrentamiento.

Con gratitud nos despedimos y volvimos a la cueva donde vivíamos a dar informe a nuestro abuelo, que ya se veía más cansado que nunca. Yo sabía que él ya no quería vivir, que se estaba dejando morir, para no ver más la ruina en que habían caído nuestras tierras. Pasamos toda la noche preparando la entrada y ejercitándonos con nuestras armas. Salimos en la madrugada y esperamos afuera de Tenochtítlan a que los chichimecas enviaran la señal, que era avisar a unos soldados que venía un elevado número de chichimecas armados. Esto pronto llegó a oídos del virrey Álvaro Manrique de Zúñiga, quien hizo marchar sus tropas hacia Teshcuco. Los españoles que se encontraban en contra del virrey se enteraron e inmediatamente se levantaron en armas. Cuando escuchamos los disparos, entramos a la ciudad. Fue harto difícil adentrarse sin ser heridos, pues por donde pasábamos había enfrentamientos. Nuevamente, como la otra noche, vimos charcos de sangre y moribundos. Tratamos de caminar por donde había menos soldados, pero parecía imposible, pues aunque eran menos los soldados, los encontrábamos vestidos con sus trajes plateados, montados en sus caballos por todas las calles. Disparaban a todo el que andaba a pie. Nos fuimos por una calle y al verlos que venían lejos nos tiramos al piso junto a unos cadáveres, para simular que también estábamos muertos. Los vi marchar sobre sus caballos, pasaron a un lado de nosotros y se detuvieron para atisbar.

—¿Qué estáis esperando? —gritó uno de ellos que ya iba adelante.

Los otros lo siguieron pero uno de ellos regresó con su caballo y pasó frente a mi hermano, y sin más le disparó en la cabeza. La sangre nos salpicó a todos. Se detuvo a ver quién más estaba vivo, su caballo relinchaba y encabritaba, el soldado se inclinaba para ver; y cuando iba a dispararnos a todos llegó por una calle una muchedumbre de españoles en contra del gobierno. El soldado dirigió su arma hacia aquellos que venían en dirección a nosotros y comenzó a disparar. Su caballo volvió a encabritarse y relinchó con más fuerza. Pero comprendiendo el soldado que ellos eran más, se dio a la fuga. Al ver que venía harta gente corriendo hacia nosotros, nos movimos lo más cerca posible al muro y nos tiramos en el piso, temerosos de ser aplastados por la gente apurada en matar a los soldados. Cuando los vimos llegar al final de la calle, nos pusimos de pie y corrimos lo más posible hasta llegar al lugar donde el fraile Torquemada tenía a los presos. Pero no fue fácil, hubimos de dejar a nuestro hermano muerto y seguir corriendo para salvar la vida. Hartas veces tuvimos que hacer lo mismo, fingir que estábamos muertos, tirarnos al piso, escondernos tras los muros o los árboles. En una calle al ver que venían los soldados, para evitar que otro de nosotros muriera de la misma forma que mi

hermano, rompimos las puertas de una casa con nuestro macuahuitl para entrar. Había en el interior una familia: las mujeres y niños asustados se abrazaron. Creyeron que estábamos
allí para matarlos. Un hombre amenazó con atacarnos con un
objeto que levantaba con las manos. No hicimos nada para defendernos más que permanecer con las espaldas en la puerta.
Afuera se escuchaban las campanas de la iglesia, gritos, disparos y trotes de caballos; dentro el hombre gritaba:

—¡Indios del demonio!

Le hicimos saber que no pretendíamos hacerles daño, que
sólo estábamos salvando nuestras vidas. Los críos seguían llorando y gritando. Yo vi sus rostros llenos de pánico, como si fuésemos en verdad seres del demonio. Una mujer se quitó unas
joyas y las lanzó al piso:

—¡Tomad esto!

Pero ninguno de ellos quería escuchar lo que teníamos por
explicación. El hombre nos aventó el objeto que tenía en las
manos, el cual se rompió al chocar con el muro. Cuando escuchamos que los soldados ya se habían marchado salimos de
allí corriendo. El hombre salió tras nosotros y gritó a los soldados, pero lo ignoraron. Luego de salvar hartas veces la vida
llegamos al lugar donde el fraile Torquemada tenía a los presos.
Parecía que estaba vacío. Tuvimos temor de que ya no se encon-
traran allí, pero sin espera comenzamos a golpear las enormes
puertas de madera con un hacha que habíamos robado antici-
padamente. Sabíamos que un macahuitl no nos serviría. Al entrar nos encontramos a las criadas y a algunos frailes asustados.

—¿Dónde tenéis a los presos? —pregunté.

El fraile que vestía su hábito marrón con un cordón blanco
en la cintura, señaló hacia un pasillo con las manos temblando. Algunos de mis tíos y hermanos permanecieron en la entrada cuidando de que no llegasen los soldados, mientras nosotros
corríamos al lugar donde los tenían. Este lugar era muy parecido al otro, donde Torquemada nos tenía encerrados a mi abuelo
y a mí: las mismas imágenes en los muros, los mismos cande-

labros, las mismas puertas claveteadas, los mismos colores en los pisos y paredes. En el camino nos hallamos más frailes, que al vernos armados se hincaban extendiendo los brazos:

—¡Por amor de Dios nuestro señor, no me hagáis daño!

—¿Dónde tenéis a los prisioneros? —preguntó uno de mis hermanos enfurecido por la muerte de nuestro hermano y deseoso de vengar su muerte con algún español.

—Allá, en el fondo.

Seguimos caminando hasta la celda y la encontramos con unos cerrojos que fueron imposibles de romper con el hacha. Volvimos a donde se encontraban los frailes y les exigimos la llave. Uno de ellos, gordo y calvo, se puso de rodillas y se cubrió la cabeza.

—¡Yo no tengo la llave! —dijo el fraile hincado frente a nosotros.

—¿Quién la tiene? —pregunté enfurecido.

—El fraile Torquemada —el hombre sudaba de la frente.

—¿Dónde está?

—Aquí estoy —respondió Torquemada a nuestras espaldas con las llaves en sus manos.

Al voltear reconocí pronto a ese hombre delgado, sin cabello en la cabeza, más que un poco que le rodeaba desde la nuca hasta la frente, como una rueda. Me miró a los ojos sin decir palabra.

—Venimos por la gente que tenéis presa —dije mirándolo a los ojos, sosteniendo mi macuahuitl.

—Estáis en un error —dijo Torquemada.

—Sé que los tenéis allí —respondí.

—El virrey pronto será destituido y habrá nuevas leyes y mejores tratos hacia vosotros. Dejad las armas y yo veré que no se les castigue por entrar así a la casa de Dios. Si devolvéis los documentos que habéis robado pediré al nuevo virrey que os den a vosotros un lugar donde vivir sin que tengáis que esconderos como lo habéis hecho todos estos años. Eso que me habéis contado lo narraré para que nuestro rey en España tenga informe de vuestras necesidades y para que vuestros descendientes tengan conocimiento de vuestras costumbres. Bajad el arma.

Mi hermano levantó el hacha y se dirigió enfurecido hacia Torquemada, quien asustado cambió su semblante y tiró las llaves al piso. Unos se quedaron allí cuidando mientras nosotros nos dirigimos a la celda y encontramos a Pedro Aztlaqueotzin, su padre y otra gente. Pedro Aztlaqueotzin no podía levantarse, pues tenía hartas quemaduras en el cuerpo. Dos personas lo cargaron bocabajo —pues sus heridas en la espalda eran tantas que no podían ser tocadas— y salimos de allí. Torquemada comenzó a gritar:

—¡Los soldados españoles os habrán de encontrar y os castigarán!

La salida fue de igual manera harto difícil, pero llegamos a la cueva, sanos y salvos al anochecer.

Al contarle a nuestro abuelo lo que había ocurrido decidió que debíamos buscar otro lugar donde vivir, para evitar que llegasen los soldados y nos apresaran. Hartos días pasamos caminando en busca de un nuevo lugar donde hubiese algún río.

Así también nos ocupamos de informarnos sobre los acontecimientos en Tenochtítlan. Tal cual lo había pronosticado Torquemada, el virrey fue destituido por órdenes del rey Felipe II; además, lo sometieron a juicio y le embargaron todas sus propiedades.

Luego de todo esto Torquemada fue enviado a distintas ciudades a seguir predicando su religión. Siguió hablando con ancianos para que le contaran las historias de nuestros pueblos. Concluyeron la edificación de la iglesia de Tlatilulco y por siempre se dijo que él la había construido, al igual que unas calles que llevan a Tepeyacac, que tampoco hizo. Por esos años también se logró la paz entre españoles y chichimecas. Pero eso ocurrió años después. El año en que hubimos de rescatar a Pedro Aztlaqueotzin, a su padre y a los otros que le acompañaban, mi abuelo terminó de contarme lo que sabía de nuestro pasado y al poco tiempo murió, sin ninguna enfermedad, viejo, cansado, triste de no haber logrado rescatar la toltecáyotl, dejándome a mí esa tarea, la cual he continuado, escribiéndola en esta lengua, para que nuestros descendientes la conozcan.

Llevamos a cabo las exequias de mi abuelo cinco días después y, como era nuestro ritual, velamos su cuerpo todas esas noches. Para su muerte no hubo sacrificios de animales ni de gente; sólo incineramos su cuerpo y guardamos sus cenizas en una cueva, donde él se escondió harto tiempo cuando le cortaron los brazos los españoles. La ausencia de nuestro abuelo causó grandes estragos en nuestra pequeña tribu: la lucha por el poder entre sus sucesores nos llevó a la miseria. Todos querían dar órdenes y no llegábamos a acuerdos, pues no estábamos acostumbrados a trabajar sin las instrucciones del abuelo. Lo que pudo ser el inicio de una nueva ciudad terminó en una triste separación: algunos descontentos decidieron buscar nuevos rumbos y otros nos quedamos allí. La organización que había en la producción, la cacería, la siembra, la construcción, la crianza de los críos, la enseñanza de los jóvenes se terminó. Comprendí lo que alguna vez dijo el abuelo: el esplendor o la ruina de un pueblo se construye al obedecer a su líder.

Ahora sólo me queda la memoria de mi abuelo y lo que aprendí de él. La tristeza de su muerte aún se encuentra entre nosotros. Yo hago lo que le prometí tantas veces: escribo nuestra historia sobre los chichimecas, tlatelolcas, meshícas, tepanecas, de todo lo que aprendí de él. Escribo sobre nuestra toltecáyotl, para que un día los nietos de nuestros nietos puedan saber qué ocurrió en estos años. Aquí escribo lo último que me contó mi abuelo, pocos días antes de morir:

Esto que he de contar, querido nieto, trata sobre los últimos años del grande tecutli chichimeca Tezozómoc, que ya se encontraba avejentado y con el cuerpo cansado. Habían transcurrido cuatro años desde la muerte de

Ishtlilshóchitl, que fue en el año Cuatro Conejo (1418). Muchos dicen que el tecutli tepaneca por ser viejo dejó de buscar a Nezahualcóyotl, que no se enteraba de lo que hacía, pero en verdad te digo, crío, que entre más viejo, más astuto se volvió: supo en todo momento dónde se escondía el Coyote, supo por qué lugares andaba y a quién visitaba, incluso se enteró de su llegada a la ciudad isla. Y si no lo hizo matar fue porque encontró un mejor plan.

Tenía entonces Nezahualcóyotl veinte años. Y ya había tenido varios encuentros con los señores de muchos pueblos y había pedido el socorro de sus tíos en Meshíco Tenochtítlan y como respuesta sus tías se dirigieron al palacio de Azcapotzalco, llevando hartos regalos para Tezozómoc. Hay quienes dicen que Tezozómoc se dejó convencer por las joyas que le llevaron, pero es mentira. Bien sabían ellas la debilidad del tecutli por las mujeres. Ellas podían lograr más que toda la corte de Azcapotzalco y todos los tetecuhtin aliados. Y así las hermanas de Chimalpopoca llegaron con Tezozómoc sin solicitar una audiencia, como todos debían hacerlo.

Al saber de su presencia, el tecutli chichimeca hizo que fuesen llevadas a su habitación, donde pasaba la mayor parte del tiempo, debido a su vejez y enfermedades que ya le impedían caminar, defecar, incluso moverse. Pocas veces recibía gente en su habitación; cuando llegaban los tetecuhtin aliados a verle, los criados lo cargaban en una silla compuesta y aderezada con algodón para que no le lastimase. Sin embargo, en la forma que pudo les manifestó a las mujeres agrado, y les preguntó el objetivo de su visita.

—Mi señor —dijo una de ellas sin tener que hacer mucha reverencia—, grande tecutli chichimeca de toda esta tierra. Usted sabe lo mucho que le hemos respetado desde siempre. Y ahora queremos pedirle una sola dádiva: que perdone la vida a nuestro sobrino Nezahual-cóyotl. Él no ha hecho nada a usted. Ni siquiera lo conoce en persona. Dicen que anda por hartos pueblos mendigando alimento. Todos lo persiguen, nadie le quiere dar auxilio. Y sabe que ya no tiene posibilidades de levantarse en armas, ni más anhelo que salvar su vida.

El tecutli chichimeca demostró con esta merced que no era el tirano que tanto se decía que era:

—Le será perdonada la vida al joven, pero con la obligación de que permanezca en la ciudad isla de Meshíco Tenochtítlan y Tlatilulco. También queda prohibido que se le llame príncipe heredero.

Con harta alegría prometieron a Tezozómoc que se harían cumplir sus órdenes y volvieron a Meshíco Tenochtítlan y dieron la noticia a Chimalpopoca, que pronto envió una embajada para que fuese a buscar a Nezahualcóyotl, por donde fuese que se encontrara, para que le informaran sobre aquel acontecimiento que traería paz a su vida y le llevasen a la ciudad isla. Luego de varios días los mensajeros dieron con el príncipe y le hicieron partícipe de la noticia. Él respondió con gratitud y acompañado de ellos se dirigió a la ciudad isla, donde fue bien recibido.

Contaban los que allí estuvieron que fue tanta la gente que salía a verlo y saludarlo que Chimalpopoca ordenó que se hiciera una fiesta de recibimiento al príncipe, en la cual se llevaron a cabo varias danzas y juegos de combate, además de un célebre ritual a Huitzilopochtli. Nezahualcóyotl con reverencia expresó su agradecimiento a los tetecuhtin de Tlatilulco y Meshíco Tenochtítlan y a sus tías por las mercedes recibidas.

Los jardines del palacio de Azcapotzalco poseían una excelsa variedad de plantas exóticas de maravillosa belleza, colores de extraordinaria diversidad y fragancias singulares. Pese a su avanzada edad, Tezozómoc ordenaba que se le llevara, cargado en su silla de mimbre rellena de algodón, todas las mañanas a los jardines. Ahí, bajo la sombra de un árbol, observaba el prodigio del alba. Los baños de sol, el cantar de las aves y el aroma de las flores hacían de sus mañanas un verdadero deleite.

Como todos los días, uno de los jardineros se acercó al tecutli chichimeca y le llevó una magnánima cantidad de flores para que disfrutara el aroma que emanaban. Se hincó ante Tezozómoc, puso las flores a varios metros de distancia, tomó una y se la llevó. El viejo esclavo Totolzintli la recibió, con pasos lerdos caminó y la puso frente al tecutli chichimeca. Era éste un floripondio, una flor blanca y muy fragante, de una sola hoja de dieciocho centímetros. Tezozómoc inhaló el aroma con los ojos cerrados, levantó la cabeza hacia el cielo y Totolzintli devolvió el floripondio al jardinero, que pronto llevó un yolloshóchitl, o flor de corazón, grande y de un intenso aroma y hojas pegajosas. Y así se le presentaron muchas flores: el coatzontecoshóchitl, una especie de lirio, de hojas rojas, salpicadas de puntos blancos; el oceloshóhitl, o flor de jaguar, de tres hojas dobles y puntiagudas, rojas con manchas blancas y amarillas como la piel de un jaguar; y entre muchas otras el izquishóchitl, pequeña y blanca, como rosa silvestre. Luego de mostrarle todas, el jardinero se retiró.

Tezozómoc seguía sentado en su silla de mimbre, bajo la sombra del árbol, con su criado anciano Totolzintli a un lado, cuando se le ocurrió una idea. Entonces miró a su sirviente.

—¿Por qué me eres leal, Totolzintli?

El viejo esclavo levantó la cabeza ligeramente y miró al tecutli chichimeca. Ningún sirviente podía hacer eso, pero el tiempo le había dado a Totolzintli aquel privilegio. Tezozómoc no le dio esos derechos; el esclavo se fue adueñando de ellos poco a poco. Si tenía que ser su sombra por el resto de su vida, no tenía nada qué perder. Jamás lo mandó azotar ni le llamó la atención por desobediencia como lo había hecho con muchos otros criados. Y esto fue porque Totolzintli podía leerle el pensamiento, podía aclarar sus ideas con un gesto, podía contradecirlo sin tener que decir tanto como lo hacían los consejeros, ministros y aliados, que a fin de cuentas no le servían de nada al tecutli chichimeca, pues cuando él salía a hablar con ellos era porque ya Totolzintli le había ayudado a pensar, le había dado una respuesta, le había escuchado muchas horas.

—Mi amo debe saber por qué —respondió el anciano Totolzintli.

—Pudiste haberme dado muerte hace mucho —respondió el viejo Tezozómoc sin moverse de su silla de mimbre rellena de algodón—. Mandé matar a Ishtlilshóchitl y luego ordené que cientos de niños fuesen degollados. ¿Por qué no lo hiciste?

—Cierto es eso, mi amo, pude haberlo hecho hace mucho, ahora ya no puedo —levantó las manos y le mostró las arrugas—. Llegué al palacio de Azcapotzalco cuando era un crío. Mi memoria no tiene recuerdos de otra vida. No puedo sentir amor más que por mi tecutli chichimeca, quien me ha dado casa y alimento toda mi vida.

—¿Qué habrías hecho si hubieses llegado a Azcapotzalco como esclavo de mayor edad? —preguntó tamborileando sus dedos sobre su rodilla.

—Esa respuesta no la espera de mí, sino de Coyohua, el esclavo de Nezahualcóyotl —respondió el anciano Totolzintli y bajó la mirada.

Nuevamente Totolzintli había dado la respuesta correcta sin tener que argumentar como lo haría cualquier otra persona allegada a Tezozómoc, que sabía perfectamente que la lealtad de un sirviente era inquebrantable, pero creyó que por tener Coyohua poco tiempo con el príncipe chichimeca podría comprar su rectitud.

—Ahora que Nezahualcóyotl se encuentra en Tenochtítlan podríamos mandar llamar a su criado —dijo Tezozómoc sin quitar la mirada del horizonte.

El viejo Totolzintli no respondió.

Esa tarde Tezozómoc envió una comitiva a la ciudad isla, que sin espera se dirigió a Nezahualcóyotl.

—Mi amo y grande tecutli chichimeca —dijo el embajador— manda decir que espera que usted envíe sus muestras de gratitud por las mercedes recibidas con su sirviente más leal.

Aquella solicitud no tenía nada nuevo ni provocaba desconfianza; por el contrario, si Tezozómoc hubiese ordenado la presencia del príncipe chichimeca en Azcapotzalco habría levantado sospechas.

—Así lo haré —respondió Nezahualcóyotl, quien envió a su esclavo Coyohua al día siguiente.

El recibimiento de Coyohua fue inesperado. Tezozómoc ordenó que se le hicieran honores al verlo llegar por el lago en su canoa. Fue escoltado hasta el palacio con buenos tratos. Permaneció sólo en la sala principal por unos minutos, luego entró Tezozómoc cargado por varios esclavos en su silla de mimbre.

—He aquí para qué te he mandado llamar —dijo Tezozómoc tratando familiarmente a Coyohua, como si éste no fuese un esclavo—. Yo sé que tú cuidas de Nezahualcóyotl y que le instruyes.

El esclavo Coyohua se mantuvo en silencio, sin mover un solo dedo, mirando sin temor al tecutli Tezozómoc, que sin vergüenza intentaba embaucarlo como lo había hecho con muchos de sus aliados.

—Tú podrías llegar a ser tecutli de alguno de estos pueblos. ¿Te gustaría? No tienes por qué seguir siendo esclavo. Cuando yo muera, mi esclavo Totolzintli —dijo señalando con la mirada a su sirviente— heredará unos señoríos que tengo en el norte. No es justo que te hayan regalado como un objeto, eres un buen hombre.

Coyohua tragó saliva, observó al sirviente de Tezozómoc, notó en su mirada una feliz comodidad. Intentó buscar en el semblante de Totolzintli algo que delatara al tecutli tepaneca, que le hiciera evidente las mentiras, pero el sirviente no hacía gestos ni señas ni ruidos. Parecía que en verdad el tecutli tepaneca le pagaría su lealtad con tierras. ¿Con tierras? ¿Cuándo? ¿Cuando el tecutli chichimeca muriera? Totolzintli estaba tan viejo y arrugado como su amo. ¿De qué le serviría a esa edad? ¡Sí! ¡Mentía! Y a fin de cuentas, aunque le pagara con un señorío, las traiciones tenían un precio muy alto.

—¿Qué necesita que yo haga?

Tezozómoc quiso sonreír, pero se mantuvo serio y respondió:

—Que des muerte a Nezahualcóyotl: que le metas una flecha en el pescuezo, o bien que lo estrangules en su sueño.

—Buscaré la manera de cumplir con sus deseos —respondió Coyohua.

Al encontrarse con Nezahualcóyotl, Coyohua le contó lo que Tezozómoc le había solicitado.

—Me siento muy honrado de tenerte conmigo, Coyohua. Agradezco infinitamente tu lealtad. Y como pago a tu sinceridad te devuelvo tu libertad. Puedes ir a donde gustes.

—Se lo agradezco, mi señor, pero no pienso abandonarlo.

—Me siento más honrado. Pero en los próximos años no podrás estar conmigo, pues en estos días ingresaré al calmécac. Es necesario que me instruya para continuar con la misión que tengo en la vida.

—Le ruego que solicite a sus tías que me den algún empleo mientras usted termina sus estudios.

—Así lo haré.

Días después Nezahualcóyotl ingresó al calmécac, donde la disciplina era áspera, la cama era dura, el alimento era poco y austero. Ese día se le entregó su manta blanca de algodón que usaría a partir de entonces. Se le instruyó desde el primer momento, haciéndosele saber que allí no había herederos ni príncipes y que todos por igual debían obedecer las órdenes de los superiores, que de no ser cumplidas debidamente sería merecedor de iguales castigos que los deshonestos, los borrachos, los soberbios y los ofensivos. Pues el respeto entre ellos era parte de su cátedra.

—La desobediencia, la deshonestidad, la ofensa y la soberbia se castiga con azotes y al borracho con fuego —explicó el maestro.

Nezahualcóyotl se mantuvo en silencio escuchando con atención las reglas del calmécac. Luego fue llevado a una diminuta celda.

—Aquí será tu dormitorio —dijo el telpochtlato y explicó—: Todos en el calmécac dormimos separados y en habitaciones iguales. Mañana habrás de despertar, como todos, antes de que salga el sol. Limpiarán el templo y los objetos de culto, guardarán ayuno, luego irán al campo a recoger espinas de maguey para sus penitencias y leña para alimentar el fuego sagrado. Más tarde harán labores de reparación en los edificios y el teocali. Cuando terminen la jornada volverán al calmécac, asearán sus cuerpos, comerán, siempre lo mismo. Si tu gente te trae algún alimento deberás compartirlo con todos. Después de comer tomarán aleccionamiento con los tlacuilos. Aprenderán a hablar con discursos elegantes, así como los cantos sagrados, la lectura y escritura de los libros pintados, astrología y la cuenta de los años. Cuando terminen ocuparán el tiempo en ejercicios de penitencia. Al anochecer saldrán a enterrar las espinas de maguey al lugar que gusten y volverán para el aseo de sus cuerpos.

15

Mi abuelo me contó que Nezahualcóyotl vivió en el calmécac, igual que todos, con devoción y temor a los dioses. Dos años después visitó a sus tías para hacerles saber su preocupación por los pueblos que seguían consternados por los excesivos tributos a pagar a Azcapotzalco.

—Magna es mi gratitud hacia ustedes por todas las mercedes recibidas en este tiempo —dijo el príncipe a sus tías, sabiendo que podría convencerlas—. He recibido aprendizaje en el calmécac, pero debo hacer honor a la promesa que hice a mi padre.

Las tías permanecieron en silencio, temerosas de que su sobrino pretendiera levantarse en armas.

—Hay promesas que no se pueden cumplir —dijo una de las tías.

Mi abuelo aseguraba que el príncipe acolhua sabía que la manera de llegar a los corazones de aquellas mujeres era por medio del chantaje.

La mayor virtud de Nezahualcóyotl era la manipulación de las mujeres —insistía mi abuelo—; sólo así, con el uso de la palabra logró holgarse con tantas antes de contraer matrimonio. Él no hacía como los demás soldados, que iban a las casas de las mujeres públicas y pedían a las matronas que le proporcionasen hembras por una noche. El Coyote las enamoraba, se holgaba con ellas y les enseñaba trucos para engañar a sus futuros maridos en el día de la consumación del matrimonio. Era alto, fornido, muy bien parecido y sabio al dialogar con las mujeres. Por eso sus tías le tenían tanto amor: se trataba de una atracción que ellas no podían comprender y que confundían con la maternidad. Y al oírlo hablar se engañaban a ellas mismas.

—Mi deseo no es levantarme en armas —dijo Nezahualcóyotl antes de que sus tías siguieran encontrando razones para contradecirle—, sino poder estar en Teshcuco, con mi gente; quiero que sepan que estoy con ellos.

Una de ellas hizo un gesto melancólico al escuchar aquel deseo de su sobrino.

—Yo te entiendo —dijo evitando el llanto—, sé cuánto extrañas tierra y a tu padre.

—Si tan sólo pudiera ir a Teshcuco —continuó el Coyote hambriento— lograría que los chichimecas se sintieran reconfortados y podría estar más tiempo con mi madre.

Bien supo utilizar el Coyote ayunado su hipocresía y las debilidades de las mujeres para convencer a sus tías para que nuevamente rogasen al tecutli tepaneca que le permitiese vivir en Teshcuco, pues en cuanto dijo esto, ellas se ocuparon en ir nuevamente al palacio de Azcapotzalco, donde fueron recibidas con benevolencia.

—Bien amado tecutli Tezozómoc —dijo una de las tías—, hemos venido a hacer de su conocimiento que nuestro sobrino, que también es su sobrino, ha comprendido que no es merecedor del gobierno y se ha dedicado en el calmécac a la devoción a los dioses, donde ha pasado una vida sosegada, sin mantener contacto con gente externa más que con sus familiares.

Eso les había hecho creer el Coyote sediento de venganza, pero la verdad, querido nieto, era que en sus tiempos libres se encontraba con sus espías que le informaban de todo lo que ocurría en todos los pueblos, así como con los mensajeros de los tetecuhtin —unos enfadados con los tributos y otros deseosos de venganza por no haber sido incluidos entre los aliados de Tezozómoc luego de la victoria—, que al ver que el príncipe ya se encontraba en la ciudad isla, creían cada vez más cercana la alianza con Meshíco Tenochtítlan y Tlatilulco y que comenzaban a ejercitar sus tropas para cuando Nezahualcóyotl diera la orden del ataque.

—Y, ¿cuál es su deseo en esta ocasión? —preguntó el anciano Tezozómoc a las mujeres.

—Venimos a rogarle que permita a nuestro sobrino entrar a Teshcuco, para que pueda estar más tiempo con su madre y sus familiares.

—Ya estoy viejo, enfermo y cansado, y quiero quedar con mi conciencia en paz —respondió con benignidad el anciano Tezozómoc—; digan a su sobrino que tiene mi perdón y que se le será entregado el palacio de Cilan de Teshcuco y el permiso de ir de Teshcuco a Meshíco, con la condición de que no pase de esos límites.

Se equivocó el tecutli tepaneca al confiar en los argumentos de las tías y en la supuesta miseria del Coyote ayunado. La vejez, los dolores y su cansancio no le permitieron ver que su enemigo se estaba preparando más que nunca para arrebatarle el imperio. Accedió sin mayor cuestionamiento, dijo sí a las plegarias de aquellas mujeres. Y en el año Diez Pedernal (1424) Nezahualcóyotl volvió a Teshcuco, donde fue recibido con harto gusto y se le dio trato de tecutli chichimeca. Pronto llegaron en secreto a Teshcuco muchos de los antiguos servidores y aliados de Ishtlilshóchitl para ofrecerle su apoyo, con lo que se aumentó día a día el número de parciales.

Así fue, querido nieto, que Tezozómoc creyó que la lealtad de la gente a Nezahualcóyotl estaba muerta y que ya no era necesario mantener a los espías. Y de esta manera no había informes sobre lo que ocurría en toda la Tierra, ni se enteraba el anciano de las negociaciones que alentaba el Coyote sediento.

Pero hubo alguien que no estuvo de acuerdo en que Tezozómoc devolviera la libertad a Nezahualcóyotl, alguien que estaba deseoso de poder, alguien que lo odiaba a él y a los tetecuhtin de Meshíco Tenochtítlan y Tlatilulco: el hijo primogénito del tecutli tepaneca, el verdadero tirano de Azcapotzalco, el señor de Coyohuácan: Mashtla.

En nuestra nueva aldea no había un guía. Y cuando lo hubo, no lo obedecimos. Nuestra soberbia nos impidió ver que el nuevo líder estaba aprendiendo y comprender que habría errores de los que debíamos aprender y ayudarle; mas no atacarle hasta el hartazgo. Lo mismo ocurrió en los gobiernos chichimecas, tepanecas, meshícas, tlatelolcas, tlashcaltecas, e incluso en estos nuevos que tienen los españoles.

La miseria en que nos encontrábamos fue tanta que hubimos de buscar nuevas formas de ganarnos el alimento que nos faltaba en la aldea. Comenzamos por fabricar ropas de algodón, pero harto era el trabajo y poco lo que nos pagaban. Algunos de mis hermanos tuvieron que buscar empleos de peones en las construcciones de los españoles, siempre mintiendo y diciendo que eran de otros pueblos más lejanos, temerosos de ser descubiertos. Y de todos nosotros, el que más peligro tenía de ser descubierto era yo, por ser al que más había visto Torquemada. Aun así hube de ir años después de la muerte de mi abuelo a la ciudad con frecuencia para vender las ropas que hacíamos en nuestra aldea.

Caminaba siempre por la misma calle, entre la muchedumbre, para llegar al mercado, siempre frente a la casa de la niña

Valeria. Aunque hartas mujeres lindas caminaban por las calles, la niña Valeria era la más hermosa que mis ojos habían visto. Sabía que si caminaba frente a su casa, siempre que iba a Tenochtítlan, algún día la vería salir o entrar. Y así ocurrió una mañana. Llevaba yo mis mercancías para el mercado cuando la vi salir de su casa, caminé más aprisa. La seguí, sólo para ver sus ojos de cielo y sus labios rosados. Pero ella no me vio, o no me quiso ver, o no quiso que supiera que me vio. Lo que sí supe fue que se veía más hermosa que antes. Mis deseos de verla fueron cada vez mayores, más intensos, más dolorosos. Pues bien sabía yo que ese deseo mío no me llevaría a nada.

Pasó el tiempo y hubo días en que me detenía más tiempo en la esquina de la calle para esperar a que saliera. Llegué a enterarme de las horas en que iba a la iglesia, a las visitas familiares, a las caminatas en la plaza con sus amigas, a los mercados. Siempre fui una sombra que la seguía de lejos, cuidaba sus pasos, era feliz con verla, sólo con verla, saber que sus ojos de cielo seguían teniendo ese brillo hermoso.

Un día estaba ella caminando en la plaza cuando de pronto se detuvo y volteó la mirada y me encontró a unos pasos, contemplándola. Sonrió. Y en ese momento salí corriendo, me perdí entre los tumultos que caminaban a diario por allí. Corrí harto feliz pues ella me había sonreído. Esa noche soñé con ella: la seguía en las calles y ella se detenía para preguntar mi nombre. Yo apreciaba su aroma y podía ver de cerca su rostro hermoso. No había nadie en la calle, sólo ella y yo. Pude tocar su rostro y ella sonrió, me dejó acariciar sus labios con los míos. Entonces desperté y sentí tristeza. Aquel sueño había sido tan real que aún podía sentir el sabor de su boca en la mía. Fue bello. Un sueño hermoso que nunca pasaría de eso.

Esa mañana volví con mis mercancías a la ciudad de Tenochtítlan y esperé a que saliera. Había poca gente en la calle. Y cuando la vi no pude más que seguir temeroso mi camino. Pero ella hizo algo que jamás imaginé: me llamó. Me detuve asustado de que se sintiera molesta de que la estuviese esperando siempre afuera de su casa. No me atreví a voltear. Escuché sus pasos acercarse a mí. Sentí su presencia en mi espalda.

—¿Cuál es vuestro nombre? —preguntó sin esperar a que volteara a verla.

Tragué saliva, vi el fondo de la calle, pensé en salir corriendo, pero no pude: mis piernas no respondieron. Ella caminó a mi lado y me miró a los ojos. Sonrió. Eso me dio el valor para abrir la boca. Le dije mi nombre en náhuatl y el que se me había dado en el catecismo. Sonrió y yo fui feliz de verla sonreír.

—Os he visto caminar por aquí con frecuencia —dijo con un lindo gesto.

—Vengo a vender ropas al mercado —respondí con deseos de jamás terminar nuestra plática.

—También os he visto en la plaza —insistió y se puso unos guantes largos y finos. Ella sabía que yo la veía en la plaza y en los mercados y por todas partes a donde iba: sus ojos me lo decían.

—Sí —respondí—, me gusta caminar allí.

Ella comenzó a caminar, su vestido largo y esponjado se columpiaba a cada paso, sus cabellos ondeaban suavemente, sus delgados hombros parecían caminar: uno se movía hacia el frente y el otro hacia atrás. Yo no supe qué hacer. De pronto ella volteó la mirada y con una sonrisa me pidió que la acompañara a la plaza.

—Me llamo Valeria —dijo mientras caminábamos juntos.

En el transcurso mucha gente la saludó, ella respondía con lindas sonrisas. Yo me mantuve en silencio. No sabía qué decir, nunca imaginé que podría hablar con ella, creo que por eso jamás me puse a pensar qué le diría si acaso eso ocurría. Al llegar a la plaza y sentarse en una de las bancas, la niña Valeria miró las ropas que yo vendía, que eran para la gente como yo y no para los blancos, que jamás se interesaban en ellas, pero las observó con atención y comentó que eran lindas.

—Yo nací aquí, así como vosotros —dijo la niña Valeria mientras acariciaba la tela de algodón—. Pero me siento desubicada, no conozco bien la historia de estas tierras, mis padres no hablan de ello, ni mis maestros. Todos se refieren a ustedes como los indios, el vulgo, pero no nos dicen a los jóvenes criollos qué había aquí exactamente. ¿Es cierto que aquí sacrificaban gente a los dioses del demonio?

—No —mentí.

¡Mentí! ¡Mentí! Mentí por temor. Mentí para que ella no se fuera de allí, mentí como dijo alguna vez mi abuelo: que un día sus descendientes pretenderíamos ser lo que no somos, que buscaríamos pertenecer a su mundo, ansiosos de tener una nueva identidad.

—¿No? —preguntó.

Me sentí avergonzado de mí mismo por haber mentido. No tenía por qué mentir. Ése era yo. Debía sentirme orgulloso de sus raíces.

—No —y corregí—: Mis ancestros no adoraban al demonio, sino a Huitzilopochtli, a Quetzalcóatl, a Tonantzin y otros.

—Pero ¿sí hacían sacrificios humanos?

Yo quería seguir viendo sus ojos, quería que nuestra plática continuara. Y sentí miedo de que al escuchar que sí se hacían sacrificios humanos saldría corriendo.

—Ustedes sacrificaron a Jesús.

La niña Valeria hizo un gesto de asombro.

—¿Cómo sabéis eso?

—Fui al catecismo cuando era un crío.

Frente a nosotros caminó una pareja de españoles y la saludaron. Ella respondió con la misma cortesía.

—Os diré que —continuó luego que las personas siguieron su camino— nuestro señor Jesucristo sacrificó su vida por todos nosotros para darnos la vida eterna.

—Lo mataron los hombres —insistí.

—Sí —respondió ella y agregó—, y él dio su vida.

—Así se pensaba en Meshíco Tenochtítlan. Había quienes daban sus vidas para Huitzilopochtli.

—¿Es cierto que les sacaban los corazones?

—Sí.

—¡Eso es una barbaridad!

—El sacrificio duraba unos minutos. La gente llegaba por su deseo. Jesús fue golpeado toda una noche y más de medio día.

La niña Valeria se mantuvo en silencio por unos minutos sin saber qué decir, observando a la gente que pasaba frente a nosotros, la iglesia, los edificios españoles, los caballos.

—Y... —me miró a los ojos—, ¿vosotros continuáis teniendo esos rituales?

—No —respondí sin necesidad de mentir pues hacía ya algunos años que habíamos dejado de hacer sacrificios humanos—, ya la gente está olvidando muchas cosas. Han adoptado la religión cristiana.

—Contadme un poco más de vuestras costumbres.

—Aquí enfrente estaba el templo a Huitzilopochtli; de este lado estaba la casa del tlatoani Motecuzoma. Esos edificios no estaban.

—Pero vos no sois tan viejo. ¿Cómo es que sabéis tanto?

—Todo me lo contó mi abuelo. En nuestras tierras los viejos eran los hombres más sabios, nuestros maestros y eran respetados por todos. Todos de jóvenes querían llegar a la vejez para recibir ese respeto. Era eso más valioso que la riqueza.

—¿Cómo era vuestro abuelo?

—Era harto flaco, con su piel arrugada y sus cabellos blancos... —hice una pausa en ese momento para no dejar que la tristeza me quitara las palabras de la boca— ... y no tenía brazos.

—¿Por qué?

—Cuando llegaron los españoles se hizo una guerra donde hubo hartas muertes y harta sangre. Los soldados de Fernando Cortés y los frailes comenzaron a destruir los templos y los libros pintados que narraban nuestra historia con dibujos que llamábamos amoshtli. Mi abuelo era aprendiz de tlacuilo, uno de los que hacían esos dibujos. Estudiaba en el calmécac, la escuela principal, donde estudiaban los que serían sacerdotes y tlacuilos

—la niña Valeria permaneció a mi lado, observándome sin hacer preguntas—. Mi abuelo con notable valor al ver que los religiosos y los soldados venían a quemar los libros pintados los tomó entre sus brazos y corrió harto dejando a mi abuela y mi padre, que era un recién nacido. Y mientras él corría muchos dieron sus vidas. Sus piernas fueron cortadas, sus espaldas heridas con las armas de los soldados, sus cabezas fueron degolladas por proteger a mi abuelo que corría con los libros pintados entre los arbustos. Hasta que un soldado del asesino Fernando Cortés...

Hice una pausa en ese momento pensando que la niña Valeria se había molestado. La miré a los ojos y me quedé allí por no sé cuánto, observando su belleza.

—¿Qué os ocurre? Continuad... —dijo, indiferente a mi comentario sobre Malinche.

—Mi abuelo corría con los libros pintados en sus brazos, esquivando las ramas de los árboles, hasta que el soldado sobre su caballo lo alcanzó, sacó su espada y de un golpe le cortó un brazo a mi abuelo, quien pese al chorro de sangre que le escurría siguió su camino. Pero no soltó los libros pintados. Luego fue alcanzado una vez más por el soldado y le cortó el otro brazo. Los libros pintados cayeron al fango. El soldado los recogió y se los llevó a los sacerdotes que en esos días estaban quemando todos los libros pintados. Pero, según me contó mi abuelo, hubo frailes interesados en preservarlos.

—¿Qué ocurrió con vuestro abuelo?

—A mi abuelo lo asistieron unas mujeres y con apuro lo llevaron con un curandero. Tanta sangre perdió que estuvo a punto de morir, pero su fuerza, deseo y necesidad por salvar lo que los libros pintados narraban lo hizo salvar la vida. Pues no era un aprendiz cualquiera, sino el guardián de los libros pintados. Él custodió los libros y arriesgó la vida; no como otros que por temor entregaron los libros de otros pueblos para salvar sus cobardes vidas.

”La destrucción que trajeron los hombres barbados obligó a nuestra gente a huir, a refugiarse entre los bosques y selvas, a construir nuevas casas y nuevas formas de vida. Ahí fueron llegando con el tiempo hartos meshícas, chichimecas, acolhuas, tlatelolcas, coyoacanos y tantos más. Todos temerosos de la ruina, urgidos de salvación, de paz, de alimento. Nadie quería ya más guerra. Estaban aterrados al ver hartas muertes. Decían que las personas morían así nomás de enfermedades que nuestra gente no conocía cura. Enfermedades con ronchas por todo el cuerpo, que contaminaban a su gente y al mismo que los intentaba curar. Y los hombres de Fernando Cortés no hacían por salvarlos ni curarlos. Se le contó a mi abuelo que Tenochtítlan, Tlatilulco, Azcapotzalco, Teshcuco y tantos más lugares hedían a muerte, que había por todos los lugares montones de muertos que nadie levantaba, que se llenaban de podredumbre, que ni los animales querían comer.

"Cuentan que tantas fueron las muertes en estos rumbos que no hubo familia que no contara con cinco o seis hombres caídos en guerra. Decían que los pueblos se encontraban vacíos, que no había comercio, ni críos jugando por los rumbos, ni mujeres vendiendo sus productos, ni hombres trabajando la tierra, ni tlacuilos hablando con sus alumnos, ni fiestas, ni danzantes, ni construcciones. Pronto, muchos hombres fueron esclavizados y obligados a destruir lo que hartos años había ocupado construir en estos rumbos. Se le dijo a mi abuelo que hubo hartos que no quisieron destruir nuestros edificios y que fueron castigados en público para que los otros supieran lo que les esperaba si actuaban de igual manera.

"Peor fue el destino de aquellos que se rehusaban a creer en ese nuevo dios colgado de la cruz. A ellos se les torturó hasta la muerte, los obligaron a decir nombres de los que llevaban rituales, los penetraron en su parte trasera hasta desangrarlos, les enterraron fierros ardientes, les arrancaron las uñas de los pies, les derramaron aceite hirviendo en el cuerpo, les cortaron la lengua y sacaron los ojos, los encerraron en espacios pequeños y oscuros, les hicieron tantos tormentos que muchos dijeron que sí, sí, sí, sí a todo, pues quién que quiere su vida accede a decir que sí cree en ese dios, para no quedar como él: torturado y colgado en una cruz. Con tan sangrienta amenaza quién se niega, quién dice que no cree."

Había hablado tanto que por un momento dejé de ver el rostro de la niña Valeria. Cuando volví la mirada a ella la encontré con un gesto muy triste. Me quedé callado.

—Continuad. No os preocupéis —dijo con los ojos rojos.

Le conté sobre Quetzalcóatl, sobre los primeros chichimecas, las tribus que llegaron después, pero cuando comenzaba a contarle sobre Tezozómoc y Nezahualcóyotl me interrumpió. Entre más le explicaba, más preguntas hacía la niña Valeria.

—¿Sabéis qué hora es?

—No —respondí.

—Ya es mediodía. Las campanas de la catedral suenan todo el día y nos avisan la hora, nos dicen cuando hay que asistir a misa, si hay algún problema. Todo se sabe por las campanas. Y yo ya tengo mucho tiempo aquí con vos y si no regreso a mi casa mi madre se enfadará. Fue un gusto platicar con vos —se levantó de la banca donde habíamos permanecido un largo rato y se fue.

A partir de ese día la soñé todas las noches. Y cuando hube tiempo la esperaba en la plaza. Unos días no la vi. Y sentí que jamás podría disfrutar de su compañía. Sabía bien que éramos de dos mundos muy distintos, que ella sólo buscaba aprender, saber qué había ocurrido en estas tierras antes de que ella y yo naciéramos, y yo tenía eso que ella buscaba. Sólo eso. Y si el precio de verla y sentirla cerca de mí era sufrir por su ausencia estaba dispuesto a pagarlo. La segunda vez que nos encontramos ella así me lo hizo entender:

—No es mi deseo que vos malinterpretéis mi amistad —dijo sentada en la banca—. Vos sois muy amable y me agrada que me platiquéis sobre vuestra gente y costumbres, pero no busco más que eso, aprender un poco. Mis padres no tienen aprecio por los in… —hizo una pausa—: mejicanos.

—Sí —respondí con tristeza y alegría al saber que ya no tenía que esconder lo que sentía, pero también que no tenía a qué aspirar, ni por qué sufrir.

Comenzó una amistad inesperada para ambos. Ya no tenía que estar horas esperando. Ella llegaba a la plaza un día a la semana y yo podía ir a vender mis mercancías. Ella sonreía al verme y caminábamos juntos. Hasta que un día que estábamos sentados en un banca y yo le contaba sobre Motecuzoma Shocoyotzin pasaron unos frailes frente a nosotros. Yo al verlos bajé la cabeza para que no me reconocieran, pero uno de ellos se detuvo frente a nosotros.

—¡Valeria! ¿Cómo está vuestra madre? Hace ya varios días que no la hemos visto en misa —dijo el fraile sin mirarme.

—Le ha pegado una infección en la garganta que no la deja salir ni para ver el sol.

—Decidle, pues, que le enviamos nuestros mejores deseos.

El fraile se marchó y al dar algunos pasos se detuvo y volteó la mirada.

—¿Cuál es el nombre de vuestro criado, Valeria?

—No es mi criado —respondió la niña Valeria.

Los frailes caminaron nuevamente hacia nosotros.

—¿Cuál es vuestro nombre? —me preguntó.

Le mentí, le dije otro que no era el mío.

—Disculpa mi intromisión, Valeria, pero ¿qué estáis haciendo con este indio?

—Le estaba enseñando estas ropas que vendo, padre —dije antes de que la niña Valeria respondiera.

—Vos debéis aprender a no ser irrespetuoso, bien sabéis que no podéis ofrecer tus trapos a las jóvenes doncellas, que vosotros y ella no sois iguales —me dijo a mí y luego se dirigió a la niña Valeria—: Hija, lo mejor será que no andes sola por la plaza, invita a tus amigas. Y no permitáis que estos indios os falten al respeto —al decir esto me miró y finalizó—: Anda, indio, id al mercado, que ya es hora que os pongáis a trabajar.

Obedecí y me puse de pie para retirarme, pero el fraile puso su mano sobre mi hombro derecho:

—Yo os he visto en alguna parte.

—¡No! —respondí—. No vivo aquí.

—¡Claro! Reconozco vuestra voz. ¡Sí! ¡Vos sois el que entró a nuestro monasterio aquella ocasión de los disturbios!

Tiré mis cosas y salí corriendo. El fraile comenzó a gritar para que me detuvieran. Pero pronto llegué al mercado y como había harta gente pude perderme entre la multitud. Hube de salir de allí lo más pronto posible. Salvé la vida pero también supe que ya no podría volver a ver a la niña Valeria. Estaba enamorado de ella, sabía que no podía esperar más que su amistad, pero necesitaba verla. No esperaba que eso terminara tan pronto.

Pasé hartos días sin entrar a la ciudad de Meshíco Tenochtítlan. Mi tristeza era tanta que no comía. Sufrí de una manera que no conocía que existiera. No era como el dolor que se experimenta cuando muere un familiar, para lo cual se nos educa para aceptar y comprender que la muerte llega en algún momento. Este dolor que me derrumbaba día a día era un sentimiento insoportable en el pecho, una debilidad en el pensar, en recordar sus ojos de cielo, sus labios rosados, su pelo claro, su piel y sus manos, sus vestidos que la hacían ver como una diosa. Todo me hacía recordar su voz, sus sonrisas, sus dientes. ¿Qué era eso que me estaba ocurriendo? ¿Por qué no podía sacarla de mis recuerdos?

Ya no puedo más con esto que me quita el hambre, que provoca que mis manos tiemblen. Sé que corro un peligro al ir nuevamente a la ciudad de Meshíco Tenochtítlan, pero ya no soporto más. Mañana en la noche iré a su casa y la buscaré, sólo para verla una última vez.

Después de cumplir cien años de vida, Tezozómoc perdió el interés de perseguir a Nezahualcóyotl, de salir a los jardines y ver los amaneceres, de hablar con sus aliados y muchas otras cosas más. Todas sus esposas habían muerto ya. Las enfermedades del tecutli tepaneca comenzaron a abatirlo: sus achaques para defecar eran tantos que había días en los que prefería ayunar con tal de no sentir los dolores del estreñimiento.

Una de esas mañanas en las que tanto sufría para evacuar, llegó a su habitación su viejo y acabado sirviente Totolzintli con pasos lentos.

—Mi amo y señor —dijo el anciano Totolzintli—, su hijo Mashtla viene a verlo.

Tezozómoc hizo un gesto de indiferencia sin responder. Totolzintli leyó en las arrugas del rostro del tecutli tepaneca un deseo ineludible de negarse.

—Dice que es importante —insistió el anciano Totolzintli.

—Dile que sea breve.

El tecutli de Coyohuácan entró apurado a la habitación y sin preguntar sobre el estado de salud de su padre comenzó a hablar:

—Amado padre —dijo frente al anciano adolorido—, sé que usted ha permitido a Nezahualcóyotl volver a Teshcuco y que le ha dado el palacio de Cilan, el cual era el más grande y lujoso que tenía Ishtlilshóchitl; y que además ha desempleado a los espías. Y me atrevo a decir que ha cometido un grave error.

El anciano observó detenidamente la enorme espalda, los hombros gigantes y el gordo cuerpo de su hijo; no comprendía cómo había subido tanto de peso. En realidad hacía mucho que no ponía atención en las facciones de Mashtla: su quijada era ancha, su barbilla salida en extremo, su nariz puntiaguda apuntando hacia abajo, sus pómulos marcados y sus cejas esquinadas.

—Así es —respondió Tezozómoc e hizo un gesto de dolor: sentía que los intestinos le reventarían en ese momento—. El muchacho ha demostrado no tener interés en levantarse en armas, ni tiene gente que lo siga.

—¡Mentira! —levantó la voz Mashtla—. ¡Se está haciendo de aliados por todas partes!

A Tezozómoc le molestaba la altanería de su hijo con quien siempre había tenido confrontaciones.

—Ya he tomado esa decisión —respondió Tezozómoc recordando que Mashtla había ordenado la muerte de su nieto, hijo de Huitzilihuitl y su hija Ayauhcíhuatl—. Te he permitido muchas cosas, te he perdonado crímenes y, peor aún, te he premiado al darte el señorío de Coyohuácan.

—¿Premio? ¡Usted dividió el señorío entre sus aliados, los tetecuhtin de Meshíco, Tlatilulco, Acolman, Coatlíchan, Shalco y Otompan! —dijo casi gritando, pero al ver el rostro de su padre comprendió que había errado al levantar la voz y mostró reverencia ante su padre—: Lo siento, padre mío, pero me ha dolido que no se me haya incluido en muchas de sus decisiones.

—¿Como cuáles? —preguntó Tezozómoc.

—Usted nombró a Tlacateotzin, tecutli de Tlatilulco, general de sus tropas en la guerra contra Teshcuco. Y por su culpa perdimos la guerra.

—¿No soy yo acaso el grande tecutli chichimeca de esta tierra? —dijo señalándose a sí mismo con los dedos.

—Sí, padre —bajó la cabeza el señor de Coyohuácan—, pero pudimos haber ganado desde el principio si yo hubiese dirigido sus tropas.

—Y, ¿quién me asegura que contigo al frente no habríamos perdido la vida?

—Usted sabe que mis tropas iban al frente cuando mataron a Ishtlilshóchitl.

—Pero quien le dio muerte fue un tenoshca —añadió Tezozómoc sin dar tiempo a su hijo de seguir hablando.

—¿Por eso les dio la ciudad de Teshcuco a los tenoshcas? —preguntó Mashtla con un gesto de asombro, haciendo todo lo posible por ocultar su rabia.

—Sí, por eso —Tezozómoc se llevó las manos al estómago e hizo un gesto de dolor.

—Pues ellos le han traicionado, le han estado dando auxilio a Nezahualcóyotl desde hace mucho tiempo.

—Las hermanas de Chimalpopoca vinieron hace dos años a pedirme permiso.

—Pero antes de eso, ellas, incluyendo al tlatoani Chimalpopoca, lo recibieron en Tenochtítlan, cuando estaba penado que se le recibiera en cualquier lugar.

—¿Por qué no me avisaste? —el anciano hizo un gesto sarcástico creyendo que Mashtla mentía.

—Yo lo supe tiempo después, cuando ya se le había otorgado el perdón. Y no quise tener más encuentros como éste con usted —mintió en la segunda parte, pues se había enterado hacía tres días.

Tezozómoc recordó en ese momento aquellos años en que él mismo había sido un príncipe eufórico ante las decisiones de su padre Acolhuatzin, quien, tras haberse apoderado del imperio, había decidido devolvérselo a Quinatzin sin luchar. Quiso gritarle en la cara que era un cobarde. "¡Cobarde! ¡Lucha por lo que has logrado!" Y pensó que Mashtla también tenía deseos de gritarle: "¡Cobarde, Nezahualcóyotl te va a quitar el imperio, te va a dar muerte uno de estos días, viejo decrépito!".

"¿Pensará eso mi hijo de mí? —se preguntó Tezozómoc—. ¿Creerá que soy un decrépito? ¿En verdad estaré cometiendo un error? O, ¿será esto tan sólo otro de los caprichos de este hijo agitador? Mashtla ya no es el joven sedicioso que quería todo a su manera. Es un hombre que tiene hijos y nietos. Comprende la labor de un padre. Pero, si no fuese tan precipitado y soberbio, sería más fácil creerle. Sé lo mucho que odia a los tenoshcas, sé que quiere el señorío, que su más grande anhelo es ser jurado como tecutli chichimeca de esta tierra. Yo tuve esos deseos, yo también creí que mi padre erraba y también me equivoqué. No distinguí mis yerros, no quería entender a mi padre que, tras hacerse jurar gran chichimecatecutli, juzgó que era más valioso salvar su señorío y la vida; y por eso entregó a Quinatzin el imperio antes de iniciar otra guerra. Ahora comprendo a ese viejo, ahora que igual me encuentro en la longevidad. Y sé que ya no tiene caso seguir persiguiendo a Nezahualcóyotl; sé que mi vida se acaba y debo ocupar mis últimos días en encontrar paz en mí."

—Hijo mío —dijo Tezozómoc con tristeza—, entiendo tus temores, yo también los sentí cuando mi padre entregó el imperio a Quinatzin. Pero no debes recelar, Nezahualcóyotl ya no tiene aliados, ni deseos, ni el conocimiento para levantarse en armas. Ve a tu señorío en Coyohuácan y descansa. No te preocupes más.

Aquella respuesta no hizo más que provocar la ira de Mashtla, quien tenía ya muchos años bajando la cabeza ante su padre. Había estado en contra de que se les diese la isla a los tenoshcas y tlatelolcas, de que los meshícas formaran parte de su familia por medio del matrimonio entre Huitzilihuitl y su hermana Ayauhcíhuatl; de que Tlacateotzin, tecutli de Tlatilulco, estuviese al frente de las tropas tepanecas; de que se le entregara el dominio de Teshcuco a Chimalpopoca, y finalmente de que se le otorgara el perdón a Nezahualcóyotl. Cada uno de estos acontecimientos había provocado ardientes encuentros entre padre e hijo.

Por primera vez, Mashtla quiso ver muerto a su padre, ese anciano que siempre hizo caso omiso de sus ideas. Estaba seguro de que él debía ser el próximo chichimeca tecutli. Y si con la muerte de su padre era la única forma de llegar a serlo, anhelaría más que nada los funerales de Tezozómoc.

"Anciano imbécil —pensó Mashtla—, la edad te ha dejado las ideas en la ruina, crees que sabes lo que haces, te dejas convencer por unas mujeres, ahora que no eres capaz ni siquiera de holgarte con una de ellas. Piensas que con estar sentado se hacen las leyes, se controlan los pueblos y se evitan los levantamientos. Un gran chichimecatecutli no debe confiar ni en sus espías. Debe salir a recorrer sus dominios. Hacer que los vasallos le teman. Pediré al señor de la muerte, Mictlantecuhtli, que venga por lo que queda de este viejo acabado."

Mashtla volvió a su señorío en Coyohuácan e hizo llamar a sus ministros y consejeros para hacerles saber lo acontecido en el palacio de Azcapotzalco:

—He hablado con mi padre sobre lo alarmante que nos resulta que el hijo de Ishtlilshóchitl haya recibido el perdón y que además se le hayan entregado el palacio de Cilan y algunos lugares para que los gobierne.

—Mi señor —dijo uno de sus consejeros con reverencia—, creo que sería conveniente enviar algunos espías.

—Yo creo que debemos enviar espías a Teshcuco, Meshíco Tenochtítlan, Tlatilulco y Azcapotzalco —intervino otro de los consejeros.

—¿Azcapotzalco? —preguntó uno de los ministros y añadió con temor—: No debemos espiar al gran chichimecatecutli, eso... —hizo una pausa y mostró temor—, nos condenaría a...

—Pena de muerte —continuó Mashtla observando fijamente a cada uno de sus consejeros y ministros. Al mismo tiempo pensaba en qué lugares acomodaría a cada uno de sus ministros cuando fuese jurado gran chichimecatecutli. Por supuesto los dejaría como administradores y no como tetecuhtin aliados. Quitaría a Chimalpopoca de Teshcuco. Incluso pensaba en despojarlo del gobierno de la ciudad isla. Dejaría el gobierno en Azcapotzalco, pero mandaría construir un nuevo palacio—. Sí —continuó hablando Mashtla—, eso nos condenaría a la muerte, pero ¿quién de ustedes le diría a mi padre que hemos enviado espías? ¿No quieren acaso ser parte de mi gobierno cuando sea jurado gran chichimecatecutli? Soy el hijo primogénito de Tezozómoc, y en mí deberá recaer la sucesión. Debo, pues, dedicar mi tiempo desde ahora a cuidar lo que pronto será mi imperio.

La codicia hizo que los consejeros y ministros perdieran la objetividad y a partir de entonces no volvieron a contradecir al señor de Coyohuácan.

—Tiene usted razón, mi señor —dijo uno de ellos, y con prontitud los demás señalaron que era una buena decisión.

Mashtla permaneció en silencio, fingiendo que escuchaba a sus consejeros, pero pensaba en la forma de acabar con la vida de Nezahualcóyotl antes de que él se hiciera de más aliados e intentase recuperar el imperio. "¡No! ¡El gobierno de toda la Tierra me corresponde a mí, por ser el hijo primogénito del gran chichimecatecutli! La historia se repite: el heredero más viejo, que soy yo, debe impedir que el joven se haga jurar y reconocer como dueño de toda la Tierra. Ese joven inexperto no llegará a ser gran chichimecatecutli."

—Mi señor —dijo uno de los ministros—, mi señor, ¿qué piensa?

—¿Qué pienso? —respondió Mashtla sin entender a qué se refería el ministro.

—Sí.

—¿De qué?

—Que mande usted traer a los agoreros.

Era un riesgo llamar a los agoreros, pues de saber los presagios intimidaría a sus consejeros de no ser positivos, pero de lo contrario se alentarían a darle todo su apoyo. Mashtla le temía a los presagios.

—Háganlos venir —dijo y se retiró a descansar.

Al anochecer llegaron los consejeros y ministros con el agorero, quien era un anciano con el pelo tan largo que le llegaba a los pies. Tenía muy mal olor pues jamás se lavaba el cabello, el cual entre los agoreros y sacerdotes era considerado sagrado. El anciano miró a Mashtla sin decir palabra alguna mientras su discípulo comenzó a acomodar los leños y las hierbas odoríferas y encendió el fuego sagrado. Los consejeros y el señor de Coyohuácan se sentaron como era debido en esos rituales y observaron los movimientos del agorero. Pronto el palacio se cubrió de humo y se impregnó del olor del fuego. El anciano cerró los ojos.

—¡Huitzilopochtli! —dijo el agorero—. ¡Oh! ¡Oh, gran dios de la guerra! ¡Oh!

Luego se mantuvo en silencio. Nadie hizo ruido alguno; sólo se escuchaba el crujir de la leña en el fuego.

—¡Oh! ¡Huitzilopochtli! ¡Oh! ¡Dios de la guerra!¡Oh!

Mashtla sintió temor de que el agüero le negara el derecho del gobierno de toda la Tierra. Comenzó a sudar. Todos debían permanecer con los ojos cerrados.

—¡Oh, gran dios de la guerra!

El discípulo acomodó entonces una olla con agua y algunas hierbas.

—¡Huitzilopochtli!

Pronto el agua comenzó a hervir.

—¡Oh, Huitzilopochtli! ¿Habrá guerra en toda la Tierra?

Se escuchó el canto del tecolote.

—¡Oh!

Hubo silencio.

Volvió a cantar el tecolote y a lo lejos se escuchó el bramido de una fiera.

—¡Oh, no!

El profeta abrió los ojos.

—¡Oh, no, no, no!

El anciano vio un conejo dentro del palacio.

—¿Qué ocurre? —preguntó Mashtla, temeroso.

—¿Es suyo ese conejo? —preguntó el agorero más temeroso que Mashtla.

—¡No! —respondió el señor de Coyohuácan al ver al animal—. ¿Quién ha traído ese conejo?

—Oír bramar a la fiera en la montaña es infortunio. El canto del tecolote presagia la muerte. El paso de la comadreja es anuncio de males, y lo mismo si entra algún conejo en la casa.

—¿Qué significa todo eso?

—Es la profecía —respondió el adivinador.

—¿Cuál es la profecía? —preguntó Mashtla.

El agorero se acercó al fuego y miró el agua que hervía. Permaneció por un momento en silencio. Lo vio todo. Vio la muerte de Tezozómoc. Advirtió la furia del Coyote hambriento. Distinguió las tropas marchar. Se iniciaría una terrible guerra. Percibió la muerte. ¡Sangre! ¡Una grande tragedia por venir! ¡Oh, no! ¡Vio el fin del imperio! Encontró montañas flotantes en el mar. Descubrió venados gigantes. ¿Qué es eso? ¡Más muerte! ¡Destrucción! ¡Las ciudades se desmoronaban! Hizo un gesto amargo, sus manos temblaban.

—¡El fin! ¡Oh, no, no, no!

—¿Cuál es la profecía? —insistió Mashtla—. ¿Seré jurado como gran chichimecatecutli?

El agorero seguía impávido.

Mashtla enfureció al no recibir noticias:

—¡Responda! ¡Responda!

—¡Sí! —dijo el profeta—. Sí, pero...

Mashtla sonrió.

—¡Se los dije! —miró a sus consejeros y aliados.

—Pero... —intento decir el agorero.

—Era lo que necesitábamos saber. No es necesario que diga más —lo interrumpió el señor de Coyohuácan.

—La muerte está por venir...

—Sí, mi padre está viejo.

—No. Vienen más muertes...

—Así será, así debe ser —respondió Mashtla con una amplia sonrisa sin interesarse por escuchar lo que decía el presagio.

—¿Así debe ser? —preguntó el agorero.

—Sí —respondió Mashtla—, uno debe aceptar las profecías.

El anciano notó la ambición de Mashtla y supo que de nada serviría hacerle saber lo que había en su agüero.

—Estaré allí el día que se le jure y reconozca como gran chichimecatecutli de esta tierra —dijo el profeta y se fue.

—Lo han escuchado —presumió Mashtla dirigiéndose a sus consejeros—: Seré jurado gran chichimecatecutli.

—También dijo que habría muertes —agregó uno de los consejeros.

—Eso quiere decir que debemos dar muerte a Nezahualcóyotl —levantó su brazo derecho, que indicaba que era una orden.

Mashtla envió espías a Teshcuco, Meshíco Tenochtítlan, Tlatilulco y Azcapotzalco. Y días más tarde llegó uno de los informantes.

—Mi señor —dijo—, el hijo de Ishtlilshóchitl sigue recibiendo gente en Teshcuco. Están reuniendo sus tropas y las ejercitan con disimulo.

—¿Y en la ciudad isla?

—Chimalpopoca no ejercita sus tropas pero sabe de estos movimientos, mas no informa de esto al gran chichimecatecutli.

—Aconsejo que se le lleve esta información a nuestro señor Tezozómoc —dijo uno de los ministros.

Mashtla se puso de pie. Su enorme cuerpo intimidaba.

—No —respondió sin espera el señor de Coyohuácan—, mi padre ya no tiene interés en defender el imperio, se encuentra demasiado viejo, ya sólo se ocupa de sus males.

—¿Qué debemos hacer?

—Dar muerte a Nezahualcóyotl.

Los consejeros y ministros permanecieron en silencio por unos instantes mirándose los unos a los otros, imaginando las posibles formas de lograr su objetivo y las consecuencias que esto traería y, claro, sin quitar de sus mentes las riquezas que cada uno obtendría al ser jurado Mashtla.

—¿Dónde sería un buen lugar para darle muerte? —preguntó el señor de Coyohuácan.

—En Teshcuco —respondió uno de los ministros.

—No.

—En la ciudad isla —dijo otro.

—No.

—¿En Azcapotzalco? —preguntó alguien más con mayor intriga.

—No —respondió Mashtla con una sonrisa—. Aquí. En Coyohuácan.

—Pero...

—Envíen una embajada a Teshcuco que informe al príncipe que le hemos preparado un banquete. Y ya teniéndolo en el palacio, le daremos muerte segura. Aquí no tendrá quien lo salve —sonrió Mashtla.

16

Muchas veces escuché decir a mi abuelo que los chichimecas se habían inventado una historia de víctimas y un tirano, para luego enaltecer la imagen Nezahualcóyotl y justificar las miles de muertes que provocó años después.

El verdadero tirano fue Mashtla, quien envió con prontitud una embajada a Teshcuco para que Nezahualcóyotl cayese en su trampa, pero el Coyote ayunado no creyó en la invitación del hijo de Tezozómoc. Supo que estando allí sería presa fácil. La insistencia de los embajadores hizo que Nezahualcóyotl respondiera de la misma manera que su padre lo hizo cuando Tezozómoc le preparó una emboscada a Ishtlilshóchitl:

—Digan a su señor que allí estaré, pero que de no ser posible enviaré una delegación —dijo a los embajadores.

Y recta verdad es, Asholohua, que luego cambió de parecer y fue con un pequeño grupo de personas a Coyohuácan, no sin antes enviar otra comisión a Meshíco Tenochtítlan para que se enterase de lo ocurrido. Chimalpopoca le respondió por medio de los embajadores que no asistiera a dicho banquete, pero fue demasiado tarde. Cuando la legación llegó a Teshcuco, Nezahual-cóyotl ya se encontraba camino a Coyohuácan.

—Coyote sediento —fingió humildad el señor de Coyohuácan al verlo entrar—, príncipe acolhua.

Nezahualcóyotl también disimuló aunque bien sabía que todo eso era una farsa para darle muerte.

—Mi señor —saludó con sumisión—, permítame expresarle mi gratitud por tan bondadosa invitación.

Los que allí estuvieron contaban que Mashtla se puso de pie, caminó hacia el príncipe de Teshcuco y lo miró de frente.

—Estoy tratando de imaginar cómo te verías con el atuendo imperial y cómo serías con tanto poder.

—No puedo responder eso, mi señor —respondió Nezahualcóyotl con humildad—, ya que no tengo más aspiraciones que vivir en paz con lo que su señor padre me ha otorgado con tanta compasión y…

—No estás hablando con tus tías —lo interrumpió Mashtla con una sonrisa sarcástica.

—Disculpe, mi señor.

—Me halaga tu humildad. ¿Por qué viniste? —dijo Mashtla y caminó alrededor del príncipe, que no se movía ni expresaba soberbia.

—Pues, usted envió una embajada para invitarme a un banquete.

Los acompañantes de Nezahualcóyotl permanecieron en silencio. Estaban desarmados.

—A mí no me engañas —dijo Mashtla al detenerse detrás de Nezahualcóyotl que no volteó a mirarlo—. Mi padre es un anciano decrépito, sin ganas de vivir. A él sí le puedes fingir. Yo sé mucho más de ti. Sé que te has estado holgando con mujeres casadas. Eso no es honorable de un príncipe chichimeca. Sé que has estado buscando aliados. ¡Hipócrita! Sé muy bien que tus tíos en Meshíco Tenochtítlan te han estado ayudando desde hace mucho.

Nezahualcóyotl se mantuvo inmóvil, escuchando lo que tenía que decir su enemigo.

—¿No tienes nada que decir?

—No, mi señor.

Mashtla caminó iracundo frente al príncipe de Teshcuco y lo miró a los ojos.

—¡Mientes!

—Disculpe, mi señor, pero creo que le han mal informado de mis actos.

—¡Mientes!

—No, no miento.

—¿Recuerdas cómo murió tu padre? El guerrero jaguar tenía su macuahuitl, sonrió, llamó a todos para que vieran al tecutli chichimeca de rodillas, y… —Mashtla imitó los movimientos del verdugo degollando a su padre— la cabeza del tecutli chichimeca salió rodando —liberó una risa satírica con el único propósito de hacer enojar al Coyote sediento—. Bien sabes cuánto se celebró aquella muerte —comenzó a caminar dándole la espalda y de pronto volteó—: Creo que tú estabas allí, escondido cobardemente. ¡Sí! ¡Te trepaste a un árbol y no fuiste capaz de dar la vida por tu padre! ¡Cobarde! Pudiste haber bajado y atacar al jaguar, distraerlo para que tu padre recuperara su macuahuitl. ¡Cobarde! ¡Cobarde! ¡Cobarde!

Nezahualcóyotl comenzó a perder la paciencia, empuñó las manos sin perder de vista el rostro de Mashtla.

—¡Cobarde! ¡No tuviste el valor de luchar por tu imperio! ¡Cobarde!

El Coyote hambriento no pudo más y le dio un golpe en el rostro al señor de Coyohuácan, quien se mostró sumamente asombrado y adolorido.

—Ustedes son mis testigos —dijo a la gente que acompañaba a Nezahualcóyotl y a sus consejeros y ministros—. Este hombre ha entrado a mi palacio con el único fin de agredirme.

Hubo un silencio por un momento, luego Mashtla mandó llamar a uno de sus soldados.

—Traigan mi atuendo de guerra.

Luego de unos instantes llegaron los soldados y vistieron a Mashtla y a Nezahualcóyotl con los atuendos de guerra.

—Acolmiztli Nezahualcóyotl, aquí frente a todos estos testigos de la ofensa recibida en una celebración que hice en tu honor y no teniendo otra que limpiar mi reputación, te reto a duelo de muerte —dijo Mashtla solemnemente, como era debido en un suceso de tales dimensiones.

Así ocurrió, Asholohua, está aquí, en este amoshtli. Lo puedes ver tú mismo, no miento. Nezahualcóyotl no tuvo otra opción que aceptar aquel duelo, pues de rehusarse, Mashtla tendría el derecho de darle muerte en cualquier momento. Como únicas armas tenían el macuahuitl y el escudo. El duelo debía llevarse a cabo en un campo destinado a esos acontecimientos.

Y ya se encontraban listos para salir cuando llegó una embajada de Azcapotzalco.

—Mi señor —dijo el embajador con apuro—, su padre, nuestro gran chichimecatecutli está muriendo y ha pedido que asista sin demora al palacio de Azcapotzalco.

"Por fin se hizo justicia. Se está muriendo el viejo", pensó Mashtla.

—Háganle saber a mi padre que con dolor he recibido la noticia y que sin demora saldré a verlo.

Después de que se retiraron los embajadores, el señor de Coyohuácan se dirigió a Nezahualcóyotl.

—Debo ir a ver a mi padre, pero este duelo habrá de llevarse a cabo en cuanto yo sea jurado gran chichimecatecutli. Vuelve a tu ratonera en Teshcuco.

Mashtla se dirigió con todos sus consejeros y ministros a la ciudad de Azcapotzalco. Nezahualcóyotl volvió a Teshcuco y dio noticias de esto a todos sus aliados. Pronto se supo en todos los pueblos y señoríos del enfrentamiento en el palacio de Coyohuácan. Hubo mucha incertidumbre en toda la Tierra por la noticia de la enfermedad de Tezozómoc y lo que ocurriría después. Los pueblos se preparaban para lo peor.

Y eso es lo único y último que puedo contar, querido nieto. Yo entiendo lo que sintió Tezozómoc al encontrarse viejo y cansado. La muerte se siente, se percibe. Aunque los curanderos digan que pronto mejorarás, tu cuerpo te anuncia que ya no tienes tiempo y que debes despedirte de tu gente. Eso hizo Tezozómoc, mandó llamar a sus hijos, nietos, tetecuhtin aliados, consejeros y ministros para despedirse.

De igual manera, Asholohua, sé que mañana, cuando amanezca, yo no estaré aquí, ya no abriré los ojos y quiero que traigas a todos mis hijos e hijas y nietos y amigos, que nos siguieron desde que comenzamos a crear nuestra pequeña aldea y los que llegaron asustados después, para poder verlos, quiero saber que estarán bien en mi ausencia. No podré terminar de contarte esta historia de Tezozómoc, Nezahualcóyotl y Mashtla, pero bien has aprendido a interpretar los libros pintados y sé que sabrás escribirla en esta nueva lengua cristiana, para que todos nuestros descendientes la conozcan. Y que por siempre perdure nuestra toltecáyotl. Quiero que sepas, Asholohua, que de todos mis hijos y nietos fuiste tú y siempre tú a quien más guardé en mi corazón.

Caminaba Tezozómoc por los jardines de su palacio en Azcapotzalco con su atuendo real y su penacho. No sentía dolores en el cuerpo ni angustias. Se miró las piernas y se sorprendió de que podía caminar. ¡Qué alivio poder volver a cambiar! Esas hierbas que le dio el brujo hicieron efecto. Sonrió con alegría. Encontró a lo lejos a uno de los jardineros. Se dirigió a él y el hombre al verlo cerca se hincó y mostró reverencia.

—¿Cómo te llamas? —preguntó el gran chichimecatecutli.

—Cihuaquequenotzin —respondió el hombre sin levantar la cabeza.

—¿No eras tú uno de los guerreros de Ishtlilshóchitl?

—¿Quién?

—Ishtlilshóchitl.

—Yo no conozco a ningún Ishtlilshóchitl.

—¿Quién es el gran chichimecatecutli?

—Usted, mi amo y señor Tezozómoc.

—¿Dónde estamos?

—En su palacio.

—¿Dónde está Nezahualcóyotl?

—No lo conozco, mi amo.

—¿Estoy muerto?

—No, mi amo; si lo estuviera, no me vería a mí.

—Entonces, ¿qué debería ver si estuviera muerto?

—¿Qué le gustaría ver?

—No lo sé. ¿Por qué te has puesto de pie?

—Porque usted me lo ha ordenado.

—No.

—Sí. Usted dijo que me pusiera de pie.

Tezozómoc miró en distintas direcciones. Reconoció el palacio, los jardines, los árboles. Lo vio a él, a ese hombre que decía llamarse Cihuaquequenotzin. Pensó que había un mal entendido. Y volvió a preguntar por su nombre.

—Cihuachnahuacatzin.

—¡No! ¡Dijiste que tu nombre era Cihuaquequenotzin y no Cihuachnahuacatzin!

—Quizás eso fue lo que usted quiso escuchar.

—¿Intentas burlarte de mí?

—¡No, mi amo!

Tezozómoc miró el rostro del hombre y notó que no era el mismo. Buscó en varias direcciones y no encontró a nadie más.

Al volver la mirada al hombre descubrió que estaba vestido con su atuendo de batalla.

—¿Qué haces con ese penacho?

—¿Cuál penacho? —el hombre levantó la mirada.

—Ése.

—Me lo regaló mi padre —respondió el hombre con una sonrisa.

—¿Quién es tu padre? —preguntó el tepaneca con enojo.

El hombre cambió la sonrisa por un gesto de angustia. Intentó recordar quién era su padre pero no pudo.

—No lo sé. No lo recuerdo. ¿Usted sabe?

—¡No! ¡Y no permitiré que te burles del gran chichimecatecutli de toda la Tierra! ¡Ordenaré que te lleven preso!

—¿Por qué?

Tezozómoc buscó en diversas direcciones y encontró a uno de sus soldados. Le gritó, pero él no respondía. Caminó hacia él y le ordenó que arrestara al hombre que se encontraba en el jardín. El soldado obedeció y caminó tras el gran chichimecatecutli.

—¿Cuál hombre, mi señor?

—Aquí estaba.

Tezozómoc volteó la mirada y el soldado ya no estaba. Miró hacia todas partes y los jardines se encontraban vacíos.

—¡Soldado! —gritó.

—¿Me llamaba? —dijo alguien a sus espaldas.

Al voltear la mirada se encontró con Nezahualcóyotl. El tecutli tepaneca sintió temor. El Coyote hambriento se encontraba frente a él con su macuahuitl en la mano. En sus ojos vio el deseo de venganza. Observó detenidamente su penacho, su atuendo de guerra, su arco atado a su cintura y sus flechas en la espalda. Tenía un cuchillo en la otra mano. Tragó saliva.

—El jaguar mató a mi padre —dijo Nezahualcóyotl.

Tezozómoc comenzó a temblar. Un águila volaba sobre ellos.

—¡No!

El tecutli chichimeca se echó a correr. De pronto sintió algo que le rasgaba la espalda. Volteó la mirada y el águila volaba sobre su cabeza. Corrió, corrió, como jamás lo había hecho; la vejez no era un impedimento, corrió lo más que pudo. Pero no pudo más y el águila se le fue a la cabeza y le enterró las garras.

—¡No!

Las garras perforaron su cráneo. El gran chichimecatecutli no pudo más y cayó en el piso. Boca arriba forcejeó con el ave, que se alejaba y volvía al ataque. Sin misericordia se le fue a los ojos y lo atacó. El anciano se defendió pero su vejez no le daba la destreza para protegerse. El animal comenzó a picarle el pecho. Era un ave que podía arrancar pedazos de piel con facilidad. El anciano se sintió demasiado débil para seguir defendiéndose. El águila le enterró el pico y le abrió el pecho. Comenzó a comerle todo lo que encontraba, hasta llegar al corazón, el cual devoró en cuanto lo sacó con facilidad. Tezozómoc murió en ese momento, mientras el animal engullía todo lo que encontraba.

—¡Mi señor! ¿Se encuentra bien? —preguntó una voz a lo lejos.

Abrió los ojos y soltó un golpe. Totolzintli pudo sortear aquel manotazo.

—¡Mi señor, despierte!

Tezozómoc comprendió que era una pesadilla.

—¿Dónde se encuentra Nezahualcóyotl? —preguntó, asustado.

—En Teshcuco, como usted ordenó.

—Aquí estaba, yo lo vi.

—No, él no ha salido de allá; fue un mal sueño.

—¿Dónde estamos?

—En su habitación real, mi amo y señor.

Tezozómoc se puso de pie. Notó que no sentía dolores. Observó al sirviente. Lo reconoció. Sí, a él sí lo conocía, él había sido su sirviente toda su vida, el más cercano, el de más confianza, el que iría con él en el sendero de la muerte.

—Totolzintli.

—Diga, mi amo.

—¿Por qué puedo caminar? ¿Por qué no siento dolores?

—¿No lo recuerda, mi amo? Su enfermedad empeoró y mandó llamar a sus hijos, nietos, tetecuhtin aliados y consejeros. Le dijo que la hora de su muerte estaba cerca y que ya pronto moriría. En ese momento perdió el conocimiento. El curandero le dio unas hierbas que había traído de tierras lejanas para curarle. Éstas le provocaron unas fiebres que lo han mantenido en cama muchos días. Pero desde entonces ya no tiene malestares ni dificultades para hacer sus necesidades. Despierta en momentos y luego vuelve a dormir. El curandero dice que son los efectos de las hierbas.

—¿Es cierto eso, Totolzintli?

—Sí, mi amo. Todavía nos queda mucho tiempo de vida.

—Quiero ir a caminar a los jardines.

—Yo lo acompaño.

Al llegar a los jardines del palacio de Azcapotzalco, Tezozómoc buscó en varias direcciones al jardinero entre los que se encontraban allí, abonando las flores y cortando el césped. Se acercó a cada uno de ellos y les preguntó su nombre. Observó sus rostros. Ninguno de ellos era como el que había visto en aquella pesadilla.

—Totolzintli.

—Diga, mi amo y señor de toda la Tierra.

—¿Estás seguro de que Nezahualcóyotl no ha salido de Teshcuco?

—Eso es lo que se nos ha informado. ¿Por qué? ¿Le tiene miedo a un joven que no tiene aliados ni fortuna?

—¿Cómo te atreves a…?

Tezozómoc miró a su sirviente y se encontró con el rostro de Cihuachnahuacatzin.

—Eres tú… ¡Traidor!

—Mi señor, ¿le ocurre algo?

El gran chichimecatecutli intentó golpearlo, pero Totolzintli logró esquivar el ataque.

—¡Soldados, arresten a este traidor!

—¡Mi señor! ¡Yo no soy un traidor!

Cuando Totolzintli vio que venían los soldados corrió para salvar la vida. Los soldados y Tezozómoc lo siguieron hasta llegar a los bosques. Pronto lo perdieron de vista. El tecutli tepaneca ordenó que se dispersaran para dar con él lo más pronto posible. Siguió caminando con unos de sus guardias, pero de pronto apareció entre los arbustos un jaguar. Los soldados comenzaron a lanzarle flechas, sin poder dar en el animal, que ágilmente corría de un lugar a otro, desapareciendo entre las robustas hierbas. El rugir del jaguar intimidó a los soldados que ya sin flechas sostenían solamente su macuahuitl. De pronto perdieron de vista al animal, pero lograron escuchar sus ligeros gruñidos. Todos observaron la cabeza del jaguar sobresalir de unos arbustos. Tezozómoc comenzó a sudar al ver cómo el animal se acercaba lentamente.

—¿Qué esperan para darle muerte, cobardes?

Uno de los soldados se aproximó temeroso al jaguar. Levantó su macuahuitl y sin poder defenderse, el animal se le fue encima. Los otros soldados se acercaron para darle muerte, pero el jaguar brincó sobre cada uno de ellos destrozándoles los rostros, brazos y piernas. Tezozómoc aprovechó el momento para huir y mientras corría escuchó los gritos de los soldados. Corrió con dificultad, pues aunque estaba curado de sus enfermedades, la edad le impedía moverse con soltura. Escuchó los gruñidos del jaguar y supo que venía tras él. No volteó. Siguió corriendo, hasta que finalmente el jaguar lo alcanzó y lo derribó. Tezozómoc se volteó boca arriba y vio los ojos del jaguar, que se detuvo un instante. Sólo se escuchaban los gruñidos del animal, que comenzó a lamerle el rostro, luego el pecho. El gran chichimecatecutli no se movía, pensando que el jaguar satisfecho de haber comido ya a los soldados le dejaría salvar su vida, pero se equivocó: el felino le mordió un pie. Tezozómoc gritó sin moverse, temeroso de que con eso lo atacaría con mayor bestialidad. Ahora la fiera le masticaba ambos pies en medio de un charco de sangre. Después lamió toda la sangre que había derramado. Tezozómoc seguía vivo pero sin poder ver sus pies mutilados. Al finalizar el jaguar se retiró rumbo a las montañas.

De nada le sirvió al tecutli chichimeca usurpador fingir caridad hacia el hijo de Ishtlilshóchitl. Su conciencia no lo dejaba en paz. Tezozómoc, ya viejo y decrépito, tuvo mucho miedo de la venganza del Coyote hambriento y para esto decidió darle el perdón, encerrándolo en Tenochtítlan, pero se equivocó al confiar en Chimalpopoca, pues éste sabiendo que la muerte del tecutli tepaneca estaba cerca y que Mashtla sería el sucesor, decidió aliarse a Nezahualcóyotl, pues el odio del señor de Coyohuácan sería derramado sobre Tenochtítlan. Fue su cobardía de morir en las manos del príncipe de Teshcuco. Quería terminar sus años en paz haciéndoles creer a todos los pueblos que era un hombre benigno. No fue por benevolencia que le dejó de perseguir, como cuentan los tepanecas.

El Coyote hambriento fue audaz y le hizo creer que no buscaba venganza y se dedicaría a estudiar en el calmécac con sus primos Motecuzoma y Tlacaélel, con quienes fue haciendo planes y estrategias. Y fueron sus tíos Chimalpopoca e Izcóatl quienes enviaron a las tías a rogar perdón por Nezahualcóyotl. Mentira que él haya sido un hipócrita, mentira que se haya aprovechado de los corazones de aquellas mujeres que tanto lo querían. ¡Sí! ¡Lo querían como a un hijo! Siempre le tuvieron ese cariño como se lo tuvieron a todos sus otros sobrinos e hijos. Y siempre se opusieron a la guerra contra Teshcuco, a ese despojo injusto y traicionero. Esos tepanecas no han hecho más que ensuciar la imagen del príncipe de Teshcuco en sus libros pintados, para que sus descendientes vean siempre a Tezozómoc como la víctima, y a Ishtlilshóchitl y a su hijo como los tiranos.

El usurpador Tezozómoc devolvió a Nezahualcóyotl el palacio de Cilan para que éste no fuese a buscarlo en medio de su enfermedad y de un golpe le quitara la vida. Y aunque el Coyote ayunado,

luego de haber aprendido mucho en la selva y los bosques, bien po-
día entrar al palacio y quitarle la vida al usurpador, no lo hizo por-
que no estaba en su personalidad un acto tan vil como ése. Era un
hombre de honor. Vivió en Teshcuco dos años más y se dedicó a
ver por sus chichimecas, a crear nuevas formas de agilizar las la-
bores, a construir casas con la gente, a buscar mejores maneras de
vida, a meditar, a hacer sacrificio personal y de pensamiento. Allí
nació el virtuoso Nezahualcóyotl, el que no veía lo que tenía en-
frente, sino todo lo que había a su alrededor. No pensaba como los
demás, su visión iba más allá de su tiempo y circunstancia. La mi-
seria en que había vivido y las enseñanzas en el calmécac lo hicie-
ron un hombre sabio y justo. Un hombre que la historia no olvidará
jamás. Podrán pasar quinientos o mil años, podrán surgir nuevas
culturas, nuevos imperios, pero él será siempre recordado. Y lo sé,
porque lo he visto en su agüero. Los presagios no mienten, jamás
se han equivocado.

El usurpador también sabía que las profecías eran inevitables.
Pues cuando terminaba el año Doce Conejo (1426), tuvo dos horri-
bles pesadillas, dos presagios. No fue una casualidad que siendo
un guerrero águila y un guerrero jaguar quienes dieran muerte a
Ishtlilshóchitl, ahora hubiesen atacado a Tezozómoc en sus pesa-
dillas. Asustado, mandó llamar a los agoreros para que interpreta-
ran aquellos sueños.

—Mi amo y señor, se nos ha informado que ha tenido algunos
presagios en sus sueños —dijo uno de los ancianos.

—Así es —dijo Tezozómoc acostado y adolorido en su petate—,
encontré a Nezahualcóyotl en mis sueños: se convertía en un águi-
la que volaba sobre mi cabeza y me enterraba sus garras. Me per-
seguía y luego me abría el pecho y me sacaba el corazón.

—Como bien lo vio en sus sueños, Nezahualcóyotl ha de volver
para recuperar el imperio. Pero llegará con la astucia del águila y
se irá sobre su casa y su familia, que en sus sueños eran su cabeza
y su corazón. ¿Cuál fue su otro sueño?

—Mi sirviente Totolzintli se convertía en un guerrero chichime-
ca, lo seguía con mis soldados y luego apareció un jaguar que se

los comió; luego se fue contra mí, me lamió el cuerpo, me comió los pies y se fue por un río, entró por las montañas.

—Eso significa que habrá traidores dentro de su imperio.

—¿Totolzintli?

El sirviente no sintió temor de que en ese momento se diera la orden de que le torturaran y le dieran muerte.

—¡No! La traición viene de alguien más. Alguien en quien confía. El jaguar significa otra vez Nezahualcóyotl, que destruirá sus tropas y a sus vasallos, y su ciudad de Azcapotzalco quedará en ruinas. Todo esto será de Nezahualcóyotl. Ésa es la profecía de sus sueños, mi amo.

—Un águila y un jaguar —dijo Tezozómoc sin mirar a los agoreros.

—Así es, mi amo y señor, quienes mataron a Ishtlilshóchitl fueron también un águila y un jaguar. Con esa misma fuerza y esa misma estrategia vendrá su enemigo.

—¿Se puede detener el agüero?

—Si logra matar a Nezahualcóyotl antes de que él lo mate a usted, sí.

Tezozómoc comprendió el error de haberle perdonado la vida a Nezahualcóyotl. Así que en ese momento mandó llamar solamente a sus hijos Mashtla, Tayatzin, Tecutzintli —y no a los tetecuhtin aliados de quienes ahora desconfiaba—, para hacerles saber sobre sus sueños y los presagios. Cuando ellos llegaron los llamó a su habitación de donde ya no podía salir, pues era ya tanto su malestar que no podía mantenerse en una silla, por lo tanto debía sentarse en un cesto de mimbres relleno de algodón.

—¡Yo tenía razón, padre mío! —dijo Mashtla con enojo y con gusto de que se comprobara lo que tanto había insistido.

—Les pido que defiendan el gobierno de toda la Tierra y que maten a Nezahualcóyotl.

Salieron los hijos de Tezozómoc del palacio y se dirigió cada uno a su señorío. Mashtla no perdió tiempo y envió una invitación a Nezahualcóyotl para que fuese a su palacio de Coyohuácan, pero como el Coyote sediento conocía las artimañas de Mashtla, les dijo a los embajadores que, respetando las órdenes del tecutli chichimeca Tezozómoc, no saldría de Teshcuco. Entonces el hijo de Tezozómoc envió espías y soldados disfrazados para que, cuando el príncipe de Teshcuco cruzara el lago para visitar la ciudad isla, lo apresaran y lo llevaran ante él. Y como el Coyote ayunado creía que con el permiso de ir y venir de Teshcuco a Tenochtítlan no necesitaba andar con escoltas, fue fácilmente apresado. Esa noche fue conducido al palacio de Coyohuácan. Y Mashtla al verlo no le dio tiempo siquiera de preguntar por qué había sido apresado: lo golpeó repetidas veces. No como cuentan los tepanecas que Nezahualcóyotl fue quien inició la agresión. ¡Mentiras y más mentiras de los tepanecas y los meshícas! El Coyote hambriento no fue al palacio ni agredió al señor de Coyohuácan ni hubo ningún reto a duelo. Mashtla quería matarlo en ese momento. Pero llegó una embajada de Azcapotzalco diciendo que Tezozómoc quería ver a sus hijos para nombrar al sucesor. Y Mashtla quiso darse el lujo de darle muerte siendo gran chichimecatecutli. Ordenó que se encerrara al príncipe acolhua en una celda y se fue con prontitud al palacio de su padre. Lo encontró en el peor estado de su vida.

—¡Oh, amado padre! —dijo Mashtla con llanto.

Lloró y lloró. Como siempre los malos hijos son quienes han de llorar más en las enfermedades y funerales de sus padres. Pues son el remordimiento o la hipocresía los que llevaban a los llorones a los funerales. Tayatzin y Tecutzintli también lloraban, pero no hacían tanto ruido como su hermano. Ellos tenían sus almas limpias, estaban en paz con su padre, sabían que bien podía morir Tezozómoc en cualquier momento y ellos no sentirían remordimiento. Habían obedecido los designios de su padre, habían sido buenos hijos.

—Padre mío, una pena profusa me invade verle así —dijo Mashtla hincado a un lado del tecutli tepaneca, sosteniéndole la mano.

Se encontraban presentes los tetecuhtin aliados, los consejeros, ministros, hijos, hijas, nietos y amigos. Sabían que el motivo de hacerlo ir al palacio con tanto apuro era para que el tecutli tepaneca les hiciera reconocer a su hijo primogénito, Mashtla, como su sucesor. También sabían que la hora de la muerte se acercaba cada vez más. Y como ya hacía tiempo que los tepanecas practicaban los cultos de los meshícas, cubrieron el rostro de Tezcatlipoca con una máscara de turquesa, tal cual debía hacerse cuando alguien enfermaba, y que debía ser removida cuando el enfermo se recuperara de aquellos males o cuando muriera.

Fue tanta la gente que llegó a ver al anciano usurpador, que tuvieron que cargarlo en su cama y sacarlo de su habitación para llevarlo a la sala principal del palacio. Allí, con mucha dificultad, habló el anciano:

—Hijos, deudos, vasallos y amigos, ya llegó el fin de mis días... —dijo el anciano con dificultad—. Son pocas las horas que me restan de vida —hizo una pausa—. Deseo dar a mis vasallos un gobernante amable, benigno, recto, valiente y esforzado —Mashtla sonrió orgulloso—. Por eso... he decidido nombrar a mi hijo Tayatzin como mi sucesor.

Hubo mucha confusión, todos se miraban entre sí, murmuraban. Mashtla era el más desconcertado y comenzó a llorar de rabia. Ni él ni los demás asistentes esperaban esa decisión de Tezozómoc.

—Mashtla... —continuó el anciano con voz ronca—, no puedo ignorar tu altivez y genio severo. Espero que mis vasallos conserven la memoria del beneficio que les hago. Pero a todos les encargo que le quiten la vida al príncipe Nezahualcóyotl cuando venga a asistir a mis funerales.

Al terminar de decir esto, pidió Tezozómoc que se le llevara a su habitación. Los asistentes se dirigieron al heredero Tayatzin y le felicitaron por el nombramiento y ofrecieron prontamente su lealtad, sin percatarse de que Mashtla había salido del palacio con sus consejeros y ministros. Se dirigió a Coyohuácan y buscó al agorero que le había dicho que sería jurado como tecutli chichimeca. Los consejeros y ministros que lo acompañaban permanecieron afuera de la casa.

—¡Me has mentido! —dijo con su macuahuitl en la mano.

El agorero bien sabía su destino, lo había visto en la profecía y no hizo más por defenderse ni por dar explicaciones. Mashtla enfurecido levantó su arma y de un golpe le cortó la cabeza al hombre. Permaneció allí por unos instantes viendo al profeta.

—¡Mentiste, mentiste, me mentiste! —al decir estas palabras quiso ver la cabeza de Tezozómoc en el piso.

"Siempre cuidé de ti. Yo fui el más leal de tus hijos. Yo me preocupé más que Tayatzin. ¿Por qué? ¿Por qué Tayatzin? ¿Por qué ese imbécil?", lloró Mashtla.

Al salir se encontró con sus consejeros y ministros que lo seguían esperando con lealtad. Se dirigió a su palacio de Coyohuácan y ordenó que sacaran al príncipe Nezahualcóyotl de la celda en la que lo tenían preso y lo llevaran ante él.

—Coyote hambriento —dijo al tenerlo frente a él—, pido humildemente tu más sincero perdón por haberte agredido.

El príncipe chichimeca no supo qué decir, no entendía el cambio tan repentino de Mashtla.

—Perdón —insistió Mashtla—. Vuelve a Teshcuco. No es una trampa. Si quisiera darte muerte lo haría en este momento. Mi padre morirá en cualquier momento. Mi hermano Tayatzin ha sido nombrado como el heredero del imperio. Tezozómoc le ha dado órdenes para que te mande matar en su funeral. Si decides asistir yo te prometo hacer lo que pueda para evitarlo, para que recuperes tu señorío.

Nezahualcóyotl salió del palacio de Coyohuácan escoltado por soldados de Mashtla que le aseguraron su llegada a Teshcuco. El Coyote sediento no podía entender la reacción de Mashtla.

Me encontraba yo en el palacio de Cilan preocupado por Nezahualcóyotl, pues no sabíamos de él. La última vez que lo vimos fue cuando decidió ir a la ciudad isla a visitar a sus tíos y primos. Habían pasado cuatro días y los acolhuas no parábamos de buscarlo secretamente en el lago, en Tenochtítlan, en Tlatilulco, en Azcapotzalco, en los bosques, sin imaginar que estaba preso en Coyohuácan.

Nezahualcóyotl me contó lo sucedido y yo le informé sobre la decisión de Tezozómoc de nombrar como su sucesor a su hijo Tayatzin. Concluimos que Mashtla no buscaba una alianza con Teshcuco.

—Si no quiere una alianza, ¿por qué me liberó? —preguntó Nezahualcóyotl.

—Quiere que tú te levantes en armas y quites del trono a su hermano —respondí.

—Y si es así, ¿por qué no lo hace él?

—Para no cansar sus tropas.

—Y, ¿si nos levantamos en armas? Ya tenemos varios ejércitos listos. Los tenoshcas favorecen a nuestro partido.

—Eso era cuando pensaban que Mashtla sería el sucesor. Pero debes averiguar qué harán ahora que saben que el nuevo chichimecatecutli será Tayatzin. Si él decide otorgarles los mismos privilegios que tenían con Tezozómoc creo que seguirán su partido. Lo más probable es que lo haga, para defenderse de su hermano Mashtla. Por eso te ha dejado en libertad, para que tú te levantes en armas. Pues él bien sabe que Tayatzin se defenderá con los ejércitos de los tenoshcas y tlatelolcas.

—Enviaré una embajada.

—No es el momento.

—¿Por qué?

—Porque están en Azcapotzalco, esperando la muerte de Tezozómoc.

—¿Qué debemos hacer, maestro?

—Esperar.

17

Mi nombre no importa. Pues esto que escribo no es para engrandecer mi imagen, sino para que se recuerde nuestra toltecáyotl o nuestra tepanecayotl. Mi hermano harto quiso que su nombre quedara en el anonimato al escribir esto, pues como mi abuelo, bien sabía que en estos tiempos en que los religiosos castigan la idolatría no se puede gritar que uno sigue creyendo en Huitzilopochtli o en Quetzalcóatl.

Yo ya estoy viejo y esto que he de contar ocurrió hace muchos años, cuando era un joven. Luego que nuestro abuelo murió llegaron las desgracias a nuestra aldea. Mi hermano hubo de volver a Meshíco Tenochtítlan para trabajar, en donde conoció a una niña criolla que se decía Valeria y de quien se enamoró. Mucho me hablaba de ella, sabiendo que entre ellos no podía existir más que una amistad. Pero él insistía que sólo era feliz con verla. Y verla lo llevó a la muerte.

Y sin poder evitarlo fue a la ciudad de Meshíco Tenochtítlan y la buscó, sabía que su vida estaba en peligro, pero decía que si no la veía una vez más, moriría de tristeza. Yo lo vi salir en la noche. Lo seguí de lejos. Ahí estaba parado en la calle, observando su ventana por un largo rato. Luego se dio cuenta de que yo lo había seguido. Me dijo que regresara a nuestra aldea. No le hice caso. Cuando ya no hubo gente en la calle se subió por los fierros de las ventanas hasta llegar al balcón de la niña

Valeria. Ya estando allí tocó a su ventana. Ella salió y le preguntó, asustada, qué era lo que hacía allí a esas horas, pero sonrió.

—Vos sois un embustero —dijo sin abrir toda la ventana.

—Lo siento —respondió y sé que en ese momento estaba sintiendo la mayor felicidad de su vida. Lo sé porque nunca lo vi tan feliz.

—Yo pude haberle dicho al fraile que eras mi criado y él no se hubiese preocupado por ti, se habría marchado.

—No te he terminado de contar la historia de nuestro pueblo.

—Pues eso ya no será posible. Los frailes han dado parte a las autoridades y han ordenado que cuiden las calles cerca de mi casa. Y si os encuentran, vos seréis llevado a prisión. Más os conviene id a vuestra casa y esconderos cuanto sea posible.

Mi hermano tenía miedo de no poder verla más y sabiendo que jamás habría algo entre ella y él, le pidió un beso. Yo lo vi todo. Ella se quedó en silencio por un momento. Lo miró.

—Vos sabéis que yo no os correspondo en vuestro sentimiento. Os lo dije desde un principio.

—Sí, pero ya me voy y no volveré jamás. Quiero sólo eso, para llevarlo en mi recuerdo.

La niña Valeria cerró los ojos. Yo sé que con eso le decía a mi hermano que sí. Y también sé, lo vi, comprendí que él no lo podía creer: la niña Valeria estaba allí, frente a él, con sus ojos cerrados, esperando a que la besara. Le tocó las mejillas y los labios con sus dedos. Observó su rostro, esa cara linda que tanto amaba. Acarició su cabello. Se acercó lentamente y también cerró los ojos. La besó y ella le correspondió poniendo su mano en su cuello.

—Debéis marcharos ahora —dijo ella y cerró la ventana. Él se quedó allí viéndola tras las cortinas; luego ella apagó la vela con que alumbraba su habitación y ya no pudo ver su silueta. Y cuando mi hermano bajaba del balcón escuché unos caballos cabalgando en el fondo de la calle.

—Alguien viene —dije a mi hermano.

—Corre —me dijo.

Yo sabía que mi hermano era ágil para correr, así que no lo esperé y me apresuré, pero luego me di cuenta de que él no iba detrás de mí, así que regresé con cautela para no ser descubierto. Vi de lejos que habían llegado unos soldados. Mi hermano había dado un brinco para bajar lo más pronto posible. Comenzó a correr pero los soldados lo alcanzaron. Yo no pude hacer más que observar.

—¿Qué estabais haciendo en ese balcón? —preguntaron mientras le sujetaban dos soldados.

—Yo...

—¿Qué otra cosa? —interrumpió otro de los soldados—. ¡Intentaba meterse a robar!

—¡No! —dijo.

Los soldados llamaron a la puerta. Primero salió uno de los criados y los soldados pidieron hablar con el dueño de la casa. Al ver al hombre que salió lo reconocieron y lo saludaron con respeto:

—Don Alberto Mendiola y Carrillo disculpadnos la hora, pero hemos visto a este indio saltar de uno de los balcones de vuestra casa.

—¿Cuál de ellos?

Los soldados señalaron el balcón que daba a la habitación de la niña Valeria.

El hombre ordenó a los soldados que esperaran y entró a su casa. Luego de un rato salió diciendo que todo estaba en orden.

—¿Intentabais entrar a mi casa a robar, indio?

Mi hermano no respondió.

—¿Cuál es vuestro nombre?

Mi hermano no decía una sola palabra.

—Este indio ha de ser el que han estado buscando los frailes.

—¿Vos sois a quien están buscando por incendiar el monasterio franciscano?

Mi hermano movió la cabeza para negarlo.

Los soldados dijeron que siendo así lo llevarían arrestado. Tres mujeres salieron a la puerta, entre ellas la niña Valeria.

—¡No! ¡No! ¡No se lo lleven! ¡Es inocente! ¡No ha cometido ningún crimen! —y se puso frente a mi hermano, lo defendió con fervor.

Las mujeres intentaron hacer que la niña Valeria regresara a la casa.

—¡Quítate, hija! —su padre la jaló de un brazo.

—¡Es mi amigo! ¡No ha hecho nada malo! ¡Esto es un error! —gritó jaloneándose.

—Llevadlo a la prisión, en la mañana iré a testificar —dijo el padre de la niña Valeria.

—¡No! —la niña Valeria lloró—. ¡No!

Se le llevó a una celda donde fue torturado, para que confesara dónde se encontraban estos escritos que tengo en mi poder y que he de guardar toda mi vida para que un día, cuando esto sea posible, los pueda entregar a alguien que en verdad quiera hacerlos públicos.

La profunda y lenta respiración del anciano Tezozómoc era lo único que se escuchaba en la habitación real. El viejo Totolzintli se encontraba ahí, a su lado, como siempre a su lado, incondicional, deseoso de que su muerte llegara, de que el sufrimiento de su amo terminara. Lo vio quejarse con tanto dolor que él mismo comenzó a sentir malestares. Tenía varias noches sin dormir, sin comer, sin sonreír, pues aunque no sonreía físicamente, lo hacía internamente, sabía reír con las cosas que decía su amo. Había aprendido a amar esa vida. Fue feliz, a su manera. Disfrutó cada amanecer al lado de Tezozómoc, disfrutó de sus charlas, vivió sus caprichos, fue testigo de todo lo que hacía el tecutli de Azcapotzalco. Y también lo odió, lo odió mucho, pero a fin de cuentas comprendió sus errores, o lo aceptó a su manera, como nadie lo había hecho. Y vio a su amo sufrir, llorar, reír, enfurecer, mentir. Lo supo todo. Y todo lo guardó en su corazón.

El anciano Tezozómoc comenzó a quejarse. Totolzintli se puso de pie y le limpió el sudor del rostro, lo miró con dolor en su corazón. El tecutli tepaneca balbuceó. Totolzintli puso su oído en los labios de su amo.

—… nos.

—Mi amo —dijo Totolzintli con tristeza—. ¿Qué necesita?

—… onos —dijo el tecutli chichimeca sin poder tragar saliva. Comenzó a agitarse intentando respirar. Abrió los ojos lo más que pudo.

—Quiero que sepa, mi amo —Totolzintli lloró frente a Tezozómoc. Jamás lo había hecho—, que cuando su madre ordenó que me flagelaran decidí en irme de Azcapotzalco. Lo hablé con mi madre y ella estuvo de acuerdo en que nos escapáramos de noche. Lo teníamos todo preparado. Pero no pude. Ya no podía. Le tenía ya un grande cariño. Y ahora no puedo hacer más que agradecerle tanto —Totolzintli sonrió con lágrimas rodando por sus mejillas.

—… onos —insistió Tezozómoc agonizante.

El anciano Totolzintli abrió los ojos con asombro. Nuevamente comprendía lo que su amo estaba pensando. Lloró, tragó saliva, puso su cabeza sobre el pecho de Tezozómoc y acarició su frente.

—Vámonos… —Tezozómoc jaló aire con dificultad.

—Sí, mi amo, sí, ya nos vamos, nuestro tiempo ha llegado. Ya nos vamos.

Totolzintli cerró los ojos y con sus manos le tapó la boca y la nariz a su amo, que sin oponer resistencia dejó de respirar. El esclavo anciano se puso de pie, se limpió las lágrimas y salió a dar el anuncio de que Tezozómoc había muerto.

Hacía cinco días que Nezahualcóyotl no dormía. Y esa noche cayó rendido. En sus sueños apareció su padre Ishtlilshóchitl:

—Murió —dijo Ishtlilshóchitl.

—¿En verdad murió? —preguntó Nezahualcóyotl.

—Sí —respondió Tezozómoc a un lado de Ishtlilshóchitl.

Nezahualcóyotl se sorprendió de verlos juntos. No supo qué

decir. Guardó silencio. Sabía que era un sueño. "Libérenme. Esto es una pesadilla. Debo despertar."

—¿A qué le temes, Coyote? —preguntó Tezozómoc—. Tu padre está muerto. Ya no lo puedo matar.

—¡Sí! Tú ordenaste mi muerte, asesino —dijo Ishtlilshóchitl.

—No merecías el imperio.

—Me lo heredó mi padre —respondió Ishtlilshóchitl con enojo.

—Los imperios no deben ser heredados.

—¿No?

—No. Los imperios deben ser entregados a quienes tengan la virtud, el conocimiento de gobernar, no a cualquier pelafustán. Los pueblos deberían tener el derecho de elegir a su gobernante.

—Eso no serviría. Llegarían al gobierno de toda la Tierra los tipos como tú, embaucadores, embusteros, hipócritas.

—Es peor que sea por herencia.

—Entonces, ¿por qué le dejaste el imperio a Tayatzin?

—Para demostrar lo que digo, para que veas que un mal heredero puede llevar a la ruina un gran imperio, y también para no dejárselo a tu hijo.

—Sí. Le dejaste el imperio a Tayatzin porque es un imbécil. Llevará al imperio a la ruina. Es un inepto. No tiene grandes méritos de guerra ni es conocido por ser un pensador, ni siquiera tiene experiencia en el gobierno.

—Por eso lo hice. Es mi venganza hacia todos los pueblos que jamás me reconocieron como gran chichimecatecutli. Hipócritas. Por eso ordené la matanza de los niños. Por eso hice que se persiguiera a tu hijo. Tú pudiste ser mi nieto, Nezahualcóyotl. Sí. Si tu padre hubiera aceptado a mi hija como su esposa, si no la hubiese mancillado.

—Padre, ¿es cierto lo que dice Tezozómoc?

—¡Respóndele a tu hijo! ¡Confiésale que te holgaste con mi hija! ¡Confiésale que ella no quería!

—Era parte del matrimonio. Así tenía que ser para consumarlo.

—¡Mientes! ¡Mientes! ¡Mientes! ¡Si ella no quería, no tenías derecho! ¡La violentaste!

—¡Padre…!

—Sí.

—¿Cómo? ¿Por qué?

—¿Qué preguntas haces, Coyote? Si eres igual que tu padre. ¿Cuántos hijos tienes ya? ¿Cuatro? ¿Diez?

—Yo…

—Tú eres el reflejo de tu padre.

—A ti también te enloquecen las mujeres, Tezozómoc. Por eso le diste el perdón a Nezahualcóyotl. Porque unas mujeres te convencieron. Eras ya un viejo decrépito, pero eso no te impidió tener deseos. Querías holgarte con ellas, pero ¿qué podías hacer? Nada. Tu vejez no te permitía más que mirarlas. Imaginar que las podías tener. Pero ellas te utilizaron.

—Las tuve, las hice mías, fue el precio de la libertad de tu hijo.

—¿Es cierto eso, padre?

—¡Miente!

—Yo no miento. ¿Quieres que te diga cómo se mueve tu tía, Coyote? Coyote, dime tú, qué gano con mentir, si ya estoy muerto.

—¿Cómo podía un anciano holgarse con mujeres cuando ni siquiera podía defecar?

—Defecar es una cosa; hacer gozar a una mujer otra muy distinta. Bien deberías saber que existen muchos métodos para satisfacer a una mujer.

—¿Y qué quieres demostrar con todo esto?

—Que tu hijo es un cobarde. Si tuvo que pedirle ayuda a sus tías para que mis tropas dejaran de perseguirlo no será jamás capaz de reunir un ejército. ¡Cobarde!

—¡No! ¡No soy un cobarde!

—Eres un ingenuo. ¿Qué te hace creer que los meshícas te van a ayudar ahora que nombré a mi hijo Tayatzin como heredero. Chimalpopoca y él son muy buenos amigos. No lo va a atacar. Además, los tenoshcas tienen el control de Teshcuco. ¿Por qué pelearían contra el tecutli que les permitirá seguir con esos privilegios? Por eso lo nombré a Tayatzin y no a Mashtla. Ese idiota sí que hubiera desterrado a los tenoshcas.

—Él sabe que si logra hacerte creer todo lo que dice odiarás a los tenoshcas y desistirás del intento de rescatar el gobierno de toda la Tierra. Eso es lo que busca, que te des por vencido.

—Tu padre ya no sabe qué decir. Teme que no tengas el valor. Le aterra aceptar que eres un cobarde.

—Sí, Coyote —Ishtlilshóchitl cambió su actitud repentinamente, ahora se veía molesto con su hijo—. Qué pena que seas un cobarde. ¡Cobarde!

—¡No! ¡Coyote! ¡No eres un cobarde! ¡No escuches a tu padre! ¡Quiere que busques la muerte!

—¡Cobarde! ¡Cobarde! ¡Cobarde!

—¿Qué padre envía a su hijo a la muerte?

—¡Tienes miedo, hijo!

—¡No es posible que un padre lance a su hijo al barranco!

—¡Entonces, ve, reúne tus tropas! ¡Lucha por lo que nos han heredado nuestros abuelos! ¡Libera al imperio de este maldito tirano!

Nezahualcóyotl despertó esa madrugada. Salió del palacio de Cilan y se sentó a observar el señorío que le había heredado su padre. Permaneció ahí en silencio hasta que las aves comenzaron a cantar y el sol en el horizonte alumbró las copas de los árboles. Pensó en las decisiones que debía tomar.

Varias horas después se puso de pie y fue a ver a su mentor Huitzilihuitzin y le contó aquel sueño que había tenido y todo lo que había pensado en la madrugada.

—Maestro, Tezozómoc bien supo lo que hacía —dijo Nezahualcóyotl—. Ya sé por qué le heredó a Tayatzin el gobierno de toda la Tierra.

Huitzilihuitzin encontró en la mirada de Nezahualcóyotl aquello que tanto había esperado de él. Ya no era el niño asustado, ni el joven deseoso de venganza, ni el aprendiz confundido, ni el fugitivo que dormía en los bosques y las selvas. Comprendió que su labor había concluido. El Coyote ayunado, el infante chichimeca, por fin estaba listo para recuperar su señorío. Ya no había temor en sus ojos, ni dudas en sus palabras, ni preguntas en sus actos. Eso que soñó le hizo despertar por fin.

—Maestro, voy a Azcapotzalco.

Huitzilihuitzin no respondió.

—Anuncie a los tetecuhtin aliados que alisten sus tropas y que esperen mis instrucciones. Usted diríjase a Azcapotzalco con una embajada. Lleven las ofrendas para las exequias de Tezozómoc y den mis condolencias a sus hijos y esposas.

Y sin más que decir, se fue Nezahualcóyotl por el lago de Teshcuco.

El cuarto de tortura se encontraba en un calabozo oscuro, alumbrado por unos cuantos candelabros. Había en su interior cuatro hombres acusados de herejía. A uno de ellos se le tenía en un diminuto cajón de madera. La tapa superior tenía hueco redondo en el centro por donde salía la cabeza y que apretaba el cuello del condenado, al que le caía cada segundo una gota de agua en la mollera. El segundo era un indígena chichimeca que se encontraba nauseabundo, atado de pies y manos en una rueda de dos metros que giraba todo el tiempo. Al tercero lo tenían de pie dentro de una especie de ataúd, con filosos picos de acero en su interior que, al ser cerrado a presión, penetraban piernas, pecho, brazos, espalda y rostro del castigado. El cuarto era un indígena tepaneca al que tenían postrado en una cama de madera, atado de pies y manos.

Dos de ellos gritaban con desesperación. El tepaneca y el chichimeca se mantenían en silencio. Se encontraban solos, observándose unos a otros sin cruzar palabra entre ellos. De pronto entraron dos frailes, uno de ellos era corpulento y el otro de muy baja estatura. El fraile obeso llevaba un candelabro en la mano y con la otra levantaba la sotana conforme daba pasos.

—¡Ya! ¡Ya! ¡Confieso! —gritó el hombre de la gotera.

—¡Callaos! —gritó furioso el fraile de baja estatura—. ¡Si no os pondré en aquel castigo!

Los torturados guardaron silencio. El fraile obeso caminó a la cama de madera donde se encontraba el tepaneca, lo miró a los ojos y preguntó:

—Ahora sí, indio del demonio, responded a lo que os pregunto —su respiración era estridente—. ¿Cuál es vuestro nombre?

El tepaneca no respondió y el fraile, molesto, giró un timonel de madera que apretó las cuerdas que amarraban los pies y manos del indígena, cuyos huesos comenzaron a tronar. El tepaneca gritó:

—¡Asholohua! ¡Asholohua! ¡Asholohua!

—¿Cuál es vuestro nombre cristiano?

—Fernando.

El fraile sonrió.

—Ahora, decidme: ¿qué hacías en la casa del señor Alberto Mendiola y Carrillo?

—¡Ya os he dicho lo que querían saber, ya confesé! Se me ha tenido en esta prisión por varios días. Se me acusó de intento de robo. Es cierto, quería robar un poco de comida.

—¡Estáis mintiendo! La hija de don Alberto Mendiola y Carrillo os quiso proteger.

—La niña Valeria no es culpable —respondió Asholohua.

—¿Cómo es que conocéis su nombre? —el fraile apretó las cuerdas aún más.

—¡Ay, ay, ay! ¡Ya no! ¡Me duele! ¡Ya no!

—Si confiesas detendremos este castigo.

—Ella sólo platicaba conmigo en la plaza.

—¿Y sobre qué eran vuestras pláticas?

—De nada importante —respondió Asholohua.

—Debéis decir la verdad. Nos estáis haciendo perder nuestro tiempo. Y podríais estar en mejores condiciones.

En ese momento se escucharon unos pasos bajar por las escaleras. Su sombra se escurría como serpiente por los escalones.

—Fray García... —dijo el fraile que torturaba a Asholohua.

—¿Ha confesado algo este indio? —preguntó el fraile que había llegado.

—Aún no.

—¿Recordáis mi cara, indio del demonio? —el fraile giró el timonel con saña—. Soy yo a quien atacasteis con vuestra arma, salvaje. ¡Habla! ¿Recordáis mi rostro?

—¡Ay! ¡Ay! ¡Sí! ¡Sí lo recuerdo!

—¿Lo veis? No es tan difícil, sólo hay que apretar más esta cosa, para que se le comiencen a romper los huesos.

—¡Ay! ¡Sí, fui yo quien entró al monasterio!

—Por lo menos ya habéis confesado algo. Tenemos pruebas para enviarte a la horca. Pero antes decidme: ¿dónde tenéis los libros que le habéis robado al fraile Torquemada?

—No los tengo, se me perdieron cuando salimos de su edificio.

—No os creo una sola palabra.

—¡Ay! ¡Duele!

—¿Dónde tenéis los libros?

—¡No los tengo!

—Cambiadle el castigo: ponedlo en ese otro. Cuando sienta que se le desgarra el recto comenzará a decir todo.

El fraile tomó su candelabro y salió sin despedirse, su sombra se escurrió hasta desaparecerse nuevamente como serpiente por los escalones. El fraile obeso se secó la frente con un pañuelo y dirigió la mirada al indígena Asholohua. Después, entre los dos frailes cambiaron el castigo: le amarraron unas cadenas a los pies y con éstas le abrieron las piernas; luego las ataduras que sostenían sus manos las sujetaron de un gancho que pendía de una cadena del techo; y haciendo girar otro timonel levantaron al indígena con las piernas abiertas a tres metros de altura. Acomodaron una pirámide de madera de un metro cuadrado en la base y puntiagudo el extremo superior.

—¿Dónde tenéis los libros pintados que le habéis robado al fraile Torquemada?

Asholohua no respondió. El fraile soltó la palanca y el cuerpo del indígena cayó sobre la punta filosa de la pirámide, desgarrándole el recto en un santiamén. El grito fue estruendoso. Los otros condenados a muerte comenzaron a temblar de terror. El fraile caminó hacía Asholohua, quien seguía con los brazos hacia arriba, su cabeza se movía en círculos lentamente, su mirada se encontraba perdida, su recto sangraba descomunalmente. La pirámide de madera se había bañado en sangre. El fraile hizo un gesto de disgusto, cerró los ojos y comprendió que pese a la tortura el indígena tepaneca jamás confesaría dónde se encontraban los libros pintados. Ordenó que se le diera asistencia médica para detener la hemorragia, ya que su objetivo era mantenerlo con vida hasta su proceso inquisitorial.

Tres días después los cuatro condenados fueron liberados de aquellos artefactos de tormento y encadenados de pies y manos. Permanecieron varias horas en un calabozo hasta que llegaron unos soldados españoles por ellos, que los vistieron con los sambenitos —capotillos que cubrían desde el cuello hasta la cintura— y unos gorros puntiagudos; luego los condujeron a la plaza principal. Al cruzar la puerta y encontrarse con la luz del sol los reos distinguieron algunas siluetas bajo las oscuras capuchas. Las campanas de la iglesia sonaban incesantes. La gente comenzó a salir de sus casas, pronto las calles se llenaron. Aquel viacrucis parecía alimentar los deseos de barbarie de la multitud que gritaba denuestos a los condenados: "¡Herejes! ¡Mueran los herejes! ¡Mueran los judíos! ¡Mueran los idólatras de Satanás!". Los soldados tuvieron que usar la fuerza para abrirse paso. La gente enloquecía. El sol ardía y el piso tostaba los pies descalzos de los condenados a muerte.

Al llegar a la Plaza Mayor —donde ya se encontraban otros cinco procesados—, los reos fueron subidos a una tarima con un toldo que protegía del sol todo ese tétrico teatro. En el centro se encontraba la horca; a la derecha se hallaba un lustroso púlpito y a la izquierda una enorme mesa cubierta con un mantel de terciopelo negro, bordada con oro. Detrás de ésta, en una silla de nogal con dos cojines, uno para el asiento y otro para los pies, estaba el nuevo virrey Luis de Velasco, hijo, marqués de Salinas; a su izquierda se encontraban sentados los inquisidores; y a la derecha los componentes de la Audiencia. El inquisidor mayor, Juan de Torquemada, tenía un ominoso semblante. De pie, entre dos caballeros engalanados con sus lujosos mantos de Cruzados, se encontraba el fiscal del Santo Oficio sosteniendo el estandarte de la fe. El escribano metió la mano en un pequeño cofre y sacó las sentencias.

La gente se expresó con baladros estridentes. Un fraile dominico se puso de pie y caminó al púlpito, levantó la mano para callar a los presentes y comenzó su sermón. Habló sobre las leyes de Dios, los ejemplos a seguir, el mal que había en la herejía, el peligro que rondaba las casas de los que desobedecían a la Santa Iglesia Católica Romana. Para finalizar, leyó esforzando la voz un juramento de fe:

—¡Digan todos: Sí, sí, sí juramos fe a nuestro único Dios Jesucristo!

La muchedumbre respondió: "¡Sí! ¡Juramos!".

—¡Si así lo hiciereis, que Dios Nuestro Señor os bendiga con grandes dádivas! ¡O de lo contrario, que nuestro padre celestial deje caer sobre vosotros todo su enojo por haber jurado en vano su santo nombre!

—¡Sí, juramos!

El fraile dominico bajó del púlpito y el fiscal recibió de mano del escribano las sentencias, caminó al púlpito y tomó la palabra:

—Que pase al frente Valeria Beatriz Concepción de Santa María Mendiola y Carrillo de Mayorga.

Dos verdugos la tomaron de los brazos, la guiaron y frente al público le quitaron el tapujo de la cabeza, haciendo evidente su presencia y confirmando las murmuraciones que corrían por la Nueva España desde hacía varios días.

—Valeria Beatriz Concepción de Santa María Mendiola y Carrillo de Mayorga, has sido acusada de idolatría, falso testimonio y de haber quebrantado vuestra castidad con un indio. Pero tomando en cuenta vuestra alcurnia y respetables antecedentes, la Audiencia, los inquisidores y nuestro queridísimo virrey Luis de Velasco, hijo, marqués de Salinas, han decidido exoneraos del castigo de muerte, mas no por ello seréis perdonada. Seréis condenada a la vergüenza pública: doscientos azotes y reclusión en un convento por el resto de vuestros días.

Los padres de Valeria Mendiola y Carrillo guardaron silencio, apenados ante la sociedad que murmuraba. La carrera del abogado estaba acabada. Permanecieron ahí contando uno a uno los doscientos azotes que recibió su hija, luego se retiraron con lágrimas. Más tarde se dictaron otras sentencias:

—Teresa de Jesús Méndez y Pérez has sido acusada de hechicería. Seréis condenada a la horca.

La mujer no dejó de gritar hasta el momento de su muerte.

—Francisca de la Asunción, monja profesa, habéis dicho que una religiosa de vuestro convento que se ahorcó no se había condenado. Seréis condenada a la vergüenza pública con cien azotes y reclusión en vuestro convento.

—Elena de la Cruz, monja profesa, por ciertas palabras que habéis dicho contra la fe católica, seréis condenada a la hoguera.

—Catalina Martínez, por haber dicho palabras malsonantes, seréis condenada a reclusión en un convento.

—Luis de Carvajal, habéis sido acusado de adorar al dios de Israel —en ese momento el judío se puso de rodillas, los verdugos lo obligaron a ponerse de pie.

La condena de Luis de Carvajal fue larga debido a que uno de los frailes exigía que el reo aceptara una cita del Antiguo Testamento que mencionaba a Jesús. El reo le escupía en la cara y el fraile insistió hasta llevar una Biblia ante el condenado, al que hizo leer la cita en voz alta. Finalmente fue condenado a la horca: el verdugo puso la soga alrededor del cuello del reo, caminó al timonel que enredaba la soga y, al recibir la orden, lentamente dio dos vueltas que fueron jalando la soga y elevando al condenado por los aires que se columpiaba como campana y se retorcía convulsivamente.

—Carlos Metochtzin, de antiguo nombre chichimeca: Coanacotzin, señor de Teshcuco e hijo de Nezahualpilli —dijo el fiscal y el nieto de Nezahualcóyotl fue llevado al frente—. Se le ha acusado de rendirle culto al demonio, al que ustedes llaman Tláloc, al que visitaba con su gente en la sierra, donde tenían oculta esta deidad del diablo y a la que pedían lluvia, llevándole ofrendas y sacrificios. Pero lo que es peor es que vosotros ya habíais sido bautizado, habíais hecho el juramento de fe ante Dios Nuestro Señor Jesucristo y luego os volvisteis hacia las omnipotentes fuerzas del señor de las tinieblas. Además, se le han encontrado adoratorios en su palacio de Teshcuco y se le ha delatado de rebelde hacia la Santa Iglesia.

—¿Quiénes son ustedes —respondió el nieto de Nezahualcóyotl— que nos deshacen y perturban y viven sobre nosotros y los tenemos a cuestas y nos sojuzgan?

Hubo un grande escándalo en la Plaza Mayor. La gente lanzó insultos hacia el nieto de Nezahualcóyotl.

—Un hombre como vosotros no merece vivir en nuestra colonia. ¡Seréis condenado a la hoguera!

Finalmente el fiscal mandó llamar al último de los reos:

—Asholohua, de nombre cristiano Fernando de Solís Tezozómoc.

Los verdugos lo llevaron al frente y le quitaron la capucha.

—Habéis sido encontrado culpable de haber incendiado el monasterio franciscano de la Nueva España, de haber robado documentos de suma importancia que pertenecían al fraile Torquemada, de haber irrumpido violentamente en otro convento, de rendirle culto al demonio y difundir su idolatría por medio de escrituras falsas y finalmente de haberos holgado con una criolla de nombre Valeria, sin tener la bendición del matrimonio. Los inquisidores, la Real Audiencia y nuestro virrey Luis de Velasco, en nombre del Santo Oficio, han decidido condenaros a la hoguera.

Coanacotzin y Asholohua fueron llevados lentamente a la hoguera. La muchedumbre no paraba de gritar. Los verdugos los ataron a la picota.

—*Abuelo Huanitzin* —dijo el condenado—. *Abuelo Huanitzin, nican micqui in crío Asholohua, abuelo Huanitzin.* (Abuelo Huanitzin, aquí muere tu crío Asholohua, abuelo Huanitzin.)

Los verdugos esperaron la orden y cuando llegó el momento encendieron la leña que pronto comenzó a arder. Los condenados a muerte gritaban de dolor mientras sus pies se prendían en el fuego. El humo y la pestilencia de los cuerpos inundaron el lugar. Luego de una larga tortura, los dos hombres murieron.

A mi hermano lo torturaron de formas bárbaras, los que dicen que nosotros somos los bárbaros. Nosotros, sus hermanos no pudimos hacer nada, pues ya nuestra aldea estaba dividida, sólo quedábamos unos cuantos. Ni siquiera la niña Valeria pudo salvarlo. Cuando fue a abogar por mi hermano, sin el consentimiento de su padre, fue acusada de idolatría, falso testimonio y de haber tenido un amorío con un indio, como ellos nos llaman. Ella fue condenada a la vergüenza pública, que son doscientos azotes y reclusión en un convento. A mi hermano se le condenó a la muerte en la hoguera, por haber incendiado un monasterio, por haber recuperado los libros pintados que tenía Torquemada, por haber ingresado con violencia en otro monasterio y golpeado a los frailes y finalmente por idolatría, falso testimonio y por holgarse con una criolla. Pero bien saben ellos que era mentira.

Yo estuve allí, disfrazado de mercader, en la Plaza Mayor, viendo de lejos cómo le decían que era condenado a la muerte por todos sus crímenes. Su rostro estaba irreconocible. Sé que le dolía todo. Él fue siempre un joven fuerte. Y si no podía siquiera mantenerse en pie es porque harto lo torturaron. Yo lo vi todo, yo fui testigo de cómo lo amarraron a ese palo de madera, junto al nieto de Nezahualcóyotl y les prendieron fuego, yo lo vi, yo sufrí, yo quise morirme en ese momento, pero no tuve el valor de morir con él, pensé en lo que tanto buscaba: guardar nuestros libros pintados, pero aun así sufrí y lloré al ver cómo se quemaban, pero supe que era lo mejor, ya que los habían torturado demasiado. Mi hermano murió y no pudo ver terminados estos escritos.

18

—¿Dónde estoy?

—Tú, en ninguna parte.

—Tú… tú… tú eres…

—Sí, soy Ishtlilshóchitl.

—¿Por qué…?

—¿Por qué, qué?

—¿Por qué no reconozco tu rostro?

—Eso ocurre al principio. Te sentirás confundido, intentarás recordar muchas cosas, pensarás que es un sueño, que todo es una mentira en tu cabeza, pero no, ya no.

—Recuerdo que… estábamos hablando con tu hijo Nezahualcóyotl.

—Así es, tuvimos una discusión. Estabas agonizante en tu lecho de muerte. Te rehusabas a morir.

—No veo bien.

—En este momento tus tres hijos están quitando el velo del rostro de Tezcatlipoca.

—¿Ése soy yo?

—Sí. Tus criados están desvistiendo tu cadáver pestilente para lavarlo. Ahora le están cortando un mechón para guardarlo, como pediste, para que quedara memoria tuya. Le ponen las vestiduras reales a ese cuerpo arrugado; lo adornan con todas aquellas joyas de oro, piedras preciosas y plumas que acostumbrabas usar en las festividades más pomposas e introducen una esmeralda en la boca.

—Ya puedo ver mejor. Sí, ése soy yo. Mira, me llevan al salón principal de mi palacio y me están acomodando, tal como le ordené, sentado en cuclillas, con la máscara de oro que mandé hacer. Igual a mi rostro.

—...

—¿Dónde estamos ahora? ¿Quién es ese que camina a la orilla del lago con tristeza, lanza piedras al agua y se queda largo rato viendo los círculos que se forman?

—¿No lo recuerdas? Obsérvalo bien.

—No, ¿quién es?

—Es Totolzintli, tu sirviente más cercano y más leal. Tiene permiso de salir este último día de su vida. Ésta será la última vez que verá esas aguas, los campos, las aves, los palacios. Su destino es morir mañana, en sacrificio por ti, su amo y señor, para acompañarte en el camino de la muerte. Y es sin duda quien más siente tu muerte.

—Sí. Ya reconozco su rostro. Míralo: está lanzando piedras al lago, como lo hacíamos de niños.

—¿Por qué ordenaste que tu funeral se llevase a cabo bajo los rituales meshícas? Pasaste toda tu vida diciendo que eras descendiente legítimo de Shólotl. ¿No debían ser tus exequias a la usanza de los chichimecas?

—¿A qué te refieres?

—Ordenaste que en tu funeral se sacrificaran tus sirvientes, los malnacidos, los enanos, los defectuosos mentales o quienes habían nacido sin brazos o piernas, por ser considerados gente inútil. También los que habían nacido en los cinco días intercalares de cada año, llamados nemontemi, aciagos e infelices, y que en Tenochtítlan son destinados desde su nacimiento al sacrificio. De igual manera exigiste que los tetecuhtin que llegaran a las exequias trajeran esclavos en forma de obsequio y que igualmente fuesen sacrificados en la hoguera.

—Muchos de esos ya estaban condenados a la muerte por crímenes.

—¿Totolzintli tiene por condena la muerte por haber sido el sirviente más fiel de Tezozómoc? ¿El que escuchaba todo y todo callaba? ¿El que vio siempre todas las caras del tecutli tepaneca, el que le ayudó en su vejez, incluso en sus necesidades personales, el que le escuchaba aunque no quisiera, el que no tenía más vida que la de entregarse de tiempo completo al tecutli de Azcapotzalco? ¿No merecía este hombre un premio por haber tolerado los arrebatos del tecutli chichimeca?

—Ése es su destino.

—Es el destino que tú le fijaste. Jamás tuvo vida.

—Era un plebeyo... es... mi mejor amigo... O lo fue...

—Sí... mucho más leal a ti que a cualquiera de esos que irán a tus exequias, más honesto que tus tres hijos, más humano que todos tus aliados.

—Si perteneciera a la nobleza no sería quien es.

—En eso tienes razón.

—¿Quiénes son ellos?

—Vienen por él. Lo van a preparar, le darán de comer, hoy vivirá como tecutli y mañana morirá.

—¿Estará conmigo?

—Aquí todos estamos en soledad. De nada servirá que se hagan tantos sacrificios en tu honor.

—¿Qué ocurre? ¡No veo nada! ¡No veo nada!

—Sigues siendo el mismo cobarde.

—¿Cobarde?

—Sí. En el fondo siempre fuiste un cobarde. Inventaste una enfermedad para no ir a la guerra. Te rendiste cuando supiste que tu vida corría peligro. Mandaste asesinar a mi hijo, por miedo a él, que tan sólo era un infante. Incluso en tus sueños huías de él.

—¿Dónde estamos ahora?

—En tus exequias.

—Veo gente, pero no tienen rostro.

—Así fuiste en vida. No veías sus rostros.

—Vinieron muchos a la corte.

—Sí. Es numeroso el concurso que se ha juntado en tu funeral. Tienen miedo. Necesitan saber qué ocurrirá ahora. Saben que tu hijo Tayatzin es un mediocre y que no podrá defender el imperio.

—No puedo ver, ¿por qué no puedo ver? ¿Qué ocurre?

—Ya es el quinto día. Hoy incinerarán tu cuerpo. Observa.

—Yo sé por qué estás aquí: tienes miedo de que mis hijos obedezcan mis órdenes y den muerte a Nezahualcóyotl.

—Aquí no existe el miedo. Y sí, sé muy bien que ordenaste que en tu funeral apresaran a Nezahualcóyotl y lo mataran. Por eso estamos aquí, para que observes. Ahí está mi hijo, que caminó toda la noche por la orilla del lago para llegar a tus exequias. Míralo, no tiene miedo. Ha entrado en el palacio con valor. Él sabe que es una trampa de tus hijos.

—¿Quién es ese que está ahí sentado?

—Es Motecuzoma Ilhuicamina. Le hace señas a mi hijo para que salga del palacio. Sabe que lo quieren matar, pero no puede hablar; de hacerlo sería culpado de traición.

—Hipócrita.

—¿Quién?

—Tu hijo. Me odia y ha venido a mi funeral fingiendo pena. Les está entregando alhajas, joyas de oro, piedras preciosas y perlas a mis hijos.

—Es la costumbre, llevar regalos a los familiares del difunto.

—¿Qué les está diciendo? ¿Por qué no puedo escuchar?

—Les dice que siente mucho la pérdida.

—¡Miente!

—Tú ordenaste que se presentara a tu funeral.

—¿Quién es el que le está respondiendo?

—Tu hijo Mashtla.

—¿Mashtla? ¿Por qué? El que debe tomar las ofrendas debe ser el heredero. Dejé a Tayatzin como sucesor porque era el más honesto.

—Mientes, sabes que mientes. Lo hiciste para que tu hijo

364

Mashtla se levantara en armas, para castigar a los pueblos dejándoles como herencia una guerra. Sabías que no se iba a quedar con los brazos cruzados. Él ha tomado las decisiones desde tu muerte. Fue Mashtla quien envió a los embajadores a todos los pueblos, fue él quien ha preparado tus exequias.

—Lo sabía. Le puse una prueba a mi hijo. Quería que luchara por el imperio, que no lo recibiera como herencia. Sólo así le dará más valor.

—Observa. Ya llevan tu cuerpo al templo de Tezcatlipoca. Cantan, lloran. ¿Te das cuenta de su hipocresía? No sienten tu muerte. Llevan tus armas para incinerarlas con tu cuerpo. Mira cuántos esclavos morirán hoy para rendirte homenaje.

—¿Te duele que a tu funeral no haya asistido tanta gente? Sí. Te duele que no se hubiesen hecho sacrificios en tu honor.

—No, porque sé que la gente que estuvo en mi funeral en verdad lloró por mi muerte.

—Otra vez no puedo ver, ¿qué ocurre?

—En este momento llevan tu cuerpo. Caminan cuatro señores principales, con sus mantas blancas y largas. Llevan sus cabellos sueltos, sobre sus espaldas.

—Eso ya lo sé. Dime quiénes son.

—A la derecha caminan Mashtla, el infante Motecuzoma, Tayatzin y Teyolcohua, tecutli de Acolman; a la izquierda van Tlacateotzin, Chimalpopoca, Nezahualcóyotl y al final Tzontecohuatl. Detrás, cerrando el acompañamiento, los embajadores de los príncipes que no han concurrido y mucha nobleza de todas partes. Todos van cantando en tono lúgubre y lloroso. Pero como bien sabes, eso del llanto es mentira, una farsa, para ser bien aceptados por el próximo tecutli tepaneca.

—Ya puedo ver mejor. Ése es el sacerdote que ha salido a recibir mi cadáver. Ahí está la pira, llena de leña, y…

—¿Duele?

—No.

—Entonces observa cómo le quitan las prendas, las joyas, las piedras preciosas y la esmeralda de la boca a tu cadáver.

—¡No! ¡No puedo ver!

—¡No quieres ver!

—¡Mi cuerpo se quema!

—¡Sí! ¡Se acabó, tepaneca! ¡Tu fin ha llegado, Tezozómoc! ¡Cobarde! ¡Observa cómo arde tu cuerpo en el fuego! ¡Mira cómo lanzan las armas, cómo sacrifican a los esclavos, cómo gritan! A unos les sacan el corazón; a otros simplemente los lanzan al fuego. ¡Ellos no deberían morir! Pero si ése es el precio del fin de tu tiranía, bienvenido sea. ¡Se acabó el tiempo del tirano Tezozómoc!

—¿Qué ocurre? ¿Con quién habla Mashtla?

—Con tu hijo Tayatzin que quiere que apresen a Nezahualcóyotl.

—¡Ja! ¡Te dije que obedecerían mis órdenes!

—Pero Mashtla lo ha convencido de que no es el momento. Le ha dicho que la pena de haber perdido a su padre no debe ser ensuciada con un crimen, que para eso habrá tiempo.

—¿Qué? ¡No! ¡Deben hacer lo que les ordené!

—Desheredaste a Mashtla, despertaste su ira. *Desobedecerte* es su venganza contra ti.

—¡Mátenlo! ¡Mátenlo! ¡Mátenlo!

—Él sabe que si mata a Nezahualcóyotl los tetecuhtin de Meshíco Tenochtítlan y Tlatilulco no lo ayudarán en su guerra contra su hermano. Eso es lo que querías: que hubiera una guerra. Habrá guerra, pero no matarán a mi hijo.

—¡Mátenlo! ¡Mátenlo!

—Obsérvalo. No es un cobarde. No tuvo miedo. Mi hijo Nezahualcóyotl asistió a tus exequias con un solo motivo: corroborar tu muerte. Míralo, ha despejado sus dudas y se marcha sin despedirse. Nadie lo ve salir, nadie nota su ausencia. Todos están viendo cómo se incinera tu cadáver, fingiendo dolor, pero en el fondo celebrando que por fin murió el tirano Tezozómoc.

—¿Qué es eso?

—¿Qué?

—¿No escuchas ese ruido a lo lejos, en el monte, entre los sonidos de la noche?

—¡Ah! ¿Eso?

—¡Sí!

—Es el aullido de un coyote.

Continuará…

Linaje chichimeca

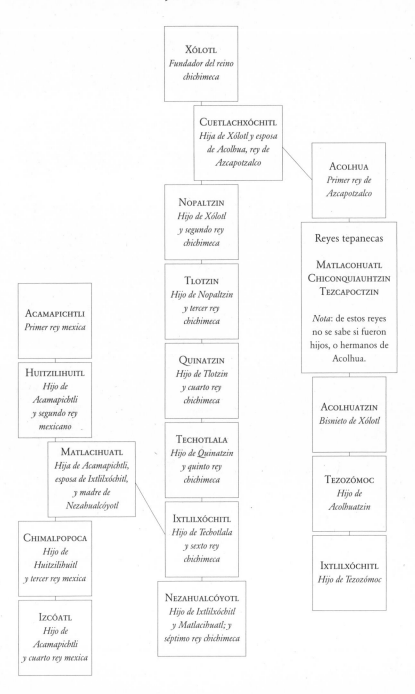

XÓLOTL
Fundador del reino chichimeca

CUETLACHXÓCHITL
Hija de Xólotl y esposa de Acolhua, rey de Azcapotzalco

ACOLHUA
Primer rey de Azcapotzalco

NOPALTZIN
Hijo de Xólotl y segundo rey chichimeca

Reyes tepanecas

**MATLACOHUATL
CHICONQUIAUHTZIN
TEZCAPOCTZIN**

Nota: de estos reyes no se sabe si fueron hijos, o hermanos de Acolhua.

TLOTZIN
Hijo de Nopaltzin y tercer rey chichimeca

ACAMAPICHTLI
Primer rey mexica

QUINATZIN
Hijo de Tlotzin y cuarto rey chichimeca

HUITZILIHUITL
Hijo de Acamapichtli y segundo rey mexicano

ACOLHUATZIN
Bisnieto de Xólotl

MATLACIHUATL
Hija de Acamapichtli, esposa de Ixtlilxóchitl, y madre de Nezahualcóyotl

TECHOTLALA
Hijo de Quinatzin y quinto rey chichimeca

TEZOZÓMOC
Hijo de Acolhuatzin

IXTLILXÓCHITL
Hijo de Techotlala y sexto rey chichimeca

CHIMALPOPOCA
Hijo de Huitzilihuitl y tercer rey mexica

IXTLILXÓCHITL
Hijo de Tezozómoc

IZCÓATL
Hijo de Acamapichtli y cuarto rey mexica

NEZAHUALCÓYOTL
Hijo de Ixtlilxóchitl y Matlacihuatl; y séptimo rey chichimeca

Tlatoque en orden cronológico

Tenoch, "Tuna de piedra", fundador de Tenochtítlan. Nació aproximadamente en 1299. Gobernó aproximadamente entre 1325 y 1363.

Acamapichtli, "El que empuña la caña" o "Puño cerrado con caña". Primer tlatoani. Hijo de Opochtli, un principal mexica y Atotoztli, hija de Náuhyotl, tlatoani de Culhuacan. Nació aproximadamente en 1355. Gobernó aproximadamente entre 1375 y 1395.

Huitzilíhuitl, "Pluma de colibrí". Segundo tlatoani e hijo de Acamapichtli y una de sus concubinas. Nació aproximadamente en 1375. Gobernó aproximadamente entre 1396 y 1417.

Chimalpopoca, "Escudo humeante". Tercer tlatoani e hijo de Huitzilíhuitl y Miahuehxichtzin, hija de Tezozómoc, señor de Azcapotzalco. Nació aproximadamente en 1405. Gobernó aproximadamente entre 1417 y 1426.

Izcóatl, "Serpiente de obsidiana". Cuarto tlatoani e hijo de Acamapichtli y una esclava tepaneca. Nació aproximadamente en 1380. Gobernó entre 1427 y 1440.

Motecuzoma Ilhuicamina, "El que se muestra enojado, Flechador del cielo". Quinto tlatoani e hijo de Huitzilíhuitl y Miahuaxíhuatl, princesa de Cuauhnáhuac. Nació aproximadamente en 1390. Gobernó entre 1440 y 1469.

Axayácatl, "El de la máscara de agua". Sexto tlatoani. Nieto de Motecuzoma Ilhuicamina, cuya hija, Atotoztli se casó con Tezozómoc, hijo de Izcóatl. Ambos padres de Axayácatl, Tízoc y Ahuízotl. Nació aproximadamente en 1450. Gobernó entre 1469 y 1481.

Tízoc, "El que hace sacrificio". Séptimo tlatoani. Nieto de Motecuzoma Ilhui-camina, cuya hija Atotoztli se casó con Tezozómoc, hijo de Izcóatl. Am-bos padres de Axayácatl, Tízoc y Ahuízotl. Nació aproximadamente en 1436. Gobernó entre 1481 y 1486.

Ahuízotl, "El espinoso del agua". Octavo tlatoani. Nieto de Motecuzoma Ilhuicamina, cuya hija Atotoztli se casó con Tezozómoc, hijo de Izcóatl. Ambos padres de Axayácatl, Tízoc y Ahuízotl. Se desconoce su fecha de nacimiento. Gobernó entre 1486 y 1502.

Motecuzoma Xocoyotzin, "El que se muestra enojado, el joven". Noveno tla-toani. Hijo de Axayácatl y la hija del señor de Iztapalapan, también lla-mado Cuitláhuac. Nació aproximadamente en 1467. Gobernó de 1502 al 29 de junio de 1520.

Cuauhtlahuac, "Águila sobre el agua". *Cuitláhuac* fue una derivación en la pro-nunciación de Malintzin al hablar con los españoles. Por lo tanto se ha traducido como "Excremento divino". Décimo tlatoani e hijo de Axayá-catl y la hija del señor de Iztapalapan, también llamado Cuauhtlahuac. Nació aproximadamente en 1469. Gobernó del 7 de septiembre al 25 de noviembre de 1520.

Cuauhtémoc, "Águila que desciende" o, más correctamente, "Sol que des-ciende", pues los aztecas asociaban al águila con el Sol, en especial la nobleza. Onceavo tlatoani. Hijo de Ahuízotl y Tilacápatl, hija de Mo-quihuixtli, el último señor de Tlatelolco antes de ser conquistados por los mexicas. Nació aproximadamente en 1500. Gobernó del 25 de enero de 1521 al 13 de agosto de 1521.

Cronología

* Las fechas marcadas con asterisco son aproximadas, el dato exacto se desconoce.

1429[*]	Derrota de los tepanecas. Izcóatl es proclamado cuarto tlatoani. Creación de la Triple Alianza entre Texcoco, Tlacopan y México Tenochtitlan.
1440	Moctezuma Ilhuicamina es proclamado quinto tlatoani.
1469	Axayácatl es proclamado sexto tlatoani.
1473	Conquista de Tlatelolco.
1474	Isabel de Castilla es proclamada reina de Castilla.
1479	Fernando es proclamado rey de Aragón.
1481	Tízoc es proclamado séptimo tlatoani.
1485	Nace Hernán Cortés en Medellín, Extremadura.
1486	Ahuízotl es proclamado octavo tlatoani.
1472	Muerte de Nezahualcóyotl.
1492	Fin del gobierno moro en Granada. Rodrigo Borgia es proclamado papa Alejandro VI. Llegada de Cristóbal Colón a las Lucayas, actualmente Bahamas, y luego a La Española, hoy en día Haití y Cuba.
1494	Se funda La Española (Haití), primera ciudad española en el Nuevo Mundo.
1500	Nace Carlos de Gante. Portugal se apropia las tierras de Brasil.
1502	Moctezuma Xocoyotzin es proclamado noveno tlatoani.
1504	Hernán Cortés sale de Sanlúcar y llega a Santo Domingo. Muere Isabel la Católica.
1511	Naufragio del navío en el que viajaban Gonzalo Guerrero y Jerónimo de Aguilar.
1515	Muerte de Nezahualpilli, rey de Acolhuacan.
1516	Muerte del rey Fernando el Católico y proclamación de Carlos de Gante como rey de Castilla.
1517	Expedición de Francisco Hernández de Córdova a la península de Yucatán.
1518	Expedición de Juan de Grijalva a la península de Yucatán y el golfo de México.
1519	Expedición de Hernán Cortés a la península de Yucatán y el golfo de México. Recorrido de Cortés desde Veracruz hasta México Tenochtitlan. Moctezuma es retenido por los españoles en el

palacio de Axayácatl. El rey Carlos I de España es proclamado emperador de Alemania.

1520   Batalla entre Cortés y Narváez en Cempoala. Matanza del Templo Mayor. Muerte de Moctezuma Xocoyotzin. Salida de los españoles de México Tenochtitlan. Cuitláhuac es proclamado décimo tlatoani. Llegada de la viruela a todo el Valle del Anáhuac. Muerte de Cuitláhuac. Cuauhtémoc es proclamado undécimo tlatoani.

1521   Caída de México Tenochtitlan.

1522   Comienza la construcción de la Nueva España. Carlos V nombra capitán general, justicia mayor y gobernador de la Nueva España a Hernán Cortés. Muere en Coyoacán Catalina de Xuárez, esposa de Cortés, poco después de haber llegado a la Nueva España. Nace Martín Cortés, hijo de Malintzin y Hernán Cortés.

1523   Hernán Cortés derrota a los rebeldes en la Huasteca.

1524   Llegan a América los primeros doce franciscanos, entre ellos Toribio Paredes de Benavente, conocido como Motolinía. Cristóbal de Olid viaja a Las Hibueras y traiciona a Cortés, quien a su vez es derrotado por González de Ávila y Francisco de las Casas, ellos juzgan, condenan y decapitan a Cristóbal de Olid. Hernán Cortés abandona la Nueva España y sale rumbo a Las Hibueras con miles de sirvientes y miembros de la nobleza como rehenes, entre ellos Cuauhtémoc.

1525   El 28 de febrero, Hernán Cortés condena a la horca a Cuauhtémoc y a algunos miembros de la nobleza acusados de intento de rebelión.

Bibliografía

Anales de Tlatelolco, introducción de Robert Barlow y notas de Henrich Berlin, Consejo Nacional para la Cultura y las Artes, México, 1948.

Anónimo de Tlatelolco, Ms. [1528], edición facsimilar de E. Mengin, Copenhague, 1945, fol. 38.

Alva Ixtlilxóchitl, Fernando de, *Historia de la nación mexicana*, Editorial Dastin, Madrid, 2002.

Alva Ixtlilxóchitl, Fernando de, *Obras históricas*, t. i: *Relaciones*; t. ii: *Historia chichimeca*, publicadas y anotadas por Alfredo Chavero, México, Oficina Tip. de la Secretaría de Fomento, 1891-1892; reimpresión fotográfica con prólogo de J. Ignacio Dávila Garibi, México, 1965, 2 vols.

Alvarado Tezozómoc, Hernando de, *Crónica mexicáyotl*, edición y versión del náhuatl de Adriana León, Instituto de Investigaciones Históricas, Universidad Nacional Autónoma de México, México, 1949.

Benavente, fray Toribio de (Motolinía), *Relación de la Nueva España*, introducción de Nicolau d'Olwer, Universidad Nacional Autónoma de México, México, 1956.

Benavente, fray Toribio (Motolinía), *Historia de los indios de la Nueva España*, Editorial Porrúa, México, 2001.

Benítez, Fernando, *Los primeros mexicanos. La vida criolla en el siglo xvi*, Era, México, 1962; El Colegio de México, 1953.

Casas, Bartolomé de las, *Los indios de México y Nueva España*, prólogo, apéndices y notas de Edmundo O'Gorman, Editorial Porrúa, México, 1966.

Chavero, Alfredo, *Resumen integral de México a través de los siglos*, tomo i, bajo la dirección de Vicente Riva Palacio, Compañía General de Ediciones, México, 1952.

Chavero, Alfredo, *México a través de los siglos* [1884], tomos i-ii, Editorial Cumbre, México, 1988.

Chimalpain Cuauhtlehuanitzin, Domingo, *Las ocho relaciones y el Memorial de Colhuacan*, Consejo Nacional para la Cultura y las Artes, 1998.

Clavijero, Francisco Javier, *Historia antigua de México*, prólogo de Mariano Cuevas, Editorial Porrúa, México, 1964 [de la primera edición de Colección de Escritores Mexicanos, México, 1945, Original de 1780].

Códice Florentino [1585], textos nahuas de los informantes indígenas de Sahagún, Dibble y Anderson, Santa Fe, Nuevo México, 1950.

Códice Matritense de la Real Academia de la Historia, vol. viii, textos en náhuatl de los indígenas informantes de Sahagún, edición facsimilar de José del Paso y Troncoso, Madrid, Fototipia de Hauser y Menet, 1907.

Códice Ramírez, Secretaría de Educación Pública, México, 1975.

Durán, fray Diego, *Historia de las Indias de Nueva España* [1581], Editorial Porrúa, México, 1984.

Dyer, Nancy Joe (edición crítica, introducción, notas y apéndice), *Motolinia, Fray Toribio de Benavente. Memoriales*, El Colegio de México, México, 1996.

Fernández de Echeverría y Veytia, Mariano, *Historia antigua de México*, tomo ii, Editorial del Valle de México, México, 1836.

Garibay, Ángel María, *Teogonía e historia de los mexicanos*, Editorial Porrúa, México, 1965.

Garibay, Ángel María, *Llave del náhuatl*, Editorial Porrúa, México, 1999 [de la primera edición de 1940.]

Gillespie, Susan, *Los tetecuhtin aztecas*, Siglo xxi, México, 1994.

Guzmán-Roca, Luis, *Mitología azteca* , Gradifco srl, Buenos Aires, 2008.

Krickeberg, Walter, *Las antiguas culturas mexicanas*, Fondo de Cultura Económica, México, 1961.

León-Portilla, Miguel, *Toltecáyotl. Aspectos de la cultura náhuatl*, Fondo de Cultura Económica, México, 1980.

_____, *Historia documental de México*, tomo i, Universidad Nacional Autónoma de México, México, 1984.

_____, *Los antiguos mexicanos a través de sus crónicas y cantares*, Fondo de Cultura Económica, México, 1961.

————, *Visión de los vencidos. Relación indígena de la conquista*, Universidad Nacional Autónoma de México, col. Biblioteca del Estudiante Universitario, México, 1959.

Mann, Charles C., *1491. Una nueva historia de las Américas antes de Colón*, Taurus, México, 2006.

Martínez, José Luis, *Nezahualcóyotl, vida y obra*, Fondo de Cultura Económica, México, 1972.

————, *Hernán Cortés*, Universidad Nacional Autónoma de México/Fondo de Cultura Económica, México, 1990.

Mendieta, Jerónimo. *Historia eclesiástica indiana*, 4 vols., edición de Joaquín García Icazbalceta, Antigua Librería, México, 1870.

Montell, Jaime, *México: el inicio (1521-1534)*, Joaquín Mortiz, México, 2005.

Orozco y Berra, Manuel, *Historia antigua y de las culturas aborígenes de México*, tomos I y II, Ediciones Fuente Cultural, México, 1880.

Piña Chan, Román y Patricia Castillo Peña, *Tajín. La ciudad del dios Huracán*, Fondo de Cultura Económica, México, 1999.

Revista Arqueología Mexicana, núm. 58, noviembre-diciembre de 2002; núm. 68, julio-agosto de 2004.

Rodríguez Delgado, Adriana (coord.), *Catálogo de mujeres del ramo Inquisición del Archivo General de la Nación*, Instituto Nacional de Antropología e Historia, México, 2000.

Romero Vargas Yturbide, Ignacio, *Los gobiernos socialistas de Anáhuac*, Sociedad Cultural In Tlilli In Tlapalli, México, 2000.

Sahagún, fray Bernardino de, *Historia general de las cosas de la Nueva España*, Editorial Porrúa, México, 1982 [1956].

Selva, Salomón de la, *Acolmiztli Nezahualcóyotl*, Gobierno del Estado de México, Toluca, 1972.

Toledo Vega, Rafael, *Enigmas de México, la otra historia*, Editorial Tomo, México, 2004.

Torquemada, fray Juan de, *Monarquía indiana*, selección, introducción y notas de Miguel León-Portilla, Universidad Nacional Autónoma de México, México, 1964.

Vigil, José María, *Nezahualcóyotl*, Instituto Mexiquense de Cultura/Universidad Autónoma del Estado de Morelos, México, 1972.

GRANDES TLATOANIS
DEL IMPERIO II

El despertar del Coyote

Adelanto especial del siguiente volumen de esta colección

1

Año 13 Caña (1427)

El cadáver de Tezozómoc yace sobre una cama de piedra en el salón principal. Lleva puestas las vestiduras reales, sus joyas de oro, piedras preciosas, plumas finas, una esmeralda en la boca y una máscara de oro que el mismo Tezozómoc mandó hacer a semejanza a su rostro.

Han transcurrido cinco noches de luto. Cantando en tono lúgubre y lloroso, un grupo de señores principales, vestidos con largas mantas blancas, llevan sobre sus hombros el cuerpo del tecutli Tezozómoc para que sea incinerado esta noche. Detrás del cuerpo avanzan Mashtla, Tayatzin, Motecuzoma, Tlacateotzin, tecutli de Tlatelolco, Chimalpopoca, tecutli de Meshíco Tenochtítlan, Nezahualcóyotl, mucha nobleza de todas partes y los embajadores de los tetecuhtin* que no pudieron asistir.

Un sacerdote los recibe a un lado de la hoguera donde también serán sacrificados los sirvientes del tecutli tepaneca y aquellos considerados como gente inútil: malnacidos, enanos, enfermos mentales y minusválidos. De igual forma aquellos nacidos en los cinco días intercalares de cada año, llamados nemontemi (aciagos e infelices), predestinados a morir de esta

---

* Tetecuhtin: plural de tecutli. Señor, gobernador o noble.

manera. Los tetecuhtin de todos los pueblos que llegaron a las exequias llevan esclavos en forma de obsequio, que también terminarán en la hoguera.

Finalmente llega el momento de encender el fuego. El cuerpo del anciano Tezozómoc se pierde entre las llamas. Todos observan en silencio.

—Hermano —susurra Mashtla a su hermano Tayatzin—. Quiero hablar contigo.

Tayatzin asiente con la mirada y Mashtla se aleja del cortejo fúnebre.

—¿Te encuentras bien? —pregunta Tayatzin al notar el llanto en los ojos de Mashtla.

—No —Mashtla se seca las lágrimas—. La muerte de mi... —hace una pausa—. *Nuestro* padre me tiene sumamente desconsolado... —mantiene la mirada fija en los ojos de Tayatzin—. No manchemos su funeral con un homicidio. Sé que él nos pidió que asesináramos a Nezahualcóyotl, pero eso lo podemos hacer otro día. Hoy no. Te lo suplico.

—No te preocupes —responde Tayatzin conmovido con las palabras de su hermano—. No mancharemos el funeral de nuestro padre.

Mientras tanto los sacerdotes llevan a cabo los sacrificios humanos correspondientes. Los gritos de la gente arrojada a la hoguera estremecen al numeroso concurso en el funeral. Entonces el príncipe Nezahualcóyotl —cuyo único objetivo al asistir fue corroborar la muerte de Tezozómoc— sale del lugar sin que nadie lo detenga.

Las ceremonias luctuosas duran toda la noche. A la mañana siguiente recogen las cenizas y las guardan en una caja para la posteridad. Luego se lleva a cabo un banquete en honor del difunto. En cuanto los invitados terminan de comer, Tlacateotzin, tecutli de Tlatelolco, se pone de pie y se dirige a los ministros y consejeros reunidos en el palacio:

—Nobles consejeros, ministros y tetecuhtin aliados del imperio chichimeca. Ha llegado el momento de llevar a cabo la jura de Tayatzin como legítimo sucesor de nuestro amado Tezozómoc.

En ese momento Mashtla se pone de pie y camina al centro. Ya no es el mismo que lloró toda la noche por la muerte de su padre. Tiene la frente en alto, el pecho inflado y los puños oprimidos. Todos lo observan con preocupación. Pronostican lo peor.

—Señores —hace una pausa y recorre el lugar con la mirada, se asegura de que todos pongan atención a sus palabras—. El único heredero legítimo de mi padre soy yo.

Todos los presentes se miran entre sí. Se escuchan algunos murmullos. Saben que se aproxima un terremoto que sacudirá todo el imperio. Tlacateotzin intenta hablar pero Mashtla le gana la palabra:

—Si callé en presencia de mi padre fue por respeto, por no darle disgusto, viéndole tan cercano a la muerte; mas no porque me conformase con su disposición —los ministros, senadores, consejeros y tetecuhtin de los pueblos aliados se miran entre sí—. Sepan todos ustedes que no pienso renunciar al derecho que me dio la naturaleza.

Tayatzin se encuentra a un lado de Chimalpopoca. Ambos sabían que algo así ocurriría. Por ello habían preguntado en privado a cada uno de los aliados si estarían dispuestos a apoyarlos en caso de que Mashtla se revelara contra el mandato de Tezozómoc. La mayoría había prometido lealtad a Tayatzin, pero conscientes de que al final terminarían del lado que se inclinara la balanza. Resulta más conveniente obedecer a un tirano que luchar contra él. Saben perfectamente que de comenzar otra guerra, Tayatzin se rendirá fácilmente y que Mashtla cobraría venganza contra aquellos que le negaran su voto.

—El pretexto de mi padre fue mi altivez y severidad —continúa Mashtla caminando de un lado a otro por el centro del palacio—. Pero estoy seguro de que tengo la lealtad de mi gente en el señorío de Coyohuácan y Azcapotzalco. Sé que defenderán mi causa contra los traidores que intentarán usurparme la corona —dirige la mirada hacia Tlacateotzin, Chimalpopoca y Tayatzin—. Por ello les pido que me juren como gran chichi-mecatecutli de toda la Tierra en este momento. Si se rehúsan, con el auxilio de los tetecuhtin que me siguen y con el valor de los más esforzados capitanes del imperio, que bien saben, es-tán a mi devoción, entraré arrasando y destruyendo a fuego y sangre por las tierras de los rebeldes, hasta dejarlas desoladas.

Hay una gran conmoción en el palacio. Los que se declaran a favor de Tayatzin levantan la voz. Los que siguen a Mashtla dan sus razones. Los tetecuhtin de Tlatelolco y Meshíco Te-nochtítlan se muestran a favor del hermano menor, pues bien saben que de tomar el poder Mashtla les arrebatará los privile-gios recibidos por Tezozómoc, los cuales se habían incremen-tado desde la muerte de Ishtlilshóchitl. Sin embargo el número de partidarios a favor del hijo primogénito es mucho mayor.

—¡Hay que impedirlo! —exclama uno de los senadores—. No debemos dejarlo llegar al trono. Será nuestra desgracia. El fin de todos nosotros.

—Mashtla nos ha prometido tierras, riquezas, mejores pri-vilegios. Es tiempo de quitarles a estos tlatelolcas y tenoshcas tantos indultos —dice otro más, refiriéndose a los impuestos que Tezozómoc les había perdonado a partir de que sus hijas se habían casado con los tetecuhtin de Tlatelolco y Tenochtítlan.

—Lo mejor será esperar unos días para tomar la decisión co-rrecta —propone uno de los consejeros.

—No esperaremos —Mashtla responde tajante—. Ustedes lo han dicho: han pasado las celebraciones fúnebres de mi pa-dre. No se puede quedar el imperio sin gran chichimecatecutli.

La discusión perdura varias horas, hasta que los seguidores de Tayatzin, temerosos de otra guerra, ceden.

—Siendo pues, que la gran mayoría le favorece a usted —di-ce uno de los ministros con desánimo—, no encontramos ra-zón para dilatar su jura.

Mashtla sonríe, se pone de pie, alza los brazos y añade:

—Que sea entonces esta misma tarde en que se lleve a cabo mi jura como gran chichimecatecutli de toda la Tierra.

Los tetecuhtin de Tlatelolco y Meshíco Tenochtítlan comprenden que éste es el principio de su fin. La venganza de Mashtla los aplastará.

Esta obra se imprimió y encuadernó
en el mes de marzo de 2019,
en los talleres de Impregráfica Digital, S.A. de C.V.,
Av. Coyoacán 100–D, Col. Del Valle Norte,
C.P. 03103, Benito Juárez, Ciudad de México.